黒の微笑

アン・スチュアート
村井　愛　訳

MIRA®

Black Ice

by Anne Stuart

Published by Harlequin K.K., Tokyo, 2006

この本はいわばわたしへの贈り物である。パリの町でタクシーに乗っているときに天から運ばれてきた贈り物。おまけにこの贈り物にはサウンドトラックまでついている。日本のロックやフランスのロック（マルク・ラヴォワーヌなりフローラン・パニーなり）、あるいはプリテンダーズの曲でも聴きながら、存分にお楽しみください！

黒の微笑

■主要登場人物

クロエ・アンダーウッド……児童書翻訳家。
シルヴィア・ウィッカム……クロエのルームメイト。翻訳家。
バスチアン・トゥッサン……テロ対策秘密組織のスパイ。
ジル・ハキム……武器密輸カルテルのメンバー。会合の招集者。
フォン・ルッター男爵……武器密輸カルテルのメンバー。ドイツ人。
モニーク・フォン・ルッター……男爵夫人。
リチェッティ……武器密輸カルテルのメンバー。イタリア人。
ジェンセン……リチェッティのアシスタント。実はバスチアンの同僚。
マダム・ランバート……武器密輸カルテルのメンバー。イギリス人。
オートミ……武器密輸カルテルのメンバー。日本人。
タナカ……オートミのアシスタント。
クリストス・クリストポロス……武器密輸カルテルのメンバー。ギリシャ人。
オーガスト・レマルク……武器密輸カルテルの元リーダー。故人。
ハリー・トマソン……バスチアンの上司。
モーリーン……バスチアンの同僚。

1

春のパリについてなら、いくらでも話すことがあるという人は多いかもしれない。でも、やっぱり〝光の都〟で過ごす冬に勝るものはないわ。クロエ・アンダーウッドは通りを歩きながらコートのなかで身を縮めた。十二月の初旬ともなれば木の葉はすっかり落ち、空気もひんやりとして寒くなるので、観光客の多くはさすがに耐えられなくなってこの町をあとにする。だがクロエの場合、毎年八月になるとどうして家族のもとを離れて五千キロ以上も距離を隔てたこの町に来てしまったのかと後悔するものの、ひとたび冬になれば、その理由のひとつひとつをありありと思いだすことができた。

フランス人の誰もがそうするように、八月が来るたびにこの町を観光客に明けわたす余裕があれば、少しは違っていたのかもしれない。けれどもそれにには有給休暇や健康保険、あるいは最低生活賃金といった、それなりの贅沢《ぜいたく》を許してくれる仕事を探す必要があった。いまの状況では、なんとか仕事が見つかっただけでも幸運と言える。でなければ、これ以上フランスに滞在するのは違法となるだろう。実際、ほとんど毎日のように、こうしてここにいられるだけで幸せなのだと自分を納得させているのも事実だった。たとえエレベーターのないちっぽけな安アパルトマンを同類の外国人と共用し、しかもそのルームメイトが責任感とは縁のない女性であったとしても。シルヴィアは家賃の半分を払う義務があることなど日ごろから忘れているような性格で、これまでの人生で床を掃いたことは一度もなかったし、びっくりするほどの衣装持ちである彼女は家具という家具、あるいは家のどこかに少しでも平らな面があれば、そこを服の置き場所と見なす始末だった。それでもクロエと同じ八号の服を着るシルヴィアは、自分の服を貸すことに関してはとくに抵抗を感じていないようだった。また彼女は、裕福なフランス人との結婚というゴールに向けて猛進していたので、狭苦しい自分の部屋で夜を過ごすことはほとんどなく、おかげでクロエはわずかながらもその空間を占有することができた。

じつのところ、児童書の翻訳というこの仕事を見つけてきてくれたのはシルヴィアだった。レ・フレール・ローラン社で働きはじめて二年になるシルヴィアは、すでに三人の兄弟《フレール》――いずれも中年――全員と寝ていて、先々困らない仕事を確保し、小さな出版社のためにスパイ小説やスリラーを翻訳することでまずまずの報酬を得ていた。児童書の場合はそれほどもうかる仕事ではなく、したがってクロエの報酬もそれ相応のものだったが、少なくとも家族に金の無心をする必要はなかったし、祖父母が残してくれた信託財産に手をつけずにいられるのもその稼ぎがあればこそだった。もちろん、両親だって遺産に手をつけることには賛成していない。そのお金は娘の教育のために取っておいたものであり、パリで下賤な仕事をすることは高等な教育とはほど遠かった。

　仕事の条件にそれほどこだわらなければ、もう少しやりがいのあるものを見つけられたかもしれない。流暢《りゅうちょう》なフランス語が話せる一方で、クロエはイタリア語、スペイン語、そしてドイツ語もぺらぺらだったし、初歩的な会話ならスウェーデン語やロシア語もでき、アラビア語や日本語の知識も少々あった。クロエは言葉を愛していた。料理にも同じくらい深い愛を抱いていたのだが、彼女の才能はキッチンの外において、より強く発揮されるものだったらしい。少なくともそれは、かの有名な料理学校ル・コルドン・ブルーからプログラムの途中で放校になったときに言われた言葉でもあった。初心者にしては想像力がたくましすぎる。伝統を敬う気持ちに欠ける。それが学校側の言い分だった。

　たしかにクロエには伝統への敬意が足りないところがあった。それは誰もが医師として活躍する家族の伝統に対しても同じこと。アンダーウッド家の家族はクロエを除いて五人とも山深いノースカロライナにいて、両親は一般医、ふたりの兄は外科医、そして姉は麻酔の専門医として医業にたずさわっていた。家族はクロエが大学の医学部に入りたいと願わないことが、いまだに信じられないようだった。アンダーウッド家の末娘ほど血に弱い者はいないという事実を充分に承知しているにもかかわらず。

　いずれにしても、自分の意志を曲げて医学の道に進もうとしないかぎり、祖父母の遺産に手をつけられる可能性は低い。だからといって、親の言いなりになるつもりはなかった。

それよりも、新鮮な野菜やパスタがあれば、クロエは驚くようなことができた。幸い普段からよく歩いているので、炭水化物がそのまま脂肪に変わることはない。まあ、燃焼せずに残った肉はお尻のあたりに集中しているようではあるけれど。二十三歳にしていまだにおてんばなティーンエイジャーのような体つきでいるわけにはいかないが、かといってフランス人女性のように変身できたかどうかは疑問だった。それにはなにより、ひとりの女としてのスタイルが欠けているような気がする。一方、イギリス人であるルームメイトのシルヴィアは確固としたスタイルを持つ女性だった。たとえクロエがシルヴィアの服を借りて着ても、あのなんとも言えない尊大な、すべてをおもしろがるような物腰を自分のものにすることはできなかった。それが身につけられるのなら、少しくらいお尻が大きくたってかまわないのに。

レ・フレール・ローラン社はモンマルトルの近くに位置する古めかしい建物の三階にあった。例によって誰よりも早く出社したクロエは、大好きな濃いめのコーヒーをポット一杯分作り、冷えた手でカップを包むようにして忙《せわ》しない通りを見下ろした。経営者のローラン兄弟の意向で夜間は暖房を消しておくことになっているし、平社員という立場上、クロエは温度の調節器に手を触れることはできない。そんなわけで、専用に割りあてられた狭苦しい仕切り部屋にはつねに予備のセーターが置いてあった。今日はどうも働く気分ではなかった。いったいなんてすばらしい日なのだろう。古びた建物を取り囲むようにして、頭上に鮮やかな紺碧《こんぺき》の空が広がっている。どういうわけか、勇敢なフェレット、フローラの冒険あふれる世界に入っていく気分にはなれなかった。だいたいわたしの暮らしにはセックスやバイオレンスが足りないのよ。クロエは心のなかでひとりごちた。いま翻訳を手がけているものは、細長い体にピンクのチュチュをまとった齧歯《げっし》目の動物を主人公にしてあれこれ道徳的な教訓を垂れる物語であり、アメリカの共和党員が抱く独善的な価値観の押しつけとも言えた。クロエはたった一度でいいから、フローラがチュチュを引きちぎり、しきりに色目を使ってくる狡賢《ずるがしこ》いいたちに飛び乗りはしないものかと心底願った。といっても、フローラがそんなふうに品を落とすようなまねをするわけがないのだけれど。

クロエはコーヒーをひとくちすすった。それは信仰のように力強く、愛のように甘く、そして罪のように黒いコーヒーだった。これでたばこでも始めれば、真のパリジェンヌになれるのかもしれない。けれどもたとえ両親を困らせるのが目的だとしても、さすがにたばこは身につかなかった。それに、遠くにいればいるほど、うるさい親のことは気にならなくなるものだ。

あと一時間もしなければほかの社員は出勤してこないことだし、退屈なフローラに向きあうまえに貴重な時間を数分ほど無駄にしても誰にもわからないだろう。いいえ、たとえわかったところで気にもしないかもしれない。架空のキャラクターにこれほどいらだっているのも無理はなかった。いまの自分の生活に満足するには、セックスやバイオレンスといった刺激が少々欠けている。

むやみに危険な刺激を求めるものではないわ。頭のなかでそうささやく声がしたが、クロエはそれを振りはらってコーヒーを飲みほした。こんなにセックスのことが気になるのも、十カ月のあいだすっかりご無沙汰《ぶさた》しているせいだろう。前回の恋はなんともぱっとしないもので、以来、代わりを見つける気にもならなかった。といっても、恋人としてクロードが最悪だったわけではない。自分のテクニックにやけに自信のあるクロードは、無骨なアメリカ娘がめくるめく快感に圧倒されることを期待していたようだけれど、クロエはまったくそのようなものを感じなかった。

それに、バイオレンスに関しては、きっとなくてもやっていける。暴力にはたいてい血がつきものだし、自分は血を見ると吐き気をもよおす傾向にある。だいたい現実に暴力を目の当たりにしたことなど、ほとんどなかった。箱入り娘として家族に守られてきたこともあって、身の安全には自分でも充分な注意を払っている。夜間、危険な区域にふらふら出向くのを避けたり、念入りに部屋のドアや窓などの戸締まりをしたり、殺人的なパリの通りを渡る際にはちゃんと左右を確認して、ひき殺されないよう祈ったりするのがその証拠だった。

そう、今年の冬もまた平和な時間を満喫できるに違いない。いまひとつ暖房の効いていないアパルトマンでパスタを食べ、『勇敢なフェレット、フローラの物語』や『タンジェリンのブルース』を翻訳しながら。もっとも、どうしてオレンジに命があって動いたりしゃべったりするのかはいまだにわからないけれど。ひょっとしたらフローラで行きづまっているのもそのせいかもしれない。つぎにひかえている仕事がオレンジの物語であることを考えると、憂鬱《ゆううつ》で仕方ないのだ。

いずれにしても、そろそろ新しい恋人を見つけなければ。もしかしたらシルヴィアがようやく念願の鉱脈を探りあてて、早々に引っ越すことになるかもしれない。そうすれば、自分だって心やさしいフランス人と出会い、幸せな日々を送ることができるかもしれない。銀縁の眼鏡をかけて、ほっそりとした体つきをして、しかも実験的な料理が好みだという男性と。

けれども、いまのところ自分を待ち受けているのは勇敢なフェレットと、〝勇敢〟という言葉に相応するフランス語の表現を考えなければならないという、厄介な作業だけだった。

シルヴィアがやってきたことは姿が見えるまえから音でわかった。高価な靴で階段を踏みならしながら三階へと上がってくる足音。完璧《かんぺき》に口紅の塗られた唇からぶつぶつ発せられる文句の数々。それにしても、どうしてこんなに早くオフィスに来たのだろう。いつもならあと三時間ほどして、ようやく重々しい足どりで出勤してくるというのに。

ばたんという音とともにドアが開き、シルヴィアがそこに立っているのが見えた。かなり息を切らしているものの、髪一本乱れることなく、化粧崩れの形跡なんてどこにも見当たらない。「ここにいたのね！」とシルヴィアは声をあげた。

「そりゃあ、いるわよ」とクロエは言った。「コーヒー飲む？」

「そんなもの飲んでる暇はないわ！　クロエ、お願い、わたしを助けて。生死にかかわる問題なの」

クロエはまばたきをした。幸い、なにかにつけて大げさなシルヴィアにはもう慣れっこになっている。「今度はなによ」

シルヴィアは一瞬むっとした表情を浮かべて立ちどまった。「クロエ、こっちは真剣なの！　あなたの手助けがなければ……ほんと、もうお手上げよ」

シルヴィアは階段の上を引きずるようにして、大きなスーツケースをひとつ戸口のところまで運んできていた。どうりであんなに大きな音がしたわけだ。「いったいどこに行くっていうの？　あなたのいない穴を埋めるために、わたしになにをしてほしいと？」クロエは観念して尋ねた。たいていの人なら二週間の旅に使えそうな大型のスーツケースも、おしゃれにこだわるシルヴィアの場合は三、四日分の服しか入らないに違いない。けれどもシルヴィアが三、四日アパルトマンを留守にすれば、ひとりで自由に部屋を使うことができる。窓を開け放って外の風を入れても、寒い寒いとぶつくさ言われることもない。ここはひとつ力になってやろうとクロエは思った。

「わたしはどこへも行かないわ。行くのはあなたよ」

クロエはふたたび目をぱちくりさせた。「でも、そのスーツケースは？」

「あなたのために荷造りしたのよ。わかってると思うけど、あなたが持ってる服はどれもひどいものばかりでしょ。わたしの判断で、あなたに似合いそうな服をみんな詰めておいたから。といっても、あの毛皮のコートは例外。いくら頼まれたって、あのコートを手放すのはとうてい無理よ」

「あなたのものをもらおうなんて、思ってもいないわよ。それに、いまどこかに行くわけにはいかないわ。ローラン兄弟になんて言われるか」

「それはわたしにまかせて。ちゃんと話をつけておくから」とシルヴィアは言い、クロエの姿をじっくりと眺めた。「まあ、たまにはあなたもまともな服を着ることがあるようね。ただ、わたしだったらそのスカーフは外すわ。だいじょうぶ、あなたならきっとうまくなじめる」

なんともいやな予感が、クロエの胸中を満たした。「なじめるって、どこに？」とにかく息を整えて、わたしになにをしてほしいのか言ってみてよ。力になれるか考えるのはそれから」

「そんなの困るわ、必ず力になってもらわないと」シルヴィアはすかさず言った。「言ったでしょ、これは……」

「生死にかかわる問題」クロエはシルヴィアの代わりに言葉を続けた。「それで、わたしになにをしてほしいのよ」

シルヴィアの不安もそれを聞いていくぶん軽減されたようだった。「そんなにわずらわしいことじゃないわ。田舎にある美しい邸宅《シャトー》で数日ほど過ごして、輸入業者のグループのために通訳をして、たんまりお金を稼ぐの。大勢の召使いの給仕を受けながらね。すてきな食事、すてきな環境。唯一の難点は、退屈なビジネスマンたちの相手をしなければならないことくらいよ。もちろん、夕食のときはその都度ドレスアップして、あなた好みのタイプがいたら誘いをかけるのも自由。なおかつお金も稼げるんですもの。こんな機会、またとないわ。それをあなたに、って言ってあげてるんだから、感謝してもらいたいくらいよ」

なんでも自分を中心に据えて論理を通すのは、いかにもシルヴィアらしい。「でも、そんな絶好の機会をどうしてわたしに？」

「週末は〈ラファエル・ホテル〉でいっしょに過ごすって、アンリと約束しちゃったからよ」

「アンリ？」

「アンリ・ブライス・メリマン。メリマン・エキストラクト社の後継者とされているひとり。お金持ちで、ハンサムで、とってもチャーミングなの。ベッドの上でも最高だし、わたしを崇拝してもいるの」

「その人、いくつ？」

「六十七」シルヴィアはまったく恥じ入ることなく答えた。

「結婚してるの？」

「まさか！　わたしだって相手を選ぶときの条件くらい定めてるわ」

「お金持ちで、独身で、ちゃんと息をしていれば、ってことでしょ」とクロエは言った。

「それで、わたしにいつ行けと？」

「じつは、迎えの車がこっちに向かってるところなの。たぶん迎えの人は車に乗せていくのはわたしだと思ってるんだけど、電話を入れて、あなたが代理で行くことは説明してあるから。要求されているのはフランス語から英語、そしてその逆の通訳。あなたにしてみればわけないことでしょ」

「でもシルヴィア――」

「お願い、クロエ！　このとおりよ！　無下に断ったらもうこの手の仕事はもらえなくなっちゃうわ。アンリを頼りにするにはまだ早いし、収入を補うためにも、こういうちょっとした週末の仕事が必要なのよ。わたしがローラン兄弟にどんなに安い給料で使われてるか承知してるでしょ」

「ええ、わたしの給料の倍よ」

「だったらあなたは、なおさらこのお金が必要なはずじゃない」シルヴィアは臆面《おくめん》なく言ってのけた。「クロエ、迷うことなんてある？　たまには危険な冒険に出てみなきゃ！　田舎での数日はまさしくいまのあなたに必要なものよ」

「危険な冒険って、ビジネスマンの集まりが？　どう考えてもそんなものが得られるとは思えないけど」

「食事は最高よ」

「いやな女」クロエは明るい声で言った。

「それに、きっとエクササイズ用の部屋もあるわ。今回使われるような大きなシャトーのほとんどは、コンファレンス・センターとして改築されてるの。お尻が大きくなるのを心配する必要もなし」

「ますますいやな女」とクロエは言い、たった一度でもシルヴィアの前で体の線に関して不満を漏らしたことを後悔した。

「迷うことなんてないじゃない、クロエ」シルヴィアは言いくるめるように続けた。「自分でも行きたいのはわかってるんでしょ。きっとすばらしい時が過ごせるわ。あなたが想像するほど退屈でもないだろうし。それに、仕事を終えて帰ってきたら、いっしょにわたしの婚約を祝えるかもしれない」

それはどうだか、とクロエは思った。「で、いつ出ればいいのよ」

シルヴィアは勝ち誇ったような声を漏らした。まあ、自分の思いどおりにならない展開なんてはじめから想像もしていなかっただろうけれど。「いい質問ね。きっとリムジンは下に着いてるころよ。向こうに着いたらミスター・ハキムという人のところに行って。詳しいことはその人が教えてくれるはずだから」

「ハキム？　わたしのアラビア語は片言よ」

「言ったでしょ、仕事はフランス語から英語、そしてその逆の通訳のみだって。輸入業者のグループは仕事柄、国籍も多岐にわたってるけど、みんな英語かフランス語を話せるわ。こんな仕事、朝飯前よ、クロエ。いろんな意味でね」

「ほんとにいやな女」とクロエは言った。「とにかく、まだ準備する時間は――」

「そんなものないわ。もう八時三十三分でしょ。リムジンは八時半に迎えに来ることになってるの。こういう職種の人たちは時間に厳しいのよ。軽く化粧をして、すぐ階下《した》に行かないと」

「化粧ならもうしてるわ」

シルヴィアはいらだち混じりにため息をついた。「そんなの化粧とは言わないの。いっしょに来て。わたしが直してあげる」そう言ってクロエの手を取ると、女子トイレのほうに向かって強引に引っぱりはじめた。

「化粧直しなんて必要ないわ」クロエは異を唱えて手を振りはらった。

「向こうはね、一日七百ユーロの報酬をくれるって言ってるのよ。しかも、ただしゃべるだけで」

クロエは自分の手を再度シルヴィアに握らせた。「直して」と観念したように言い、友人のあとについて部屋の奥にある狭いトイレへと向かった。

バスチアン・トゥッサン。またの名をセバスチャン・トゥッサン、ジャン・マルク・マルソー、ジェフリー・ピルビーム、カルロス・サンテリア、〝肉屋〟のヴラディーミル、ウィルヘルム・マイナーといい、それ以外にもゆうに五、六個はべつの名前とアイデンティティーを持つ彼は、巻きたばこに火をつけ、軽い心地よさを覚えながら煙を吸いこんだ。最近の三つの仕事ではたばこを吸わない者の設定で、クールにすべてを受け入れるいつもの態度でみずからを順応させた。弱さにつけ入られるタイプではないので、中毒、痛み、拷問、あるいはやさしさに左右されることはまずなかった。もちろん、状況がそれを求めるなら慈悲の心を示すこともある。そうでない場合は、まばたきひとつせず正義をつらぬくこともあった。彼にしてみれば、しなければならないことをするまでのことだ。

ほんとうにたばこを必要としているかどうかはべつとして、彼は喫煙という行為を楽しんでいた。それはいくぶんガードがゆるみ注意が散漫になるのを覚悟で、夕食とともに上等なワインを飲んだり、シングルモルトウイスキーを味わったりするのと同じことだった。もちろんその場合も、相手が満足するような情報を過不足なく与えつつ、自分の計画を進めることを忘れない。ウォッカでも同じことができるが、スコッチのほうが好みに合っていた。たばこの煙をくゆらせながらスコッチを味わい、ひとたび仕事が終われば、ニコチンとは無縁の日々を送る。

今回の任務はいつもよりも長い期間を要していた。下地固めはすでに二年以上まえから進められていて、十一カ月まえに任務に就いたときは彼自身まさに準備万端だった。並々ならぬ忍耐を持ちあわせた彼は、計画が実行に移されるまでどれほどの時間が必要になるのか、充分に承知していたのだ。しかし任務の終了が間近に迫ったいま、その事実は穏やかな満足感をもたらしていた。とはいえ、バスチアン・トゥッサンでなくなるのは寂しくもある。それは長いつきあいのなかで慣れ親しんだ男だった。派手さを抑えたフランス人らしい魅力、無情なまでの才気、そして女を見る目。実際、バスチアンとしてセックスをする機会はここ最近ないほど頻繁にあった。セックスもまた、状況によって近づけたり遠ざけたりする刺激のひとつだった。状況が求めるならば、たんにその快楽を味わうまでのことだ。マルセイユに妻がいることにはなっているものの、それが足かせになることはほとんどなかった。実際、今回会うことになっている男たちのほとんどは妻子持ちで、祖国に帰ればちゃんと愛すべき家族がいる。父親が商売を通じて得る利益で幸せな生活を送る妻や子どもたちが。

輸入業。中東から果物を輸入し、オーストラリアから牛肉を輸入し、さらには武器を輸入して、最も高い値をつけた者に譲りわたす。

少なくとも今回はドラッグではなかった。ヘロインの密輸入はあまり気分のいいものではない。もちろん、それが愚かな感傷であることは承知していた。人々はドラッグの使用を望んでも、密輸した銃で撃たれることを望みはしない。感傷に浸る余裕があったのは昔のことだった。しかしそれもとうの昔のことで、ほとんど覚えてもいない。

空気の透きとおるような寒々しい冬の日だった。風に乗って、りんごのにおいが遠くから運ばれてくる。四方に棟の延びるシャトーの前で、庭師役のスタッフが静かに枯れ葉を掃く音が聞こえた。スタッフのほとんどは、ゆったりした服の下に銃を携帯している。半自動式のサブマシンガン、おそらくウージーだろう。もしかしたら、自分が提供したものかもしれない。

万一それで撃ち殺されたら皮肉の極みだな。

彼は地面にたばこを捨てて靴底でもみ消した。吸い殻はあとで誰かが来て拾うに違いない。そしてその誰かは、命令とあれば顔色ひとつ変えずにこの自分を抹殺するだろう。しかし不思議なことに、いまの彼にとってそんなことはどうでもいいことだった。

背後でドアが開き、ジル・ハキムが日の光のなかに姿を見せた。「バスチアン、みんなして書斎でコーヒーを飲むんだが、おまえもいっしょにどうだ？　顔合わせの意味もふくめてさ。いま通訳が来るのを待っているところなんだ」

　バスチアンは美しい十二月の空に背を向け、ハキムのあとについてシャトーのなかに入った。

2

自分が下した安易な決断を後悔する時間はあり余るほどあった。制服姿の運転手はふたりのあいだにあるガラス製のスクリーンをずっと上げたままにしている。お酒でも飲んで心を静めるにはさすがにまだ早かったし、シルヴィアに急《せ》かされたおかげで本を持ってくるのも忘れていた。いつ終わるとも知れないこのドライブの連れとなり得るのは、頭のなかで浮かぶ思考だけだった。

無意識のうちに栗《くり》色の髪に手をやったクロエは、長い髪の束を耳のうしろにかきあげ、シルヴィアが限られた化粧品とブラシ一本を使ってたった三分で起こした奇跡に思いをはせた。たしかに本は入れ忘れたものの、シルヴィアに借りたエルメスのハンドバッグにはやはりシルヴィアのコンパクトが入っている。クロエはもう一度こっそり鏡を見てみたい衝動にかられた。そこに映ってこちらを見つめかえす、見知らぬ女性と対面するために。その女性はきわめてなじみのある穏やかな茶色い目でこちらを見ているはずだった。ただいつもと違うのは、いまは目の輪郭にきちんとアイラインが引かれ、効果的なぼかしのテクニックとともに、青白い顔をゴージャスに演出していること。以前は顔のまわりにただ垂れるだけだった栗色のストレートヘアは、シルヴィアによってムースがつけられ、手際よくいじられた結果、一分もしないうちに貧弱な直毛のヴェールからふんわりとしたたてがみに様変わりしていた。血の気の足りない唇はいまやふっくらとして赤く輝き、肩にかけられた借り物のスカーフも美しさを引きたてる役をここぞとばかりに果たしている。

問題は、この幻をいつまで保てるかということだ。シルヴィアなら三分もあれば自身をこのように見せられるだろう。実際、このわたしを茶色い雀《すずめ》から孔雀《くじゃく》へと変身させるのに五分とかからなかった。同様の成果を得ようと機会あるごとに努力したものの、結局いつも満足のいかない結果に終わるのがおちだった。〝肝心なのは抑えること、それが見栄えにつながる〟というのがシルヴィアの教えだったが、自分でほどこした化粧の見栄えは充分であったためしがなかった。

といっても、やきもきしたところでなにになるだろう。今回の仕事に求められているのは通訳であって、ファッションモデルではない。それに、自分がなにか知っていることがあるとすれば、それは間違いなく言葉だった。正確に仕事をこなし、それ以外の時間にしても、始終キャベツのにおいがする狭苦しいアパルトマンではなく、田舎のシャトーにいるのがふさわしい人間であるようにふるまう自信はある。それに、食べたいものはなんでも食べられるというし。

田舎のシャトーで三、四日過ごして帰れば、シルヴィアもかなりの恩義を感じるに違いない。冗談半分で望んでいたセックスとバイオレンスは得られないかもしれないけれど、少なくとも気分転換にはなる。それにひょっとしたら、退屈なビジネスマンのひとりがハンサムなアシスタントを連れていて、その男性がアメリカ人の女の子に多大な興味を持っているということもあるかもしれない。なんだって起こり得る。

ミラベル邸はアメリカの金塊が貯蔵されているフォート・ノックスよりもセキュリティーが厳重なのね。クロエがそんな印象を抱いたのは三十分後だった。敷地のなかにはいくつもの門や検問があって、武装した守衛や鎖につながれた何匹もの犬も見受けられる。車がさらに奥に進むにつれ、クロエはなんとも落ちつかない気分になった。敷地に入るのにこれだけ厳しいとなると、出るのはまったくもって不可能のように思える。そう、ここにいる人々が出してもかまわないと判断しないかぎり。

でも、けっして出さないなんてことがあるはずないじゃないの。クロエは自分のばかさ加減に苦笑いした。リムジンがようやく広々とした玄関の階段の前に到着すると、クロエはあれこれ詮索《せんさく》したり想像したりするのを抑えつつ、シルヴィアの優雅なけだるさをまねて後部座席から降りた。

そこに待っていた男は背が高く、平均的なフランス人よりも年上かつ上品な身なりをしていた。実際、見るからに上等な服を着ている。想像するまでもなく中東の出身だと思われるその男に向かって、クロエはとっておきの笑みを浮かべた。「ムッシュー・ハキムですか？」

　男はうなずき、クロエの手を握った。「ミス・アンダーウッドですね。ミス・ウイッカムの代理の。じつは、あなたがいらっしゃることはつい先ほどわかりまして。事前にわかっていれば、無駄足を踏ませずにすんだと思うのですが」

「無駄足？　ということは、わたしはもう必要ないと？」二時間以上かけてまた町に逆戻りするのは、いまいちばんしたいことのリストには入っていない。シルヴィアが約束したおいしい報酬をこの期に及んであきらめるのは、もっと気が進まなかった。

「予定していたよりも人数が少なくなったので、外部の助けを請わずともなんとか互いの理解はできると思うのです」と調子の整った穏和な声でハキムは言った。ふたりは英語で話をしていたが、クロエは急にフランス語に切りかえた。

「それがそちらのご意向なら。ですが、わたしはきっとお役に立てると思います。この先数日はほかに予定など入っていませんし、ご希望であれば喜んで滞在を」

「ほかに予定がないのであれば、パリに戻ってすてきなバケーションを楽しむことも可能でしょう」ハキムはやはりフランス語に切りかえて返答した。

「ムッシュー・ハキム、あいにくわたしが住むアパルトマンはバケーション向きとは言えないんです」どうして相手を説得しようとしているのかは自分でもわからなかった。そもそもこんなところに来たくはなかったのだし、ここにいるのもシルビアにうまいこと言いくるめられたからにすぎない。彼女の口車と、一日七百ユーロの報酬という魅力にほだされて。

けれどもこうしてここに来たからには、もう戻りたくなかった。たとえそのほうが賢明だとしても。

ハキムはためらっていた。どうやら押しが強く言いたいことを口にする女には慣れていないらしい。けれどもやがてうなずいて言った。「まあ、あなたもきっと我々の役に立ってくれることでしょう。長旅をしたあげく素戻りとあってはあんまりでしょうし」

「たしかに長旅でした」とクロエは言った。「たぶん、運転手の方は道に迷われたんだと思います。途中、何度か同じ場所を通ることがたびたびありましたし。次回はちゃんと地図を持参することをお勧めするわ」

ハキムの笑みはかろうじてそれとわかるものだった。「そのように申し伝えましょう、マドモワゼル・アンダーウッド。では、荷物は使用人たちにまかせて、どうぞこちらに。通訳をお願いすることになる客人たちに紹介しましょう。さほど面倒な仕事ではないと思います。会議のとき以外はこの美しい環境を満喫することもできますし。それに、あなたのような魅力ある若い女性がいてくだされば、我々の作業もスムーズに進むというものです」

どういうわけかフランス風の社交辞令もその男の口をついて出ると皮肉じみて聞こえ、クロエはすぐにでも手を洗いたい思いにかられた。ローラン兄弟のなかでも最も好色なボスのためにとっておいた作り笑いを浮かべた彼女は、お世辞がうまいこと、とつぶやき、ハキムのあとに従って大理石の階段を上がった。

フランスの郊外では古いシャトーの多くが高級ホテルやコンファレンス・センターに改築され、さほど状態のよくない建物は朝食つきの民宿に様変わりしていたが、この屋敷はこれまで目にしたり噂《うわさ》に聞いたりした建物よりさらに豪華で、ハキムに案内されて広々した部屋に入るころには、ますます落ちつかない気分になっていた。

それでも、ほかにも女性がいるのはせめてもの救いだった。部屋に集まっている人の数は八人、それぞれにコーヒーを飲んでいる。クロエはふたりの女性のほうにさっと視線を走らせた。美しいという点では同じだけれど、それ以外に共通なものは持ちあわせていない。マダム・ランバートは長身で、ある程度の年をとり、カール・ラガーフェルドの服を着ていた。もちろん、それがわかったのもシルヴィアのおかげかもしれない。もうひとりの女性はもう少し若く、おそらく三十代前半というところだろう。その美貌《びぼう》や活発さがいくぶん鼻につくような印象だった。紹介はきわめて円滑に行われた。ミスター・オートミは威風堂々とした年配の日本人で、幸運にも流暢《りゅうちょう》な英語を話し、冷たい目をしたタナカというアシスタントを連れていた。シニョール・リチェッティは虚栄心の強い中年の男で、いっしょにいるハンサムな若いアシスタントは間違いなく恋人だろう。そしてフォン・ルッター男爵はその称号から容易に想像できるように、自分にしか興味がないらしかった。

そしてクロエは、そのあと自分のなかで起こった反応に戸惑いつつ、思わず視線を下に向けた。そもそもスーツ姿の男は好きではない。たとえそれがアルマーニであっても。ビジネスマンはどうも肌に合わなかった。そのほとんどはユーモアなどまったく解さず、巨万の富を獲得することだけに躍起になっている。フランスが好きな理由は山ほどあったが、富への執着はそのひとつではなかった。なのに、あろうことかここにいる人に惹《ひ》かれるなんて。いつもなら範疇《はんちゅう》にも入らないような男にあっという間に魅了されるなんて、なんという皮肉。

マダム・ランバート、シニョール・リチェッティ、フォン・ルッター男爵とその夫人、ミスター・オートミ。続いて紹介されたのは、トゥッサンという男だった。

バスチアン・トゥッサン。少なくとも、相手はこちらにまったく興味がないようだった。紹介されるなり軽くうなずき、通訳だという女の存在を頭から追いはらったに違いない。クロエにしても、自分のそんな反応に確固とした理由があるわけではなかった。これまでお目にかかったこともないようなハンサムな男だというわけではない。ほかのメンバーよりもほんの少し背が高いその男は、引き締まった体つきをして、面長の顔と力強い鼻が特徴だった。瞳の色は光も通さないほど暗く、そこに自分の姿が映っているのかどうかも疑問だった。漆黒の髪は長くてボリュームもあり、そのグループにあってひときわ目立っている。涼しい表情をしているのは、それが自慢の種だからなのかもしれない。うぬぼれの強い男なんてごめんだわ、とクロエは思った。

でも、それがバスチアン・トゥッサンなら許せる。さっと目をそらすと、シニョール・リチェッティがまくし立てるイタリア語が耳に飛びこんできた。

「いったいこの女はここでなにをしてるんだ」シニョール・リチェッティは怒り狂ったように声をあげた。「予定ではあのばかなイギリス女が来るはずだっただろう。この女を信用できるとどうして言いきれる？　ひょっとしたらあのイギリス女のようにまぬけな女ではないかもしれない。いますぐ追いかえせ、ハキム」

「シニョール・リチェッティ、イタリア語を理解できない者の前でそんなふうに言っては失礼ですよ」ハキムは英語でたしなめ、クロエのほうに向きなおった。「まさかイタリア語を話せるわけじゃありませんよね、マドモワゼル・アンダーウッド」

どうして嘘《うそ》をついたのかはわからなかった。ハキムの質問に不安を覚え、リチェッティの怒りもそんな思いをかき立てるばかりだった。「フランス語と英語だけです」クロエは努めて明るい声で答えた。

それでもリチェッティの興奮は静まらなかった。「いずれにしても危険すぎる。当然、ほかの者も同じ意見に違いない。マダム・ランバート、ムッシュー・トゥッサン、あなた方もこの女を追いかえすべきだと思われますな」リチェッティはいまだにイタリア語で話していたが、クロエは不安な思いを顔に出さずにぽかんとした表情を作りつづけた。

「ばかなことをおっしゃらないで、リチェッティ」驚いたことに、マダム・ランバートはブリティッシュアクセントの残るイタリア語で言った。シルヴィア同様、彼女もまたフランス女性が醸しだす、あのあか抜けた感じを自分のものにしていた。それはクロエが身につけようとしてもなかなか身につけられないものだった。

「まあ、俺《おれ》としてはいてもらうべきだと思うけど」バスチアン・トゥッサンが気のない声で言った。「このまま追いかえすにしてはかわいすぎる。だいたいどんな害になるというんです？　きっとこの娘の頭のなかはからっぽだ。言葉の裏を読みとるなんて芸当、できっこない」それは完璧《かんぺき》なイタリア語だった。ほんのわずかにフランス語と、特定できない訛《なまり》を感じる程度。その声は低く、ゆっくりとした物言いはとてもセクシーだった。これではますますはまっていくばかりだわ、とクロエは思った。

「わたしは断固としてこの女が危険であることを主張する」リチェッティはそう言ってコーヒーカップを置いた。クロエはその両手がかすかに震えているのを見逃さなかった。ひょっとしてコーヒーの飲みすぎかしら。それとも、なにかべつの理由が？

「まあ、きみの言いたいことはよくわかったよ」男爵が口を開いた。白髪にふっくらとした体格。人好きのするおじいさんのような印象に、クロエの抱いていた得体の知れない不安はいくぶん薄れた。「ミラベル邸へようこそ、マドモワゼル・アンダーウッド」と男爵はフランス語で言った。「きみが突然の穴埋めを買って出てくれたことに、我々はとても感謝しているよ」

　クロエははっとして、その言葉が理解できて当然であることに気づいた。「ありがとう《メルシ》、ムッシュー」と答え、自分の注意のすべてを心やさしい年配の紳士に注ごうと努力した。右肩のすぐ向こうに立つ男のことなど無視して。「最善を尽くして仕事に臨みますので」

「きっときみは期待どおりの仕事をしてくれるだろうさ」とかすかにふくみのあるような声でハキムが言った。リチェッティは顔を赤らめて、そのまま黙りこくった。「じつは今日の仕事はもうすんだんだよ。きみもひとまず部屋でゆっくりしたいだろう。食事まえのドリンクは七時、夕食は九時。ぜひともきみもいっしょに。夜のくつろぎの時間はなるべくビジネスのことは話題にしないようにしているんだが、みんなついうっかりというところがあってね。きみにつきあってもらえるとこちらとしても助かる」

「ほかにはどんなことにつきあってもらえるのかな」バスチアンが今度はドイツ語で言った。「ちょっとした気晴らしに彼女が必要になるかもしれない」

「よからぬことを考えるのはおよしなさい、バスチアン！」マダム・ランバートがたしなめた。「あなたの女好きのせいで問題を複雑にされては迷惑だわ。男という生き物はね、女の股のあいだにいると、あれこれ余計なことを打ち明けてしまうものなの」

クロエはまばたきをし、バスチアンが視界の目の前に入ってきても反応を見せまいとした。秘密めいたその微笑は抗しがたいほど性的な魅力に満ちていた。「妻が言っていたよ、俺はセックスのあいだ終始無言だと」

「まあ、その言葉をたしかめるような行為はこのシャトーではひかえてもらおう」とハキムが言った。「ここでの仕事にひと段落ついたら、パリまで追っかけていって、彼女と思う存分行為に励むのもかまわないだろう。しかし、我々にはそのまえにしなければならないことがある」そしてクロエに向きなおった彼は英語に切りかえて続けた。「申し訳ない、マドモワゼル。わけのわからない会話にさぞ混乱していることだろう。同じ言葉を理解するのは我々の半分だけでね、ときおりきわめて複雑になってしまうんだよ。今後の会話はフランス語と英語のみということで。諸君、わかったか？」

バスチアンは目を細めてクロエを見つめつづけていた。「もちろん」と英語で言った。

「俺はいつだって待てるよ」

「待つって、なにをです、ムッシュー？」クロエは素朴な質問を返した。

それが間違いだった。バスチアンは瞳にぐっと力を込めてクロエを見つめかえした。それは圧倒されるほどの目力だった。光も通さないほどの黒い瞳。そこになにかが映ることはあるのだろうか。クロエは自分がそれをたしかめる立場になりませんようにと願うばかりだった。どうかこのままéconomiesすっかり我を失ってしまうなんてことがありませんようにと。

たしかにバスチアン・トゥッサンはゴージャスだった。でも、間違っても自分の手に負える男ではない。

「遅い夕食を、ですよ、マドモワゼル」とバスチアンはこともなげに言った。そして真意を推しはかる時間も与えずクロエの手を取ると、おもむろにそれを唇に近づけた。クロエにしたところで手にキスをされたことくらいはある。それは今日のヨーロッパにあってもけっして珍しくないジェスチャーだった。といっても、そんな行為をする相手はきまって礼儀正しい年配の男性で、しかもなんの意味もなく戯れにするまでのこと。それに比べて手の甲に感じられるバスチアンの唇は、礼儀正しさや意味のない行為とはかけ離れたものだった。拒もうと引きよせる間もなく、バスチアンはその手を放した。

「さあ、マドモワゼル、きっとおなかがすいていることでしょう」とハキムが言った。「マリーが部屋に案内します。昼食は彼女が部屋に運んでくれるでしょう。敷地のなかの散策に興味があれば遠慮なく言ってください。庭師に案内させますから。いまの時期は泳ぐには少し寒いかもしれませんが、プールの水は温めてあります。それに、アメリカ人は寒さなどものともしないでしょう」

「でも、水着を持ってきたかどうか」とクロエは言った。シルヴィアがスーツケースになにを詰めたのかは開けてみなければわからない。

「水着なしでもぜんぜん問題ありませんよ、マドモワゼル」バスチアンが甘い声で言った。

それはこちらに興味を持っているという最初のほのめかしだったが、自分に対してどうしてそんな思いを抱いているのかは謎《なぞ》だった。紹介の際にはまったく興味がないようなそぶりだったのに。ひょっとしたらこのシャトーにいる女性のなかでは獲物にしやすいということなのかもしれない。

けれども、このまま相手に翻弄《ほんろう》されて黙っているつもりは毛頭なかった。「さすがに裸で泳ぐには寒すぎるでしょうね」クロエは努めて明るく答えた。「運動がしたくなったら散歩に行くことにします」

「充分に気をつけることですな、マドモワゼル・クロエ」リチェッティがかなり訛のあるフランス語で言った。「いまは狩りの季節だ。どこからともなく弾が飛んでくることがないとも限らない。夜間は敷地のなかを番犬が何匹も歩きまわっているし、不審な者を見つければ犬たちはけっして容赦しない。散歩に出たい場合は必ず誰かにつきそいを頼むのが無難だろう。ふらふら歩いているうちにうっかりどこかに迷いこんで……危ない目に遭うかもしれない」

これは警告？　それとも脅し？　あるいはその両方？　いったいここではなにが起きてるっていうの？　シルヴィアはどんなことに首を突っこんでいるの？

セックスとバイオレンス。クロエの脳裏にふたつの言葉がよみがえった。たしかにバスチアンを見ているだけでセックスの面については満たされるものがある。けれども、ことバイオレンスに関するかぎり、それは午後のお茶のように満喫できるものではなかった。もちろんそれが週末に限られていれば楽しむ要素もあるのかもしれない。けれども、いまこの時点で自分がなんらかの危険にさらされていると考えるのはあまりにばかげていた。だいたい、ここは現代のフランスで、屋敷にいるのは物静かで平凡なビジネスマンのグループ。こんなふうに突飛な妄想を抱くのも、シルヴィアが翻訳したスリラー物の読みすぎが原因に違いない。

「自分の仕事に関係のないところにはけっして立ち入らないよう、充分に気をつけます」とクロエは言った。

「まあ、そうするに越したことはないでしょう」とハキムが他人事のように言った。

ハキムという男はどこか風変わりな雰囲気を漂わせていた。実際のところはとても腹黒い人間であるような印象もかすかに感じられる。もちろんそれも、いまや収拾もつかないほど膨らみはじめた妄想なのかもしれなかった。それでもハキムという男はやたらと威張っているようでもあり、ときにアシスタント的な存在のようでもあり、このグループにあってどんな位置を占めているのかは見当もつかなかった。そんな状況のなか、このシャトーでなにか妙なことが起きていると勘ぐるのも無理はない。こちらが理解できないと思って、英語やフランス語以外の言葉で謎めいた会話をしているのも不思議だった。といっても現実には、娯楽らしい娯楽もなく、郊外のシャトーに閉じこめられた人々の集まりというのがほんとうのところなのだろうけれど。

「では、七時にまた」とハキムは言った。

するとのりのきいた黒い制服を着た、いかにもまじめそうな女性が部屋に現れた。メリー・ポピンズというより、ヒッチコックの映画に出てくる使用人、ミセス・ダンヴァーズに近い。

「こちらへどうぞ、マドモワゼル」と彼女はフランス語で言った。その訛からすると、彼女にとってフランス語が外国語であることは明らかなのだけれど、母国語がなんであるかということまでは想像もつかなかった。

先ほどからずっとバスチアンに見つめられているのは気づいていた。それでも断固とした意志で、そちらのほうに目を向けないようにがんばっていた。相手がかなりの女たらしであることは、英語とフランス語しか話せないと嘘をついた手前、知らないことになっている。そう、屋敷に女性が訪ねてくるなりベッドに誘おうとするプレイボーイだなんて。それに、向こうは既婚の身だ。それは越えてはならない一線として、唯一、役立たずのルームメイトと意見をともにする部分だった。シルヴィアが独身の男性と関係を持つのは、裕福な夫を射止めるというたったひとつの目的があってのこと。けれどもクロエが求めているのはそんなことではなかった。じゃあいったいなにかというと、それは自分でもわからない。けれども、バスチアン・トゥッサンがそれを与えてくれないのはたしかだった。

「七時に」と返事をしつつ、クロエは内心疑問に思った。夕食のまえに二時間もお酒を飲んだりして、みんな酔っぱらったりしないのかしら。でも、そんなことは彼女が心配する問題ではなかった。そのことに限らず、わたしがここであれこれ考えてなにになるだろう。それは真剣かどうかもわからないバスチアンの挑発的な言動についても同じことだった。この人が本気でわたしを求めているわけがない。わたしがこの人のタイプだなんて絶対にあり得ない。どうせ、すらりと脚の長いモデルのような女が好みなのだろうし。そう、洗練されていて、つんとすました鼻っ柱の強い女が。もちろんわたしだってそんな態度を培おうと何年も努力しているけれど、パリに暮らしてちょっとは変わったものの、いまだ完成品にはほど遠い。

迷宮みたいにたくさん部屋があったのでは、すぐに自分のいるところがわからなくなってしまうわ。姿勢の正しいマリーのあとについて廊下を進みながら、クロエは不安に思った。けれどもやがて通された部屋はいくつもある廊下のいちばん奥にあって、なかに入るなりそんな思いもかき消えた。そこはまるで美術館にあるような部屋だった。美しいグリーンのシルクカバーがかけられたベッド。大理石の床。いかにも高級そうな豪華なソファーに、アメリカを離れてからは目にしたこともないような広いバスルーム。ぱっと見たところテレビはないようだけれど、このような部屋にテレビがあっても不釣りあいなだけだろう。それに、なにか読むものくらいはあるはずだった。廊下のテーブルには何紙か名の知れた新聞が並べられているので、暇になったらそれを取ってきてクロスワードパズルでもすればいい。クロスワードパズルはお気に入りの言葉遊びだった。ひとつふたつ解いているうちに、数日などすぐに過ぎてしまうだろう。もちろん、イタリア語やドイツ語の新聞を手に取らないよう充分に注意しなければならないけれど。

とりあえずいまは心地のいいベッドに横になって、たっぷり昼寝をしたい。「わたしのスーツケースはどこかしら」とクロエは訊《き》いた。

「すでに荷をほどいて、クローゼットにしまってあります」マリーはそれが当たり前であるかのように答えた。「ムッシュー・ハキムからお聞きになっているかと思いますが、夕食の席では盛装していただくことになっています。僭越《せんえつ》ですが、銀色のレースのドレスがよろしいかと」

もしシルヴィアがとっておきのレースのドレスをスーツケースに詰めたのであれば、この仕事は彼女にとってよほど大事であるに違いない。そもそも彼女は緊急のとき以外、あの服を目の届かないところにやることはない。

お尻と胸のあたりがほんのちょっときつい感じがするドレスだけれど、それ以外の服でなにか適当なものがないか探すような身の程知らずの行為をするつもりはなかった。マリーはそのへんのことに詳しいようだし、親切にも助言をしてくれるのであれば、それを利用しない手はなかった。

「ありがとう、マリー」そうお礼を言ったものの、クロエはふいにあせりを覚えた。こういうときはチップをあげたほうがいいのかしら？　けれどもあれこれ迷う間もなく、マリーはドアに向かって歩きだしていた。礼儀を知らないアメリカ人からはなにも期待していないということかもしれない。

マリーはドアのところまで行くと振りかえった。「何時にお呼びしましょう？　五時にしますか？　それとも五時半に？　余裕を持って準備をなされたほうがよろしいかと」

きっと身支度をするのに相当手こずるタイプの女だと思っているに違いない。「六時半に声をかけてくれたら、わたしの場合は充分」とクロエは明るい声で言った。

マリーは自分の長い鼻を見下ろすようにして、軽蔑《けいべつ》と不安の交じった表情を浮かべた。「では、なにかご用があればなんなりと」と一瞬間を置いたあとで彼女は言った。「ちなみに、お客様のような髪を整えたことは以前にありますので」それはまるでクロエの髪が肥やしのこびりついた藁《わら》であるかのような言い方だった。

「それはどうもありがとう、マリー。でも、ほんとうに準備に手間はかからないと思うから」

それに答える代わりに、マリーはたんに眉をつりあげただけだった。そんな表情を前にして、クロエはふたたび不安がかき立てられるのを感じた。

3

あの若い女をライオンの巣に送りこむなんて、それが誰にしろ、そいつはとんだ過ちを犯したものだな、とバスチアンは思った。一見したところ、厳しい状況のなかで冷静に任務を遂行できるような優秀なスパイとはほど遠い。部屋のなかで交わされている言葉のすべてを彼女が理解していることは、数秒もしないうちにわかった。おそらく、それ以外の言葉もいくつか話せるのだろう。しかしながら、その能力を隠すのはずいぶんと下手なようだった。数秒でこの俺《おれ》が気づくのであれば、ほかの連中が気づくのもさほど時間はかからないだろう。

問題は、いったい誰があの女を送りこんだか、そしてその理由だった。こちらの正体を探りだすためにやってきたのなら、きわめて危険な存在と言えるだろう。状況から判断するかぎり、自分のことを疑っている者はひとりもいない。しかし、過信は禁物だった。いま自分が演じているのは生粋の女たらしであり、そこに魅力のある年ごろの女が送りこまれれば完璧《かんぺき》な餌《えさ》になる。それはジャングルで、飢えた豹《ひょう》をおびきよせるために若い鹿《しか》を杭《くい》につないでおくようなものだった。下手にこちらが食いつけば、向こうの思うつぼだ。

それにしても、彼女はスパイとしては危なっかしいほど不向きだった。洗練されているふうを装っているものの、その仮面はきわめて薄っぺらで、ひとたび栗《くり》色の瞳をのぞきこめば、心の内をすべて読みとれるほどだった。不安の数々。内気な性格。まして、標的となる人物に図らずも性的な魅力を感じるなんて。それはけっして望ましいことではない。

実際、彼女はかなり背伸びをしているように見受けられた。

しかし一方で、彼女はその外見からは想像もつかないほど優秀なのかもしれなかった。奥手な女性を思わせるおどおどしたふるまいは、すべて演技の一環で、相手を惑わすための手段なのかもしれない。

あの女は、ほんとうに俺の正体を暴くために送られてきたのだろうか？　それとも、ターゲットはほかにいるとでも？　ひょっとしたら〝委員会〟が俺の仕事ぶりを調べようとしているのかもしれない。その可能性は充分にある。いまの仕事にうんざりしている事実はあえて隠そうともしていないし、現に、もはやどうでもいいと思っていた。生きるか死ぬかの違いなど、いまとなっては取るに足りないもの。けれどもいったん〝委員会〟のために仕事を引き受けたら最後、連中はけっしてそのまま放《ほう》っておくようなまねはしなかった。自分は殺されるかもしれない。おそらく、近いうちに。やはりマドモワゼル・アンダーウッドが、はにかんだ瞳や甘い唇に似合わず、その役目を担っているのかもしれない。

となると、問題はひとつ。自分は黙って彼女にそれを許すのか?

いいや、それはない。たしかにすべてにうんざりし、心の炎も燃えつきて抜け殻になっているとはいえ、ただ黙って命を取られるわけにはいかなかった。少なくとも、いまはまだ。

表面的には、今回の任務は単純だった。オーガスト・レマルクが自動車爆弾によってこっぱみじんにされたのは先月のこと。それはあるテロ対策組織——〝委員会〟という名でわずか少数のあいだでしか知られていない秘密のグループの仕業とされた。しかし実際のところ、〝委員会〟はその事件とはなんの関係もなかった。オーガスト・レマルクは一介のビジネスマンであり、その目当ては自身の利益のみ。〝委員会〟の幹部たちはその点を充分に理解し、静観していた。〝委員会〟はただ、レマルクやその男にかかわる武器商人の動向を見張り、密売の過程で誰がなにをどこに輸送したのかつねに把握して、どの段階でそれを阻止するか独自の判断を下す。それ以上のことをする必要はない。船積みされてアフリカの発展途上国に送られる高性能の機関銃は、大勢の一般市民を死に追いやるかもしれない。それでも考慮しなければならないのは、より大きな善であり、実際のところ、超大国と呼ばれる国々はこれらの貧しい国々にはほとんど関心がなかった。少なくとも、尊敬すべきボス、ハリー・トマソンはバスチアンにそう語った。

もちろん、その理由についてはバスチアンも承知していた。〝委員会〟や同組織を支持する民間の有力者たちは、石油を有していない国々などさして重要ではないと思っている。

バスチアンの仕事はみずから武器商人を装いながら密売人たちを間近で監視することだった。しかし、レマルクが殺されたことによってすべては変わった。今回このミーティングを招集したのはレマルクの右腕であるハキムで、現在の縄張りを再分割し、新たなリーダーを選びだすというのが目的らしかった。といっても、このシャトーに集まった者たちが必ずしもほかの商人から信頼を得ているわけではないが、武器密輸カルテルのリーダーというのは、最新にして最強の武器の獲得や輸送をほかの者にまかせ、みずからは取引上の退屈でこまごまとした問題を片づけることもあった。

ハキムは従来そのような雑務を担当していたのだが、ここに来てちょっとした野望を抱きはじめていた。ハキムの狙《ねら》いは言うまでもなく、レマルクの座だった。もちろん、多大な利益の源であるレマルクの縄張りをふくめて。しかし、そこにはいくつか問題があった。数十年に及ぶ密輸取引、殺戮《さつりく》と賄賂《わいろ》の繰りかえしのなかで、亡きオーガスト・レマルクは中東に向けた武器の輸出のほとんどを牛耳っていたのだ。そこはまさにけっして枯れることのない市場だった。

チリ、コソボ、北アイルランドといった地域や日本のカルト集団の場合は、武器を求めるなかで盛衰を繰りかえすのが現状だった。ところが中東はというと、いくら供給しても絶対にこれで充分ということがない。しかもその地域での紛争にアメリカが再三にわたって首を突っこみ、無理やり事態を制圧しようとするものだから、状況は悪化の一途をたどるばかりだった。

　武器密輸カルテルの各メンバーは、その地域から上がる莫大《ばくだい》な利益の公正な取り分を要求していた。そしてそれを得るためには、ハキムを始末する必要があった。

　バスチアン自身はゆっくり構えてその成り行きを見届けるつもりだった。一日、二日かけてじっくり様子を見ようと。カルテルのメンバーはつぎつぎとレマルク暗殺の背後にハキムがいることに気づき、一様にその事実を容認できないでいる。おそらくハキムはここ数日のあいだに、メンバーの誰かによって始末されるだろう。それが叶《かな》わなければ、あとはバスチアンの手にゆだねられることになる。

　ハキムの裏切りに関する噂《うわさ》をそれとなく広めるのはわけなかった。主要なメンバーの反応もじつにさまざまで、興味深いものだった。なにしろ現実には、ハキムはレマルクの死にまったく関係していなかったのだから。たとえハキム自身が、それによってもたらされる利益を自分のものにしようと躍起になっていたとしても。

　実際にその暗殺の背後にいたのはカルテルのほかのメンバーだった。いまここに集まっている者、あるいはこれから来る者。おそらくその人物は、ほかの人間に疑いの目が向けられて大喜びしているに違いない。しかしいまのところ、〝委員会〟のほうもなかなかその人物の特定ができないでいた。普通に考えれば、フォン・ルッター男爵と推理するのが妥当だろう。一見したところ朗らかなその仮面の下には、冷徹で短気な男が隠れている。それに男爵がいまの地位に昇りつめたのは、巧みな駆け引きというより強引な手段によるところが大きかった。いまや男爵の対等のパートナーであり、若き妻でもあるモニークを、バスチアンがどう自分のものにしたかは言うまでもない。

バスチアンのスパイ仲間は、寡黙にして初老のヤクザのボスであるオートミが黒幕であると踏んでいた。また、イタリアン・マフィアとのつながりを考えれば、リチェッティという可能性も充分にある。それに、マダム・ランバートもけっしてあなどれない存在だった。

実際のところ、それは誰にでも可能だし、その動機もあった。たとえ誰が暗殺を命じたとしても、〝委員会〟は驚きもしないだろう。

しかし、バスチアンはこの少数グループに属する最後のメンバーが姿を見せるのを待っていた。クリストス・クリストポロス。表面的には、たんなるわき役にすぎない。実際、ギリシャの密売ルートは昔からさほど大きなものではなかった。それでも、何事も単純に鵜呑《うの》みにしないのがバスチアンの仕事だ。クリストスがこのグループで最も危険な人物であることは、バスチアン・トゥッサンとして生きた十一カ月のなかですでに確認ずみだった。自動車爆弾でのレマルク殺害を手回しした張本人は、クリストスである可能性がきわめて高い。そう、レマルクの妻や娘、そして三人の幼い孫をも道連れにして。

トマソンはその判断を踏まえた上で任務を命じた。ハキムは消さなければならない――たとえ背後の黒幕ではないにしても、レマルク殺害はあの男の協力なしには実行し得ない。

そして万一、クリストスがカルテルの新たなリーダーに選ばれた場合は、やはり抹殺する必要がある。ほかの者はなんとか操れるにしても、あのギリシャ人はひと筋縄ではいかない。

もちろん、クリストスが選ばれることはないかもしれない。その場合、バスチアンは姿を消し、またべつの名前や国籍とともにほかの大陸に移って、新たな任務に就くまでのことだ。たとえそうなったとしても、どうということはない。任務は任務でいつも変わりなく、自分は命じられるまま善人にも悪人にもなれる。

ただ唯一たしかなのは、もしあの未熟な新参者の手であばら骨のあいだにナイフを突き立てられたら、そんなこともできなくなるということだった。

といっても、今日姿を見せた女が単独でこの任務にたずさわっているとは思っていなかった。シニョール・リチェッティの恋人であるジェンセンという名の青年は、じつはイギリス人のスパイだった。祖国に残してきた妻にはいつも、製薬会社のセールスマンという立場上、頻繁にあちこちに出向かなければならないのだと言ってあるらしい。

同僚のスパイをふくめて、この仕事においては誰も信用すべきでないのは経験から学んでいた。いつトマソンに使い捨てと見なされるかはわからないし、それが命令ならば、ジエンセンだってなんの躊躇《ちゅうちょ》もなく同僚の命を奪うだろう。当然、あの若い女よりもかなり高い確率で任務を成功させるに違いない。いや、ジェンセンでなくともそれは可能だろう。本気でこの俺を始末したいのであれば、もう少しこの世界に詳しい者をよこせばいいものを。

そう、あのしおらしいマドモワゼル・アンダーウッドよりも、もう少し腕のあるスパイを。

彼女の狙いはこの俺か、それともほかの誰かか。あるいはたんに情報収集が目的なのかもしれないし、実際に不要な駒《こま》を始末しに来たのかもしれない。いずれにしろ、ひとことハキムに言えば、始末されるのは彼女になるだろう。たとえ彼女を雇ったのがハキム自身だとしても、手際よくこの世界から抹殺されるに違いない。

しかしそれが最も安全な道だとわかっていながらも、バスチアンにはまだ実行に移す心構えはできていなかった。そもそも身の安全が魅力でこの仕事に惹《ひ》かれたわけではない。それにマドモワゼル・アンダーウッドは、殺してしまうより生かしておいたほうがあとあと役に立つかもしれない。とにかく、誰が彼女を送りこんだのか突きとめなければならない。そしてその理由も。もちろん、早く突きとめるに越したことはない。入念に計画を練ることも必要だが、下手に躊躇すれば身の破滅を招く。とにかく突きとめるべきことを突きとめ、そっとハキムの耳に入れよう。前途有望な若い女性の命を奪うのは忍びないが、彼女にしてもこの仕事に就いた以上、自分の身に迫る危険は百も承知だろう。だいたいこっちは感傷に浸る心などずっと以前に捨て去っているのだし。

いまはただ、いったいどうして彼女がここにいるのか、その理由を神に問うばかりだった。

クロエは軽いめまいを覚えていた。二時間ほど、薄いシルクの上掛けの下で体を丸めるようにして熟睡した彼女は、湯を張った深いバスタブにシャネルの香水を落とし、夕方の入浴を満喫した。シルヴィアのドレスを着て、シルヴィアの化粧品を使ってメイクをほどこすと、あと数分で七時という時間だった。もうじきばからしいほどヒールの高い靴に足を入れ、洗練された女性よろしく、滑るような動きで階段を下りていかなければならない。

正直なところ、先ほどから下着のことが気になりはじめていた。身につけているのは無地の白い綿の下着。本来ならレースやサテンで、大胆な濃い色が好みだったが、財布の中身がそれを許さなかった。それに衣類は、いつも外から見えるものにお金を使うようにしている。

それとは対照的に、シルヴィアは下着姿で過ごす機会が圧倒的に多かった。しかもそういうときは、ひとりきりということはめったにない。彼女のクローゼットはコースレット、パンティー、デミカップ・ブラジャー、それにガーターベルトでいっぱいだったし、しかもまるで虹《にじ》のようにありとあらゆる色がそろっていた。当然そのすべては、身につけている本人はもちろん、観客を楽しませるためにある。といってもクロエには、いまここで自分の観客となる異性を見つけるつもりなどなかった。たしかにバスチアン・トゥッサンのことは気になるけれど、結婚している男やプレイボーイに興味はないし、さらにはパリに戻るまで異性に気を回すつもりもなかった。この仕事はいたって簡単なものらしいから、のんびり数日かけて退屈なビジネス上の問題を通訳すれば、それで終わりなのだ。

それなのに、どうしてこんなに落ちつきをなくしているの？

きっとムッシュー・トゥッサンのせいよ。あんなふうに色目を使われて、穏やかでセクシーな声で話しかけられて、戸惑っているだけに違いない。それに加えて、ほかのゲストたちのふるまいがどうも腑《ふ》に落ちないということもある。あんなに神経質になるなんて、なにかとても影響力のあるものを扱っているに違いない。まあ、得てして人間というものは、自分の抱える心配事が人生を一変させるほどの大問題だと思いこみがちだけれど。もしかしたらあの人たちは、新しいタイプの生地を製造する技術でも開発したのかもしれない。来シーズンの靴のデザインとか、カロリーゼロのバターの作り方とかいうことも考えられる。

いずれにしても、わたしには関係のないことだわ。こっちはけっして出しゃばらず、通訳に徹して、求められたらその都度、役目を果たせばいい。あとはもう、こちらが理解できないと思って、あの人たちが英語やフランス語以外の言葉で厄介な話をしはじめないことを祈るばかりだった。それにしても、自分のワードローブがあればどんなに安心できたか。シルヴィアが詰めてくれた服はどれひとつ取っても、けっして出しゃばらないという感じではない。

頭痛がひどいと言ってベッドに潜りこみ、現実と向きあうのは明日ということにするのはどうだろう。ここにいるあいだは二十四時間ずっと拘束されるとは聞いていないし、今夜はどちらかというと親睦《しんぼく》のための夕食に近いはずで、絶対に通訳が必要というわけではないだろう。それにお酒が入ればあの人たちはもっと饒舌《じょうぜつ》になるだろうし、そうなれば今日の午後の会話どころではなく、さらに聞きたくないことまで聞かされるはめになるかもしれない。

そうはいっても、どうして彼らがあんなに神経質になっているのか、そのわけを探りだすのも悪い考えではないかもしれない。突きとめた答えが気に入らなければ、もうパリに戻らなければならないと言って、この場をあとにすればいいだけのことだった。ハキムも最初は通訳はいらなくなったと言っていたわけだし、共通の言葉がなくてもなんとか意思の疎通は図れるだろう。実際、気前のいい報酬よりも重要なのは心の平静なのだ。

けれども一日七百ユーロの報酬は、多少の不安を充分に和らげるものだった。ここはやはり階下に行って、みんなの輪に加わったほうがいいかもしれない。愛想よく笑顔を作り、饒舌にならない程度のワインを飲んで、それで終わり。バスチアン・トゥッサンには、あえて近づかないことにしよう。実際、あの男には不安にさせられる一方だった。けっして心の奥が読めない黒い瞳。なにやらこちらに興味を示しているものの、本気かどうかわかったものではない。わたし自身、それほど魅力に欠ける女ではないにしても、あの男の理想とするタイプにはほど遠いだろう。どうせスーパーモデルや大金持ちの娘が好みなのだろうし。

部屋のドアを開けるとバスチアンが待ちかまえるように廊下に立っていたが、それでもクロエの疑念は揺らがなかった。

バスチアンは薄い腕時計にちらりと目をやった。「時間どおりに現れる美女。すばらしい」とフランス語で言った。

クロエは返す言葉が見つからずに口ごもった。そこにかすかな皮肉が聞きとれたのは間違いない。自分でもそれなりの魅力はあるとは思っているけれど、美女という言葉はさすがに寛大すぎる。たとえシルヴィアのワードローブの恩恵をこうむって着飾っているにしても。とはいえ、相手の言葉をあえて否定するのもどうかと思われた。それに、洞窟《どうくつ》のような暗い廊下でこの男と余計な時間をともにしたくないという気持ちもある。

バスチアンはドアの向かいにある窓にもたれて立っていた。幾何学的デザインでまとめられた庭園がその向こうに広がっている。夜のこの時間、庭園は驚くほどきれいな照明で照らされていた。バスチアンはたばこを吸いながら待っていたらしい。おもむろに窓から離れ、そのままこちらに歩いてきた。

フランス人男性らしい優雅な物腰には慣れているつもりだった。けれどもこちらに近づいてくるバスチアンの体に思わず気を取られそうになったクロエは、頭のなかでぴしゃりとみずからの頬を叩《たた》いた。

「わたしを待っていたんですか？」と彼女は明るい声で言い、背後でドアを閉めた。部屋に舞い戻ってしっかり鍵《かぎ》をかけてしまいたいというのが本心だったけれど。

「もちろん。じつは俺の部屋もこの廊下の先にあってね。きみの部屋の隣だよ。この翼棟にある部屋に泊まっているのは俺たちしかいない。迷路のようなシャトーですぐに自分のいるところがわからなくなるし、入ってはならないところに迷いこんでしまわないよう、案内役を買って出ようと思ったんだ」

またただわ、とクロエは思った。なにかをにおわせるような、ふくみのある物言い。ひょっとしたら神経質になっているのはハキムのゲストではなく、このわたしなのかもしれない。「方向感覚には自信があるんです」とクロエは言った。もちろんまっ赤な嘘《うそ》だった。たとえ詳しい地図を持っていたとしても曲がるところを間違えてしまうのが、普段の自分。でも、そんなことを向こうは知る由もない。

「フランスでそれなりの月日を過ごしてきたきみなら、フランス人の男がみな自分のことをチャーミングで女性にやさしいと思っているのは承知の上だろう。実際、俺にとってそれは生まれつき備わっている性格のようなものでね。きみだって思わぬときに、俺が影のようにぴったりついていることに気づくかもしれない。コーヒーや、あるいはたばこでもどうかと」

「わたし、たばこは吸いません」この会話はクロエを不安にさせる一方だった。光も通さないような黒い瞳やほっそりとしてしなやかな体を見つめていると、心のなかでざわざわと波が立つのを抑えられなくなった。それにしても、どうしてこんな人に惹かれなければならないのだろう。この手の男にはけっして惹かれるべきではないのに。「それに、どうしてわたしがフランスに長いこと住んでいると思うんですか?」

「アクセントだよ。少なくとも一年はこの国で暮らしていないかぎり、そんなふうに流《りゅう》暢《ちょう》にしゃべることはできない」

「厳密に言えば、もう二年になります」

バスチアンが浮かべたのは、かろうじて見てとれるほどのかすかな笑みだった。「ほら、思ったとおり。こういうことには結構、勘が働くんだよ」

「あいにく、いまは魅力のあるやさしい男性など必要としていませんので」と言ったものの、心はいまだに落ちつきを失っていた。なにしろ相手は見た目がすてきなばかりか、とてもいいにおいを漂わせている。その香りはほのかながらも、たばこの残り香に混じってたしかに感じられた。「わたしは仕事でここに来たんです」

「もちろん」とバスチアンはつぶやくように言った。「でもだからといって、楽しみながら仕事をしてはならないというわけでもないだろう」

クロエはどぎまぎして仕方がなかった。ふたりは薄暗い廊下を歩きはじめていて、窓のわきを通るたびに、そこから差しこむ庭の明かりに照らされた。ヨーロッパ人特有の浮ついた戯れには慣れているつもりだった。その手のなれなれしさは、たいていの場合、過剰な自己顕示欲の表れでしかない。それに、この男が女たらしであることはもうわかっていた。相手はわたしがドイツ語を理解しなかったと思っているけれど、この男はみずからそう言っていたのだ。このような態度に出ているのもけっして意外ではない。

せっかくの誘いとはいえ、クロエはゲームに乗るつもりはなかった。相手がこの男であればなおさらのことだ。手慣れた様子で魅力を振りまいているものの、彼は戯れるだけ戯れて離れていくような、ただのプレイボーイではない。実際の彼にはもっとべつのなにかがあるという印象が、クロエはどうしてもぬぐいきれなかった。

「ムッシュー・トゥッサン……」

「バスチアン」と彼は言った。「そして俺はきみをクロエと呼ぼう。クロエという名の女性と知りあうのははじめてだな。とてもすてきな名前だよ」まるでシルクで肌をなでるようなやわらかな声だった。

「バスチアン」クロエは抵抗をやめて言った。「わたしにはこれがいい考えだとはどうしても思えないの」

「誰かつきあっている人がいるのかい？　だとしても、いっこうに気にすることはない。ここで起こることはあくまでもここだけのこと。せっかくの機会をふたりで楽しめない理由はない」バスチアンはさらりと言った。

　相手がほかの男性だったら自分はどうしているだろう。強引に男性に言いよられた場合や、望まない状況から抜けだす方法は心得ている。といっても、そのような機会は内心期待しているほど頻繁にあるわけではなかった。厄介なのは、自分がこの男に惹かれているかと同時に恐れてもいることだった。この男は嘘をついている。けれどもどういう理由でそうしているのかは見当もつかなかった。

　改装されたシャトーのなか、人の気配が感じられる場所までようやくたどり着いたところで、クロエは立ちどまった。二重扉の向こうからフランス語や英語で会話する声が聞こえる。バスチアンを説得しようとクロエは口を開きかけたものの、言うべき言葉はまったく思いつかなかった。

「俺はきみに強く惹かれている。過去を振りかえっても、これほど誰かに魅了されたことはない」そしてバスチアンはクロエに考える猶予も与えず、両手で肩をつかんで背中を壁に押しつけると、そのまま口づけをした。

なんてキスが上手なのだろう。ぼうっとした頭でクロエは思い、必死に反応しまいとした。バスチアンは両手で彼女の体に触れていた。その唇はそっと彼女の唇に重ねられていた。クロエはなにも考えず目を閉じ、バスチアンの唇が頬を、まぶたを、そしてふたたび唇をなでるのを感じた。離れるのが惜しいようにしばらくそこにとどまった唇は、やがてうなじへと移った。

戸惑うクロエは自分の手のやりどころに困った。腕を伸ばして押しやるべきなのはわかっていたけれど、そうしたいとは思わなかった。それどころか、羽毛で触れるような穏やかな口づけに、もっとという思いをかき立てられるばかりだった。そんな状態のなか、クロエは思った。この男にキスをさせるのは絶対にこれが最後。でも、だったらちゃんと経験しておくべきじゃないかしら。

そんなわけで、バスチアンが腰から手を離して顔に添え、今度はより激しく彼女の唇を求めたとき、クロエはみずから唇を開いてそれを受け入れた。ほんのひと齧《かじ》りくらいなら、禁断の果実を味わっても害はないだろう。そもそもここはフランスなのだし、愛に生きるのがフランス流。愛に喝采を《ヴィヴ・ラムール》。

けれどもその心地よさに身も心もゆだねようとした瞬間、いまいましい警鐘が頭のなかで鳴り響いて、それを制した。それにしても、なんて手慣れたものなのだろう。唇や舌の使い方、手の動き――バスチアンはキスの仕方を充分に心得ていた。もう少し愚かだったら、確実に欲望の渦にのみこまれているところだ。

やはりなにかが腑に落ちなかった。明快すぎるほどのバスチアンの行動は、クロエでさえ簡単にそのメッセージを理解できた。たしかにバスチアンは先ほどからプレイボーイよろしくもっともらしい動きをし、もっともらしいことを口にしている。けれども一歩うしろに引いて、冷静にこちらの反応をうかがっている彼がいるのもまた事実だった。

両手で相手の肩をつかもうとしていたクロエは、バスチアンの体を押しやった。必要以上の力で突いたせいか、バスチアンは強引に押し戻すことなく、ただ後方にあとずさった。相手の反応をかすかに楽しむような表情を顔に浮かべて。

「いやなのかい？」とバスチアンは言った。「ひょっとして空気を読み違えたのかな。俺はきみに強く惹かれている。てっきりお互い同じ思いを抱いていると」

「ムッシュー・トゥッサン、あなたはとても魅力的な男性です。でも、わたしを相手に、なにかゲームのような駆け引きをしようとしている。それはわたしの望むところではありません」

「駆け引き？」

「いったいなにが起きているのかわたしにはわかりません。でも、会ったばかりのわたしに急に抑えがたい思いを抱くなんて、とても信じられないわ」率直すぎることについては、シルヴィアにいつも注意されていた。けれども、そんなことはどうでもよかった。相手はいまだに近すぎる位置に立っている。その男がつく口先だけの甘い嘘を暴くためなら、どんな自分にもなる覚悟はあった。

「じゃあ、きみを納得させられるようにもっと努力しなければならないな」バスチアンはそう言ってふたたびクロエのほうに手を伸ばした。

そこに邪魔が入らなければ、愚かなクロエは抗《あらが》うことができなかったかもしれない。けれどもその瞬間、客間のドアが開いて、ハキムが姿を見せた。ふたりを目にしたハキムは、露骨に不快な表情を浮かべた。

バスチアンがとくに急ぐでもなくうしろに下がると、ハキムの表情はいっそう曇りを増した。「どこにいらっしゃるかと心配していたんですよ、マドモワゼル・アンダーウッド。もう七時半です」

「ここに来る途中で迷ってしまって。ムッシュー・トゥッサンが親切に案内してくださったの」

「当然、そうでしょう」ハキムはぼやくように言った。「男爵がお待ちかねだぞ、バスチアン。それから、このシャトーでは行動を慎むように。我々には片づけなければならない仕事がある」

「了解《ビアン・スール》」とバスチアンは言い、ハキムのわきを通りすぎながらクロエに向かっていたずらな笑みを投げかけた。

クロエはあとについて歩きはじめたが、ぐいとハキムに腕をつかまれ、その場に立ちどまった。「バスチアンにはくれぐれも気をつけたほうがよろしいかと」

「気をつける必要なんてありません。ムッシュー・トゥッサンのようなタイプには慣れていますし、対処の仕方も心得ています」もちろんそれは嘘だった。バスチアンは自分がこういう男であると躍起になって信じこませようとしていた。そう、洗練されていて、魅力があって、女好きで、モラルのかけらもない男だと。そして実際、バスチアンはそのような男だった。それは疑う余地もない。けれどもクロエには、そのほかにもなにかあるように思えてならなかった。表立っては見えない、なにかもっと暗い一面が。もちろん、それがなんであるのかはまったくわからないけれど。

ハキムはうなずいたものの、その言葉を真に受けていないのは明らかだった。「マドモワゼル・アンダーウッド、あなたはまだお若い。わたしにとっては娘のような年ごろです。父親の目からすれば、そんなあなたが思わぬ不運に見舞われるのを見るのはとても忍びないことです」

それが脅迫めいて聞こえたのは、ていねいすぎる英語のせいだった。もちろん、ほんとうに危険が迫っているわけがない。けれども不安とともに寒気が背筋を走ったのも事実だった。シルヴィアの代理としてここに来たのは間違いだったんじゃないかしら。たしかに刺激に満ちた冒険も、豪華な部屋も、気前のいい報酬も大事だけれど、高い代償を払ってまで得るものではない。手慣れたバスチアン・トゥッサンやその唇の感触を思いだしたクロエは、すでに厄介なことに巻きこまれてしまったのではないかという思いをいっそう強くした。

バスチアンが心からするキスというのは、いったいどういうものなのだろう。クロエはいま、それが知りたくてたまらなかった。自己顕示欲を満たすパフォーマンス、相手を夢中にさせるためのキスではなく、こちらが望むように向こうも心から望んでキスをしたら。

まったく、わたしったらどうしたっていうの。クロエはハキムのわきを通りすぎ、客間として使われている書斎に入った。バスチアンはすでに先ほど見かけた女性のひとりと親密そうに会話をしている。男爵の妻であるその女性は、自分の夫ではない男を相手にするにしてはずいぶんなれなれしい態度でバスチアンに接していた。きれいにマニキュアをほどこした手をアルマーニの服を着たバスチアンの腕にのせ、一分の隙《すき》もない化粧で整えた顔をやはりバスチアンのほうに傾けて。クロエはウエイターからシェリー酒の入ったグラスをもらい、開放されたドアのわきにある椅子へと移動した。そこからは明るく照らされた庭が見渡せる。バスチアンや自分より従順なその話し相手からも、充分に離れた位置にあった。いろいろな言葉が交じってなされる会話は、最初のうちはまったく理解できなかったし、正直なところ聞きたくもなかった。それでなくとも、盗み聞きをしているような思いは否めない。現に先ほど耳に入ってしまったことだけでも気づまりな思いでいっぱいだった。

けれどもやがて彼女は、自分に対する配慮なのか、部屋にいる者たちがフランス語と英語だけでしゃべっていることに気づいた。耳に入ってくるものは、秘密めいた会話とはかけ離れている。クロエは近くにあった袖《そで》付き椅子にゆったりと腰を下ろした。想像力がたくましすぎるのは昔からの悪い癖で、いたるところに陰謀のにおいを嗅《か》ぎとっていたのも事実だった。でも、地位のあるビジネスマンたちの集まりにいったいどんな危険があるというのだろう。

顔を上げるとバスチアンが男爵の妻とともに外の暗がりへと出ようとしているところで、状況を正当化しようとするクロエの思考は突然中断された。女連れで外に出る姿を見るだけでも複雑な思いがするというのに、バスチアンは部屋をあとにする際にふいに立ちどまり、こちらに向かって仕方なさそうに肩をすくめてみせたのだった。

「ミス・アンダーウッド」年配の男爵がかすかに息を切らしながら彼女のわきに腰を下ろした。「どうやら我々は見捨てられたようだな。それにしても、どういう理由なのか興味があるところだ。きみのように若くて美しい女性が、こんな田舎のシャトーに数日も閉じこめられて、我々のような退屈で年を食った資本家と過ごしたいと思うなんて。パリにいればもっとましなことができるだろうに。情熱あふれる青年が何人もきみのことを待っているのではないかね？」

クロエは男爵に向かってにこりと微笑《ほほえ》んだ。たったいま姿を消したカップルのことを、頭の外に追いはらうように。「残念ながらそんな男性などひとりもいません。わたしはとても静かな人生を送っているんです」

「信じられん！」男爵は大声で言った。「こんなに若くて美しいお嬢さんを放っておくなんて、近ごろの若い男たちはなにをやっているんだ。あと四十歳若ければ、わたしがきみのあとを追いまわしているところだよ」

クロエはあえてこのゲームに興じようと身を乗りだした。「四十歳も若くなる必要はないでしょう！」と努めて明るく言った。

「わたしは妻より三十歳年上なんだよ。その差ですら、ときにつらく感じることがある。なるべく束縛せず、自由に気晴らしができるようにしているのもそのためさ」

クロエはまばたきを繰りかえした。「それはまた、とても寛大ですね」

「だいたい、バスチアンと妻はテラスに出てなにができる？　ほかの客人が近くをうろうろしているなかで、分別もなく抱擁をしたり、口づけのひとつやふたつ交わすとでも？　たとえそうしたところで、欲求を募らせるのがおちさ」

「どうしてそんなこと？」

「きみがふたりを見つめるのを見ていたんだよ。バスチアンはわたしの妻のような女にはうってつけだろう。これが男女のゲームだということを充分に承知していて、いまある欲求を満たすこと以外、相手に対してなにも期待はしていない。だが、きみのように純粋な女性にとってはバスチアンという男は危険すぎる」

この十分のあいだにその警告をしてきたのは、これでふたりめだった。そんな警告などこっちはまったく必要としていないというのに。クロエは自分を擁護するように、努めて明るい声で反論した。「男爵、わたしは通訳の仕事でここに来ているんです。危険な恋の駆け引きに溺《おぼ》れるのが目的ではありません」

「どうかわたしのことまで危険な恋の駆け引きを楽しむ者だと思わないでもらいたいな」と男爵は言った。「いや、あるいはわたしもそのひとりかもしれんぞ。もう誰もわたしのことを危険な男だと見なさなくなったようだがね」男爵の声の調子はとても悲しげだった。

「そんな、いまだって充分に危険な男性に違いありませんよ」クロエは励ますように言った。

男爵の微笑みはまるで聖人のように至福に満ちていた。「たしかに、きみの言うとおりかもしれん」

4

間違いない。スムーズな流れでモニークの張りのある胸に手を差し入れながらバスチアンは思った。あの女は俺《おれ》を狙《ねら》ってここに来たのではない。もしそうなら、ミス・クロエはあんなふうにその場で拒むようなまねはしないだろう。必要な情報を探りだすには敵と寝るのが最善の方法。そのことは二流のスパイでも承知している。セックスの最中は、ほとんどの男が最も弱みを突かれやすい状態におちいるものなのだ。

しかしバスチアンは、ほとんどの男ではなかった。その血管や性器には氷のように冷たい水が流れ、絶頂の瞬間にあっても危険な男である事実は変わらない。もちろん、クロエはそんなことなど知る由もないだろう。だいいち到着して早々、いくつも言葉を話せることを気づかれてしまうような軽率なミスを犯す女なのだ。鼻先に餌《えさ》をぶらつかせれば、即座に食いついてきたに違いない。もし実際にこの俺が標的であるならば。

となると、あの女はほかの誰かを狙ってここに来たことになる。いつもならそんなことはいっこうに気にならないはずだった。自分には自分の果たすべき任務がある。それに、あの女が偵察しに来たのが誰であっても、その人物は自分で自分の身を守らなければならないのだ。

　しかし、今回の任務にはすでに何カ月という月日を投じている。突然現れた珍客に、これまで積みあげてきたものを台なしにさせるわけにはいかなかった。

　バスチアンはモニークのシルクのドレスに手を滑りこませた。ブラジャーはつけていない。いつものように、彼女は体をほてらせて欲情をあらわにしていた。モニークの夫は年をとり、つねに愚痴ばかりこぼしているような性格だった。もちろんそれは、彼女がみずから体験したことを詳細に話して聞かせるせいもあるだろう。年配の男爵が一度ならず自分たちの行為を観察していたことも、バスチアンは承知していた。といっても、他人に見られることでいっそう興奮するとか、反対に気になって仕方がないというわけでもない。観客のあるなしにかかわらずバスチアンは男としての役割を充分に果たすことができたし、結局のところ男爵の妻も目的を達成する手段のひとつであって、さほど重要な存在ではなかった。

　とりわけこの時点では、モニークはとくに価値のある存在ではなくなっていた。必要な情報は前回の逢瀬《おうせ》の際に残らず聞きだしている。しかし、だからといって急に興味をなくした態度をとるのも、のちのち怪しまれる可能性があった。薄暗がりのなかスカートをまくりあげ、シャトーの冷たい石壁に押しつけて欲求を満たしてやるほうが、厄介なことにならずにすむ。

もちろん、そんなふたりの姿はときに人に見られることもあるだろう。敷地内には何台も監視カメラが設置されているし、一分の隙《すき》もなく武装した警備員もつねに巡回している。おそらくハキムは行為の最中にある自分たちの姿をビデオテープに録画し、おいぼれの男爵にコピーを渡しているに違いない。それなりの値段をつけて、第三者に提供している可能性もある。

手を脚のあいだに差しこむと、モニークの口から快感に喜ぶ声が漏れた。彼女はパンティーもつけていない。それは当然、自分とこうなることを期待しての演出だろう。手探りでズボンのファスナーをまさぐる彼女は、そこにいきり立つペニスがあることを期待しているに違いなかった。バスチアンは彼女が絶頂に達したときの表情を思い浮かべながら、意志の力でそれを勃起《ぼっき》させ、空いたほうの手をファスナーに伸ばして、相手の欲求に応《こた》えようとした。ところが、そのときだった。バスチアンは自分が想像しているのがモニークの顔ではない事実に気づいた。それはあの、スパイとしてはぎこちないミス・クロエの顔だった。

バスチアンは一転してそんな気分ではなくなった。ズボンのファスナーを開ける代わりに、相手の手を振りはらい、もう一方の手で彼女を絶頂に導いた。それはあっという間のことだった。強烈な快楽に、モニークは身をこわばらせてあえぎ声をあげた。

当然、大声をあげるのは賢明とは言えない。バスチアンが手で口をふさぐと、モニークはそれを思いきり噛《か》んだ。荒っぽいゲームが好みのモニークが、あえて血を出させようとしていることは明らかだった。

バスチアンがそれを制すると、モニークは喉の奥から絞りだすように声を漏らした。まるでたったいまマウンティングされたばかりの雌の虎《とら》のような鳴き声だった。残酷で、道徳など意に介さず、また、普通の痛みなどものともしない野獣。この俺にぴったりの女。

しかしすっかりその気が失《う》せたバスチアンは、モニークから体を離し、美しい脚のまわりにスカートが垂れるにまかせた。モニークは口を開けたまま石の壁にもたれ、息を切らしながら、満ち足りたような、うつろな目をしてこちらを見つめている。その口には血がついていた。くそっ、なんて女なんだ。バスチアンはもっと細心の注意を払うべきだったと後悔した。

「いまのはとっても……興味深かったわ」モニークは猫が喉を鳴らすようなかすれた声で言った。「でも、まだ始まったばかりよ」

「俺たちはもう終わりさ」そう返事をしつつも、バスチアン自身その言葉に驚いていた。現につい先ほどまで気を引いて騙《だま》しつづけるつもりでいたのだ。最後に彼女といっしょの時間を過ごしたのは四カ月もまえのことだとはいえ、気晴らしのセックスは感覚を研ぎすますのに大いに役立っていた。

しかし、バスチアンにはもうモニークを求める気はなかった。彼女と関係を持って得られるものはなにもない。そんなことより、今日の午後に現れた気弱な女について、答えの出ていない疑問は山ほどあった。まるでクレーム・ブリュレでも見るような目でこちらを見つめ、いざ手を出すと凍りつくようにして誘いを拒んだ謎《なぞ》の女。

「どういうこと?」とモニークが答えを迫った。

バスチアンは体を傾けてふっくらとした赤い唇にキスをし、そこについた血を取った。「俺たちは楽しい時間をたっぷり満喫した。でも、そろそろお互い新しい遊び相手を見つけるころじゃないか? きみの夫も俺のことを聞かされるのに飽きているに違いない。今度は同性の相手を選んで快楽を追求したらどうだ」

予想どおり、モニークはそれを侮辱と解釈して気分を害している様子は微塵《みじん》もなかった。代わりにまるで猫のようないたずらっぽい笑みを浮かべた。「ミス・アンダーウッドを誘っていっしょに楽しむのはどう? 場合によっては、とてもおもしろい展開になるかもしれない」

バスチアンはこみあげるいらだちを巧みに隠した。「タイプじゃないよ」

「明らかにこのわたしもあなたのお好みではないようね。少なくとも、いまはもう」モニークは肩をすくめた。「残念だわ。でもあなたの言うとおり、たしかに夫は飽きはじめているの。わたしが男たちに痛めつけられるのが好みらしいんだけど、どうやらあなたにそんな趣味はないようだし」

「またべつの機会にでも」ふいに相手の首を絞めたい衝動にかられながらも、バスチアンは屈託のない調子で言った。そこにあるのはダイヤモンドのネックレスで飾られた、とても美しい首だった。

「そんな機会は訪れるかしら」モニークはそう捨て台詞《ぜりふ》を残してバスチアンのわきを通りすぎ、ちらりともうしろを振りかえることなく客間に戻った。

バスチアンはたばこに火をつけ、空に向かって煙を吐きだすとともに、モニークのことを頭から追いはらった。それよりも、いまはもっとほかに考えるべきことがあった。クロエ・アンダーウッドを雇ったのはいったい誰なのか？　彼女は誰の動きを観察しているのか？

それにしても、なんてばかげた名前なのだろう。いっそのことメリー・ポピンズとでも名乗ったほうがよっぽどましかもしれない。正体をぼかすための隠れみのとしては機能するかもしれないが、なにかもっとべつの、無垢《ジュヌ・フィーユ》な乙女を思わせるようなものではない名前を考えつかなかったのだろうか。

彼女を送りこんだのは自分の属する組織である可能性もあったが、それは疑問だった。おのずと正体をばらしてしまうような人間であれば、とっくの昔に組織から排除されているに違いない。それにしても、いったい誰のことを嗅《か》ぎまわっているのだろう。ミスター・オートミ、シニョール・リチェッティ、あるいはマダム・ランバート。ひょっとしてハキムか？

いずれにしろ、彼女が最も危険な密輸カルテルの使いでないのはたしかだった。クリストス・クリストポロスならば、その手のスパイを雇うにしても最も優れた者を選ぶ。それにたとえどんな才能があろうと、蔑視《べっし》の的である女をクリストスが採用するはずもなかった。

そもそも最初に来る予定だった通訳はどこにいるのだろう。ひょっとしたら彼女は喉をかき切られた状態でどこかの路地に転がっているのかもしれない。ミス・アンダーウッドが何者かになりすますエキスパートではないとしても、殺人の任務をきっちり遂行できないということにはならない。あのほっそりした小さな手は、ハキムの拳《こぶし》と同じような手際よさで人を殺すだろう。

しかし、いまだにあの女のことが頭から離れないとは。自分を狙ってこのシャトーに来たわけでないことは、すでにその態度が証明している。ひとことハキムの耳に入れれば、彼女は即座に抹殺されるだろう。そのほうが、容易に仕事に集中できる。

といっても、いまの仕事にうんざりしているのも事実だった。真実がなんであるのかを忘れてしまうほどの、数限りない嘘《うそ》。ほんとうの自分さえ見失ってしまうような、名前と仮面の数々。長い年月のあいだに、誰が善人で誰が悪人なのか、その判断さえ曖昧《あいまい》になってしまった。そしてそれ以上に始末に負えないのは、彼自身、そんなあれこれをどうでもいいと思っていることだった。

どういうわけか、クロエ・アンダーウッドは好奇心をそそってやまなかった。おかげで状況もいくぶん興味深いものになっている。あせって始末したところで、楽しみが減るだけだろう。この仕事は絶えず自分を試されるような困難なものではない。このカムフラージュはずっとまえに難なく受け入れられ、肝心のハキムもそれほど厄介な人間ではないことがわかった。クリストスが姿を見せるまでのあいだ、ほんの少し道をそれても害にはならないだろう。それにひとたび彼女が障害となれば、ハキムにならって容易に始末することもできる。当然、ハキム以上のスピードで、慈悲深く。ハキムはさんざん苦しませて死に追いやるのが好みだが、俺は違う。

ここはじっと様子を見てみよう。いつ行動に出るべきか、それは直感でわかる。いまは辛抱強く待つことが任務遂行への近道だった。クロエ・アンダーウッドはいずれ決定的で致命的なミスを犯すに違いない。それまで、じっと。

致命的なミスを犯してしまったわ。クロエはワインの入ったグラスをテーブルに戻しながら思った。胃がほとんどからっぽだというのに、こんなにお酒を飲んでしまうなんて。しかも、正気を保ってしっかりしていなければならない肝心なときに。気長でのんびりとした夕食のまえの時間、客人たちと話を合わせるのはきわめて簡単だった。テーブルを囲んで交わされているのはどれも純粋な世間話だったし、通訳としての役目も、二、三、言葉を言いかえればそれで充分に果たすことができた。ひとくちワインを飲むだけでふたたびグラスが満たされ、チーズのコースが出されるころにはほろ酔い加減になっていたクロエにとって、それは幸いだった。

それでも、スコッチを二杯たてつづけにあおったりしなければ、なんとか素面《しらふ》で通せたかもしれない。モニーク・フォン・ルッターが踊るような足どりで客間に戻ってくるのを見た彼女は、アルコールの力を借りずにはいられなかったのだった。男爵の妻は口紅もはげ落ち、髪はくしゃくしゃに乱れ、恍惚《こうこつ》とした目をしていた。

だしぬけに廊下で自分にキスをしたバスチアン・トゥッサンは、わたしを置き去りにして、客人の集まる部屋に入るなりべつの女を誘って外に連れだし、セックスをしたに違いない。その事実は疑う余地もなかった。そんなことは、紅潮したモニークの顔をひと目見ればわかる。

それにしても、せめて頬の赤みが引くまで待つのが女のたしなみじゃないの。クロエは批判がましく思い、誰かに手渡されたウイスキーをあおった。廊下での一件からするに、バスチアンにはある程度の節度があるようだったが、モニークはただスカートをめくりあげるだけで、彼の節度を奪えるのだろう。そしてバスチアンはズボンのファスナーを下げて……。

椅子の背に深くもたれかかったクロエは、テーブルに置かれたブリーチーズをにらみつけた。バスチアンが何事もなかったかのようにふらりと戻ってきたのは数分後のこと。最初に会ったときと同じように、落ちつきはらってクールな態度をつらぬいている。あれこれこの男のことを考えること自体、ばかげていた。けっして自分の心の内を見せようとしない男ほど魅力に欠けるものはない。手短に庭でセックスをしたあとであんな涼しい表情を浮かべているような男は、とても自分には合わない。感情を表に出すことを恐れない男でなければ、相手としては不満だった。

でも結局のところ、動揺して勝手な憶測ばかり働かせているのはこっちなのかもしれない。クロエはあらためて自分に言いきかせた。実際、事実と証明されたことはなにひとつないのだ。それに、タイプであろうとなかろうと、バスチアンはそもそも自分の手に負えるような相手ではない。

いつ終わるとも知れない夕食の席で、バスチアンは一度もこちらに目を向けなかった。自分に興味を持ったのもほんの一瞬の気の迷いだったに違いない。クロエはおとなしく椅子に座り、必要なときだけ通訳の役割を果たして、それ以外はまったく口をきかなかった。一方のモニーク・フォン・ルッターはパーティーの花形で、ウイットに富み、チャーミングで、男女を問わずそこにいる全員に愛嬌《あいきょう》を振りまいていた。

クロエが敗北の象徴であるかのようにテーブルの下に滑り落ちそうになったところで、ハキムがようやく立ちあがり、長々とした夕食の終わりを告げた。「お集まりのみなさん《マダム・エ・ムッシュー》、明日は片づけなければならないことが山ほどあります。シャトーの西にあるサロンでリキュールやコーヒーを飲んで、今夜はお開きとしましょう。もちろん、ベッドに直行したい方は遠慮なくそのままどうぞ」そう言って、小さな黒い目をクロエに向けた。「今夜はもう通訳はいらないでしょう、マドモワゼル・アンダーウッド」

もう下がってもかまわないという明らかなメッセージはありがたいのひとことだった。これでリキュールなど飲めば、確実にテーブルの下に転げ落ちてしまう。クロエはふらつきそうになるのを抑えて立ちあがった。全員がぞろぞろとべつの部屋に移動するなか、ほんの少し酔っぱらっていることなど誰も気づかないに違いない。

そんなクロエを、バスチアンがずっと見つめていた。それがどういう理由なのか、クロエには想像もつかなかったし、実際に視線を合わせられるわけでもなかった。けれどもクロエはたしかにその視線に気づいた。ほかの女性たちを甘い言葉で楽しませながらも、バスチアンが夕食のあいだずっと、こちらの様子をうかがっていたのではないかという気がした。

充分な睡眠をとり、朝になってワインが抜けたら、視線の意味もわかるのかもしれない。けれどもいまはただ頭が混乱して、いやな予感と胸騒ぎがするばかりだった。奇妙なことに、そこにはわくわくするような興奮も混在している。

　シャトーの廊下が迷路のようであることなど完全に忘れていた。一階に下りてくるときはバスチアンの案内があったのだけれど、部屋への帰り方を教えてもらえないかと助けを求めるつもりは毛頭なかった。間違ったら引きかえす。それを繰りかえしていれば、やがて部屋にたどり着けるだろう。

　けれども自分の部屋を見つけるのは考えていた以上に困難だった。誰かに尋ねればよかったものの、豪華な階段を途中まで上がるころには、人の姿など見当たらなくなっていた。クロエは立ちどまり、ほっとため息をつきながらシルヴィアのハイヒールを脱いで、そのまま廊下を歩きつづけた。いずれにしろ、歩いていればそのうちたどり着くだろうと。

　けれどもシャトーがこれほどまで広いとは彼女も想像していなかった。たとえお酒に酔っていなかったとしても、自分の部屋がある廊下を見つけるのは至難の業に違いない。夜のこの時間、しかもほの暗い明かりのなかとあっては、永遠にさまようことにもなりかねなかった。趣味よく飾られた廊下からまたべつの廊下へ、どれも見覚えがあるのだけれど、やっぱりどこか違うというように。ある廊下の角を曲がったところで、ようやく見覚えのあるドアが目に入り、クロエは思わず駆けだした。そのドアの向こうに自分の部屋がある廊下が延びているに違いないと確信して。

　ところが、それは勘違いだった。その部屋には強烈なにおいが立ちこめていた。白かびや、なにかが腐ったようなにおい。それは老廃した建物が漂わせる独特の臭気だった。どうやら改装が進んでいるのはこのあたりまでらしい。クロエは暗闇《くらやみ》をのぞきながらそう思った。ほこりだらけの窓を通して入ってくる庭の光が、かつてのシャトーの様子をおぼろげに浮かびあがらせている。おそらくどこかの大金持ちがそのままの状態で残しておこうとしたのだろう。けれども漆喰《しっくい》塗りの壁はあちこちで崩れ、汚れの目立つ床板はゆがんでいる状態だった。放置されたいくつものペンキの缶が、さらなる改築計画の無言の証人となっている。湿気やかび以外にもなにかべつのにおいがしたが、それがなんであるかはわからなかった。なにかとても古く、謎めいていて、邪《よこしま》なもの。まったく、ワインの飲みすぎよ。この調子では、危険が迫っていると妄想を抱きはじめるのも時間の問題。ゆっくりあとずさって部屋から出たクロエは、人間の形をしているがっしりしたものに背中がぶつかるのを感じて、きゃっと悲鳴をあげた。

ぐいと腕をつかまれて振りむかされたクロエは、唇を噛んで声を押し殺した。

そこに立っているのはハキムだった。恐怖が一転して安堵《あんど》に変わると、クロエは相手に向かって急に早口でまくし立てはじめた。相手はけっして無害な紳士というわけではないけれど、あの鼻持ちならないバスチアン・トゥッサンに比べたら、いまはどんな男もましに思えた。

「よかった！」とクロエは言った。「進んでも進んでも迷うばかりで、もう二度と自分の部屋にたどり着けないものかと」

「シャトーのこの一画は、ゲストの方は立ち入り禁止になっています、ミス・アンダーウッド。ご覧のとおり改築がまだすんでいないので、ふらふら歩きまわるのは非常に危険です。なにか問題が起きて叫び声をあげても、誰の耳にも届かないでしょう」

クロエは酔いがたちどころに醒《さ》めるのを感じ、ごくりと唾《つば》をのんだ。影に包まれたハキムはじつに落ちつきはらった顔をしている。そんな表情をのぞきこんでいた彼女はわざと笑い声をあげ、張りつめた空気を壊した。

「このシャトーのなかを迷うことなく歩くには地図が必要ですね。部屋への戻り方を教えてくだされば、すぐに向かいます。とにかくもう疲れていて」

ハキムはクロエの腕をつかんだままだった。分厚くて醜い手。まるでソーセージのような指には、黒々とした毛が生えている。ハキムは口を開かなかった。ばかげた妄想ながらもクロエは一瞬、このまま人気のない翼棟に押し戻されてしまうのではないかと不安にかられた。たとえ叫び声をあげても誰の耳にも届かないような闇のなかに。

それでもクロエはすぐに妄想の世界から現実に戻ることができた。ハキムはクロエの腕をつかんでいた手を離し、笑みを浮かべた。愛想のいい微笑《ほほえ》みとはほど遠かったが、少なくともそれは笑顔だった。

「もっと慎重になったほうが賢明ですよ、ミス・アンダーウッド」ハキムは警告するような口調で言った。「ほかの人間はわたしよりもっと危険かもしれません」

「危険?」クロエは口ごもりそうになりながら訊《き》いた。

「たとえば、ムッシュー・トゥッサンです。きわめて魅力のある男ですが、距離を置いたほうが無難でしょう。先ほど廊下にいるあなた方ふたりを見たとき、他人事ながら心配になりましてね。あなたのことですよ、ミス・アンダーウッド」

幸いこの暗がりのなかでは、思わず顔が赤らんだことなど向こうは気づかないだろう。

「ムッシュー・トゥッサンはただ客間に案内してくれただけです」

「唇で? わたしだったらあの男にはけっして近づきはしない。あの男は名うてのプレイボーイなんだよ。女性に対する欲求は貪欲《どんよく》そのもの。その趣味も、なんと言うか、一風変わっていてね。ここにいるあいだに、もしきみに万一のことがあったら、わたしとしては責任を感じずにはいられない。実際のところ、わたしはきみの雇い主でもあるわけだし、きみが不運に見舞われるようなことにはなってほしくない」

「それはわたしも同感です」とクロエは言った。

「左に曲がって、廊下を二本進んだら右に二回曲がる」

「はい?」

「部屋への戻り方だよ。それとも、わたしにエスコートしてほしいと?」

そんな状況を想像したクロエは、身震いしそうになるのをかろうじて抑えた。「だいじようぶです。また迷ったら叫び声をあげて助けを求めますから」

「ああ、そうするがいい」さらに不安をあおるような冷ややかな調子でハキムは言った。

幸運にも、クロエは今度こそ迷うことなく自分の部屋のある廊下にたどり着くことができた。そこにはうろうろと自分のことを待っている人影などまったく見当たらなかった。好色家のムッシュー・トゥッサンはすでに今夜のお相手を見つけたに違いない。クロエはかすかな不満を覚えつつ、部屋のドアを押し開けた。

誰かこの部屋に入った者がいる。クロエはなかに足を踏み入れるなりそう思った。ドアに鍵《かぎ》はついていないし、入ろうと思えば誰でも入ることができる。けれどもそこに侵入された形跡があるのはまぎれもない事実だった。クロエは首を振り、必死に妄想を振りはらおうとした。だいたい、ただの雇われ通訳に誰が興味を持つというの？

シーツのめくられたベッドの上には、シルヴィアがスーツケースに詰めてくれた、シースルーのナイトガウンが広げられている。金めっきをほどこしたベッドわきのテーブルには、クリスタルのデカンタとチョコレートの皿がトレーにのせられて置いてあった。

「落ちつきなさいよ、ばかね」クロエはそう声に出して言い、部屋を包む静寂を破った。

「ただのメイドじゃない」

クロエはそそくさとベッドに入る準備をし、レースのついたシルクのナイトガウンを頭からかぶった。これほど神経が高ぶっていなければ、そのまま眠りに落ちたかもしれない。

けれどもばったりハキムと出くわしたせいで、眠気は跡形もなく吹き飛んでいた。ブランデーを一杯飲んで寝ても、二日酔いにはならないだろう。

シェフへの道を志してものになっていたかはわからないが、味覚には自信があった。このコニャックはどうも味がおかしいように感じられる。いったいそれがなんであるかは定かでないものの、かすかに違和感のある味が混じっているような気がした。たとえばそう、金属のような。とはいえ、ミラベル邸のようなシャトーで粗末なコニャックを出すはずがない。きっと気のせいに違いなかった。実際、それは充分においしいと思えるお酒だったし、体も温まってすでに目はとろとろしはじめていた。今夜はぐっすり眠ろう。夢には誰も出てきてほしくない。バスチアン・トゥッサンなんてもってのほか。

部屋に漂うかすかな残り香に気づいたのはそのときだった。きわめてほのかではあるけれど、たしかにそれはコロンのにおいだった。本能的に興奮がかき立てられるような、独特の香り。やがてクロエはどこでその香りを嗅いだのかを思いだした。バスチアンが着ていたシルクのアルマーニのスーツ。でも、どうして……。

とりあえずブランデーグラスをトレーに戻そうとしたが、その場所は思っていた以上に遠く、手の届かぬところに感じられた。グラスはそのまま床に落ち、ちゃりんと音をたてた。クロエはそれを追うようにしてカーペットの上に倒れこんだ。

腰が立たなくなるほど飲んだ覚えはないのに。クロエはそう思いながら体を起こそうとした。コニャックをひとくち飲んだからってベッドから落ちてしまうなんて。けれども、それ以外に原因は考えられなかった。しかもベッドは高すぎて這《は》いあがることもできない。自分がいま下敷きにしているオービュッソンのラグはとても美しかった。グラスの破片に気をつけてこのまま敷物にくるまれば、至福に満ちた深い眠りに落ちることができるかもしれない。クロエは吸いこまれるようなまどろみのなかで思った。

バスチアンは彼女の部屋に入り、背後でそっとドアを閉めた。といっても、とくに用心深くなる必要はない。監視カメラの位置はすべて把握していたし、画面に映しだされることなくシャトーのなかを移動するルートも心得ていた。それに生粋のプレイボーイとして名をはせている自分のこと、美しい女性が同じ屋根の下にいれば、なんとかその全員と寝ようとするのも不思議ではない。

もちろん、この部屋にいる女性はとりわけ美人というわけでもなかった。バスチアンは彼女のわきに立ち、体を丸めるようにして眠るその姿を見下ろした。彼女はとてもかわいらしかった。〝かわいらしい〟などという言葉は普段はあまり使わないのだが。均整のとれた骨格をした彼女は、目鼻だちも整い、唇もふっくらとしてとてもチャーミングだった。

かわいらしい？　チャーミング？　思った以上に魅力のある女性なのかもしれない。少なくとも、生来のあどけなさをめいっぱい武器にしているのは事実だった。

バスチアンは両腕で彼女の体を抱きかかえ、ベッドの上に寝かせた。化粧はきれいに洗い落とされている。こんなにあどけなく見えるのもそのせいかもしれない。着ているナイトガウンはいかにも高そうだった。正面には中央の合わせ目に沿って繊細なサテンのリボンが並んでいる。バスチアンはそれをひとつひとつ解き、生地がはらりとはだけるにまかせた。

体も美しい。フランスの若い女性に比べるとほんの少し尻の肉づきがよく、胸もふくよかだったが、いずれにしてもそれはしっかりとして均整のとれた若々しい肉体だった。スパイとして過酷な訓練を受けた痕跡《こんせき》など、どこにも見当たらない。腹部や腕に見られるやわらかさは、異性をベッドに温かく迎え入れる姿を想像させた。

いったいなんてばかげた想像を。たとえベッドに入ったところで少しでも気を抜けば、この女はあっという間に俺の喉を切り裂くだろう。セックスのあいだはどうしてもガードがゆるんでしまいがちになる。

注意してさらに体を観察すると、両胸の下になにかの跡のようなものが見つかった。赤くて細い線。バスチアンは線に沿って指を走らせ、いったい過去にどんな拷問に耐えたのかふたたび想像をめぐらせた。

しかし、小難しい表情はやがて苦笑いに変わった。これは遠い昔にできた跡ではない。今夜していたブラジャーが少々きつすぎただけのことだろう。

自分が過去に知りあった女性のなかで、わざわざきついブラジャーをつける者はいなかった。もちろん、それしか持っていないというのなら話はべつかもしれないけれど。バスチアンはすらりとした脚に目をやり、足先へと視線を移した。そこにはさらにくっきりとした線がついている。ブラジャー同様、今夜は靴もサイズ違いのものを履いていたのだろう。

事前にコニャックに入れた薬は上物で、彼女はこのまま六時間から八時間眠りつづけ、二日酔いなどまったく感じない、すっきりした目覚めを迎えるはずだった。夕食の席であれだけワインを飲んだのだし、ほんとうなら目覚めの気分は最悪なのだろうが、これは彼女へのちょっとした贈り物だった。

バスチアンは手慣れた動作で部屋のなかをくまなく探して回った。靴はもう三足ある。どれも同じサイズで、細長い形状のハイヒールだった。こんなものを履きつづければ、二、三日後には足を引きずるようにして歩いているに違いない。もちろん、まだここにいればの話だが。

任務を遂行するときに使うような黒服はどこにも見当たらなかった。少なくとも、部屋にはない。敷地のどこかに隠してあるというのも考えにくかった。そんなことをしても、すぐに発見されるのは目に見えている。武器や、関心を引く書類のたぐいもない。パスポートは優れた技術で偽造されたものに違いなかった。なかの写真は今日姿を見せた女性よりも地味で、いくぶん若いように見受けられる。その人物はアメリカのノースカロライナ出身ということになっていた。年齢はもうじき二十四、身長百六十八センチ、体重五十五キロ。フランスには学生ビザで二年まえに入国している。労働許可証まで取得しているのは意外だった。あまりにクリーンな身元の人間はどうしても信用できなかった。

偽造の有無はべつにしても、それ以外に書類はなかった。現金もそんなに持ってはいない。処方薬もなければ、私物のようなものも見当たらない。

財布には写真が何枚も入っていた。どれも陽気そうな家族のメンバーとポーズをとって写っているが、その手の写真など容易に修正できるだろう。

バスチアンは財布をもとに戻し、再度ベッドのわきに回った。グラスは大きなかけらとなって散らばり、睡眠薬入りのブランデーは絨毯《じゅうたん》に染みこんでいる。それでも掃除するのは簡単だろう。始末に負えないほど汚してしまったことも過去に何度かある。少なくとも今回はぬぐい去る血もなければ、処理する遺体もなかった。いまは、まだ。

睡眠薬入りのブランデーをバスルームのシンクに流し、持参したポケット瓶の中身を移しかえる。念のため予備のグラスも用意しておいたのだ。新しいブランデーを少し注《つ》ぎ、ベッドわきのテーブルに置きなおした。

後片づけが終わったところで、バスチアンはふたたび彼女を見下ろした。この女はもしかすると、真のプロフェッショナルなのかもしれない。これだけ探してなにも見つからないとなれば、こちらが想像もつかないような方法で素性を隠しているとしか考えられない。

もちろん、彼女が自分で言うとおりの人物だということもなきにしもあらずで、実際に彼女はこのシャトーにいる者たちが誰なのか、なにを生業としているのか知りもしない、ノースカロライナ出身の二十四歳の女性なのかもしれない。

しかしたとえそうだとしても、どうして彼女はわざわざサイズの違う靴を履き、サイズの違うブラジャーをしているのだろう。なぜほかにも言葉が話せることを秘密にしているのだろう。

いいや、状況からして、彼女が無関係な第三者である可能性はきわめて低い。このシャトーにやってきたのも、特別な目的があってのことに違いない。その目的がなんであるか、いったい誰が目当てなのか、なんとしても探りださねばならない。

バスチアンはナイトガウンの合わせ目にあるリボンを結びはじめ、ふいに手を止めて、腰から下を開いたままにした。明日の朝、目を覚ました彼女はそれを疑問に思うだろうが、記憶に残っているはずはない。たとえいま彼女になにをしたところで、まったく覚えていないだろう。

この女に対してしたいことは山ほどあった。しかしそのほとんどは、しっかり意識があって、ともに分かちあってくれたほうが楽しみが倍増するものだった。露骨に誘いをかけても乗ってこないなんて、彼女はまだ経験が浅いのかもしれない。しかし、自信を持って断言することはできなかった。彼女の外見や態度から覚える印象にはすでに何度も裏切られている。とにかく裸にして上に乗り、なかに入ってしまえ。そうすれば彼女が自分を知る以上に、この女のことを理解できる。

だが、寝込みを襲うのはあまりに卑怯《ひきょう》だった。

バスチアンは彼女のわきに腰を下ろし、その寝姿を見つめた。もしこの場で息の根を止めれば、単純に物事が片づく。手早くきれいに始末し、信用ならない女だとハキムに告げれば、ハキムもそれで納得するだろう。

バスチアンは女の首に手をかけた。その肌はぬくもりを帯び、とてもやわらかで、日焼けした自分の手に比べて白さが際立っている。バスチアンは指の腹を打つ規則正しい脈をありありと感じ、呼吸とともに浮き沈みを繰りかえす胸を眺めた。そしてほんの一瞬、手に力を入れ、すぐにそれを離した。

そのあとにとった行動については、どうしてそんなことをしたのか自分でもわからなかった。自分らしくないと言えば事実そのとおり。しかしここ最近はずっと異なった尺度で特定の人物を演じてきたし、それを言うなら、インプットされたありとあらゆる尺度を無視しなければ、その人物は演じられなかった。

バスチアンはベッドに乗って添い寝をするように横たわり、同じ枕《まくら》に頭をあずけた。彼女は石鹸《せっけん》とシャネルの香水とコニャックのにおいを全身から漂わせている。それは誘惑に負けそうになるような、魅惑の組みあわせだった。

「きみは誰なんだ?」バスチアンは耳元でささやいた。「どうしてここにいる?」

もちろん、少なくとも六時間は答えなど返ってこないだろう。バスチアンは自分を笑うかのように苦笑し、体を起こした。時間はまだある。武器を持っていないとなると、目的は情報の収集だと踏んで間違いない。たとえなんらかの事実を暴かれても、それがシャトーの外に漏れないようにする自信はあった。

時間はまだある。

5

クロエは朝に弱いタイプではけっしてなかった。眠りから覚めればすぐにきびきびと動きはじめるし、朝早くからはた迷惑なほど機嫌がよくて、寝坊気味の兄姉や親からは、いますぐそのいまいましい鼻歌をやめなければ家族の縁を切るとか、冗談で息の根を止めるとか、激しく文句を言われるほどだった。

その朝も、いつもの朝と変わらなかった。ただ、ぱっちりと目を開けても、自分がどこにいるのかは見当もつかなかった。

慌てたところで始まらない。クロエはそう自分に言いきかせた。慌てても時間を無駄にするだけで、なんの解決にもならない。クロエはベッドにじっと横たわったまま、徐々に記憶が戻るのを待った。郊外のシャトー。仕方なしに引き受けたシルヴィアの代理。きのうの夜はワインを飲みすぎたことも思いだした。そして、経験に満ちたバスチアン・トゥッサンの唇。

ここ数カ月、キスなどすっかりご無沙汰《ぶさた》していた。いまだに唇を押しつけられた感触が残っているのもそのせいだろう。あのまま流れに身をまかせなかったのが、いまさらながら悔やまれた。向こうにとってはパフォーマンスにすぎないとしても、それがなんだというのだろう。きっとあの男なら見事にその役割を演じてくれたに違いない。

それなのにわたしときたら、頑固で些細《ささい》なことにこだわるあまり、せっかくの機会を台なしにするなんて。フランスの友人たちにいつも言われるように、無骨なアメリカ人であるわたしは、気軽なセックスがもたらす快楽に身をゆだねられなかったのだろう。もちろん、バスチアンのような男とするセックスが忘れられない思い出となるのはわかっていた。けれども一方で、すがりつく思い出しか残らない経験など欲しくないという気持ちがあるのも事実だった。

クロエはゆっくりと体を起こし、頭に手をやって、焼けるような痛みが襲ってくるのを待った。あれだけ赤ワインを飲んだのだから、頭痛になるのも当然だろう。ところが、いくら待っても痛みは感じられなかった。どっと痛みが押しよせてくるのを覚悟でためしに頭を振ってみても、頭痛の気配すら感じない。

クロエはベッドわきのテーブルに目をやった。就寝まえの寝酒にコニャックを飲んだことは、おぼろげながら覚えている。昨夜はほろ酔い以上の酔いが回っていた。それにしても、思いだせるのがそれだけなんて。コニャックを少し飲んで、グラスを落としたんじゃなかったかしら。そしてそのあとベッドから落ちて……。

けれどもクロエはいま、大きくてふかふかのベッドの上にいた。ブランデーグラスはちゃんとトレーの上に置かれている。グラスの底にはブランデーがほんの少し残っているだけだった。どうやら思ったよりも多くの量を飲んだらしい。

カバーを押しやり、体を回すようにしてベッドのわきに脚を下ろしたところで、はたと動きを止めた。わたしの……いいえ、シルヴィアのシルク製のナイトガウンは、小さなリボンで前を留めるようになっているのだが、その半分が外れたままの状態になっていた。腰から裾《すそ》まで、ひとつ残らず。いったいわたしはなにをしていたの？

なにをしていたにしろ、たいして楽しいことじゃないわよ。シャワーを浴びて服を着替え、おしゃれなシルヴィアのコピーとなるべくそれなりに手を加えたあとで、クロエはそう結論を下した。鹿《しか》のなめし革で作られた先のとがった靴には、高くて細いヒールがついている。クロエはそれに目をやるなりため息をついた。自分には日本人の血が入っているので家のなかでは靴を履く習慣がないんです、とでも言いわけできないだろうか。

まさか、そんなことを言っても信じてもらえるはずがない。興味深い血統の持ち主であると嘘《うそ》でも自慢したい気持ちはあるけれど、どこからどう見ても普通のアメリカ人であることは、憂鬱《ゆううつ》にして退屈なまでの事実だった。そんな嘘を真に受ける者などひとりもいないだろう。

道に迷うことなく階下に下りていくと、ちょうど朝食の時間だった。仕事を始めるまえはコーヒーとフルーツだけというきわめて軽い食事。会議に出席する者たちはミーティング用の長いテーブルの両わきにある椅子に座り、ほとんどが自分のアシスタントを同席させていた。例外はフォン・ルッター男爵のみ。隣にいるのは華やかで美しい妻、モニークだった。

上座にいるハキムに右側の空いた席を示され、クロエはそこに腰を下ろした。トゥッサンの姿は部屋にない。木目が模様代わりになったくるみ材のテーブルにコーヒーカップをそっと置いたクロエは、ひょっとしたら運命はわたしに味方しているのかもしれないと肩をなで下ろした。

けれどもそれは甘かった。コーヒーを手にやがて現れたバスチアンは、空いている席に腰を下ろした。クロエのすぐ隣の席に。

クロエはなかばうわの空で会議に耳を傾けた。まずは同じグループの仲間で最近亡くなったらしい、オーガスト・レマルクという人物に黙祷《もくとう》が捧《ささ》げられた。その名前には聞き覚えがあったが、どこで耳にしたのかは思いだせなかった。聞いた覚えがあるのに出てこないなんて、いらいらする。もちろん、気軽に誰かに質問してみればそれで解決することなのかもしれない。それともただおとなしくして、背景に溶けこむ努力をしていたほうが無難だろうか。

その後の数時間は、なにかに気を取られるようなことはほとんどなかった。食品輸入業者で構成される組合のメンバーは、受け持ち区域の再分配について議論を進めていた。いくらラム肉や鶏《とり》肉の料理、それにオレンジが好物といっても、クロエの興味にも限界がある。通訳を求められた話の内容は聞いているほうの頭がおかしくなりそうなほど退屈で、数字が大の苦手の彼女にしてみれば拷問にほかならなかった。鶏肉や子豚の肉を示す単位、それに大量のとうもろこしも、彼女の内に潜む挫折《ざせつ》したシェフを興奮させることはなかった。一方、テーブルにいるほかの人たちはと言えば、その手の議論に無限の魅力を感じているらしい。通訳を通して交わされる数字を考えれば、それも無理はなかった。ユーロ、ドル、あるいはポンドで、相当な金額が口にされている。食料品の輸入業がこれほど儲《もう》かるなんて初耳だった。

上座の角席に座っているせいで、通訳をするクロエはつねに全員のほうに向きなおらなければならず、隣にいる男の姿はいやでも目に入ることになった。けれども肝心の相手は意識しすぎの自分とは雲泥の差で、こちらに対する興味など完全に失ってしまったらしく、通訳の存在すら目に入っていないようだった。実際、バスチアンはフランス語と英語の両方がしゃべれるので、通訳など必要としていない。それならそれでこちらも深く椅子の背にもたれ、相手を無視する態度を装って、それぞれの前に置かれたメモ帳にいたずら書きをするまでだった。

うんざりするほど長い午前の会議の最中、問題らしい問題が起きたことが一度だけあった。通訳である彼女にもわからない言葉が出てきたのだ。まあ、いくら複数の言葉を流《りゅう》暢《ちょう》に操るとはいえ、そういうこともたまにある。

「あのう、レゴラスというのはなんでしょう」とクロエは訊《き》いた。「『ロード・オブ・ザ・リング』に出てくるキャラクターではないとすれば」

　部屋は死んだように静まりかえり、カップがソーサーの上でかたかたいう音だけが響きわたった。テーブルを囲む者はみんなしてこちらを見つめている。まるで個人的な性生活や、あるいは年収について、藪《やぶ》から棒にぶしつけな質問を投げかけられたかのように。するとその日はじめてバスチアンが声をかけてきた。

「レゴラスというのは羊の品種だよ。きみにはこれといって関係のないことさ」

　冷淡な応対をおもしろがってか、それともほかになにか原因があるのか、誰かがくすっと笑い声を漏らした。

「ミス・アンダーウッド、質問はひかえてもらいたい。きみはただ通訳していればいい」とハキムが言った。「それができないのであれば、ほかの誰かを探すまで。能力に欠ける通訳の存在が会議の妨げになっては困るのでね」

　人前で槍玉《やりだま》に挙げられるような非難に対しては、昔からうまく対処できなかった。やっぱりハキムという男はどうも好きになれない。いまはただ、あの豪華なリムジンでパリに送ってもらえれば、それ以外に望むことはなかった。ここにいる人たちとはもう誰とも顔を合わせたくない。

でも、ほんとにそれでいいの？　クロエは隣にいる男のほうにちらりと目をやり、はやる思いを制した。予定よりも早くこのシャトーをあとにするつもりのないことは自分がいちばんよく知っている。

「お言葉を返すようですが、ムッシュー」クロエはフランス語で言った。「言葉の意味を知る必要がなければこちらもあえて質問はしません。会議で話しあわれている内容についてより深い理解があれば、通訳する上で役立つと思ったまでのことです」

「気をつけたほうがいいわよ、ジル」かすれた笑い声とともにモニークが言った。「バスチアンは目をつけている若い娘がいじめられるのがお気に召さないの」

バスチアンはテーブルから目を上げた。「妬《や》いているのかい、モニーク？」

「いい加減にしろ！」ハキムは怒りをあらわにして声をあげた。「くだらない言いあいをしている暇などない」

ハキムのほうに向きなおったバスチアンは、おのずとクロエと目を合わせることになった。その顔に浮かぶ笑みは輝くばかりで、やがてバスチアンは降参するように両手を上げた。「すまない、ジル。美しい女性が近くにいると気が散ってしまう性分なのはあんたも知っているだろう」

「おまえの気が散るのは、そうしたいと思っているときだけだよ。それはほかのみんなも知っている。いずれにしろ、これは我々の利害がかかっている問題だ。つまらないことで時間を無駄にしている余裕はない。いま我々が話しあっていることはきわめて重要な問題なんだ」

あひるや豚や鶏がそんなに重要なのかしら？　けれども幸いクロエはまばたきをしただけだった。もちろん、輸入業者として、自分の扱っている品が世界の運命に影響を及ぼすに違いないと期待混じりに考えるのは当然のことなのかもしれない。実際、このテーブルにいる人たちはユーモアのセンスなどかけらもないように見えたし、金銭にかかわる問題となると人はひどく真剣になる傾向にある。軽率な言動はひかえたほうが無難ね、とクロエは自分に言いきかせた。

するとハキムが立ちあがった。「いったん中断して昼の休憩としよう。この時点で我々にできることはなにもない」

「そいつはよかった」とバスチアンが言った。「寝坊して朝もろくに食べていなかったから腹ぺこだよ」

「腹ごしらえはあとにしてもらおうか、バスチアン」ほかのメンバーはぞろぞろ部屋を出ようとしている最中だった。クロエもなんとかそれに続こうとしたが、ふたりの男にはさまれるようなかたちになって、それもままならなかった。「頼みがある」とハキムは言った。

この人、どうしてこんなに近くに来るの？「すみません」クロエはそう言って体を横にし、わきを通りすぎようとした。

「きみにもお願いしたいんだよ、ミス・アンダーウッド」ハキムはクロエの腕に手を置いて引きとめた。

フランスの男性はなにかと理由をつけて女性に手を触れたがる。もちろんそれを言うならノースカロライナの男も同じで、友だちとしての親しみのある触れあいはいつものことだった。

けれども、自分の腕の上にのせられたハキムの手の感触には、なにかべつのものを感じずにいられなかった。なにかとても不快なものを。

「喜んで」バスチアンはすかさず返事をして、意地を張るクロエのほうに目を向けた。それは明らかにこの状況を楽しんでいるような表情だった。「それで、頼みというのは?」

「ミス・アンダーウッドにちょっとした使いを頼みたくてね。おまえが車で送ってくれたらとても助かる。必要な本が何冊かあるんだよ」

「本?」クロエは繰りかえした。

「ゲスト用の本さ。みんな、なにもこのシャトーにいるあいだずっと仕事をしているわけではない。空いた時間には暇つぶしになるようなものも必要だろう。出版の世界で多少の経験のあるきみなら、どんな本がうってつけかわかるだろうと思ってね。フランス語、英語、イタリア語、ドイツ語……客人たちが読みそうな本を見つくろって、何冊か買ってきてほしい。なにか気晴らしになるような軽い読み物が望ましいな。そのへんの判断はきみにまかせよう」

「でも、送り迎えにはリムジンがあるんじゃ？」クロエはためらいがちに言った。「こんな簡単な使いにムッシュー・トゥッサンに同行してもらって時間を無駄にさせるのは申し訳ない気がします」

「ムッシュー・トゥッサンは少しでも仕事から離れられる機会があれば大喜びで利用するよ。そうだろう、バスチアン？　若くて美しい女性といっしょとなればなおさらのこと。それに、リムジンはいまほかの用事で出払っていてね」

　ハキムがそう言うのだから、ほんとうにそうなのだろう。邪魔な者を取り除くためにわざわざこうして口実を作る必要はない。実際のところ、きみは首だと告げればそれですむのだ。

「で、午後に予定している仕事のほうは？」バスチアンはそんなことなど気にも留めていないように尋ねた。「大事なことが話しあわれている最中に欠席するのは残念でね」

「案じることはないさ、バスチアン。けっして悪いようにはしない。それはわたしが請けあおう。お互い、上がるときも落ちるときもいっしょ。それに、誰がリーダーの座に就くか、その結論を下すにはまだほど遠い状態にある。ミスター・クリストポロスが欠席しているあいだはそれも無理だろう。今日の午後はみんな有利なポジションの取りあいに終始するさ。心配せずに、たっぷり午後の休みを満喫するといい。マドモワゼル・アンダーウッドをサン・アンドレにでもお連れして、のんびりランチでもしてこいよ。とくに急ぐことはない」

クロエは必死に頭を働かせてこの場を回避する口実を思いつこうとしたが、いまは見え透いた嘘さえ浮かんではこなかった。「あなたがそうおっしゃるのであれば、ムッシュー・ハキム」

ジル・ハキムの微笑《ほほえ》みは好意に満ちていた。電気が煌々《こうこう》とつく部屋でその顔に影ができ、かすかに悪意のある表情に見えたのは、想像のしすぎに違いにない。「ぜひとも、マドモワゼル。仕事に戻るのは明日の朝でもかまいません。そのあいだ、ゆっくり楽しんでください」

「それは保証するよ」とバスチアンは言い、ハキムの手が添えられていたクロエの腕を取った。ぎゅっとつかまれたわけではないものの、クロエは逆らうことなく歩きはじめた。

バスチアンの手の感触はこちらを不安にさせるようなものだったが、そこにはまたべつの脅しが込められているような気がした。それは危険なまでの魅力を秘めた脅しだった。

部屋を出るなり手を振りはらうのはさほど困難なことではなかった。「あなたの車を貸してもらえれば、自分で本屋は見つけられます」クロエは感情を表に出さないように、さらりとした調子で言った。

「だが、それではきみと時間を過ごすせっかくの機会がなくなってしまう」とバスチアンは言った。「それに、俺《おれ》の車を運転するのは俺だけだと決まっていてね。悪いがそこは譲れない。さあ、部屋に行って、もう少し歩きやすい靴に履きかえてきたらどうだい？　もちろん替えの靴は持ってきただろう？」

部屋に戻ってもっと歩きやすい靴があるのなら、寿命が十年縮まってもかまわなかった。けれども残念ながら、シルヴィアはそんな靴が必要になるなんて想像もしなかったらしい。だいたいサイズの違いすら気にかけていないのだから、それを望むのも野暮というもの。クロエは足を引きずらないようにして歩くのが精いっぱいだった。それでもにっこりとこぼれるような笑みを浮かべてクロエは言った。

「この靴だって充分に歩きやすいわ。さあ、そちらがよければ行きましょう。早く出ればそれだけ早く戻ってこられるんだし」

「たしかにそうだ」バスチアンはつぶやくように言った。「でも靴に関しては、どうもきみの言葉は信用できないけどね」その言い方にはかすかなふくみがあった。そう、まるでほかのことでも嘘をついていると思っているかのような。といっても、これもまたばかげた妄想なのかもしれない。

バスチアンの車はポルシェだった。まあ、驚くに値しないわ、とクロエは助手席に乗りこみながら思った。階下にバスチアンを待たせ、いったん部屋にハンドバッグを取りに戻ったクロエは、シルヴィアが詰めてくれた靴をみんな試してみたものの、いま履いている靴よりましなものはなかった。結局コートをひっつかんで、今度は迷うことなく階下に下りると、バスチアンが小型の愛車のわきで待っていた。

空は曇っていたので、車のルーフは上がっていた。まぶしい日の光が降り注いでいるわけでもないのに、バスチアンはサングラスをかけ、胸元で腕を組んだ格好で車体にもたれていた。オーダーメイドのシルクのスーツはたぶんアルマーニだろう。その下はやはりシルクの白いシャツで、ネクタイはしていない。黒々とした髪は首のうしろでカールしていて、その表情からはけっして心のなかは読めなかった。バスチアンにドアを開けられてのぞいた車内は、とてもこぢんまりして居心地がよさそうに見えた。そう、危険を覚えるほど心地よく。

必死に頭を働かせたところで、いっしょに行かない口実など考えつかなかった。クロエはシルヴィアのエルメスのバッグを肩にかけ、ぴんと背筋を伸ばすと、差しだされた手を無視して車高の低い車に乗りこんだ。助手席のドアが閉まる直前、バスチアンの笑い声がしたのも聞き逃さなかった。

ポルシェの車内は恐れていたとおりの狭さだった。しかもバスチアンのほうはより大きく見える。シャトーにいたときはてっきり平均的な体格――均整のとれた美しい体の線に、身長も高すぎず、がっちりしすぎてもいない――だと思っていたのだけれど、いざふたりきりで車にいるとその存在感は圧倒的で、すらりとした脚も思っていたよりずっと長く感じられた。座席をいっぱいまでうしろに下げたバスチアンは、上を見て空模様を確認してから、車のギアをローに入れた。

「傘を持ってこなくていいのかい？」とバスチアンは言った。「ちょっと雲行きが怪しいけど」

　そう言われても、シルヴィアは気をきかせて傘など詰めてはいない。「戻ってくるまで降らないことを祈りましょ。そんなに長く出かけているわけではないんだから。ムッシュー・ハキムのゲストのために何冊か本を選んで、そのまま帰ってくればいいわ」

「ランチは？」バスチアンは曲線を描いてシャトーから延びる長い私道を見つめた。

「おなかはすいてないの」クロエは嘘をついた。「戻ってきてから食べてもいいんだし」

「お好きなように、クロエ」とバスチアンは言った。それは身にまとうチャコールグレーのスーツのように滑らかな声だった。日焼けした細い手首、そしてその肌のように。ハンドルに置かれた指はほっそりとして美しく、左手の薬指には結婚指輪が輝いていた。それはそうだろう。その手はまた、とても力強く見えた。「シートベルトを締めたほうがいいな。俺は結構、スピードを出す」

　異を唱えようと開きかけた口を、クロエはふたたび閉じた。ヨーロッパに山ほどいるスピード狂のドライバーには慣れてもいいころだが、やはり怖いものは怖い。けれどもバスチアンがスピードを出せば、それだけこのお使いも早く終わるはずだった。クロエは体の前でシートベルトを交差させ、しっかりとバックルに固定して、革の座席に腰を埋《うず》めた。

「どうやら俺とは話したくないようだな」とバスチアンが言った。ふたりは英語で話していた。ここ数分そうしていたようだけれど、クロエはまったくそれに気づかなかった。

もちろん、英語であろうとフランス語であろうと、バスチアンを相手に軽い会話をする気分ではない。バスチアンの場合、相手に言いよることなく軽い会話をするなど無理に決まっているし、結婚指輪だって目に入る。「とても疲れているの」とクロエは言って、目を閉じた。

「じゃあ、音楽でもかけよう」シャルル・アズナブールの歌声が車内を満たしはじめると、クロエは思わず漏れそうになるため息を懸命にこらえた。アズナブールの歌には昔から弱い。とくに《哀しみのヴェニス》などに耳を傾けていると、骨まで溶けるような思いがした。

その歌声が響くなかでなら、うっとりして我を忘れるのも容易だった。そんなときは、いっしょにいる相手が誰であろうと関係なくなってしまう。ところが、相手がバスチアンとなると無視しつづけるのは困難だった。無言のままとくに話しかけてくるわけではないものの、その存在はいまだに感覚という感覚を刺激している。高価なコロンのほのかな香りは、けっして誘惑をやめなかった。穏やかなその息づかいは、まるでセレナーデのように耳にやさしかった。

それにしても、魅惑の香りを漂わせるこのコロンはなんという名前なのだろう。名前を訊いて兄たちのために買ってあげようと思ったけれど、やっぱりそれは名案とは言えないと思いなおした。独特のその香りを嗅《か》げば、バスチアン・トゥッサンの顔を思い浮かべずにはいられなくなる。結婚しているくせに女を誘惑してばかりいる男。抗しがたいほどの魅力を秘めたその存在。そんなものは早く忘れるに越したことはない。

でも、わたしもいけないんだわ。アズナブールの声がきめの粗いシルクのように体を包むのを感じながら、クロエは思った。退屈な日常を打破しようと、スリルに満ちた冒険やセックス、それにちょっとしたバイオレンスを望んだのは、そもそもこのわたしなのだ。たしかにセックスの気分は味わえた。それは自分が求めた以上のものだった。しかもたった一度のキスで、もうこりごりだと思うほどに。いまはただ、運命がちょっとしたバイオレンスまで仕向けてこないよう祈るばかりだった。

神様、あれはほんの冗談だったんです。クロエは深いまどろみのなかにいるふりをしながら思いを天に向けた。平凡にして心地のいいパリでの生活こそ、わたしの望む冒険です。

ほんと、自分が望むものには充分に気をつけなきゃ。クロエは薄目を開け、隣の席にいるバスチアンをこっそりと見た。バスチアンの注意は前方の細長い道路に注がれている。田舎の道を相当のスピードを出して走りながらも、両手は自信ありげに小さなハンドルの上に添えられている。クロエはふと、こうして相手に気づかれずにこっそり観察を続ければ、そこにいる男についてなにかわかるのではないかと思った。それでも、肝心のバスチアンにとくに変わったところは見受けられなかった。力強い印象を与える高い鼻、美しい唇、まるでなにかをおもしろがっているような穏やかな顔つき。それはこの世界はブラックユーモアに満ちた冗談にすぎないと達観しているような表情だった。

「気が変わってどこかでランチを食べたくなったかい？」バスチアンが前を向いたまま言った。スパイ気どりもこれまで――どうやら向こうは見られていることに気づいていたらしい。例によって、そんな様子はまったく見せずに。

クロエはふたたび目を閉じ、バスチアンの横顔を視界から追いはらった。「いいえ」けれどもそう答えるやいなや、シャルル・アズナブールの声に混じって、ぐーっとおなかが鳴る音が車のなかに響きわたった。


相手が実際に眠りに落ちるのをバスチアンは見逃さなかった。腿の上でハンドバッグの革の取っ手を握りしめていた手はふいに力がゆるみ、呼吸もゆっくりとして、緊張してきっと結ばれた口元も本来のかわいらしさを取り戻したようだった。ぐっすり眠ってしまうまえに、靴を脱いだらどうかと声をかけるべきだったのかもしれない。せめて向こうに着くまでのあいだだけでも。もちろんそう言ったところで、彼女はサイズが合わずに痛い思いをしていることなど断固として認めようとしないだろうが。

今後、彼女がほかにどんな嘘をつくのかは興味があった。すべてが順調に進めば、それを探りだす時間もあるだろう。しかしいまはとりあえず公衆電話を見つけ、ハリー・トマソンに連絡をとり、〝委員会〟がクロエなる女性についてなにか知っているか確認しなければならない。そして、トルコに輸出されるレゴラス羊への対応についても。もちろんそれは羊などではなく、新型のきわめて強力な武器のことだった。赤外線テレスコープや電子制御装置搭載の銃があれば、どんなに射撃の下手な兵士でも相当のダメージを与えられる。〝委員会〟が自分になにを要求してくるかはほぼ見当がついていた。とにかく連中にその武器を輸出させ、なんの罪もない人たちが殺されるのを黙って見つめろ。そのあいだ〝委員会〟はより大きな魚を釣りあげるべく、捜査にあたる。それを付随被害として片づけるのは〝委員会〟の常套《じょうとう》手段であり、バスチアンにしたところでそれを気にかけるのはとうの昔にやめていた。

バスチアンは助手席ですやすや眠る女性に目をやった。おそらくこの女の命は長くは続かないだろう。スパイとしての能力に欠けていれば、それも当然のことだ。そして彼女の場合は付随被害などではなく、戦争における不運な必然として片づけられるに違いない。

いまはただ、彼女を殺す役目を担うのが自分でないことを祈るばかりだった。

6

クロエがはっと目を覚ますと、ポルシェはこぢんまりしたカフェテラスのわきに停《と》まるところだった。いったいどれくらい眠っていたのかはわからない。それに、バスチアン・トゥッサンを相手に狭い空間に閉じこめられ、熟睡できたこと自体が信じられなかった。ひょっとしたら自衛本能でも働いたのかもしれない。

「さあ、着いたぞ」とバスチアンは言ったが、車のエンジンは切らなかった。「ここがきわめて退屈な町、サン・アンドレだ。その先の角を曲がったところに小さな本屋がある。気が変わったらカフェでランチでもとるといい。俺《おれ》は二時間ほどで戻る」

「戻るって、どこに行くの？」

「ちょっと用事があるんだよ。もしかして、いっしょについてきてもらいたいと思っていたのかい？　そいつはがっかりさせて申し訳ないな。だが、どうしても二、三、片づけなければならないことがあるんでね」

「がっかりなんて」とクロエはなぜか不機嫌な気分になり、フロントガラスの向こうに目をやった。頭上の空はどんよりと曇って暗く、町自体もとても小さく、寂れた感じがする。

「その店にはほんとにわたしが欲しいと思うような本が置いてあるの？　なんだかとても小さな町みたいだけど」

「そんなことは関係ないさ。ハキムは本のことなんて気にしちゃいないよ。数時間、きみを追いはらいたかっただけだ。そしてこの俺のこともね。なにを買って帰ろうと見もしないだろう」

　クロエはバスチアンの顔をじっと見つめかえした。「どういうこと？」

「どういうこともなにもない。ハキムにしてみれば一石二鳥ってことだよ」バスチアンの手は相変わらずハンドルの上に軽くのせられていた。それはとても美しい手だった。といっても、その指にはシンプルな金の指輪が輝いている。

　クロエは助手席のドアを開け、車高の低い車から降りた。気温はさらに下がり、風も強くなって、狭い通りに枯れ葉を舞いあがらせている。「二時間？」とクロエは尋ね、腕時計を見た。

「たぶんね」そしてクロエがドアを閉めるなりバスチアンはアクセルを踏み、ポルシェは通りの向こうに猛スピードで消えていった。

　時刻は一時を過ぎたところだった。あれだけの速度で運転していたことを考えると、マルセイユの近くまで来てしまったということも考えられる。やっぱり傘を持ってくるんだったかしら。クロエはいまさらながらに後悔した。雲行きはこうしているあいだも確実に怪しくなっている。

でも、置き去りにされたほうがかえってよかったのかもしれない。あの男が相手だと、どういうわけか落ちつかない気分になる。こんなふうに振りまわされるのは慣れていなかった。本来、男というのはわかりやすい生き物だし、目に見えるものがすべてだった。けれどもバスチアンの場合はまったく状況が違う。だいたいあの男に関するかぎり、ひとつとしてたしかなものはなかった。国籍にしても、仕事にしてもそう。こちらに興味を示したかと思えば、一転して冷めた態度をとったりという気まぐれなところも、戸惑いに拍車をかけていた。唯一、自信を持って言えるのは、相当スピードを出して車を走らせること。それに、その体から抗しがたいほどすてきなにおいを漂わせていることだけだった。

クロエはひとまず本屋に向かった。不可解なことはいろいろあるけれど、ハキムに頼まれた用事が偽りだなんて到底信じられなかったし、どんな状況であれ、仕事であるかぎりまじめにこなすのが自分の性分だった。けれども、いくら探しても本屋はなかなか見つからない。結局、気難しい顔をした年配の女性に道を尋ねなければならなかった。もし間違えて英語で質問していたら、相手はたとえ理解していても返事もくれなかったに違いない。幸い、両親に通わされた私立の女子校で幼稚園からフランス語を習っていたこともあって、発音には自信があった。厳密に言えば、その発音はフランス人というよりベルギー人のように聞こえなくもないけれど、無礼なアメリカ人と思われるよりはずっとましなはずだった。

本屋は想像どおりの寂れ具合だった。本棚に並べられているのはどこかの大学教授が自宅の書斎から処分したようなものばかりで、専門的なタイトルの数々はあまりに難解で翻訳することもできない。もちろんどれもフランス語で書かれた本で、カバーのかかっているものなど見当たらなかった。たぶん、みんな戦前に出版されたものに違いない。

それでも、小説を二、三冊見つけたクロエはとりあえずそれらを買った。フランス語を話すハキムのゲストは関心も示さないかもしれないけれど、それなら自分が読んでもかまわない。本屋をあとにした彼女は、そのままカフェのほうに引きかえした。ひょっとしたら近くに新聞や雑誌が置いてある売店があるかもしれない。たいして中身のない雑誌でも、退屈した食料品商たちの暇つぶしくらいにはなるだろう。

けれども、あたりに売店など見当たらなかった。みすぼらしい小さなカフェには新聞すら置いていない。それでも、さすがに食べ物は置いてあるらしかった。実際、そのころにはクロエもかなりの空腹を抱えていた。

ランチにはバゲットをひとつとブリーチーズを食べ、いつも頼むワインの代わりに濃いめのコーヒーでそれを胃に流しこんだ。シルヴィアの口車に乗せられて引き受けることになったこの奇妙な仕事のあいだは、アルコールには近づかないほうがよさそうだった。自分の役割を果たしたらすぐに狭苦しいパリのアパルトマンに戻ろう。気前のいい報酬を手にして早いところ自分の部屋に戻れば、それで満足というものだ。

クロエはできるだけゆっくり食事をしつつ、たびたび腕時計に視線を落として時間を確認した。もうじき二時間になるし、いつバスチアンが現れてもおかしくない。願わくば、雨が降りはじめるまえに。

クロエは勘定を払って外に出ると、ポルシェを捜して通りを見渡した。けれども道路はからっぽで、強い風でスカートが脚にまとわりつき、ぱたぱたとはためく始末だった。カフェのほうに向きなおると、ばたんとドアが閉じられ、窓際に〝閉店《フエルメ》〟の看板が出された。

最初の雨粒が頬を打ち、ぽつぽつと音をたてて雨が降りはじめたのはその直後だった。ドアを叩《たた》いてまた店のなかに入れてもらおうかとも思ったが、無視されるのは目に見えている。そもそも見知らぬ客など歓迎していないようだし、いまごろドアを叩いても聞こえないところに引っこんでいるだろう。それでなくとも、引っこんでいるふりをするに決まっている。

早足で本屋に戻ったものの、そこもまた閉店の看板が出て、ドアに鍵《かぎ》がかけられていた。屋根付きの玄関でとりあえず雨宿りをすることにしたクロエは、かすかに身震いをしながらコートの襟を立て、雨粒が徐々に霧雨に変わるのを見つめた。この小さな町に、ほかに公共の建物など見当たらなかった。郵便局は昼で終わりだろうし、ほかに店があったとしても、見える範囲には一軒もない。

近場に見えるのは古い教会だけだった。クロエはわき起こる罪の意識をなんとか抑えた。凍《い》てつく雨から逃れるためというのは、久しぶりに教会に足を踏み入れる理由としてはさすがに都合がよすぎるように思える。けれども、そうする以外にほとんど選択肢はなかった。教会は町の中心に位置する広場の角にある。そこに移動すればバスチアンを捜すのも容易になるだろうし、なによりこうして外に立っているよりずっと暖かいはずだった。

教会に向かう途中で雨は本降りになり、服もびっしょり濡《ぬ》れて、水気は肌まで達した。きつすぎるハイヒールのせいでうまく走ることもできない。クロエは一瞬足を止めて靴を脱ぎ、古ぼけた教会の木彫りの扉まで全速力で走った。

ところが、この扉にもまた鍵がかかっている。いったいなんて町なの？　教会の扉に鍵をかけるなんて。哀れな罪人がいつ赦《ゆる》しを求めて――あるいは静かに祈りを捧《ささ》げに――やってくるとも知れないのに。

もちろん、教会が掲げる規範からすれば、クロエも哀れな罪人であることに変わりなかった。といってもここ数カ月は、肉欲に溺《おぼ》れるような罪を犯す機会などまったくなかったけれど。それにしてもこの町は、昼のあいだは聖なるものとのつながりなど、さほど求めていないのだろうか。クロエは扉に張りつくようにして立ち、なるべく体が濡れないように気をつけながら、雨が激しく通りを打ちつけるさまを眺めた。路面に敷きつめられた丸石のあいだには、小川のような流れが何本もできている。いつもは風情を感じるその丸石も、いまはただ滑って足首を痛めさせるような存在にしか見えなかった。気温もさらに低下しているように感じられる。クロエは自分の体に両腕を巻きつけて身震いをした。せっかく買った本をどこかに置いてきてしまったことに気づいたのはそのときだった。

「ばかっ」とつぶやき、いまいるところを思いだして口をつぐんだ。まったく、完璧《かんぺき》な一日だわ。バスチアンに置いてきぼりにされたきり、もう二時間以上がたっている。この運の悪さでは、もう戻ってもこないかもしれない。結局わたしはこの名もない薄情な町に置き去りにされて、肺炎を患って命を落とすことになるのだろう。そんなことになったら、シルヴィアだって新しいルームメイトを探さなければならない。

するとヘッドライトが雨の幕をつらぬき、扉の前で身を縮めるクロエを照らしだした。ポルシェが目の前に停まり、すうっと窓が下ろされても、クロエは身じろぎもせず立ちつくしていた。「遅れてすまない」とバスチアンは言った。そんな気持ちなどかけらもないというような調子で。「だから傘を持ってきたほうがいいと言っただろう」

「大きなお世話よ」我慢の限界に達したクロエは吐き捨てるようにそう言って、わきに置いたままにしておいたハイヒールをひっつかみ、ふたたび土砂降りの雨のなかに戻った。助手席に転がりこみ、まるでずぶ濡れの犬がそうするように、頭を振って髪に染みこんだ雨を払った。

バスチアンは愛車のなかでそんなことをされても文句は言わなかった。もちろん、文句を言いはじめたら言いはじめたで、そのほうが〝してやったり〟と思えたに違いない。

「すまない」とふたたびバスチアンは言った。「本はどこに？」

「なくしたわ」

「それにしてもびしょ濡れだな」とまじまじとクロエを見つめてこぼした。「せっかくの服が台なしだよ」

　薄手のシルクのシャツはぴったりと胸に張りつき、自分には少し小さめのブラジャーも透けて見えている。クロエは生地をつまみ、急いで肌から引き離した。シルヴィアの大のお気に入りのシャツ。人を騙《だま》してこんな目に遭わせるからよ、とクロエは思った。

「寒いだろう」とバスチアンは言った。

　当然それに対する返答はいくつも考えられたが――大部分が〝当たり前でしょ〟というような意味合いで――嫌味を口にする衝動はかろうじて抑えた。「ええ、寒いわ」とだけクロエは言い、体を震わせながらシートベルトに手を伸ばした。ところが、手の震えもまた激しく、なかなかバックルに差しこむことができない。結局あきらめて、革の座席にどさりともたれかかった。この座席も台なしになってしまえばいいのよ、となかば本気で思った。

　バスチアンはまだ車を走らせることなく、じっとクロエのことを見つめていた。少なくとも、クロエのほうはそう思っていた。土砂降りのなかで車内はとても暗く、ルーフにあるライトもついてはいない。「どこかホテルにでも行って、濡れた服を脱ぐかい？」ソフトクリームでも食べるかい？　まるでそんな質問をしているような気軽な口調だった。

「それはどうかと思うわ」クロエはとげのある声で答えた。「暖房を入れてもらえれば平気よ」

バスチアンはギアを入れ、来たときと同じように向こう見ずなスピードで通りを走りはじめた。といっても、今度はこの雨で視界も悪い。おまけにクロエはシートベルトもしていなかった。それに、たしかにポルシェはすばらしい車だけれど、ヒーターに関してはいまひとつ物足りない。三十分たってもクロエはまだ寒いままで、シートベルトと格闘しつづけていた。ル・マン並みの猛スピードで車がひっくり返るようなことがあっても、なんとか自力で生き残る可能性を残して。

外はもうまっ暗になっていたけれど、それは必ずしも雨のせいだけではなかった。時間も時間で、座席に埋まるように体を丸めたクロエは、相手が自分の存在を忘れてくれることを願いつつも、実際に忘れてしまったような様子を見てかすかないらだちを覚えた。するとバスチアンは急にブレーキを踏み、タイヤは濡れた路面の上をスリップして、やがて生け垣の並びのわきで停まった。

駐車するには道幅が足りないような道路だったが、これまで一台としてほかの車とすれ違ってはいない。けれどもそう考えると、クロエはなおさら不安を感じずにはいられなかった。自分はいま見知らぬ男と人気のない暗い道にふたりきりでいる。しかも、相手はまったく信用の置けない男だった。

バスチアンはダッシュボードのライトをつけた。狭い空間にふいに投げかけられた影は、乱暴で容赦のないようなものに見える。バスチアン自身もいつもの洗練された魅力のある男性から、危険な男に様変わりしてしまったようだった。

「いったいなにをしてるんだ」とバスチアンは言った。

「シートベルトを締めようとしてるのよ」不運にも、寒さで声が震えるのは止められなかった。「だってスピードを出しすぎるんだもの」

「ばかだな《イディオット》」とバスチアンはフランス語でつぶやき、なにかを取ろうと座席のうしろに手を伸ばした。その瞬間、お互いの体が触れあった。クロエは息をのんで、相手が座席に座りなおすのを待った。バスチアンは手に白いシャツを持っていて、なにをするのかクロエが考える暇もなく、ぐいと彼女の顎をつかんでやわらかな布で顔を拭《ふ》きはじめた。

「まるであらいぐまだな」冷めきったような声でバスチアンは言った。「化粧が落ちて顔中に広がってる」

「それはどうも」クロエはぼそりと答えてシャツに手を伸ばした。「自分でできるわ」

バスチアンはさっとシャツを遠ざけた。「いいからじっとして」生地を目のまわりに当て、そっと汚れを拭きとるバスチアンは、意外なほどの気配りを披露していた。シャツのにおいは間違いなくバスチアンのものだった。銘柄の特定できない独特の香水。体に悪いに決まっているたばこのにおい。ほのかに漂うバスチアンの肌のにおい。でも、この人の肌がどんなにおいがするのか、どうしてわたしは知っているのだろう。

バスチアンはシャツをクロエの膝の上に置いたものの、顔は放さなかった。

「さあ、これでましになった。さながら化粧の崩れた謎《なぞ》の女性というところだな。ほかの連中は間違いなく、俺たちが午後のひとときをベッドのなかで過ごしたと思うだろう。まあ、実際にそうしているべきだったんだろうけどね。アメリカ人はどうにも堅苦しすぎる」

クロエは顔を引き離そうとしたが、相手の力は思った以上に強かった。「わたしたちはそんなことはしなかった」

「そう、まったく残念なことに。きみもがっかりしてるんじゃないかい？　もちろん、帰りにちょっと寄り道をする手もある。ハキムだって、俺たちが戻るのをいまかいまかと待っているわけじゃないんだ」

「結構です」クロエは育ちのよさを前面に押しだして、ていねいに断った。

バスチアンはそのまま身じろぎもせず、クロエの顎をつかんだまま、黒々とした瞳で彼女を見つめつづけていた。それは奥底まで吸いこまれていきそうな深い思索をたたえた目だった。じっと瞳を見つめかえしても、心の内を読むことまではできない。それでも、これから起きようとしていることにはっと気づいたクロエは、思わず息をのんだ。

「これは過ちだ」バスチアンはささやくように言った。

いったいなにが過ちなのか訊《き》く暇も与えず、バスチアンはクロエにキスをした。その長い指で顔を押さえ、覆うように唇を重ねて。

やはりフレンチ・キスと呼ぶのはそれなりのわけがあってのことらしい。クロエは思考がぼやけていく最後の瞬間に思った。バスチアンは間違いなくフレンチ・キスの達人だった。羽毛でなでるような口づけに始まり、やがて舌を使って唇を愛撫《あいぶ》する。押しかえすべきなのはわかっていたけれど、クロエは口を開いて受け入れた。愚かにもほどがあると承知の上で。

だいたいキスのひとつやふたつ、どうってことない。それに、バスチアンのように恵まれたテクニックを持つ男にされるのだから、楽しまなければ損というものだ。狭苦しいポルシェの座席ではそれ以上のことをするのは難しいし、シャトーに戻ったらもうなるべく近づかないようにすればいい。いまはただ、革のシートに深くもたれ、されるがままにしておこう。バスチアンはいまや歯を使い、性欲をかき立てるようにゆっくり下唇を噛《か》んでいる。クロエは思わず声にならない声を漏らした。

バスチアンはおもむろに顔を上げた。一対の瞳が暗闇《くらやみ》のなかでぎらぎらした光を帯び、こちらを見下ろしている。「気に入ったようだな、クロエ。いつきみのほうからキスを返してくれてもかまわないんだよ」

「でもこれは……これは名案とは言えないと、お互い同意したはずでは」クロエは言葉につかえながら必死で返事をした。きっとなにもかもこの寒さのせいなんだと思うことにして。もちろん、いまや体は燃えるように熱くなりはじめている。

「たしかに名案ではない」バスチアンはそう言って、顎の曲線に唇を押しつけた。「でも、名案というのは往々にして退屈なものさ」

それに続くキスはさらに激しさを増していた。もうただの甘い誘惑とはわけが違う。バスチアンは明らかに求めていた。そしてそれは、クロエとしても応じたくてたまらない求めだった。

片手が腿に置かれ、台なしになったシルクのシャツの下へと移動した。炎のように熱い手は、舐《な》めるように肌をなでている。両手を添え、必死でその動きを止めようとしたものの、無駄に終わった。かろうじて相手の手を取り、自分の腿に押しつけることができたが、それで状況が好転したとはとても言えなかった。「なぜこんなことをするの?」クロエは絞りだすような声で言った。

「野暮な質問をするものだな。なぜって、そうしたいからさ。きみが欲しいんだよ。いやならはっきりノーと言えばそれですむ。だが、きみだって言うつもりはないだろう。俺が望んでいるように、きみもそれを望んでいる。自分のなかでどんな言いわけを作ってそれを否定しようとも。きみは俺の唇を味わいたいと思っている。俺の手に触れられたいと思っている。違うかい？」

違う――そうはっきり言えたらどんなにいいだろう。とんだ思い違いよ、うぬぼれるのもいい加減にして、早合点もいいところよ、なんて傲慢《ごうまん》な男なの、あなたは完全に間違ってる……。

「キスしてくれ、クロエ」バスチアンはそうささやいた。そしてクロエもそのとおりにした。

クロエはキスが好きだった。大好きだった。しかもバスチアンとするキスはいままでとはまったく違って、すでにオルガスムスに達しそうなほどパワフルだった。実際、相手はふたたびシャツの下に手を滑りこませる必要すら感じていない。こっちは興奮の渦のなかにあって、いまにも爆発しそうだというのに。いまのバスチアンに必要なのは自分の唇と――それは舌とともにしきりに動いて味を噛みしめていた――深く激しく分け入っていくためのクロエの唇だけだった。理解を超えた震えが喉から子宮へと走るのを感じ、クロエは両手を伸ばして相手を求めた。

どこからともなく車が現れたのはそのときだった。ヘッドライトがフロントガラスをつらぬき、クラクションが鳴り響いて、道幅の狭い道路の上をタイヤがスリップする音が聞こえた。そこに停まっているポルシェをかろうじて避けた車はそのまま走り去った。が、クロエは驚きのあまり、跳びあがるようにしてうしろに下がった。バスチアンの体から、誘惑の達人から、できるだけ遠くに。

明かりなんてついていなければいいのに。そうすればバスチアンの顔を見ずにすむ。とはいえ、もしふたりで暗闇のなかにいたら、行為を途中でやめることもしなかっただろう。バスチアンはまるで瞑想《めいそう》でもしているような穏やかな表情でこちらを見つめている。ここ数分のあいだに起きたできごとになど、ほとんど心を動かされていないかのように。

「それ以上向こうに行ったら窓からぶら下がらなければならなくなるぞ」とバスチアンは言った。

「そのほうがずっとましかもしれない」

バスチアンはかすかに笑みを浮かべた。「この雨じゃ、さすがにつらいよ。さあ、リラックスしてシートにもたれて。きみが望んでいないなら俺だって触れやしない。いやならノーと言えばすむことさ」

「あなたには触れられたくないの」もちろん、それはまっ赤な嘘《うそ》だった。少なくとも、体はそれとは逆の反応を示している。そう、体は彼を求め、切に欲していたのだ。この男はわたしにとって害にしかならない。いまだにそう言いつづける頭は、とろけそうな体と激しいせめぎ合いをしていた。

「オーケー、それがきみの望みなら、お嬢《プティット》さん」バスチアンはさらりと言った。「さあ、シートベルトを締めて」

　寒さで不格好になったことなど、いまの体の震え方に比べればなんでもなかった。なかなかシートベルトが締められないでいるのを見ても、バスチアンはけっして手を貸そうとしない。自分がどれだけ相手の心をかき乱しているのか、あたかもそれをたしかめようとするように。それでもようやく同情を示して手を伸ばし、代わりにシートベルトを固定した。おなかのあたりを長い指でなでられると、クロエは思わずびくりと身をこわばらせた。

「無理にとは言わないよ、クロエ」バスチアンは慰めるような声で言い、頭上のライトを消して、ふたたびエンジンをかけた。暖房はようやくフル回転で作動しはじめたが、濡れた服を着ているにもかかわらず、クロエはすでにのぼせたような感じになっている。もちろん、いまごろ暖房なんてと文句など言わなかったけれど。

　少なくとも、キスだけですんだのは幸いだった。急にあの車が現れなければ、いまごろどんな深みにはまっていたかわからない。太腿に押しあてられた手の感触はありありと残っていたし、ほっそりした長い指がいまもなおお肌の上を滑っているような気もした。自分の中心へと、耐えがたいほどの動きで。そんな思いは頭から追いはらわなければならなかった。重ねられた唇の味など、ぬぐい去らなければならなかった。一刻も早くふたりのあいだを氷の壁で隔てなければならない。わたしの体のほてりをもってしても、けっして溶けることのないような壁で。

「ずいぶん手慣れたものね、ムッシュー・トゥッサン」車が走りだして、数分ほどたったところだった。クロエは自分でも驚くほど冷静な声で言った。「でも、どうしてわざわざそんなことをするのかわたしにはわからないわ。たぶん男のプライドにかかわることだったり、でなければ、男性ホルモンが過剰に分泌されているのが原因なんでしょうけど。それにしても、女性から求めてこないという状況はあなたにとってさぞ屈辱なんでしょうね」

バスチアンの横顔はダッシュボードの明かりに照らされていた。けれどもそこには表情らしき表情は浮かんでいなかった。「ひょっとしてきみは証明しようとでもしているのかい？　べつにこの俺に惹《ひ》かれているわけではないと。女心は充分に承知してるよ。自分に興味を持っているか持っていないかはすぐにわかる。きみがどうしてそんなに躊躇《ちゅうちょ》するのか、それはじつに理解に苦しむところだけれど、拒絶されたら潔くその事実を受け入れるまでさ。女はほかにいくらでもいる。いつだって、どこにだって、いくらでもいる」

この展開は思い描いていたものと確実に違っていた。といっても、秘密めいたこの男を相手に、思いどおり事が進んだことは一度もない。

「そしてほかの女性が相手なら、もっと簡単に誘惑できる」クロエは刺すような皮肉を口にした。

「まあ、本気になればきみだって簡単に落とせるさ」

どういう理由にしろ、クロエにはそれが侮辱に聞こえてならなかった。なによ、本気になるまでもないってこと？　どうして？　わたしはそんなに魅力のない女なの？

それでもクロエはそんな思いを顔には出さなかった。「想像するのはあなたの自由よ。でも、今度また誰かを誘惑しようと思ったら、もう少しましな場所を選ぶことをお勧めするわ。ポルシェの座席などではなくね。こんな狭苦しいところでセックスなんて絶対に無理よ」

バスチアンはほころばせた顔をクロエのほうに向けた。「心配には及ばないさ、クロエ。俺はこの車のなかでだってたっぷりきみを喜ばせることができた。以前、ほかの女性を相手に試したこともある」

まったく、こんな侮辱に性欲をかき立てられてしまうわたしはなんなの？　きっと体温が下がりきって普通の反応ができなくなっているに違いない。「とにかくシャトーに連れてかえって」クロエは降参するようにぼそりとつぶやいた。悔しいけれど、向こうのほうが一枚も二枚も上手なのは事実だった。実際、わたしはバスチアンが指摘するように切に相手を求めているのだろう。たぶん、バスチアンがわたしを欲する以上の気持ちで。それに、相手が自分を欲しがっているなんて言葉を真に受けているわけでもなかった。だいたいバスチアンの好みは危険な香りのするモニーク・フォン・ルッターのような女性か、一分の隙《すき》もないほど洗練されたマダム・ランバートのようなイギリスの女性。粗野なアメリカ人の小娘など、理想とはほど遠いに違いない。

いずれにしろ、相手が本気だろうがそれが男の本能だろうが、一定の距離を置いていればなにも心配することはない。それはこの目で昨夜も確認ずみだった。バスチアンは自分とキスをしたあと五分もしないうちに、モニーク・フォン・ルッターを連れてどこかに姿を消したのだ。シャトーに着けば、きっと自分でほかの相手を探しはじめるに違いない。

バスチアンは相変わらずかなりのスピードを出し、終始無言のままシャトーへの道のりをひた走って、四方に翼棟の延びるシャトーの裏手に車を停めた。クロエは雨に濡れて止まっていてもけっしておかしくないと思いながら、シルヴィアの借り物である高価な腕時計にちらりと視線を落とした。

時刻は六時半。この先まだまだ長い夜が待ち受けている。熱い風呂にゆっくり浸《つ》かって、そのままベッドに潜りこみたい気分なのに。

けれどもそんな願いが叶《かな》うとはクロエも思わなかった。バスチアンはエンジンを切ると、突然こちらに身を乗りだして、彼女のシートベルトを外した。「正面の玄関からは入りたくないんじゃないかと思ってね。きみの部屋にいちばん近いのはこのドアだ。誰かに見られていろいろ訊かれるまえに、シャワーを浴びて着替えるといい」

「いろいろ訊かれたからって困ることはなにもないわ。いてはいけないところにいたわけじゃないし、してはいけないことをしたわけでもない」クロエはその言葉が口から出るやいなや後悔した。バスチアンと口づけを交わすなんて浅はかとしか言いようがない。はっと理性を取り戻すようなことが起こらなければ、それ以上に浅はかなことをしていたかもしれない。

「そうか」バスチアンは低い声で言った。「だったらいっしょに部屋に上がって続きをしようじゃないか」

そんなのはったりよ。クロエは興奮してそう口にしそうになったが、幸いにも、なけなしの正気がそれを押しとどめた。「せっかくのお誘いだけどお断りするわ。わたしたちはこれで終わりよ」

「本気でそう思ってるのか？」例によって神経を逆なでするような笑顔を向けられたクロエは、平手で頬を引っぱたいてやりたい衝動にかられた。バスチアンはふたたびこちらに身を乗りだした。一瞬またキスをされるのではないかと不安がよぎったが、そうする代わりにバスチアンはただ助手席のドアを開けた。「じゃあ、また夕食のときに」

クロエはすっかり水の染みこんだハイヒールや革のハンドバッグをひっつかみ、懸命に威厳を保って、中庭へと出た。雨は細かい霧に変わっているものの、気温はいちだんと下がった様子で、濡れた服が冷たく体にまとわりつくのを感じた。クロエはポルシェのほうに振りかえったが、薄暗い車内にいるバスチアンの表情は見えなかった。といっても、そんなものは見えないほうがましなのかもしれない。

「運転、ご苦労さま」と彼女は言い、いくぶん乱暴すぎる力でばたんとドアを閉めた。

ポルシェはそのまま走り去ったが、クロエは去り際にバスチアンの笑い声を聞いたような気がしてならなかった。

7

　バスチアンは判断を誤るのが大嫌いだった。人間という生き物を観察し、その本性を探ろうと細心の注意を払いはじめてから、どれくらいの時間がたったのかはわからない。実際、直感による判断はほとんど自分を裏切らなかった。しかしクロエ・アンダーウッドに関するかぎり、その自信も揺らぎはじめている。

　状況からすれば、クロエ・アンダーウッドは危険な任務を担ったスパイと考えるのが妥当だった。それ以外の可能性があると勘ぐるほうがばかげている。彼女はきわめて有能なスパイか、でなければきわめて無能なスパイに違いなかった。ただ、そのいずれであるかが定かでない。

　彼女は遅い時間になって夕食に下りてきた。まあ、無理もない。バスチアンはあえて距離を置いていたが、彼女のほうは明らかにこちらを意識していた。ほんのわずかでも脳がある者ならすぐにそれと気づくほどに。当然のごとく、この部屋にいる者たちはみな勘の鈍いタイプではない。クロエはおとなしく椅子に座り、食べ物はあまり口にせず、バスチアンのいるほうにだけは目を向けず、部屋のなかをきょろきょろ見回していた。状況が状況でなければ、おそらくそんな姿をおもしろおかしく眺められたに違いない。しかしいまは、なにかをおもしろがるような感じではとてもなかった。

このシャトーに到着したときと比べると、今夜の彼女はどことなく洗練された印象が薄れて見えた。雨に濡《ぬ》れたせいか、黒い髪には軽くウェーブがかかり、化粧も必要最低限のもので、口は赤くなって少し腫《は》れているようだった。そんなに激しくキスをしたつもりはないが、知らぬ間にそうしていたのかもしれない。しかし向こうも同じ激しさでそれを返してきたのだし、おあいこと言えばおあいこだろう。いまいましいヘッドライトに邪魔されなければ、もちろん最後までいっていたはずだった。

あのまま彼女のなかに入ることができていたら、もっと深い理解を得られたかもしれないのに。といっても、まだ遅くはない。

モニーク・フォン・ルッターは人食い鮫《ざめ》の直感でクロエに近寄り、新鮮な肉を食いちぎる機会をいまかいまかと待っていた。バスチアンはモニークが標的をクロエひとりに絞り、よほどのお人よしでないかぎり、すぐにその嫌味に気づくような猫なで声でしきりにおしゃべりをする光景を無言で眺めていた。クロエのほうは警戒しているのか、矢継ぎ早に口にされるモニークの挑発的な質問にそっけなく短い答えを返している。それに、ワインに口をつけている様子もまったくなかった。くそっ、アルコールの手助けで仕事が容易になるのを期待していたのに。

　とはいえ、バスチアンは難問を解決する場合に最も簡単な方法を選ぶタイプではなかった。

「フランスの男性はきわめて退屈だと思うんだけど、あなたはそう思わない、ミス・アンダーウッド？」とモニークは言っていた。「女性が喜びを得られるかどうかということより、自分が立派に役割を果たしているかどうか、そのことが気になって仕方ないんですもの。それに、あのうぬぼれの強さときたら！　たとえばバスチアン。あんなこじゃれた着こなしができるのは底の浅い生き物だけよ」

　クロエはほんの一瞬だけバスチアンのほうに視線を走らせ、ほとんど手もつけていない皿の上に戻した。おそらくその問いにはあえて答えないことにしたらしい。モニークもさぞいじめがいがないと思っているに違いない。バスチアンは片手でワイングラスを揺らしながら物憂げに思った。この俺《おれ》がそろそろ助け船を出してやるべきかもしれない。

「しかし、男爵夫人、あなたは大事なところを見逃していますよ」バスチアンは話に割って入り、ゆっくりとした口ぶりで言った。「自分がどれだけ立派に性的な役割を果たすことができるか、その点に固執している男は、往々にして恋人を喜ばせることに全力を尽くす。もちろん自分の快楽のほうにより興味があるのなら話はべつですが、つねに最高の恋人であろうとする男のプライドによって大いに得をしているのは、結局のところ女性ですよ。そうではないですか?」

クロエは皿に目を落としながらも、ほんのり頬を赤く染めた。テーブルを囲む誰もがそれに気づいた。

すると、モニークが満開の花のように表情を輝かせて言った。「でもその相手の女性が、結局のところ自分は恋人の虚栄心を満足させるただの道具にすぎないと理解していない場合は? 彼女が感じている快楽は、性的な能力を自慢する男の沽券《こけん》の反映にすぎなくて、真の欲望ではないとしたら?」

バスチアンは肩をすくめた。「それがどうしたというんです? 相手が喜んでいるかぎり、なんの問題もないでしょう」

「もちろん問題はないわ。それに、あなたは女性に喜びを与えるのが大のお得意ですものね」とモニークは甘い声で答え、かすかに慌てたようにつけ加えた。「と、噂《うわさ》で耳にしたわ」

バスチアンはもはやこのやりとりを楽しんではいなかった。同席している者は全員、自分とモニークの関係を知っている。それは浮気する妻を見て快楽を得る夫にしても、純情なミス・クロエにしても同じこと。しかしそんなことよりいま問題なのは、四十八時間以内にこの会議が終わるという状況のなか、ろくな進展が得られていないことだった。新しいリーダーの選任にはほど遠い段階だし、クリストスはまだ姿を見せていない。といっても、おそらくクリストスはクロエを先に送りこんで、土台作りをしているのだろう。ただ、残りのメンバーは愚かにもこの危うい状況をまったく理解しておらず、代理の通訳として現れた女に対してなんの疑念も抱いていないようだった。

ほんのわずかな情報の漏洩《ろうえい》が命取りになる密輸カルテルは、いまそのただなかに正体の知れない危険な存在を抱えていた。そんな状況にあって、嫉妬《しっと》に発するモニークのゲームに参加したところでなんの解決にもならない。かわいそうだがモニークにはほかの誰かに目を向けてもらい、自分とクロエのことはそっとしておいてもらう必要がある。しかしほかの誰かといっても、適当な相手はひとりも見当たらなかった。ハキムは若い男が好きだし、マダム・ランバートは好みが難しい。リチェッティはゲイで、オートミはなによりも家族が第一という男。残るはフォン・ルッター男爵だけだが、モニークはもうかなりまえに夫に愛想をつかしていた。

「今夜は仕事をしなければならない」と急に口を開いたのはハキムだった。モニークのふるまいにハキムもまたいらだちを覚えていたのは明らかだった。「予定よりだいぶ遅れてしまったから、これ以上ミスター・クリストポロスが現れるのを待つ余裕はない。我々はこの短い期間に決めなければならない案件を山ほど抱えている。担当区域の再分割、新リーダーの選任、レマルクの暗殺に対する対処の仕方――これらはきわめて重要な問題であり、これ以上時間を無駄にすることはできない」

クロエ、とバスチアンは思った。ハキムのほうに顔を向けた彼女は驚いた表情を浮かべている。その頭のなかでどんな考えが駆けめぐっているか、それを読みとるのはわけなかった。たかが食料品や家畜の輸入にどうしてそんなに重要な案件が山ほどあるのだろう。いったいどうしてこの人たちのリーダーは殺されなければならなかったの？　そんな表情を浮かべる彼女は救いがたいほど未熟か、計り知れないほど聡明《そうめい》かのどちらかだった。

「では、さっそく取りかかろうじゃないか」と男爵が言った。

「ええ、残る必要のある者だけ残って、さっそく取りかかりましょう。ミス・アンダーウッド、今夜はもう結構。あなたなしでもなんとかなりますから」

通訳はもう下がってかまわないという指示を受け、クロエは立ちあがった。「ほんとうにすみませんでした、本を忘れてしまって」

「本？」

「買ってくるように言われた本です」

ハキムはそっけなく手を振った。「たいしたことじゃありません。我々は会議室で仕事を続けます。あなたはご自分の部屋でくつろぐのがいちばんかと」

ていねいな口調ながらも、それはまるで命令のように聞こえた。あるいはある種の脅しのように。それでもクロエは例によって意に介していないふりをしつづけた。「あのう、このシャトーにコンピュータはありますか？　できたら使わせていただきたいんですけど。

Eメールをチェックしたくて」

　テーブルは一瞬静まりかえった。バスチアンは椅子の背にもたれ、ハキムがどう対応するか見守った。驚いたことに、ハキムはこくりとうなずいた。「二階の階段わきにある書斎に。遠慮なく好きなだけ使ってください」

「いえ、Eメールを確認するだけですから」とクロエは言い、テーブルから離れた。ほかの者はそのまま腰を浮かすこともしない。雇われ通訳には礼儀を払う必要もないということだろう。バスチアンはそう思いながら、女性の退席に際して椅子から立ちあがる衝動を抑えた。それにしても、たんにEメールをチェックしたいだけというのは、この俺がロシアバレエ団のプリマバレリーナだと言っているようなものだ。しかし、履歴を消去するだけの抜け目のなさは彼女にあるだろうか。

　クロエが背後でドアを閉めると、テーブルからいっせいに声があがった。「あの女をここに置いておくのはどうかと思うな」とフォン・ルッターがドイツ語で言った。「通訳がいなくとも、自分たちでなんとか意思の疎通を図れただろう。わざわざ外部の者を連れてくる必要がどこにある」

「当初雇う予定でいたのはいかにも頭の悪そうなブロンドのイギリス人でした。それでも彼女は与えられた仕事をこなすだけの能力はあるようだったので、通訳として使えば話しあいもスムーズに進められるかと思ったんです。おまけにその女は自分に酔うあまり、なにかおかしなことがあってもけっして気づかないようなタイプだった」とハキムがやはりドイツ語で答えた。「しかし、代理の女に関してはいまひとつ判断がつかないでいます」

「判断がつかないでいるですって?」モニークが鋭い声をあげた。「まさかあなたがその手のことを運にまかせるような男だったなんて思ってもみなかったわ、ジル。あんな女、いますぐ始末すべきよ」

「必要とあれば」とハキムは言った。あれこれ指示されるのが嫌いなハキムは、そろそろ自分が先頭に立つべきだと考えているようだった。「それが必要なことであれば、実際に手を下すことにわたしはなんのためらいも抱かない。それはあなたも知っているはずだ。しかし、わたしはけっして早まったまねはしない。いまの時代、アメリカ人がひとり忽然《こつぜん》と姿を消せば、あちこちで疑問が生じかねない。手荒なまねをするまえに確認する必要があるだろう。あの女がいなくなってもひとりとして悲しむ者がいないことを。もちろん、彼女の存在が我々にとって有害となれば早急に行動に移す必要があるが、いまはまだなんとも言えない。いずれにしろ、確証が持て次第、ミス・アンダーウッドの件は片づくだろう」

「英語かフランス語で頼むよ、イタリア語がしゃべれないのならね」とリチェッティが文句を言った。「いったいなにを話してる?」

モニークが振りかえってにこりと笑いかけた。「ミス・アンダーウッドが危険な存在かどうか議論していたの。もし危険であるなら、どのように始末すべきかと」と流暢《りゅうちょう》なイタリア語で返事をした。

「そんなことはわけない。ひと思いに殺して、交通事故を装えばそれですむ」とリチェッティが言った。

「その方法もある」とハキムが言った。「しかし、彼女はわたしの運転手が送り迎えをしているんだ。彼女を始末して、そのカムフラージュのためだけに愛車のベンツを手放すのは気乗りしないな。それに、代わりの運転手を見つけるのもなにかとたいへんなんだよ」

「つまらぬ議論はやめてさっさと始末してしまえばいい」とミスター・オートミが言った。

「そんなに腰が引けているなら、わたしの部下に片づけさせてもいい。こんな議論は時間の無駄だ。それよりも重要なことが山ほどあるというのに。とにかくわたしは、四十八挺《ちょう》のレゴラスを誰にも気づかれることなくどうトルコに運ぶか、それが知りたい」

「それはあなたの問題です、ミスター・オートミ」とバスチアンはさらりと言った。「俺としては、テーブルに品を置くまえに金がどこから来るのか知りたい。とにかく息をのむほどの品だ。それは信じてもらいたい。アメリカの軍事研究所が考案し得る最高の武器だよ」

「あなたの言葉なんて誰も信用していないわよ」とマダム・ランバートが言った。「メンバーの誰かを信用している者なんて、ここにはひとりもいないでしょう。だからこそわたしたちはうまくやれるのよ。世界のほとんどの市場で、わたしたちは違法な武器の売買を統括している。信用なんて商売の邪魔になるだけよ」

「世界のほとんどの市場」とバスチアンは繰りかえした。「でも、全部ではない。いったいクリストスはどこにいるんだ。こんなに遅れるなんていらいらする。あれこれ心配すべきなのはあの男についてなんじゃないか？　兎《うさぎ》のようにおどおどしたあの若い女のことではなく」

モニークが声をたてて笑った。「たしかに兎みたいよね、あの娘。くりっとした目をして、ときおり鼻にしわを寄せて。ただ、それが演技なのかどうかは判断がつかないところだけど。その答えを突きとめるのに時間を費やして、わたしたちの仕事をみすみす危険にさらすのは絶対に避けるべきだとわたしは思うわ。クリストスがここにいたらまったく同じことを言うでしょうよ」

「しかしクリストスはここにいない。いずれにしろ、あの小娘のことで時間を使いすぎだ」ハキムはいらだちをあらわにした。「バスチアン、あの女のあとを追って、調べられるだけのことを調べろ。始末して警察の注意など引きたくないが、あの女のことでこれ以上時間を無駄にしている余裕もない。とにかく、中東の顧客の再分割に関するリチェッティの提案から話を進めよう。そのあいだにおまえも決断を下せるだろう。もしあの女が危険な存在であれば、即刻始末しろ。そうでない場合はこのテーブルに戻ってきて、仕事の続きに加わってくれ」

　バスチアンは片側の眉をつりあげた。「でも、どうして俺にそんな役目を。だいたい俺は今日一日いっしょにあの女といて、なにひとつ突きとめられなかったんだぞ」

「押しが足りないんだよ。おまえはあの女といちばん多くの時間を過ごしている。それだけ真実を突きとめる確率も高いということさ」

「それに」とモニークが喉を鳴らすような声で言った。「あの娘はあなたに熱を上げてるわ。どんな愚か者にだってわかることよ」

　バスチアンもあえてそれは否定しなかった。彼女が過敏すぎるほどこちらの存在を意識していることは、どんな愚か者にもわかる。グラスに入ったワインを飲みほしたバスチアンは、テーブルを押しやるようにして席を立った。「喜んで」

　そして両手をポケットに突っこみ、そんな仕事は朝飯前だとでもいうように、ゆっくりとした足どりで部屋をあとにした。

　二階の書斎にクロエの姿はなかったが、コンピュータがスリープモードになっていないことからすると、いましがたまでここにいたのは間違いなかった。インターネットを使ってこそこそ嗅《か》ぎまわったにしては、その後始末は不充分だった。彼女がレゴラスについて検索していたのは明らかで、それなりのサイトにたどり着いて、レゴラスがきわめて危険で違法な武器である事実も突きとめたらしい。また、このシャトーにいる人間の半分に関して下調べもしたようだった。もちろん、バスチアンもふくめて。

といっても、バスチアンはあえて細かくチェックするようなことはしなかった。素人があちこちサイトをサーフィンして発見できることはたかが知れている。バスチアン・トゥッサンは三十四歳の既婚者で、子どもはなく、さまざまなテロ組織とのつながりが噂され、確証はないものの違法な武器やドラッグの取引を国際的に行っている。国際刑事警察機構《インターポール》に属する三人のエージェント殺害にもかかわったとされ、きわめて危険な人物と見なされている。

クロエが検索して目を通したのは、おそらくそのような内容だろう。しかし事前におおまかな説明を受けていれば、そんな情報になどなんの目新しさも感じないはずだった。万一それが彼女にとって思いもよらない情報だったとすれば、クロエ・アンダーウッドという存在により近づき、正体を突きとめるのは、困難を極めることになる。

それどころか、彼女を自分のものにするのがいかに困難であるか、その事実に直面することになるだろう。そしてモニークの言葉を借りるならば、自分がどれほど性的に立派な役割を果たすことができるのかも思い知らされる。優雅に戯れのダンスを楽しむのも、もはやこれまで。彼女がどうしてこのシャトーにいるのか、その真の理由を一刻も早く突きとめなければならない。

そして場合によっては、早急に手を打たなければ。

クロエは怯《おび》えに怯えていた。豪華な部屋のまんなかに座り、恐怖に涙を流しながら。整えたばかりのメイクも、すぐに崩れてしまうに違いない。これではあらいぐまに逆戻りだわ、と彼女は思った。いまとなっては、バスチアンが洗いたてのやわらかなシャツでその崩れを直してくれるようなこともない。真実がわかったいま、あの男に近づくのは危険すぎる。

とにかくここから逃げださなければ。いったいどうして毒蛇の巣のような場所に迷いこんでしまったのだろう。もっと早くなにかがおかしいと気づくべきだったのに。おまえは想像力がたくましすぎる――そんなふうに両親から言われつづけてきた言葉をむやみに信じこんでいた。病みつきになってスリラーやファンタジー物の小説を読みあさったことも、現実の世界では役に立たなかったらしい。

そう、これは想像上の危機などではなかった。階下にいる連中は食料品の輸入業者などではない。そもそも、どうしてそれを真に受けてしまったのかわからない。あのバスチアン・トゥッサンが、鶏を輸入しているような男に見える？　男爵の妻だというモニーク・フォン・ルッターが、大豆の売り上げでデザイナーブランドの服や大粒のダイヤモンドを買っていると思う？

「なんてばか《イディオット》なの！」クロエはフランス語で怒りを声に出した。一刻も早くこのシャトーを出なければ。連中に邪魔な存在だと判断されるまえに。先ほどダイニングルームを出ようとしたとき、ドイツ語で交わされる会話のなかで自分の名前を耳にしたが、反応して立ちどまりはしなかった。不審に思った誰かが追ってくるまえに、インターネットで調べるのが先決だった。もちろん、穏和にして初老のフォン・ルッター男爵は、たとえ連中がわたしに危害を加えようとしても絶対に許さないだろう。といっても、男爵もまたここで起きていることについてはなにも知らないということもあり得る。

クロエはクローゼットの下にあったスーツケースを引っぱりだし、シルヴィアの服や、雨で台なしになったシルクのブラウス、それにあちこち裂け目のできたストッキングを詰めはじめた。なにもそんなに難しいことではないはずだった。ハキムには、ルームメイトからEメールで祖母が危篤だという連絡が入って、いますぐアメリカに戻らなければならないとでも言いわけすればいい。エール・フランスのチケットもすでに予約ずみで、飛行機が出発するまであと十二時間あるかないか。そのまえにパリに戻って、二、三必要なものをバッグに詰め、空港に直行しなければならないと説明するのだ。現実にこれほどまでの恐怖感を覚えたのは、大人になってはじめての経験だった。

それにしても、どう考えても移動に適した服装ではなかった。とりあえずシルヴィアが詰めたドレスのなかでもいちばんシンプルなものを選んだものの、細身の黒のラップドレスはやけに胸の谷間を強調するようなデザインだったので、胸元をピンで留めてかろうじて隠した。ドレスの下は、金持ちの愛人が好んで身につけるような、黒のフレンチレースの下着。これでサイズの合わないハイヒールを履くことを考えると、いまにも泣きそうな思いだった。

でも、生きてここを出たければ耐えなければならない。内心パニックにおちいっていることは、なんとか演技で隠しとおせるだろう。けっして嘘《うそ》は得意と言えないけれど、命がかかっているとなればそんなことも言っていられない。とにかく自分は女優だと思うことよ、とクロエは言いきかせた。たとえば『欲望という名の電車』のブランチ・デュボワのように……ちょっと待って、もっと自信に満ちた女性を演じなければだめよ！　この状況で、頼りになる心やさしい人など見つかるはずもない。

スーツケースのなかはめちゃくちゃだったが、そんなことにかまってはいられなかった。クロエは部屋についている小さなバスルームに行き、刺繍《ししゅう》入りのシルヴィアのハンドバッグに洗面道具を放《ほう》りこんだ。そしてふたたび部屋に戻ると、それをスーツケースに投げ入れ、蓋《ふた》を閉じた。

「お出かけかな？」ドアの開いた戸口に立ち、物憂げな調子で声をかけてきたのは、バスチアン・トゥッサンだった。

8

まるで斧《おの》を手にした殺人鬼でも見るような目つきだな、とバスチアンは物憂げに思った。相手は明らかに動揺している。両頬に残る涙の筋や、完全に我を失ったような表情からするに、よほどのパニックにおちいっているのだろう。それはクロエ・アンダーウッドがまったくの部外者であるさらなる証拠だった。おそらく彼女はあくまでも偶然に、このとんでもない状況に巻きこまれたのだろう。といっても、バスチアンの信念からすれば、この世に偶然などなかった。

まるで鏡の間に入りこんでしまったかのようだった。そもそもどこが始まりなのか――なにが真の姿で、どこからが鏡に映った姿なのか、容易に見分けがつかない。ほんとうにこの女はなにも知らないのだろうか。はじめに疑ったように、やはりスパイではないのか。無能きわまりないスパイ。あるいは、無能を装う有能なスパイ。そう、自分はなんにも知らないんだと純情ぶって。

とにかく時間がなかった。真実を突きとめる方法はただひとつ。脅して傷つけたところで、どこにも行き着かないだろう。本物のスパイなら相当の痛みに耐えられるように訓練を受けているはずだし、吐きだしたくないものはなにも吐きださないに違いない。

しかし、こちらの知りたいことを聞きだすにはほかにもやり方はある。そう、それよりもはるかに喜びに満ちたやり方が。バスチアンは片足で蹴《け》るようにして背後でドアを閉め、いっそう恐怖の色を増す彼女の瞳を見つめた。

監視カメラのある場所はすでに承知していた。昨夜この部屋を探しまわったときにそれは確認ずみだった。何台かあるカメラはベッドやバスルームをふくめて部屋のほぼ全体をとらえている。いまこの瞬間、熱心な観客にのぞき見されていることはないにしても、あとのために録画されることは間違いない。それを考慮に入れると、見応《ごた》えのあるようにそれなりの演技をする必要があった。

といっても、好んで見せつけることもない。この部屋には監視カメラの視界からほとんど外れている場所がひとつだけあった。入り口近くにあるルイ十五世時代のチェスト。おそらく正真正銘のアンティークだろう。その上なら死角になる。

クロエは部屋の中央に身じろぎもせず立っていたが、こちらが一歩足を踏みだすと不安そうにあとずさった。部屋に現れた男がどういう人間で、どういう仕事をしているのかはすでに承知しているらしい。もちろん、それは真実の半分でしかなかった。

バスチアンは戸棚の扉を開け、テレビの画面が見えるようにして、スイッチを入れた。

そしてボリュームをいっぱいに上げ、望む画像が映しだされるまでチャンネルを変えた。ハキムはハードコアのポルノ映画を二十四時間流しつづけている。やがて快感を表現する偽りのあえぎ声が部屋中に響きわたった。

「どういうつもり?」クロエはぎょっとして言い、ワイド画面に映しだされる映像から視線をそらした。画面には男がふたりして女に奉仕している場面が映しだされている。それはバスチアンが好んで想像するような状況ではなかったが、これだけあえぎ声が響いていればふたりの会話もほとんどかき消されるはずだった。

バスチアンはその場に立ち、なにも言わずにジャケットを脱いで、椅子の上に放《ほう》った。バスチアンのいる位置は監視カメラの死角になっている。大音量のあえぎ声が遮音装置の役目を果たしてくれるので、なにを言っても安心だった。「さあ、こっちに」とバスチアンは言った。

相手の反応からするに、それは窓から飛びおりろと命じたのと同じことだったのかもしれない。クロエはかたくなに首を振りつづけた。「なにをしに来たのかわからないけど、とにかくいますぐ出ていって」

「こっちに来いよ」

みずからもそれを求める気持ちがなければ、彼女はその場から動きもしなかっただろう。事前に下地を固めておいたのは幸いだった。相手が完全にこちらのとりこになっているのはすでに承知している。ポルシェの座席で始めたことがまだ途中になっているのも功を奏していた。この時点では明らかに自分のほうが優位に立っている。たしかに彼女は恐れているが、肉体のほうはいまだに興奮の高まりを感じている。そしてそれは、恐怖心を上回りかねないほど強烈だった。

クロエは少し手前で立ちどまった。監視カメラの視界からはまだ外れていない。「ポルノを見るのは好きじゃないの」と彼女は言った。あくまでも冷静であることを強調したいようだが、その声は緊張に上ずっていた。

「そうだろうと思ったよ。こと性に関するかぎり、アメリカ人はあまりに潔癖すぎる傾向があるからな」

「わたしはあくまでも健全な性欲の持ち主よ」とクロエはきっぱり答え、ほんの一瞬ながらも恐怖を忘れ去った。そう、バスチアンの思惑どおり。「抑圧されたうぶなアメリカ人の小娘というわけじゃない。あなたがどう思おうとね」

「だったらこっちに来いよ」

クロエはこちらが徐々にあとずさり、監視カメラの死角に導こうとしていることなど気づいてもいなかった。もちろん、そもそも部屋にカメラが設置されているなんて想像もしていないだろうし、改築されたこのシャトーのいたるところに監視カメラがあるなんて夢のまた夢に違いない。

クロエはバスチアンの目の前に歩みよった。まるで戦いに挑む者のように肩を怒らせて。

「わたしはあなたのことなど恐れていない」

「恐れているに決まってるさ。そもそもそれが楽しみのひとつなんだし」バスチアンは滝のように垂れる髪の下、クロエのうなじのあたりに手を伸ばし、その顔を引きよせた。こちらを見上げる彼女の目は大きく見開かれ、かなりの動揺を物語っている。バスチアンは不覚にもそこで思いもよらない感情を覚えた。哀れみ、ためらい、情け……。いずれにしろ、いまはそんなものを感じているときではない。

バスチアンはクロエの唇にキスをし、その味を、そのやわらかさを、そこから漏れるため息を思いだした。その唇はこちらの動きに合わせてゆっくりと動いている。一連の感触を思いだしたバスチアンは、この状況が求める以上のものを欲し、こうしようと思いたった自分の判断――いや、こうせざるを得ないと思った自分の判断をあらためて喜ばしく思った。でなければ、なにかほかの口実を思いつかなければならなかったに違いない。

バスチアンはさらにキスに力を込め、腕を腰に回してクロエの体を抱きあげた。そしてカメラの死角となっている部屋のくぼみ部分にさっと移動させ、鏡張りの壁に押しつけて胸をまさぐった。

クロエはドレスの胸のあたりをピンで留めていた。バスチアンは息を切らしながらふいに身を引いた。「いったいなんのつもりだ、ドレスにこんなことをして」

クロエはあえて逃げようとはしなかった。「ちょっと開きすぎだったのよ。だからピンで留めたの」

「しかし、そもそもそういうデザインだろう。外せよ」

クロエは何度かまばたきを繰りかえした。それがいまの彼女に示せる唯一の拒絶のサインだった。それでもやがて彼女は手を上げ、小さな安全ピンを外しはじめた。

「さあ、今度は胸を開けて見せろ」

さすがにそれは尻込みするだろうと思ったが、クロエは抵抗せずに、言われたとおりシルクのドレスの前をはだけた。その下に見えるのはやはりシルク製の、繊細なレースをあしらった下着だった。パリ随一の高級ランジェリーショップで売っているようなその下着は、当然一介の翻訳者が買えるようなものではない。それは明らかに、金持ちの恋人を楽しませるために身につけるような種類のものだった。これでまたひとつ、嘘《うそ》が増えたことになる。

といっても、サイズの合わないブラジャーをつけているのはすでにわかっていることだった。実際、黒いレースはやわらかな肌を必要以上に締めつけているように見える。いっそのこと外して楽にしてやりたかったが、いまは時間がなかった。

バスチアンはふたたび唇を重ね、クロエをぐいと引きよせた。ほとんど裸に近い体は熱を帯び、はだけたシャツのあいだからそのほてりが伝わってくる。彼女はこちらに負けないくらいの情熱を持って激しくキスを返してきた。間違っても自分はうぶな処女ではない、その言葉を態度によって証明するかのように。けれどもクロエは、そうするあいだも腕のなかでぶるぶる身を震わせていた。

テレビからはあえぎ声が響きわたり、ときおり叫び声やうなり声がそれに混じった。もちろん、この期に及んで俳優たちがどんな声をあげているかはたいした問題ではない。傍《はた》で聞いている者は、それが映画なのか現実なのか区別もつかないだろう。

クロエの肌は炎のように熱く、絹のように滑らかだった。両腕を首に回してバスチアンにしがみつく彼女は、強風に吹き飛ばされそうになるのを必死でこらえているようにも見えた。バスチアンはそんな彼女を前にして、さらに興奮を募らせた。「パンティーを脱げよ」

夢心地の快感になかば閉じられていた彼女の目は、それを聞いてぱっと見開かれた。

「え?」

「俺《おれ》たちがいまなにをしてるか、わかってないわけじゃないだろう? パンティーを脱げよ。どうしてもと言うならブラジャーはそのままでもかまわない」

クロエは思わず身をこわばらせ、顔から血の気が引くのを感じた。「いますぐわたしから離れて」と彼女は言い、相手の体を押しやった。

が、いまとなってはもう遅い。実際、バスチアンが部屋に足を踏み入れたときからすでに後戻りできない状況になっていた。もしかしたら、はじめて会った瞬間からもう後戻りはできなかったのかもしれない。

高級な下着というのはてっきり簡単に外せるものだとばかり思っていた。バスチアンがレースのひもをつかんで強く引っぱると、ひもは力に負けてあっさりと切れた。

「断る」とバスチアンは言い、情けは無用だと心のなかでつぶやいて、彼女の体をぐいと引きよせた。これも仕事の一環。そして仕事であるからには、最後までやり遂げなければならない。バスチアンはふたたびクロエにキスをした。クロエは両手で体を押しやろうとする一方で、確実に唇でこちらの要求に応えている。

もう完全に後戻りはできなかった。バスチアンはクロエの体を抱えあげると、アンティークのチェストの上に座らせ、脚のあいだに身を滑りこませた。相手がこの展開を理解しているのかどうかは確信が持てなかった。それを言うなら、理性でものを考えられる状態にあるのかどうかも疑わしい。しかし、いまとなってはそんなことはどうでもよかった。

思ったとおり、クロエは濡《ぬ》れていた。バスチアンはすかさずズボンを下げ、つぎの瞬間には彼女のなかに入っていた。深く、さらに深く。快感の波紋が驚きとともに彼女の体のなかを駆けぬけるのを、バスチアンはけっして見逃さなかった。

クロエはいまにも泣きだしそうだった。必死に手を突っぱって体を押しやろうとしているが、バスチアンはそんなことをさせるつもりはなかった。拒絶の言葉を吐くまえに口づけで相手の唇をふさぎ、両脚を背中にからめさせて、ゆっくりと腰を動かしはじめた。相手が確実に自分のものになるまで、チェストの上で思うように動きがとれないながらも向こうから求めてくるまで、けっして唇を離すことなく。バスチアンは彼女の興奮が高まり、それが震えとなって表れるのを感じていた。理性がなんと言おうと肉体はことごとく却下し、いま彼女はただ、この行為を完結することだけを求めていた。この喜びを満たすことを。相手を受け入れることを。

するとバスチアンはそれを見計らったかのように腰を引き、完全に抜きとってしまう直前で動きを止めた。クロエの苦悶《くもん》のあえぎを、蜂蜜《はちみつ》のように飲みこんで。「いったいきみは誰なんだ」バスチアンは耳元でささやいた。「ここでなにをしている」

背中に爪を立てたクロエは必死で相手の体を引き戻そうとしたが、力強さの上では到底かなわなかった。

バスチアンはその体勢を維持し、金箔《きんぱく》のほどこされたチェストの上に彼女の尻を押さえつけた。「いったいきみは誰なんだ」と再度答えを迫る声は、熱を帯びた体とは裏腹に冷たいものだった。

クロエは恍惚《こうこつ》とした目で相手を見上げていた。その口元はもどかしさにゆがんでいる。

「クロエよ……」と絞りだすようなかすれた声が言った。

バスチアンは激しく腰を突き、すぐさま引き戻した。クロエはふたたび叫び声をあげたが、バスチアンは容赦なかった。「きみが着ている服は明らかにきみのものではない」テレビから聞こえる背景の声は、無情なバスチアンの興奮と同調するように激しさを増している。「きみはしゃべれないふりをしているが、ほかにもいくつか言葉が話せる。なにか理由があってこのシャトーに来たんだろう。そしてそれは通訳とはまったく関係のないことに違いない。誰かの命を奪いに来たのか?」

「お願い!」クロエは声を張りあげた。

バスチアンはふたたび腰を突き、彼女の奥深くに入った。絶頂に達する寸前を行き来していることは、その反応からもうかがえる。クロエは抑えようのない快感のただなかにいた。このまま絶頂に導く自信は充分にある。また、なんとしてもそうする必要があった。「いったいなにが望みだ、クロエ」とバスチアンはささやき、彼女の口からようやく真実が聞きだせることを確信した。

クロエは瞳が溺《おぼ》れてしまいそうなほどの涙を浮かべ、ぶるぶる体を震わせていた。「あなたよ」とクロエは言った。そして、バスチアンはそれを信じた。

そこからはもう考えることなど無意味だった。バスチアンはクロエの脚を腰にからませ、そのまま体を持ちあげると、彼女のなかに奥深く入っていった。快感の極みに達したクロエは思わず絶叫した。それはテレビの声よりも大きく、自分ではもうどうにも抑えのきかない快感に身をゆだねる声だった。

一方のバスチアンは絶頂に達するにはもう少し時間が必要だった。いまさら駆け引きになど、なんの意味があるだろう。そんなことはもううんざりだった。バスチアンは性器を突きあげるようにしてさらに彼女の奥深くに入った。そして鏡張りの壁を支えにゆっくり腰を動かし、両手で彼女の腰をつかみながら執拗《しつよう》に、それでいてやさしく、彼女と交わった。やがて絶頂の津波が押しよせてくるのを感じたバスチアンは、そのままクロエのなかにみずからのすべてを注ぎこみ、彼女のぬくもりのなかで快感に溺れながら、甘くやわらかな唇を求めつづけた。

乱れた息が収まり、ぞくぞくするような体の震えが止まるのを待って、バスチアンは身を引いた。すっかり全身の力が抜けたクロエを鏡にもたれさせ、きちんと両脚で立てるようになるまで相手を支えつづけた。目の前の鏡に映っているのは、冷酷にして暗鬱《あんうつ》とした自分の表情だった。どこからどう見ても、ろくでなしにしか見えない。しかしいまとなってはどうすることもできなかった。その事実は仕方のないものとして、とうの昔に受け入れている。

バスチアンはクロエから離れ、服を整えはじめた。一方のクロエはまるで幽霊でも見るかのように茫然《ぼうぜん》とその様子を眺めている。いますぐ彼女を腕のなかに引きよせ、だいじょうぶだと慰めてやりたい。バスチアンはそんな衝動を必死に抑えなければならなかった。それほどクロエはうろたえていた。自分にはそれなりの経験があると強気な発言を繰りかえしていたものの、たったいまされた仕打ちに関しては明らかに経験がないらしい。彼女はすっかり混乱し、途方に暮れているようだった。

が、そんな彼女にほだされている場合ではない。バスチアンは目を閉じ、額と額を重ねた。そしてクロエのドレスを元に戻し、腰のあたりにあるひもを結んだ。監視カメラの死角に彼女をとどめておくことはもはやできなくなっているが、それは仕方がない。ふたりの関係は複雑になる一方だったが、それも仕方がなかった。

妥当な答えがことごとく排除された場合、あとは信じがたいことを信じるほかない。クロエ・アンダーウッドはまさに自分でそう言っているとおりの女性だった。理解の度を超えた犯罪、その渦に巻きこまれた、なんの罪もない女性。そして皮肉なことに、彼女に最大のダメージを与えたのは善人であるべき自分だった。少なくとも、この時点では。

とにかくこの任務は中断する必要がある。自分に対する疑いからハキムの注意をそらすためにも。一刻も早くコンピュータのある部屋に戻って、詮索《せんさく》好きの彼女が残した指紋を拭《ふ》きとり、あの女に関してはなんの心配もいらないとほかの連中を納得させなければならない。

しかしそのまえに、彼女との関係もきっぱり終わらせる必要があった。バスチアンはクロエの唇に軽くキスをした。情熱のかけらも感じさせない態度で。「さてと《エ・ビアン》」とバスチアンはつぶやくように言った。「とてもよかったよ。時間がなくてこれ以上できないのは残念だけど」

クロエはわけがわからないといった表情でバスチアンの顔を見上げていた。それでもしばらくしてはっと我に返ると、手を上げてバスチアンの顔を殴った。すっかり失ってしまった体の力をすべてかき集めて。そしてその一撃はバスチアンをかすかに動揺させた。

いまさら後悔したところで始まらない、とバスチアンは思った。良心の呵責《かしやく》など、バスチアンにはまったくなじみのない感情だった。それに、この体はいまだ喜びに満たされている。バスチアンは苦笑いを浮かべ、椅子に放った上着を手に取ると、そのまま部屋から出て背後でそっとドアを閉めた。

クロエは壁にもたれかかったまま動かなかった。脚に力が入らず、じっと立ってもいられなくなって、ゆっくりずり落ちるように見事な寄せ木張りの床に座りこんだ。体の震えはゆるやかに始まった。最初はかすかなものにすぎなかったが、やがて抑えのきかない震えに変わった。両腕で自分の体を抱きしめても、いっこうに温かくならない。目をつぶったところで、テレビから機関銃のようにあえぎ声が聞こえるばかりだ。混乱した彼女はふたたびまぶたを開けた。引き裂かれたレースの下着が、部屋の入り口近く、アンティークのチェストの前に落ちている。優雅で格調のある存在からして、そのチェスト自体もこんな使い方をされようとは思ってもみなかったに違いない。といってもここはフランス、こういうことは珍しくもないのかもしれない。

　クロエはいまにも吐きそうだった。たったいま自分の身に起きたできごとがあまりにショックで、体の奥から吐き気がこみあげてくるようだった。それでも、いったいどうしてこんなことになっているのかはいまだにわからなかった。

　わたしは拒まなかった。その単純な事実を無視することはできない。そう、わたしははっきりノーと言わなかった。それを相手がある種の答えと解釈したかどうかは、いまとなっては問題ではない。そもそもわたし自身、相手のしたい放題にさせていたのは事実なのだから。

　それにしても嫌気がさすのは、自分でもそれに満足していたこと。

　いいえ、それは違うわ、とクロエは思った。満足なんてこの場合まったく関係ない。他人に感情を操られたり、威圧されて動揺したり、ましてや利用されたりしたことに満足を覚えた経験は一度もない。

　でもそうはいっても、あの男は間違いなくわたしを満たした。考えるのも恐ろしいけれど、無理強いされたからこそわたしはあんなに感じてしまったのだろうか。

　いいえ、それも違うわ。わたしには手荒なまねをされて辱められたいとか、ましてや利用されて捨てられたいとかいう自虐的な潜在願望などない。秘められた暗い過去があるわけじゃなし、邪険に扱われることをみずから望むようなゆがんだ精神の持ち主というわけでもない。

でも、だったらどうして？　どうしてあの男にあんなことをさせたの？　相手にキスを返す自分に、どうして頭はノーと叫ばなかったの？　相手が誰か、どういう人間か知りながら、どうして体にしがみついたりしたの？　しかもあんなに激しく感じて。

もちろん、たんなる生理的な反応にすぎないと自分に言いきかせることもできる。こんなことを家族に相談するのは正気の沙汰《さた》ではないけれど、あの人たちならきっと、それは生理学的に言っても正常な反応だと一笑に付すだろう。恥じることはなにもない。ショックを受けたり、吐き気をもよおしたりすることなんて、なにもないのだと。

けれども問題なのは、自分が心の奥底でなにを恥と思っているのか充分に理解していることだった。そして、なにがこれほどまでショックで、吐き気をもよおさせるのかということも。といってもそれは、このような愛のない状況で、あれほど強烈なオルガスムスを感じたという事実ではない。

問題なのは、クロエ自身もう一度それを経験したいと思っていることだった。

9

バスチアンはコンピュータに戻り、素早いキーさばきで履歴のファイルを検索した。思考や感情、それに自分の人生に区切りをつける才能には昔から恵まれていた。それは子ども時代、世界を旅して回るのが好きな母親のあとにつき従っているころからの癖だった。もちろん、母親の突飛な行動にはなかなかついていけない場合が多かったけれど。

心をべつのところにやってしまえば、もう痛みなど感じなかった。胸の内で響く怒りの声や断末魔の悲鳴はやみ、血のにおいもしなくなって、命を奪った者の数を数えるようなこともなかった。特定の方向に考えを向けてしまえば、すべては適当な場所に収まり、いちいちわずらわされることもない。

コンピュータの操作には自信があったので、躊躇《ちゅうちょ》することなくてきぱきと作業にあたった。時間がないことは承知の上だった。ただ問題は、コンピュータのデータがリアルタイムで監視され、しかもこの様子を監視カメラでモニタリングされていないかどうかだった。運が悪ければ、その両方ということもあり得る。いまこの瞬間にもシャトーにいくつかある秘密の部屋に誰かがいて、慌てた様子でコンピュータを操作する自分を見張っているかもしれない。クロエが行った素人丸出しの検索データをすでに手中にして。

あるいは連中は一日の決まった時間にしかコンピュータの履歴を確認しないのかもしれない。その場合は、クロエが使った跡を消去したところでこの身に危険が及ぶことはないだろう。

いずれにしても、これはどうしても片づけなければならない。ハキムやほかの連中がなんらかの履歴を発見したとしても、それを消去したのが誰かまではわからないはずだった。もちろん、彼女のためにできるのはこの程度しかない。それ以上動けば、今度は自分の立場が危うくなる。それに、どんな戦いにも一般市民の犠牲者はつきものだった。彼女はただ、不運なタイミングで不運な場所に居合わせただけにすぎない。

削除キーを打とうとしたところで、背後で物音がした。振りかえって確認する必要はない。接近する者の気配を感じ、それが誰かを当てることに関しては、並外れた能力を持っている。バスチアンはあくまでも冷静沈着に状況を判断した。ハキムに違いない。そしてハキムがこの部屋にやってきたのが偶然であるはずもなかった。

バスチアンの手はマウスの上にのっていた。クリックひとつで、削除が完了する。クリックひとつで、わずかながらも彼女に生き残る可能性ができる。

「それで、バスチアン。ミス・アンダーウッドについてなにがわかった?」とハキムは言い、太いキューバ産の葉巻に火をつけた。

バスチアンの指先はいまだに躊躇していた。「なんの関係もない女さ」とバスチアンは言った。「誰かに送りこまれたわけじゃない。心配は無用。自分で言っているとおり、ただの通訳だよ」

「それは不運だな。もちろん、あの女のことさ。それで、小娘は我々の正体をどこまで突きとめた？」

バスチアンは自分の手に視線を落とし、やがてマウスから離すと、ハキムにも見えるようにモニターを動かした。「なにもかも」凍るような冷たい声でバスチアンは答えた。

ハキムは前方に身を乗りだして画面をのぞき、こくりとうなずいた。「残念だな」とハキムは言った。「いや、もちろん彼女のことさ。とはいえ、予期していなかったことではない。あの小娘はわたしが始末しよう。その手の仕事には自信がある。ところで、カメラの視界に入らないところでいちゃいちゃしていたのが、男爵はえらくご不満のようだったぞ。たまたまあそこですることになったのではないことくらい、ちゃんとわかっている。トゥッサン、おまえもずるい男だ。男爵のちょっとした楽しみを、じらしておあずけにするなんて。誰に害が及ぶわけでもないだろうに」

「あのおいぼれ男爵のために一戦を交える気分じゃなかったんだ」

「しかし、過去にはそうした。しかも男爵の妻とな。否定するなど野暮だぞ。監視カメラの存在を知らないわけでもあるまい。カメラがあるところでは、おまえはつねにそれに気づいている。今夜は男爵の妻のときとなにが違ったというんだ」

それは思いつくまま口にされたような何気ない質問だったが、バスチアンは騙《だま》されなかった。「男爵の妻の場合は特別だよ。夫のほうがそれを見たいって言うなら、妻のほうも見られたいタイプだろうと思ってしたまでさ。それだけのことだよ」

「だが、ミス・クロエとしているところを見せてやってもよかっただろう。ひょっとして守ろうとでもしていたのか、あの娘を？　おまえのように氷の心を持つ男でも、ああいうタイプには弱いというわけか」ハキムは妙に甘ったるい声で言った。

バスチアンは振りかえってそこにいる男の顔を見た。まったく動じず、いつものようにクールな目で。

ハキムは肩をすくめた。「愚かな質問だ。許してくれ、トゥッサン。そんなやわな感情など持ちあわせていないことは、わたしがいちばんよく知っているというのに。わたしがあの女を殺すところを見たいか？」

バスチアンはその言葉を聞くなり削除キーを押し、それと同時に、クロエがあれこれ検索していた記録はすべて消去された。「いや、とくに見たいとは思わないさ。それにしても、ほんとうにそのやり方がベストと言えるか？　アメリカ人がひとり忽然《こつぜん》と姿を消せば、あちこちで疑問がわき起こるのは必至だろう」

「しかし、そうする以外ほかに手立てはない。ミス・アンダーウッドには申し訳ないが、向こうだってやたらと嗅《か》ぎまわるようなまねはすべきではなかったのだよ。好奇心は身の毒。あの女の国ではそもそもそういう諺《ことわざ》があるだろう。それに、なにも忽然とその存在を消してしまうわけではない。部下に命じてきちんと手配りするさ――交通事故とか、なんらかの不慮の事故を装って」

「しかし、そんな姑息《こそく》な手段を使うのはあんたのスタイルに合わないだろう。あんたがナイフと火を好むことは知っている。それに事故となると、いろいろと証拠が残るぞ。普通の事故ではなかなか残らないような証拠が」

「ムッシュー、親切にわたしの心配をしてくれるのはありがたいが、こちらに手抜かりはない。不注意にも必要以上に彼女の体を傷つけてしまった場合は、車に火をつけて、身元がわからないほど丸焼きにするまでさ」

「それはまた、現場での経験を多く重ねたご意見で」とバスチアンは言った。

「そんなことより、ほんとうにあの女の始末に加わらなくてもかまわないのか？　わたしとしては喜んでこの仕事を分かちあいたい気分だが」

「あの女から得られるものはすでに楽しんだよ」とバスチアンはなんの感情も表に出さずに言った。「あとはあんたにまかせる」

バスチアンは客間に戻り、コーヒーやリキュールを飲むほかの者たちの輪に加わって、モニークを相手に軽く戯れの駆け引きをした。男爵は反感をあらわにしてときおりにらみつけてきたものの、しばらく部屋にいなかったことは誰も気にしていない様子だった。いまハキムが部屋にいないことに気づいている者もいないな、とバスチアンはモニークのたばこに火をつけながら思った。しかしハキムの言うとおり、好奇心は身の毒ということもある。密輸組織に属している立場上、自分の身を守ることに関してはエキスパートである連中のこと、知る必要のないことは知らないほうが無難だと判断しているのかもしれない。ハキムにまかせておけば悪いようにはならないと、メンバー全員があの男のことを信頼している。実際、ハキムは期待を裏切らない働きをこれまでしてきた。連中にとって、知っておく必要があるのはその事実だけだった。

バスチアンは腕時計に目をやった。ハキムと別れて一時間がたとうとしている。クロエはもう死んだのだろうか？　いや、あるいはそう願うべきなのかもしれない。ハキムという男は、加虐行為において並外れた想像力を発揮するサディストだった。いざ拷問となれば、何時間も相手に苦痛を与えつづけることができるだろう。その気になれば、何日だって。もちろん今回はそんな時間を割く余裕はないだろうが、慈悲深く手短にすませてやろうなどという思いはかけらもないはずだった。

おそらくモニークは今夜、自分の部屋に来るだろう。お遊びはこれで終わりにしようと昨夜はねつけたにもかかわらず、彼女が今夜もその気でいることは態度から明らかだった。ここのところ、その手の娯楽から遠ざかっている男爵は、当然のごとく妻をけしかけるに違いない。そして俺《おれ》はモニークを相手に夫妻の期待どおりのテクニックで快楽へと誘う。もし自分がハキムだったら、クロエが苦しむ姿をあれこれ想像してさぞ興奮するのだろう。しかし、自分は間違ってもハキムのような男ではない。いまはただ、クロエがなるべく早く死を迎えることを祈るばかりだった。

バスチアンは稼げるだけの時間を稼いで客間に居残っていた。すぐに部屋に戻る気には到底なれない。一刻も早くすべてが片づいてほしかった。彼女を守るために自分にできることはなにひとつない。そんなことをすれば、自分の立場が危うくなるのは必至だった。それに、罪のない命がひとつ消えたところでそれがなんだというのだろう。この武器密輸組織を破滅に追いこめば、それこそ何千、何万という命を救うことができる。もちろん、そんなことが可能だと仮定しての話だが。実際、トマソンやその他の組織は、たんに監視の目を光らせることだけで満足しているようだった。しかし所詮《しょせん》この世界は、生死のいまわしい均衡のもとに成り立っている。その事実はずっと昔に受け入れていたし、嘆き悲しんで時間を無駄にするつもりはなかった。

自分の部屋がクロエの部屋の隣にあるのは皮肉としか言いようがなかった。同じ翼棟に泊まっているのは自分とクロエしかいない。部屋のある廊下まで戻るとメイドたちが彼女の部屋を掃除している最中だったので、バスチアンはドアの開いた戸口に何気なく近づいていった。争った形跡はどこにもない。おそらくべつの場所で始末したのだろう。

メイドたちはベッドからシーツをはいでいるところだった。「ミス・アンダーウッドはどこに?」とバスチアンは訊《き》いた。ハキムがどんな口実を作ったのか興味があった。

「予定より早めにお発《た》ちになったんです、ムッシュー・トゥッサン」メイドのひとりが答えた。「なんでもご家族に不幸があったとか、ムッシュー・ハキムがそうおっしゃっていました。あまりにお急ぎで荷物も持たず……。あとで送らなければなりません」

家族に不幸――たしかにそのとおりに違いない。もちろんこの場合の不幸は、彼女自身の不幸を意味する。スーツケースがドアの近くに置かれたままになっているのを見て、バスチアンは一瞬メイドに警告するかどうか躊躇した。命が惜しければ、そのような矛盾は見て見ぬふりをしたほうが無難だと。

といっても、あちこちで罪のない者の命を救うのが自分の役目ではない。バスチアンは無言でうなずき、そのまま自分の部屋に戻った。

叫び声を耳にしたような気がしたのは、シャワーを浴びているときだった。すかさず水を止めたものの、なにも聞こえない。物音も、声もしない。残酷にして気まぐれな運命に翻弄《ほんろう》されていまだクロエが生きているとしても、ほとんど声の届かないところにいるに違いなかった。おそらくハキムはシャトーにある古い翼棟に彼女を連れていったに違いない。

そこは一見したところこれから改築が進められるようになっているが、すでに電子機器も完備され、防音装置もついているような場所だった。たとえクロエが叫び声をあげたところで外には届かない。それにハキムという男を知る者からすれば、彼女はとっくの昔に大声をあげられる状態ではなくなっているように思えた。それどころか、蚊の鳴くような泣き声さえ漏らすことはできないだろう。いずれにしても、そんなことは早いところ頭から消し去らなければならない。あとで後悔したり、くよくよ悩んだり、ましてや同情を寄せるような柄ではないのだ。

バスチアンは手早く黒ずくめの服装に着替えをすませた。動きやすいズボンにプルオーバーのシャツ。長い髪を首のうしろで結び、ボートシューズに足を突っこんで、ドアへと向かった。

時刻は正午過ぎ。モニークが部屋を訪ねてくるのも時間の問題だろう。男爵への当てつけがてら部屋の監視カメラを切ってやろうと思ったが、やはりそれは考えなおした。そんなことをしたところで、あとあと厄介なことになるだけだろう。それに、自分がいま演じている男は――そしていつのまにかみずからもそうなってしまった男は――観客の存在を楽しむような男だった。

バスチアンはドアを開けて人気のない廊下に出た。隣の部屋を片づけていたメイドたちはすでに下がり、ドアは開いたままになっている。クロエ・アンダーウッドがミラベル邸にいた痕跡《こんせき》は跡形もなく消され、はじめから存在などしなかったかのように処理された。そして彼女は容易に忘れ去られる犠牲者のひとりとして、やがてこの頭からもかき消されるのだろう。そんな状況のなか、バスチアンはここ数年来はじめて理性を欠いた、感情的とも言える決断を下した。そもそも感情とは無縁だったにもかかわらず。

なんとしても、クロエを捜しださなければならない。

背後でドアを閉めたバスチアンは、立ち入りが禁じられている翼棟へと足を向けた。もしクロエがまだ死んでいないのであれば、早いところ苦しみを終わらせてやれとハキムをうながすことはできるかもしれない。感傷的と言われようが、彼女が苦しむ姿を想像するのは耐えがたかった。この状況で命を救うのは無理だとしても、せめて苦しまずに死なせてやることはできるかもしれない。あるいはこんな自分にも、それくらいの人間味はまだ残っているのかもしれなかった。

ハキムが尋問用に好んで使う部屋の隅に、クロエは貝のようにうずくまっていた。泣いている様子からするに、まだ生きてはいるらしい。といっても、その命も長いことは続かないだろう。バスチアンは妙に冷めた心でそう思いながらドアを閉めた。するとハキムがぎくりとした顔をして振りかえった。

「ここでなにをしてる、トゥッサン。おまえはミス・アンダーウッドの始末には興味がないと言っただろう。ころころ気を変えられてはこちらとしても困るな」

上着を脱いでネクタイを外したハキムは、袖《そで》をまくりあげ、シャツのボタンを全開にしていた。毛に覆われた胸が、汗で湿っている。溶接に用いるブローランプの炎に短剣の薄い刃をかざしたハキムは、明らかに性的な興奮のただなかにいるようだった。

あたりには肉の焦げたにおいが漂っている。バスチアンはさっとクロエのほうに向きなおった。彼女はもはや相手を誘惑するような下着をつけていない。きっとハキムが来るまえに着替えたに違いなかった。いま彼女が身につけているのは黒いズボンにシャツ一枚。いや、あるいは身につけていたと言うべきかもしれない。ズボンの脚の部分は切り裂かれ、すらりとした両脚が完全に露出している。シャツははだけて腕のところまで引きさげられ、地味な白いブラジャーがあらわになっている。

その痕跡は容易に確認することができた。ハキムはナイフを使ってクロエの肌を切ったり焼いたりし、いまは両腕に模様をつけることに専念しているようだった。クロエはまだショック状態におちいってはいないものの、そうなるのも時間の問題だろう。バスチアンが来たことに気づいてはいたが、顔を向けることはなく、部屋の片隅に縮こまったまま目を閉じて、壁に頭をもたせかけて無言で涙を流していた。

「せっかくお楽しみのところを邪魔するつもりはないさ、ジル」とバスチアンは言った。

「ただ、プロの腕前を見物させてもらおうと思ってね」

彼女はその言葉に目を開け、薄暗がりの向こうからまっすぐバスチアンをにらみつけた。

彼女の栗色《くり》の目を見つめかえしたバスチアンは、そのときはじめて自分の正体を、自分がどんな人間に成りさがってしまったのかを自覚した。

「好きにしたまえ」とハキムは言った。「誰かさんと違って、わたしの場合は観客がいてくれるのは大歓迎さ。それにしてもこの女はじつにかわいい。そう思わないか?」ハキムはクロエのほうに歩みより、熱したナイフで髪の束をひと房すくいあげた。髪は刃の上でじりじりと焼け、そのまま床の上にこぼれ落ちた。

「たしかにかわいい」バスチアンはクロエを見つめながらそう言った。ハキムはまだ顔には触れていない。そこはあとのお楽しみにとっているのだろう。ハキムの拷問をわきで見物するはめになったことなど一度もないが、実際それがどのように進行するかはいやというほど噂《うわさ》で耳にしている。

できることはなにひとつなかった。いまさらハキムを止めることなどできるはずもない。いったいどうしてこんなところに来てしまったのだろう。どうして彼女のこんな姿を目にしてしまったのだろう。それでもバスチアンには、自分はこれまでつねにその場その場ですべきことをしてきたという自負があった。「男爵があんたを捜している」とだしぬけにバスチアンは言った。「なんでも、イラン人とのあいだで問題が起きているらしい」

「イラン人とのあいだにはいつだってなにかしら問題が起きているさ」ハキムはぼやくように言った。「どれくらい深刻なんだ?」

「きわめて深刻らしい。朝まで待てるかどうか」

「朝まで待てないことなどなにもない」とハキムは言うと、クロエの腕にナイフを滑らせ、焼き印を押すように皮膚をあぶった。クロエは悲鳴をあげなかった。「従順な女だろう、ええ？　調教するのもきわめて容易だ。うるさくしたら股のあいだにナイフを当てると言ってあるのさ。今夜はもうおまえを迎え入れていることだし、それで満足というところなんだろう」

　バスチアンはなにも言わなかった。クロエはふたたび目を閉じていて、無言で涙を流すその顔からは完全に血の気が失《う》せていた。

「泣くのをやめさせてほしいか？」ハキムは夢を見ているようなうっとりした声でつぶやいた。「なんなら目の玉をくりぬいてみせようか」

　クロエはびくりと体を引きつらせ、すぐにまた動かなくなった。「男爵の用件を聞いてきたらどうだ」とバスチアンは言った。「そもそも俺たちはビジネスでここに来ているんだ。余暇を楽しむためにこのシャトーに集まっているわけじゃない」

　ハキムは振りかえって口をとがらせた。「たしかにおまえの言うとおりかもしれない。いずれにしろ、格好のかもはまた現れるだろう……身の程知らずにも他人の領域に鼻を突っこんでくる詮索好きな若い娘がな。では、とっとと始末するとしよう」

動くべきだとわかっていても、動けるはずはなかった。さっきだって走って逃げようとしたものの、激痛に気を失い、目覚めたらこの部屋に連れてこられていたのだ。炎で熱した刃を肌に当てられて。

論理的に考える力はとっくに失っていた。わたしはこのまま怪物の手にかかって命を奪われてしまうのだろう。微妙に異なる刃の当て具合であらゆる種類の痛みをもたらす、サディストの手によって。このまま殺される運命にある事実はすでに受け入れていた。いまとなってはなにができるわけでもない。そこに、バスチアンが入ってきたのだった。

といっても、わたしの命を救いに来たんだわと、一瞬でも期待を寄せたわけではなかった。いまさらその手の幻想を抱くはずもない。バスチアンはある意味において、ハキム同様に残虐で非情な男だった。恐ろしい正体を洗練された美しい外見の奥底に隠しているのだからなおさらのこと。

クロエは髪の束がまたひとつ床に落ちるのを見つめた。この男たちがわたしの体を跡形もなく始末しようとしているのは不幸中の幸いだわ、と遠のく意識のなかで他人事のように思った。こんなふうにばらばらの長さに髪を切られたのでは、お葬式の際に棺《ひつぎ》の蓋《ふた》も開けられない。

こんなばかげた心配をするなんて、やはりショック状態におちいりはじめているのだろう。親もさぞ悲しむに違いない。そもそもふたりは娘をパリなどに行かせたくなかったのだ。故郷に残り、ほかの家族がみんなそうであるように、医者の道へと進んでほしがった。けれどもわたしは耳を貸そうとしなかった。そう、血を見ると吐き気をもよおすと言いはって。それがどう？　いまはこうしてみずからが流す血を見つめなければならず、そのにおいを嗅がなければならないなんて。少なくとも両親は、やはり自分たちは正しかったのだという慰めにもならない慰めを得られるのかもしれない。

おそらく、この件でいちばんつらい思いをするのはシルヴィアだった。お気に入りのドレスや靴を失った上に、今後は狭苦しいアパルトマンにもかかわらず天文学的に高い家賃を、ひとりで払いつづけていかなければならない。フランスの警察にだって、行方不明になったルームメイトのことについてあれこれ質問されるに違いない。シルヴィアのライフスタイルは、プライベートなことにまで厳しい目を向けられて耐えられるようなものではない。けれども、そんなのは身から出たさびだという感も否めなかった。なにしろ向こうは友人であるわたしを死に追いやったのだ。ちょっとした不便で文句を言われる筋合いはない。

もちろんシルヴィアは友人を危険に――痛いっ、このままじゃ気を失ってしまう、でもだめよ、気を失ったらこの男はわたしを殺す――危険にさらそうなんて夢にも思わなかったに違いない。彼女が予定どおりこのシャトーに来ていたら、こんなことはなにひとつ起こらなかっただろう。シルヴィアは自分に関係のないことにいちいち首を突っこんだりしない。彼女ならこんな部屋に閉じこめられるようなことはなかっただろうし、怪物の手によって熱したナイフで皮膚を焼かれるような目にも遭わなかっただろう。しかもいっそうたちの悪い怪物にその一部始終を観察されるなんてことも。

叫び声だけはあげてはならない。強く唇を噛《か》みしめたクロエは血の味を口のなかに感じたが、それでも声をあげるのだけはこらえた。皮膚にナイフの刃を当てられ、血が小さな玉となってつぎつぎと肌の上を滴り落ちても。

「では、とっとと始末しよう」とハキムは言い、髪の毛を鷲《わし》づかみにして、喉元に刃先を突きつけた。「書斎で会おう。あとからすぐに行く」

クロエは目を閉じ、もうこれまでと覚悟を決めた。少なくとも、これで痛みはなくなる。間近に迫った死の暗闇《くらやみ》は、至福の解放にほかならなかった。クロエはナイフが入りやすいように頭をうしろに傾けた。もういい加減、終わりにしてほしかった。ハキムは声をあげて笑った。

「どうだい、バスチアン、相手にみずから死を請わせるわたしの腕前は?」そしてハキムはナイフを持つ手に力を込めた。

耳に届いたのは妙な音だった。ぱんっとなにかが弾《はじ》けるような音。しかしその瞬間、クロエは息ができなくなり、支えていられないほどの体の重みを感じて、血と、闇と、鼻を突く汗のにおいにみずからを明けわたした。思い描いていた死のイメージとは異なるものの、少なくともそこに痛みはなく、クロエはそのまま闇に吸いこまれるのをじっと待った。

突然ふわりと体が持ちあがり、ふたたび息ができるようになったのはその直後だった。目を開けると、ハキムの体が手足を投げだすように床に転がっているのが見えた。そこに広がる血の海はわたしの血ではない。

バスチアン・トゥッサンはわきに立ってこちらを見下ろしていた。例によって冷ややかで、感情のかけらも表に出さない表情で。こちらに片手を差しだすバスチアンは、もう一方の手に銃を握りしめていた。「生きるか死ぬかだ、クロエ。どちらを望むかはきみが選べ」

クロエは差しだされた手に自分の手を重ね、ぐいと引っぱられるままに体を起こした。激痛がかろうじて両脚で立つことができたのは意志の力以外のなにものでもなかった。激痛が両腕、そして両脚に走った。たぶん、ハキムに焼かれたところに違いない。けれどもそのハキムは死に、わたしは生きている。たとえこの世で最も嫌いな男に助けを求めなくてはならなくても、そうすることにためらいはこれっぽっちもなかった。死を避けることができるならば、なんだってする。

「車庫の近くまで続く階段が裏手にある。警備員や番犬に気づかれないように、なんとかそこにたどり着かなければならない。けっして声は出さず、俺の言うとおりにすること。約束を守れなければ、その場できみを撃って置き去りにする」

クロエは黙ってうなずいた。実際に声が出るのかどうか、それを試すのが怖かった。バスチアンは相変わらず冷静で、この状況にもまったく動揺していないように見える。たったいま人をひとり殺したことなど嘘《うそ》のように。これからまた何人か殺すかもしれないことなどまったく不安に思っていないかのように。けれどもそれと同じ冷静さを、クロエも自分のなかに見いだすことができた。

バスチアンは先頭に立ち、鷲づかみにしたクロエの腕を引っぱるように先へ先へと進んだ。かろうじてあとに従ったものの、クロエは震えが止まらず、おまけにめまいがして、ろくに力も入らなかった。けれども、この状況でゆっくり行ってと頼むのは無理だった。足手まといになるようなことをすれば、バスチアンはなんのためらいもなく銃をわたしの頭に突きつけるだろう。

何度もよろめきながらバスチアンのあとに続き、明かりのない狭苦しい階段を下りると、ようやく外に出ることができた。凍りつくような十二月の夜、外気の冷たさはあまりに強烈で、呼吸をするのもままならなかった。それでもクロエは新鮮な風を肺いっぱいに取りこんで、血の味や、皮膚が焼け焦げたにおいを体から追いだそうとした。しかし深呼吸を続けしようとしたところで、突然バスチアンに壁のほうに押しやられ、そのままふたりして夜の闇に隠れることになった。

自分を覆い隠すようにぴったり押しつけられる相手の体を、クロエはぼんやりと感じていた。この人はとても頼りになる――たしかに自分でも戸惑うほどの激しさで相手に恨みを抱いているものの、この状況にあって救いの神が頼りになることほど心強いことはなかった。

番犬のくぐもったうなり声が聞こえたのはそのときだった。即座にそれを制する主人の命令が続いた。どうやら警備員が敷地内を巡回している最中らしい。けれどもいまのところ、ひとりとして異変には気づいていないようだった。

「場合によっては連中を撃たなければならないかもしれない。きみのことまで撃たせるな」その言葉は耳元で起こる空気の震えにすぎなかったが、クロエは黙ってうなずいた。

警備員たちはそのまま通りすぎたが、すぐにまた戻ってくるだろう。「ひとつだけ約束して」クロエはバスチアンの静かなコミュニケーションよりほんの少し大きな声で言った。片手でさっと口をふさがれ、クロエは激痛に漏れそうな叫び声を必死でこらえた。「静かにしろ」とバスチアンは鋭い声で言った。そこにはもう、物憂げにしてチャーミングな響きはなかった。

黙ってうなずくと、バスチアンはようやく手を離した。警備員たちはすでに広々とした庭園のなかほどまで進んでいる。銃弾ならこの場所まで届くのかもしれないが、追いかけられてつかまる可能性は低かった。

バスチアンはおもむろに体を離した。いままでぴったり寄りそっていたことなど、意識もしていない様子だった。「約束？」とようやく口を開いて言った。

「犬は撃たないで」

バスチアンは一瞬ぽかんとして彼女を見つめかえし、風変わりな生き物でも見るような表情をその目に浮かべた。もしこれがべつの状況で、相手がべつの男だったら、思わぬ返答をおもしろがっているのだと解釈したかもしれない。けれども生きるか死ぬかが懸かっているいま、なにかをおもしろがっている暇などなかった。「最善を尽くすよ」とバスチアンは言った。「さあ」そしてクロエの手を取ると、一気に走りだした。

10

その夜は、すでに現実ではないかのようだった。敷地内はハキムの指示でいたるところに照明が当てられていたので、ふたりは身をかがめながら大急ぎで影から影へと移動し、広々とした芝生の庭を横切らなければならなかった。それでもバスチアンはこの種の状況下で並外れた生存本能を発揮するらしく、つぎにどこに向かうべきか的確に判断し、クロエもまた鉄の意志でそれに従った。いましがた目にした光景や、自分が受けた非情な拷問など、あえて頭から追いはらって。これがハリウッド映画なら、驚くほどリアルな悪夢に恐れおののき、汗をびっしょりかいてベッドで目を覚ますのだろう。

けれども、危うく死にそうになって逃げているのは夢でもなんでもなかった。それは戦《せん》慄《りつ》と惨《むご》たらしさに満ちた現実にほかならない。それにしても、死や痛みはもちろん、血を見るのも耐えられずに医者への道を拒み、故郷をあとにしたわたしが、こうして死んだ男の血にまみれているなんて。

バスチアンは二度そばを離れ、クロエはそのあいだひとり物陰にじっとしたまま、ふたたび腕を引かれるのを待った。バスチアンのポルシェはカーブを描く車回しの近くに停《と》めてあった。最後になけなしのエネルギーを使いきって車まで走った彼女は、文字どおり死体になってしまったかのように助手席に担ぎこんでもらわなければならなかった。革の座席に腰を埋《うず》め、目を閉じたクロエは、舞台に幕が下りるように暗闇《くらやみ》が徐々に取って代わるのを感じた。

バスチアンは運転席に乗りこんだらしい。かちりとシートベルトを締める音がして、思わず笑いだしたくなった。結構、慎重なのね。無言のまま平気で人を殺す男が、運転の際、忘れずシートベルトを締めるなんて。バスチアンは身を乗りだして助手席のシートベルトも締めた。その手が体に触れるのを感じたクロエは、先ほどナイフを当てられたときとは打って変わってびくりと身をこわばらせたが、目は開けなかった。いまはただ、なにもかも忘れてしまいたいと、それだけを願っていた。

月のない暗い道を、バスチアンは猛スピードで走った。ふたりの生き残りを懸けて。それでもやがて手を伸ばすと、スイッチを入れてラジオをつけた。ふいに流れてきたのは数年まえのヒット曲だった――リボルバーのような目をした娘は瞳という銃で人を殺す。銃で、人を、殺す。

必死に忘れ去ろうとしていた光景が再度よみがえった。クロエは運転席に顔を向けて言った。「今夜、あなたは人をひとり殺した」

バスチアンはこちらに目を向けようともしなかった。「今夜殺したのはふたりさ。警備員の喉をかき切るところをきみは見ていない。でも、約束どおり犬を傷つけるようなまねはしなかったぞ」

クロエは恐怖に目を見開いた。「どうしてそんなことを冗談にできるの？」

「じゃあ犬を殺すなっていうのは冗談じゃないとでも言うのか？　そんな約束をしなければもっと容易に脱出できたのに、わざわざおセンチなきみの頼み事につきあってやったんだぞ」バスチアンはレーシングカーのドライバーが持つ技とスピードでコーナーを曲がった。わずかばかりの注意をこちらに向けて。

いったいどちらがたちが悪いのか、クロエには判断がつかなかった。ハキムのように人殺しに快楽を覚える男か、バスチアンのようになんの感情もない男か。

「しばらく眠れよ」とバスチアンは言った。「長いドライブになる。それに、きみにとってはずいぶん忙しい夜だったからな。腹ごしらえに停まったらまた起こしてやる」

「食事なんてしたくないわ、もう二度と」クロエは体を震わせながらかすかな声で言った。鼻を突く血のにおいが消えなかった。ほかにも胸の悪くなるようなにおいがした。

「勝手にしろ。アメリカ人の女は太りすぎだからちょうどいいだろう」

嫌味を耳にしても、クロエは怒りを奮い起こすことすらできなかった。この男の正体を知らなければ、きっと死人のようにうつろなわたしの目を覚まさせるためにそんなことを言ったのだろうと思うところだけれど、バスチアンはそんな気を使う男には到底見えなかった。いったいどこに連れていくのかと訊《き》くべきなのかもしれない。でもそれほどの力は残っていなかったし、どこに連れていかれようと、もうかまわないとすら思っていた。連れていきたいところに連れていって、したいことをすればいい。あとはただ、ふたたびこの体に手を触れるときは殺すためであることを願うばかりだった。こんな血も涙もないモンスターとセックスするくらいなら、いっそのこと死んだほうがましだった。

「いいから眠れよ」今度はいくぶんやさしげな声で、バスチアンは言った。といっても、この男の場合、やさしさという概念を持ちあわせているかどうかも疑わしい。それでも、ラジオから流れる曲は傷ついた心を慰めるような穏やかなもので、歌手は愛と殺しをテーマにした歌詞をメロディーに乗せていた。もうなにもかもめちゃくちゃさ《セ・フ・テ・ュ》。そんな歌詞にクロエは無言でうなずくほかなかった。そして彼女は目を閉じ、迫りくる闇に身も心も明けわたした。

相手が眠りに落ちたのを確信したところで、バスチアンはあらためてその顔や体を見つめた。彼女はひどい状態だった。両腕には縦横にナイフの傷や火傷《やけど》の跡が刻まれ、顔面は見るからに蒼白《そうはく》で、涙に濡《ぬ》れた目のまわりは化粧が落ちてあらいぐまのようになっている。それでも、外見こそ弱々しく見えるものの、彼女は真の部分で見た目よりずっと強い女性に違いなかった。それが証拠に、彼女はまだ生きている。ハキムの拷問にかろうじて持ちこたえたこと自体、奇跡にほかならなかった。

流儀にこだわるハキムには、拷問をする上でも特別な順序というものがあった。まず相手に叫び声をあげるなと命令し、ついに耐えられなくなって声をあげるまで、ゆっくりと痛みを与えていくのだ。気乗りのしない恋人を徐々にオルガスムスへと導くように。いったん叫び声があがりはじめたら、そこからあとは早かった。しかし、クロエはなんとか声をあげずにいたらしい。口元には血が付着し——おそらく叫び声を抑えるためだろう——噛《か》みしめた跡のある唇はすっかり腫《は》れていた。いや、ひょっとしたらそれはハキムが歯を当てた跡なのかもしれない。あの男は間違ってもやさしく口づけをするようなタイプではない。

それにしても、彼女について知るべきことを知った時点でどうして満足しなかったのだろう。関係のないことにわざわざ鼻を突っこんで、すべてを台なしにするとは。どんな戦いにも犠牲者は出るという事実を受け入れず、ゲームを楽しむハキムの邪魔をするとは。

もしかしたら自分は、なんの関係もない人々に被害が及ぶことにうんざりしてしまったのかもしれない。人の命を奪うことに飽き飽きし、それを救ってみたくなったのかもしれない。重要な任務を一時の気まぐれで台なしにするなんて、無数の死と隣りあわせにある状況によほど嫌気がさしているに違いない。

それにしても、彼女は一時の気まぐれにしてはきわめて悲惨な状態にあった。とにかくどこか安全な場所に運び、やわらかな白い肌についた傷をきれいにして、彼女をどうするか、そして今後の自分の出方を考えなければならない。

といっても、クロエに関してはわけなかった。傷口を縫い、気持ちを落ちつかせたら、そのままアメリカ行きの飛行機に乗せる。たぶん、体重は五十六キロくらいだろう。適当な量の鎮静剤を与えてこちらの指示に素直に従わせれば、あとは飛行機の乗り降りくらい自分でできるだろう。

しかし、今夜中にというのはさすがに無理だった。まずはいくつかある隠れ家のひとつに行って、彼女の手当をし、その上で状況を判断する必要がある。〝委員会〟はこのような大失態をやらかした自分を始末しようとするかもしれない。もはや有用な存在ではなく、衝動で動きはじめた人物として。そんな存在は〝委員会〟にとって邪魔者でしかないはずだった。汚名返上のチャンスをくれるほど、連中は甘くない。

たしかにハキムは消してしかるべき男だったが、それにしても事を起こすのが早すぎた。実際、いまこうして自分は逃亡中の身で、真の標的が姿を見せるまえに任務を放《ほう》りだしてしまっている。トマソンも怒りに青ざめるに違いない。とはいえ、そんなことはもはやどうでもよかった。すべてを終わりにする覚悟はできている。なにがどうなろうと知ったことではなかった。この身の安全ですら、いまとなってはなんの価値もない。無事にクロエをアメリカに逃がしたあとなら、いつ連中につかまってもかまわなかった。

　幸い、クロエはこちらが願う以上に強く、回復力にも富んでいた。フランスの田舎町に太陽が昇るころには顔色もだいぶよくなって、その眠りも比較的穏やかなものになった。ノルマンディーに向けて北に車を走らせていたバスチアンは、やがて迂回《うかい》し、南からではなく北西からパリへと向かった。追っ手を巻くにしては安易な方法だが、いまはただ、ハキムの死体が見つかって誰がその場にいないか判明するまで、少しでも時間がかかることを祈るばかりだった。

　ポルシェを乗り捨てて新しい車を盗み、追っ手をさらに煙《けむ》に巻こうかとも考えたが、ぐっすり眠っているクロエを起こしたくはなかった。町に入れば車を隠すところなどたくさんある。あとはもう数時間ほど運に見放されず、彼女を無事飛行機に乗せられたらそれでよかった。

　バスチアンはパリ郊外の小さな町で車を停め、エンジンをかけたまま、必要な品を調達するためこぢんまりした商店に立ちよった。幸運にもそこにはクロエのサイズに合いそうな靴があり、ダイエットコーラとサンドイッチもあった。サンドイッチは段ボールを丸めたようなバゲットだったが、この期に及んで贅沢《ぜいたく》は言っていられない。なにかを食べなければ、ふたりとも力も出ないだろう。もちろん、クロエの場合は無理やり押さえつけてバゲットを口に入れなければならないだろうが。そんな光景が妙に興奮をそそるものであることは否定できなかったが、いまはそんな悠長なことを言っている時間などなかった。

コーヒーは望んでいたとおり濃くて甘かった。バスチアンは片手でハンドルを操作しながら、朝のラッシュアワーで混雑するパリの通りを走りぬけた。まるでバイクに乗っているような感覚でトラックやタクシーのあいだを縫い、ときおり歩道にまで乗りあげて進むポルシェは、あまりに速すぎて誰の目にも留まらなかったに違いない。お決まりのパリの渋滞など、バスチアンにしてみればないも等しかった。近代的なホテルの地下駐車場に無事たどり着くころには、確信を持って誰にもつけられていないと断言することができた。これで少なくともあと数時間は安全だろう。

そこは高級ながらもとくに個性のないアメリカ系のホテルで、バスチアンは豪華な部屋の一室をときおり隠れ家代わりに使っていた。状況に応じて任務と任務のあいだにプライベートで活用することもある。この部屋の存在は誰も知らないはずだが、それも時間の問題だった。連中が本気で捜しはじめれば、長期にわたって部屋を借りていることなどすぐにばれ、そこで運の尽きとなるのは間違いなかった。

しかし、たとえそうなるにしてもまだ数時間はあるはずだし、可能性に賭《か》けてみることに異論はなかった。いずれにしてもクロエに包帯で手当をほどこし、ちゃんとした格好をさせて、なにか食べさせる必要がある。なるべく薬は使わずに、動揺してやまない心を静める必要もあった。いったいなんと説明するかは、まだ決めていない。あれはみんな夢だったんだと言っても信じてはもらえないだろう。両腕にこれだけ生々しく傷が残り、髪の毛が長さもばらばらのまま顔に垂れているとあっては。血の気の失《う》せた顔には目の下にあざもできているので、一刻も早く氷を当てて冷やしてやる必要があった。

バスチアンは借りている駐車スペースに車を停め、エンジンを切った。この時間、地下の駐車場に人影はない。金持ちの暇人が一日の行動を開始する時間にはまだ早いし、仕事熱心なビジネスマンはとうに職場へと向かっている。この時間なら、目撃者を最小限にとどめて部屋まで彼女を連れていけるはずだった。

目を開けたクロエはぼんやりした目でこちらを見つめていた。体に巻きつけるようにシャツを着ているものの、前のボタンはみんな開いたままになっている。ひょっとしたらあまりの痛さに腕も動かせないのかもしれない。代わりにボタンを留めてやろうと手を伸ばしたが、クロエは怯《おび》えるようにびくりと身を引いた。殴られるとでも思ったに違いない。

「シャツのボタンを留めてやろうとしたんだよ」とバスチアンは言った。「そんな姿でホテルに入るわけにはいかないだろ。それでなくとも人に見られないように気をつけなければならないのに」

「ここはどこ？」

「〈マクリーン・ホテル〉さ。こんなときのためにここに部屋をとっている」

「こんなときのため？　まえにもこういうことがあったの？」

「ああ」それはなかば嘘《うそ》の混じった答えだった。たしかに収拾をつけるのが難しい状況におちいったことは何度もある。なんの関係もない人たちの板挟みになって、スパイとしての自分の立場が危うくなったことも。それでもこれまではそのように犠牲となった人々をあえて見捨て、自分の身だけを守って危険を回避してきたのだった。だが、今回は違う。

クロエが着ているシャツは前の部分がずたずたになっていた。ハキムはナイフを使ってそこを開けたに違いない。バスチアンは後部座席に手を伸ばして自分のシャツをつかんだが、その際もクロエはびくりとして身を引き、そんな反応をバスチアンはかすかないらだちとともに見つめた。この俺《おれ》が危害を与えるような男でないくらい、もうわかってもよさそうなころなのに。

「これを着ろよ」とバスチアンは言った。「それから、袖口《そでぐち》のボタンもちゃんと留めろ。あとで洗濯がたいへんだが、ハキムがつけた傷跡を世間に披露したくはないからな」

その名前が口にされるなりクロエは身震いをした。「はおるようにして体を隠すわ。それに、わたしが裸足《はだし》だっていうことのほうがよっぽど目立つと思うんだけど」

「途中で店に寄って適当な靴を買ってある。さすがに裸足じゃ逃げることはできないだろう。あるいはサイズの合わない他人の靴じゃな。箱に入ったまま、うしろの座席に置いてあるから」

バスチアンはエンジンのキーを引きぬき、運転席の下に手を伸ばした。座席の下から取りだしたのは銃と自分のパスポート二冊、それに分厚い札束だった。クロエはそのあいだ、身じろぎもしなかった。

　バスチアンは車から出て言った。「こんなところで時間を使えばそれだけ危険も増す。早くシャツを。でなければ俺がやるぞ」

　クロエは台なしになったシャツをそっと脱ぎはじめた。本来ならそのあいだ背を向けているのが紳士というものなのかもしれない。しかし、いまはそのような気配りをしている場合ではなかった。彼女のブラジャーは数時間まえにつけていたセクシーな下着とは打って変わって地味なものになっている。クロエは痛々しくぎこちない動きでシャツを着替えると、まるで捨てられていたぼろ服でも着るように、いやいやながら靴を履いた。バスチアンはあえてなんの反応も示さず、そんな彼女の姿を見つめていた。

　エレベーターへと向かう自分のあとを、クロエはゆっくりした足どりでついてきた。幸い近くには誰もいなかったので、バスチアンも一定の距離を置こうとする彼女の意思やペースを尊重した。エレベーターは小さく、なかに入ると排気ガスとにんにくのにおいがした。ドアが閉まって上に向かうあいだ、クロエはうつむいたまま、ずっと足元に視線を注いでいた。

　バスチアンもまた彼女の足元に目をやった。シンプルな黒のフラットシューズはサイズもぴったり合っているように見える。切り裂かれたズボンの生地が、ふくらはぎのあたりでひらひら垂れていた。髪からはウールが焼け焦げたようなにおいがしている。だらりと垂れた白いシャツの袖にはすでに血がにじみはじめていた。

「くそっ《メルド》」部屋のある階に向かう途中で急にエレベーターが停まり、ほかの客を乗せるためにいったんドアが開いた。バスチアンは素早く彼女を隅に寄せ、大きめの体を盾にしてその前に立ち、クロエの顔を肩にもたせかけた。クロエは拒んで身を引こうとしたが、腰に回す手に力を込めてそれを制した。こちらの言うことに従わせるため、叫び声をあげなくてもすむくらいの痛みを与えて。「恋人同士のようにふるまえ」バスチアンは彼女の耳元に向かってドイツ語でささやいた。

想像していたとおり、クロエはその言葉を完璧《かんぺき》に理解した。どうしてほかにも言葉が話せることを黙っていたのか説明してもらわなければならないが、いまはそのときではない。エレベーターに乗ってきた中年のビジネスマンは気を使ってふたりから視線をそらしていた。バスチアンはそのあいだクロエにぴったり寄りそい、ベッドに直行するのが待ちきれない恋人のように腰を押しつけた。

クロエはさっと目を上げ、驚愕《きようがく》の表情でバスチアンを見つめていた。おそらく勃起《ぼっき》した性器に気づき、なんて男なのと吐き気をもよおしているのだろう。そんな想像はいくぶん興奮をそそるものでもあった。

相手がいやがる姿を見たさにこの場でキスをしたい衝動にかられたが、その気持ちを抑えるだけの分別はあった。とくに人前とあっては、無理やりそんなことをするわけにもいかない。

　男がエレベーターを降りると、クロエはドアが閉まりきるのも待たずにバスチアンの体を押しやった。その体は見るからに震えていた。「二度とわたしに触れないで」と彼女は低い声で言った。

「子どもみたいなことを言うな。こっちはきみの命を助けようとしてるんだぞ。まあ、どうしてそんなことをするのか、自分でもまだ理解できていないけどな。とにかく、黙って言うとおりにしろ。たとえノートルダム大聖堂のどまんなかで、パリジャンの半分が見ている前で立ってセックスする必要に迫られても、素直に俺の命令に従うんだ。わかったな？」

「生きているかぎり、そんなことは絶対にさせない」

「生きているかぎりな」

　最上階に着くと、廊下はからっぽだった。ふたりの姿を目撃した男の喉をかき切ることも考えたが、運がよければ敵が現れるまえにその男はホテルを発《た》っているだろう。それに、死体の処理などもろもろの問題を考えると、そのまま行かせてしまったほうがずっと楽だった。だいたいその場で殺していたらクロエが叫び声をあげるに決まっている。まったく、アメリカ人というのは役立たずで始末に負えない。

「いちばん奥の部屋だ」とバスチアンは言い、彼女が先にエレベーターを降りるのを待った。といっても、紳士としてレディーファーストを実践したわけではない。もし自分が先に行けば、彼女は従うことを拒むかもしれない。こんなところであだこうだ言い争う気にはなれなかった。クロエは顔を上げてこちらを見た。朝の光のなかで、その姿はくっきりと見える。栗《くり》色の瞳に宿る痛みや恐怖の色も鮮明に見てとれた。憎しみの光を帯びた一対の目が、まっすぐこちらをにらみ返している。

それでいい、とバスチアンは思った。少なくとも、その憎しみは生きようとする力につながるだろう。その手の感情がときとしてきわめて有益に働くことは経験から学んでいるし、彼女の憎しみを焚《た》きつけたところで不都合なことはまったくない。実際、彼女に対しては脅威などいっさい感じていなかった。いまとなってはもう驚かされることも、傷つけられることも、あるいは逃げられることもない。しかし怒りさえそこにあれば、身も心もあきらめそうになったとき、クロエはそれを乗り越えるはずだった。

バスチアンはクロエのあとについて廊下を進んだ。世界のどこのホテルに行ってもあるような、まったく特徴のない廊下だった。ドアの鍵《かぎ》を開けるとクロエは身をこわばらせるようにして立ちどまったが、バスチアンは背中を軽く突いて部屋に入らせた。少しでも気の弱い男なら、さっと向けられたクロエの鋭い目つきにひるんだに違いない。

「寝室に行って靴を脱げ」とバスチアンは言った。

「なんて男なの」

　バスチアンは笑い声をあげた。「クロエ、きみの腕や脚にはいたるところに切り傷や火傷の跡ができている。ちゃんと手当をして、体を休めないと。心配することはない。きみの体に触れようなんて気はさらさらないさ。ただ、なんとか今夜じゅうに出発できるような格好にしないと」

　クロエは相手の言葉などまったく信用していない様子だった。「出発？」

「今夜、空港まで行って、きみをアメリカ行きの飛行機に乗せる。出身はアメリカのどこだ？」

「ノースカロライナ」

「それはニューヨークの近くか？」

「いいえ」

「じゃあその先は自分で考えてもらおう。とにかく、フランスさえ出てしまえば安全だ。だがいまこの状況では、きみの命を狙《ねら》っている有能な者が何人いてもおかしくない」

「わたしではなく、あなたの命が狙われていると思うんだけど」

「そりゃあ、この俺も殺したいだろうさ。俺と知りあいになった者たちは、みんなどういうわけか最後にこう思うらしい。こんな男、殺してやりたいとね」

「その理由はよく理解できるわ」クロエはさらりと言った。

バスチアンはあえて議論する気にもなれなかった。「それより、血だらけになった服をずっと着ているつもりか？　なんなら脱ぐのを手伝ってやろうか」

「自分でできるわ」クロエはかたくなだった。「寝室はどこ？」

バスチアンは背後にある両開きのドアを指さした。「そのなかだ。俺もあとからすぐに行く」

「またあなたと寝る気はないわよ」とクロエは言った。どうやら怒りが増すにつれて傷つきやすい心も癒《い》えてきたらしい。強がりを言うだけの心があれば、生き残るにも役に立つ。

「また、だって？　昨夜《ゆうべ》したのは寝るという行為とはほど遠いと思うけどな」

この娘は恥ずかしさにまだ顔を赤らめることができる。バスチアンはまっ赤に染まる頬をある種の感動とともに見つめた。そのような純情な反応を表に出す段階はとっくに過ぎていると思っていたのに。目の前の女性を哀れむ気持ちはいっそう募った。

「いま言ったことは忘れてくれ、クロエ」バスチアンは穏やかな声で言った。「とにかく、応急処置をほどこす以外、きみに対してはなにもしない。それ以外のきみは手つかずのままさ」

歯に衣着《きぬ》せぬ率直な態度は逆効果になるばかりのようだった。それでも、現時点でそんな感傷的な問題に対処している時間はなかった。とにかく一刻も早く彼女を手当して、なにか食べさせ、まともな格好にしてフランスから脱出させなければならない。無駄にしている時間などまったくなかった。日没まで連中に見つからなければ、よほど運に恵まれていると言えるような状況なのだ。それを考慮すれば、場所を移動しつづけることがいちばん無難な選択に思えた。それには、早いところこの行きずりの連れに準備をしてもらわなければ困る。

クロエはベッドに腰かけていた。産婦人科の診察室にでもいるかのように、体にシーツを巻きつけて。それでも下着はいまだにつけたままだった。バスチアンがわきに座ると、クロエはそばを離れようとした。「子どもじみたまねはやめろ、クロエ」とバスチアンは言った。

クロエはバスチアンが手にした焦げ茶色の瓶と脱脂綿のかたまりを見つめた。「なんなの、それ?」と答えを迫るように言った。「どうせ薬局で買ったようなものじゃないんでしょう」

「上等の薬さ。最先端の技術を駆使した非常に高価な品でもある。重さで言えば金《きん》より値打ちがある。傷の回復を早める効果があってな、二、三日もすれば、ほとんどの傷は消えてなくなる。火傷の跡も、ほとんど残らない」

「そんなもの、いったいどうやって手に入れたの?」

「企業秘密だ」とバスチアンは言い、脱脂綿に緑色をした半透明のクリームをたっぷりつけた。「ただ、ひとつだけ欠点がある」手始めに治療をほどこすことにしたのは、ハキムの拷問が集中した左腕だった。

「なんなの?」

「死ぬほど痛いってこと」バスチアンはそう言うなり、最初の傷口にクリームを塗った。

クロエは体を弓なりにして激しくもだえた。大声があがるのはなかば予想ずみだった。このホテルを選んだわけはいくつかあるが、防音の面で申し分ないというのが重要な理由のひとつだった。たとえ叫び声をあげても外に聞こえることはまずない。しかし、喉の奥から絞りだすように声を漏らすほかは、クロエは音などいっさいたてなかった。ただじっとしたまま、痛みと闘っていた。

それがある意味でハキムの拷問よりたちの悪い痛みであることは、バスチアンも経験から推測できた。ハキムの場合はショックと恐怖のあまり感覚が麻痺《まひ》していたということもある。それに、この薬が最大の効力を示すのは塗ってしばらくしたあとのことだった。もちろん、それまで彼女が持ちこたえればの話だが。

絶対に声を漏らすまいと唇を噛みつづけるクロエの口元は、ふたたび出血していた。バスチアンは激痛と闘う体の震えをなんとか無視して、そのまま手当を続けた。

「痛みに対処するにはもっと賢い方法がある」バスチアンは腕に刻まれた傷の線にクリームを塗りながら、穏やかな声で言った。「抵抗すれば抵抗するほど、痛みのほうもそれに負けまいとする。無駄な抵抗はやめろ。体の力を抜いて、痛みに身をゆだねるんだ。そうすれば状況は一変して、まるで他人事のように感じられるさ。そのほうがずっといい」

「痛みにずいぶん詳しいのね」クロエはかろうじて言葉を吐きだした。

「まあ、それなりの経験はある」とバスチアンは言った。「深呼吸して。さあ、妊婦が出産するときのように。規則正しく深呼吸して、とにかく力を抜くんだ」

「無理よ」クロエは窒息しそうな声で言った。激痛に心臓が激しく鼓動しているのがわかる。

「お望みとあれば、いつだって痛みから注意をそらしてやるぞ」

するとクロエははっと我に返った。「やめて――」

「わかってる。触りはしないよ」バスチアンは手当を終えた腕を放し、もう一方の腕を取った。「じゃあ、なにか話しつづけろ。いったいきみはハキムのシャトーでなにをしていたんだ」

「言ったでしょ！　新しい恋人と旅行に出かけたルームメイトの代理で来たまでだって。あそこでどんなことが行われているかなんて、わたしは知りもしなかった。ましてや雇い主が異常な性癖を持つ怪物だなんて」

「しかし、いまのきみはそれを知っている。だからこそ連中にとってはきみが邪魔な存在なんだ。それにしても、どうしてそんなに多くの言葉を話せる？　アメリカじゃあ若い娘のほとんどがちゃんとした英語もしゃべれないというのに」

クロエはいらだちをあらわにしてバスチアンをにらんだ。駆け引きの相手としては、なんともわかりやすく、操りやすい女性だった。アメリカ人の若い女を蔑《さげす》むようにしてひとこと侮辱の言葉を吐けば、彼女はもう自分の身に降りかかった悲惨なできごとなど忘れてしまう。普通ならまったく行動を予想することのできない洗練された女性が好みなのだが、どういうわけかクロエには愛着がわいてならなかった。

一瞬、バスチアンは答えなど返ってこないのではないかと思った。

「言葉を覚えることに関しては、生まれつき才能があるのよ」クロエは痛みをこらえながらかすれた声で言った。「それに、両親の希望で授業料の高い私立学校に行かされてね。フランス語は幼稚園のときに勉強しはじめたわ」

「それで発音がそんなにいいのか。でも、それ以外の言葉は?」

「学校で学んだのよ。マウント・ホリヨーク大学では現代語学を専攻していたの。両親も頻繁に世界を旅行して回っていたし。相手さえいれば、ラテン語で会話することもできるわ」

「ラテン語は現代語学とは言えないだろう。さあ、仰向けに。今度は脚を手当する」

クロエは激痛に対処することにエネルギーを費やし、刃向かう力など残っていないようだった。そのままおとなしく仰向けになった彼女は、シーツを引っぱりあげて自分の体を隠した。幸い、脚の傷は腕よりも浅い。自分流のこだわりのある順序で徐々にクライマックスに達しようとしていたハキムは、まだそこまでたどり着いていなかったらしい。

　バスチアンがその脚のあいだに身を置いていたのは昨夜のことだった。それにしてもすらりとして美しい脚をしている。仕事に専念するあまり彼女の部屋でたっぷり堪能《たんのう》できなかったのが残念だった。

「言ったでしょ、わたしには語学の才能があるの。それが何語にしろ、言葉というものが好きなのよ」

「だったら、なぜしがない出版社でしがない仕事をしてるんだ。きみのような才能があれば、どんな組織に行ったって役立つ存在になれるだろう」

「わたしはこの生活に満足してるの。それに、武器の密輸にかかわるくらいなら子ども向けの本を翻訳しているほうがよっぽどましだわ」

　手当を終えたバスチアンは薬品の瓶と脱脂綿を床に置き、ベッドに横たわるクロエのかたわらに座ってその顔を見下ろした。「いいか、今後そういうことは絶対に口にするべきじゃない。この二日のあいだに見たことはすべて忘れるんだ。きみが相手にしているのはきわめて危険な連中だ。そしてきみはそのほとんどの顔を見ている。行動こそ愚かだが、きみは賢い女性だ。その気になれば、会議で議論されていた話の内容も容易に理解できるだろう。話題になっていたのが鶏肉《とり》や穀物でないことくらい、充分に承知しているはずだ」

間近に寄りそわれていることを、クロエは明らかにいやがっているようだった。そんな相手をじっと見上げなくてはならない状況にもかなり困惑しているらしい——たとえ体に触れられてはいないにしても。バスチアンには、それが手に取るようにわかった。しかし、いまはそんなことを気にしてなどいられない。

「なにもかも忘れるんだ、クロエ」バスチアンはそっと声をかけた。「でなければ、それを後悔する人生すら奪われるかもしれないんだぞ」

11

クロエはバスチアンの目をじっと見つめかえした。ベッドに仰向けになった状態で、下着だけをつけたまま、シーツ一枚で体を隠して。この男とセックスをしてから一日もたっていない。いや、半日もたっていないかもしれない。いまが何時なのかは見当もつかなかった。

気力を奮い起こして腕を伸ばし、相手の体を押しやろうとも考えたけれど、それも無理だった。けっして表情の読みとれない黒々した目をなかば閉じ、バスチアンはいまにも覆いかぶさるような体勢でそこにいる。ひょっとしたらまたキスをしようとしているのではないかというばかげた考えが、一瞬脳裏をよぎった。

けれども実際はそんな展開にはならなかった。バスチアンはこれで自分の役目は終わったとでもいうように、さっと体を起こしてクロエから離れた。「俺《おれ》はこれからシャワーを浴びる。きみのパスポートをどうするかはそのあとで考えるよ」

「パスポートなら持ってるわ」

バスチアンは首を振った。「本名で飛行機に乗ったらけっして故郷にたどり着かない。だいじょうぶ、俺だって自分のしていることはちゃんと承知してる。言うとおりにしていれば、きみもこの悲惨な状況から生きて脱出することができるかもしれない」

クロエはバスチアンの顔をまじまじと見つめた。「いったいあなたは誰なの？　何者なの？」

その顔に浮かぶ薄笑いはどんな真実も明かしてはいなかった。「きみがそれを知る必要はない。いいから少し眠るんだ。ちゃんと回復するには、それなりに体力が必要になるからな」

言われたとおりにするのは癪《しゃく》だった。けれども、いちいち逆らうにはあまりに疲れていた。いまでは激痛は鈍いうずきに変わり、それが全身に広がっているようだった。そんな状態にあっては、ぐっすり眠ることが真実よりもずっと大事なことのように思える。

「わかったわ」クロエはしぶしぶそう答えた。

「ほう、俺の意見に同意するのか。これはまた信じられないな」

「ばかにしないで」クロエはかろうじて聞こえるような声で言った。

「そのほうがきみらしい」バスチアンはつぶやくように言った。「とにかく眠ることだ。俺を侮辱したければ、目が覚めたあと心ゆくまでそうするといい」

目を閉じさえすれば眠気なんてすぐに訪れると思ったが、いくら待ってもなかなか眠くはならなかった。どうやら外は曇り空らしい。ここ数時間のできごとを思い起こせば、いまが何時なのか推測できるのかもしれない。けれども、時間をさかのぼることだけは絶対にしたくなかった。きのうバスチアンの車に乗りこんでからあとのことは、なにも考えたくない。ましてや自分の部屋で経験した強烈で荒々しい瞬間のことなど。それに、あの痛みや恐ろしさを追体験するなんてまっぴらだった。ジル・ハキムの体が文字どおり死の重みとしてのしかかってきた感触など、思いだしたくもない。

拷問の末にこの命まで奪おうとした男なんて死んで当然だとクロエは思った。平和主義者を自認し、誰かを傷つけるなら死んだほうがましだと思っていた自分。なのに、いざ自分が生きるか死ぬかの瀬戸際に立たされると、そんな高尚な考えなど瞬く間に吹き飛んでしまった。もし銃を持っていたらこの手でハキムを殺していたに違いない。しかも、そんな行為を楽しみさえして。

そう、たとえそうなっていたとしてもおかしくない。けれどもいまとなっては、なにがほんとうでなにがそうでないのかもわからなかった。浴室でシャワーを浴びている音は寝室まで届いていた。石鹸《せっけん》やシェービングクリーム、それにバスチアンがつけている誘うようなコロンのにおいも、ほのかに漂っている。その香水にふくまれている成分についてはまだ特定できないでいた。繊細で、一度嗅《か》いだらなかなか忘れられない、ほとんど官能的とさえ言えるにおい。クロエは香水をつけるような男にあまりいい感情を抱いていなかった。

シャワーの音が止まり、ふいにドアが開いた。顔を上げると、バスチアンが一糸もまとわぬ姿で部屋に入ってくるのが見えた。腰のまわりにはタオルすら巻いていない。すかさずわきを向いて目を閉じると、くすりと笑う声が聞こえた。

「男の体を見るのがそんなに恥ずかしいのか、クロエ」クロエはバスチアンの問いかけを無視して、ぎゅっと目をつぶったまま、着替えをする衣擦《きぬ》れの音や、引き出しを開け閉めする音に耳を傾けた。そんな状況で睡魔が襲ってきたのは奇跡に近かった。急に体がベッドに沈みこむのを感じ、はっとして目を開けた。

相手は完全に着替えをすませたわけではなかったが、少なくともまともな格好はしていた。ちゃんとズボンをはいているけれど、シャツは胸のあたりではだけている。それにしても、胸に毛が生えているのかどうかも知らないうちにこの男とセックスしたなんて。

バスチアンの胸に毛はなかった。滑らかな肌は、金色に輝いているように見える。クロエはふたたび目を閉じ、そんなイメージを頭から追いやろうとした。

バスチアンはシーツでクロエの体をくるむようにして言った。「眠れよ、クロエ。どうせあと四時間ほどその薬をつけたままにしていなければならない。それまでのあいだ、じっと横になって、薬の効果が表れるのを待たないと」

そのまま無視しつづけようかとも思ったが、クロエはどうしても反論せずにはいられなかった。「ハキムにつけられた傷をそんなに早く治す薬なんて、この世にあるはずないじゃない」

「たしかに。でも、少なくとも肉体的な痛みは消えてなくなるだろう。心に刻まれた傷をそのまま残すかどうかは、きみ次第だ」

「わたし次第？」思わず体を起こすと、バスチアンにそっとベッドに押し戻された。

「そう、きみ次第」バスチアンはきっぱりとした口調で繰りかえした。「きみは若くて、強くて、賢い女だ。不運にもこんな目に遭ってしまったが、それを完全に過去のものとして片づけるだけの分別はある。俺はそう思う」

「そんなの考えが甘いわよ」クロエはあざけるように言った。

「現実的になっているだけさ。あの男はきみをナイフで切りつけ、きみの肌を焼き焦がした。でも、レイプはしなかった」

「そうね、それをしたのはあなただもの」

バスチアンはだしぬけに大声で悪態をついた。それは語学に長《た》けたクロエでも知らないような汚い言葉だったが、その意味は充分に理解できた。「きみが自分をどう納得させているかは知らないが」しばらくしてバスチアンは口を開いた。「どうやらそのときの俺は一時的に耳が不自由になっていたらしいな。実際、きみにノーと言われた記憶はいっさいない」

もちろんクロエはノーと言わなかった。それはお互い充分に承知していることだった。わたしはあのときなにも言わなかった。バスチアンがベッドから離れるのを感じたクロエは、それまで息を止めていたことにあらためて気づいた。そう、ふたたびこの体に触れてくるのをなかば期待して。自分から離れるバスチアンを見つめながら、クロエはそっと息を吐きだした。

「二、三時間で戻ってくる。部屋のドアをノックされても応《こた》えるな。電話にも出てはならない。窓の近くにも行くな。この場所のことは誰も知らないと思うが、用心するに越したことはない。きみの居場所を突きとめようとする連中は大勢いるに違いない」

クロエはそんな警告を無視して顔を背けた。とにかくもう部屋から出ていってほしかった。自分の前から消えてほしかった。それ以上なにかを言われたら、大声で叫びだしそうだった。

部屋のドアが閉まり、続いてかちりと自動ロックが作動する音がすると、クロエはようやく目を閉じ、やがて眠りにのみこまれていった。

つぎに目が覚めたときには、クロエは薄暗い寝室のなかにひとりきりだった。バスチアンのベッドの上に、たったひとりで横たわっていた。

傷口に注意しながら体を起こしたが、不思議と痛みはなかった。ねっとりした緑色の液体がなんであるにしろ、それは激痛を消し去ることに成功していた。少なくとも、いまのところは。おそるおそる腕に触れてみると、その薬はまるでワックスのように傷という傷を覆っていて、シーツを押しやって立ちあがっても、ぴったり張りついたまま肌を離れなかった。

ひょっとしたら放射性の毒薬かなにかなのかもしれない。傷口に塗られたときの痛みは尋常ではなかったし、バスチアンという男のことは一瞬たりとも信用していなかった。けれども、体力は弱まるどころか強くなっているように感じられる。薬の効用に関しては、たぶんあの男の言葉を信じてもかまわないのだろう。あの男が戻ってくるまえにここから逃げだすだけの気力も体力も回復していた。

といっても、着ていた服はいまやぼろ切れと化している。こんな服を着て外に出るのは到底無理だった。だいたいバスチアンの服を身につけるくらいなら裸でいたほうがまだまし。それでも、自分を守ろうとする本能はかろうじて残っているようだった。バスチアン・トゥッサンの服を着て、それで二度とあの男の顔を見る必要がなくなるなら、そうすることに迷いはなかった。

部屋に置いてあるバスチアンの服はすべて黒だった。それはそうだろう。あの男は怪物であると同時に、かなり芝居がかってもいる。それにしても、唯一入るズボンがゆったりしたシルクのパジャマだなんて。ほとんどの男、とりわけフランス人がそうであるように、バスチアンはお尻の部分にまったく無駄な肉がついていなかった。それに比べて、自分の尻はかなりのボリュームがある。

けれどもバスチアンがフランス人であるとは考えられなかった。どうしてそう思うのかはよくわからない。発音は完璧《かんぺき》だし、そのふるまいからなにからすべてが、昨夜インターネットで発見したとおりの男であることを証明していた。マルセイユ出身、武器商人の息子であるバスチアンが、やがて輸出ビジネスにかかわるようになったのも不思議なことではない。合法的な武器を扱うのも非合法の兵器に手を染めるのも、そんなに差はなかったのかもしれない。

とにかくあの男は武器商人の息子で、しかも結婚している身なのよ。クロエはその事実をあらためて自分に言いきかせ、シルクのシャツにこわごわ腕を通した。けれども極薄の生地はほとんど肌に引っかかることなく、どういうわけかなんの痛みもなかった。クロエは窓際に行き、外の様子をのぞいた。かなり寒そうで、雨も降りだしている。やがて吹雪に変わるのも時間の問題のように見えた。季節として雪が降るにはまだ早すぎるものの、世界がひっくり返ってしまったような状況のなか、物事が普通に進んでくれることなど、もう当てにはできなかった。

部屋のなかをくまなく捜しても、現金はどこにもなかった。コカインかヘロインのようなものが隠されているのを見つけたものの、どちらにしても興味はなかった。お金がなくてはパリの向こう側には行けない。自分がいまどのあたりにいるのかは容易に確認できた。

左手にエッフェル塔があって、セーヌ川が影のように淡い色をした町のなかをくねりながら走っている。裏通りや路地を抜け、マレ地区にある自分のアパルトマンにたどり着くにはかなりの距離があるけれど、少なくともここでじっとしているよりはましだった。クロエはバスチアンのコートを手に取った。黒いカシミアのトレンチコートはバターのようにやわらかく感じられる。ほのかに残るあの男の香りが鼻を突いて、思わず床に投げつけそうになった。あの男の感触やにおいに包まれるくらいなら、コートなど着ないほうがまだましかもしれない。

それでも、いまはそんな芝居がかったことを言っている場合ではない。片手で髪をなでると長さがばらばらで、先のほうが焦げて縮れているのがわかった。この状況ではどうすることもできないけれど、部屋に戻ったらシルヴィアに頼んで直してもらおう。

自分の部屋に戻るのは危険すぎるとバスチアンに言われていたが、そもそもあの男の口にすることはほとんどが嘘《うそ》だった。そして、いま自分にとっていちばん危険な存在はあの男だとも言える。さらに言えば、いまわたしが住んでいるところは誰にもわからないはずだった。あの狭苦しい部屋はシルヴィアがもとの恋人から又借りしているもので、シルヴィアも自分もそこの住人として名前が載っているわけではない。郵便物は仕事先のレ・フレール・ローラン社のほうに届くことになっているし、携帯電話の請求書もアメリカに送られるので、よほど力を入れて捜さないかぎり居所は見つからないはずだった。だいたいそんなに躍起になって捜す価値など、わたしにはない。

かといって、アメリカに帰る気がないということではなかった。バスチアンのことは一瞬たりとも信用していないけれど、不運にもきわめて危険な連中とかかわってしまったことは、この二十四時間のあいだに起きたできごとを考えれば明らかだった。たとえバスチアンが善人であっても、残りの悪人たちには二度と会いたくない。自分にとっていちばん安全なのは、ノースカロライナの山々に囲まれた故郷に戻ることであり、過保護の家族のもとに帰ることだった。パリや、その周囲に広がる地方の魅力はどういうわけかみんな消えうせている。

うつむいたまま、バスチアンのコートを体に巻きつけるようにして雨降りの寒々しい通りを歩きはじめても、重い気分は変わらなかった。両足は寒さで感覚がなくなっているけれど、幸い靴のサイズはぴったり合っている。パリに逃げてくる途中でわざわざ店に立ちより、わたしのために靴を買うなんて、いったいどういうことなのだろう。あの男が頭のなかでなにを考えているのかはまったくわからないし、わかりたいとも思わなかった。いまはただ、あの男やほかの連中につかまらないよう、少しでも遠くに逃げたかった。

空腹感は尋常でなかった。たとえハキムのことを思いだしたところで、気がまぎれることもない。最後になにかを口にしてからどれくらい時間がたったのかは見当もつかなかった。それに、心もとないこの体力でいつまでもつのかも不安だった。とにかく、部屋に戻れば食べ物がある。温かなベッドがある。明日になったら最初の便をつかまえてアメリカに帰ろう。故郷にとどまるよう家族に説得されたら、今度は聞く耳を持つことも必要かもしれない。

思ったとおり、雨は雪に変わりつつあった。クロエは一瞬立ちどまり、建物の壁にもたれて息を整えた。足早に通りを行く人たちは下を向いたまま、ひとりとしてこちらに注意を向けることはない。たぶん、自分のことで頭がいっぱいなのだろう。クロエは壁を押しやり、ふたたび歩きはじめた。あたりはすでに暗くなりつつある。街灯に照らされた通りであっても、ひとりで日の落ちたパリの町をふらふらするのは好ましくない。コートの襟をぐいと引きよせたクロエはすたすたと歩きはじめた。ほのかなバスチアンの残り香になるべく心を向けないようにして。

必要な用事をすませるには思った以上に時間がかかった。それでも、幸いにしてフランクは快く頼みを引き受けてくれた。そして気前よく礼をする準備があることを示すと、午後六時までに偽造パスポートを作っておくと約束してくれた。空港に向かう途中で寄れば、その場で写真を貼《は》りつけてくれるだろう。クロエのことは、日付が変わるころに出発するエール・フランスでパリから脱出させようと思っていた。それさえ片づけばほっと息をつき、仕事に集中することができる。ハキムは予定より早く死んでしまったものの、どうにもならない問題というわけではない。それに、クリストスはいまだに姿を見せていなかった。クロエの問題さえ片づけば、任務の続行も可能だろう。いったいどうしてそれまで待てないのかはわからなかった。センチメンタルな感情に左右されることなどめったにないというのに。これでまた〝委員会〟に説明しなければならない予定外の行動がひとつ増えたことになる。もちろん、ほんとうのことを言うつもりなどかけらもなかった。

　バスチアンはカフェに入り、ウイスキー・ソーダを注文した。雨は本降りになって、雪に変わろうとしている。窓際の席に座ったバスチアンは物寂しい通りに目を向け、ここで落ちあうことになっている者が来るのを待った。

　向かいに腰を下ろした男はイギリス人の公務員のように見えた。中流階級に属し、自由な発想とは無縁の、堅苦しい雰囲気を漂わせる中年の男。その男の名はハリー・トマソンといった。能率的な機械のように〝委員会〟を仕切るトマソンは、実際は無慈悲で血も涙もない、それこそ機械のような男だった。トマソンは雨に濡《ぬ》れたレインコートを脱ぎ、テーブルの上に新聞を置いて、コーヒーを注文した。ようやくバスチアンのほうに向きなおったのはそのあとだった。

「いったいおまえはなにをした、ジャン‐マルク」とトマソンは強い口調で言った。

　バスチアンはもったいぶるような大げさなしぐさでたばこに火をつけた。それは二日ぶりに吸うたばこだった。おそらくトマソンはこちらの本名を知っているはずだが、いっしょにいるときはつねにジャン - マルクという偽名で呼ぶ。その名前が、叔母のセシールがペットとして飼っていた豚と同じであることも知らずに。

もちろん、ジャン - マルクはとても品のある豚だった。そもそも家柄、ある程度の品がなければ豚など飼うことは容認されない。叔母のセシールは太鼓腹をしたヴェトナム生まれの豚をいつも手押し車に乗せ、ヨーロッパやアジアにある高級ホテルに平気で出入りしていた。上品ながらも、きわめて短気な豚――そんなジャン - マルクが突然いなくなったのは、叔母と母親がふたりでミャンマーを旅している最中のことだった。きっとあの豚はいずれ誰かの家のキッチンで命を終えるに違いない。バスチアンはいつもそんなふうに思っていた。そう、自分の尻の肉を噛《か》みちぎった当然の報いとして。といっても、悪いのは自分のほうだったのかもしれない。当時、十二歳だったバスチアンはまさに反抗期を迎えていて、叔母に連れられて世界の各地を旅して回ったり、母親のマーシーの母親らしからぬ態度に振りまわされたりすることに、ほとほとうんざりしていた。実際、母親や叔母は自分よりも豚に多くの視線や愛情を注いでいた。羽毛の詰まったふかふかのベッドで気持ちよさそうに眠るジャン - マルク。そんな豚をいじめて追いだしてやろうと思ったのも、それが原因だった。

突然の攻撃に激怒したジャン - マルクは、バスチアンの尻に噛みつき、その行為によってバスチアン自身からある種の尊敬を勝ちとった。少なくとも、豚はバスチアンを無視しなかった。

叔母はジャン - マルクがいなくなるころにはすでにその豚に興味をなくしていた。母親に関して言えば、ひとり息子に対する興味を失ったのはそれより何年もまえのことだった。たぶん、産んだときからすでに愛などなかったのだろう。あんたがこうしてこの世にいるのはわたしが選んだことじゃないのよ。母親はそんな気持ちを態度によって明確に示していた。ほんとうなら堕《お》ろしたいところを、独占欲の強い恋人に絶対に許さないと言われたらしい。しかしその恋人も、自分が父親でないことを知るやいなや態度を一転させ、やがて彼女のもとを去るころには中絶などできない状態になっていた。産気づいて病院に担ぎこまれた母親は、もぐりの医者に向かってなんとかいまから中絶できないものかと懇願したが、その三時間後、赤ん坊は生まれた。

どうしてそのまま首を絞めてごみ箱に捨ててくれなかったのだろう。バスチアンはいつもそう思っていた。自分の手を汚すのがいやならば、三十二年まえの十一月、冬の寒さのなかに置き去りにして、餓死させてくれればよかったものを。もしかしたら、母親は一時の感傷に浸っていたのかもしれない。そして重い病気を患い、命の危険もあった彼女に対して医者は手術をほどこし、子宮や卵巣を取り除いて、もう二度と妊娠という侮辱に満ちた経験などせずにすむ体にしてやったのかもしれない。物心のついたバスチアンの頭のなかにはよくこんな推測が駆けめぐった。病院のベッドに横たわった母親は死を恐れるあまり、いつもは信じているふりをしているだけの神と取引をしたのではないか。そう、もし命を助けてもらえるならちゃんとこの子を育てて、いい母親になりますからと。

　もちろん、彼女はそんな約束を守りはしなかったし、母親としては失格だった。実質的に自分を育ててくれたのはホテルのメイドや雑役係で、当然のごとくそれは育児とはほど遠かった。バスチアンは十五歳になった時点である女と駆け落ちをし、母親のもとを離れた。相手は母親の古い女友だちで、自分より二倍も年上の女性だった。それでいて体はティーンエイジャーのような若さを保ち、心はと言えば……。

　たしかに彼女はそれなりに心ある女性で、自分を愛してもくれた。ひょっとしたらそれが人生で最初に経験した愛だったかもしれない。そんな彼女をモロッコで置き去りにしたのは十七のときだった。あなたにプレゼントを買ってくるからと彼女がショッピングに出かけたあと、置き手紙も残さずそのまま姿を消した。ふたりでベッドにいないときは、彼女は年下である自分に洗練された服を着せるのが好きだった。おかげで早くからシルクのスーツのよさも知ることができた。そんな彼女が死んだと風の噂《うわさ》で耳にしたのは、数年ほどたってからのことだった。そのころまでには、後悔という感情など跡形もなく消え去っていた。

　現在の職業に就いたのは二十代の前半で、スカウトしてきたのはやはりハリー・トマソンのような男だった。冷酷にして無情なその男は、ちゃんとした訓練を積めばバスチアンのような人間がどう変身し、その結果どのようなことができるようになるかをはじめから見抜いていた。そして徹底して、訓練をほどこした。

政治や道徳など、バスチアンにしてみればなんの意味もなかった。表向きには善人の側に立って仕事をしていたものの、善悪の差など実際はないも等しかった。死人の数はどちらの側でも増す一方で、争いに巻きこまれて罪のない命が犠牲になっても、誰も気づきもしなかった。もちろんそれはバスチアンにしても同じことだった。クロエ・アンダーウッドは例外中の例外で、ハリー・トマソンのような連中に気づかれるまえになんとか問題を片づけるつもりだった。

「それで、ハキムのシャトーでなにがあった？」

バスチアンはそのようなトマソンの性格が大嫌いだった。たとえ言いたいことがあっても、自分からは絶対に口にしようとしない。「予定外のことが起きたまでさ。それ以上でも、それ以下でもない」バスチアンはたばこをもみ消した。せっかくのたばこもすっかりおいしくなくなっている。それがまたやけに癇《かん》に障った。

「なにも隠すことはない。女はどうなった？　いったい誰だったんだ？」

「女？」

「とぼけるな、ジャン‐マルク。この週末にミラベル邸で任務にあたっているのはおまえひとりじゃないんだ。通訳をしていたアメリカ人さ。いったい誰の手先だった？　どうなった?」

　バスチアンは肩をすくめた。「推測するに、男爵に雇われていたんでしょう。まあ、みずから好んで来ていたということもあるかもしれない。男爵が観察を趣味としていることは知っているでしょう。モニークがべつの女とセックスするのを見るのはとくにお気に入りらしくてね」

　トマソンは生粋の禁欲主義者のように不快感をあらわにして、鼻にしわを寄せた。「じゃあ、あえて探らなかったというのか?」

「ベストは尽くしましたよ、ボス」バスチアンは物憂げに返事をした。トマソンは〝ボス〟と呼ばれることを嫌っている。それを充分に承知の上で。「でも、結局口を割らせることはできなかった」

　ハリー・トマソンはバスチアンの顔をじっと見つめた。「おまえが口を割らせることができなかったのであれば、おそらく探るべきことなどなにもないのだろう。尋問にかけては、我々の仲間のなかでおまえの右に出る者はいない。それは向こう側に行ったところで同じことだろう。あのジル・ハキムでさえ、おまえには負ける。だいたいあの男は自分の仕事を楽しみすぎる傾向があるからな。それで、ジルになにがあった?　あの女はどうなった?」

「ふたりはもうこの世にいません」バスチアンはたばこに火をつけた。「とくに吸いたいとも思わなかったが——いまではジタンでもまずく感じられる——少なくとも手持ちぶさたはまぎれた。

「殺したのか、ふたりとも？」

「ハキムだけです。女のほうはすでにハキムが」

「女の死体はどうなった？」

バスチアンは漂う煙を通してトマソンを見た。「ハキムが始末を終えるころには死体と呼べるものなどほとんど残っていなくて」

「なるほど」トマソンはコーヒーをひとくちすすった。バスチアンの知るかぎり、この男はたばこも吸わなければ酒も飲まず、おそらくセックスすらしない。まるで機械のような人間だった。そしてバスチアン自身、そうなるように訓練を受けていた。「少々早まったな」とトマソンは言った。「だが、ほころびがきちんと処理されているかぎり、事態に影響はないだろう。ハキムは簡単に始末できる存在だが、バスチアン・トゥッサンは違う。ほかの連中もパリに来て話しあいを続行するに違いない。なかなか姿を見せないクリストスも加わってな。合流して任務を続けるように」

「連中はなんとも思わないと？　どうしてハキムを殺したのか、いろいろ疑うのでは？」

「おまえがどういう人間かは連中も充分に知っているだろう。ハキムという男のこともな。いったいなにを疑う必要がある。連中は今回の取り決めにしか関心はない。縄張りを再分割して、新しいリーダーを選任する。ただそれだけさ。ひょっとしたらかなりの働き者ということでハキムが選ばれていたかもしれないが、そのハキムがいなくなったいま、クリストスが選ばれる可能性が非常に高い。なんとしてもそれは阻止しろ」

「ハキムの死こそ大目に見られても、クリストスは自分の組織に大勢の部下を抱えている。そのボスが暗殺されようものなら、反動が起きるのは必至でしょう」

「そしておまえは死ぬことになる」とトマソンは言った。

バスチアンはまばたきすらしなかった。「ほんとうの意味で？」

「きわめて単純な手順さ。この手のことはまえにもやったことがあるだろう。たとえなくとも、きっとおまえならできる。クリストスが新しいリーダーに選ばれたら、おまえは異を唱え、あの男の頭に銃弾を撃ちこむ。そのおまえを、すでに送りこんであるべつのスパイが撃つだろう。おまえは事前に偽の血を仕込んだパッチを装着しておいて、銃声が轟《とどろ》くなりどさりと倒れるのさ。つまりクリストスはたった一発で仕留めなければならない。ミスは許されないぞ」

「狙《ねら》った標的を外したことは一度もありません」

「そのとおり。そしてバスチアン・トゥッサンはこの世からいなくなる。今回の仕事が成功して、わたしもとりわけ寛大な気持ちになったら、つぎの任務まで南フランスに行ってバカンスでも楽しんでこいと休暇を命じるかもしれん。どんなことにも、はじめてといううことがある」

バスチアンは吸いたくもないたばこにふたたび火をつけた。「それで、武器密輸カルテルのほうは？」

「つぎに新任のリーダーに選ばれるのは男爵だろうが、あの男なら操るのもわけない。連中を廃業に追いやることに興味はないからな。いずれにしろ、国際テロリストに対しては誰かが武器を供給するに違いない。問題のカルテルを観察することによって、我々はさまざまな分裂グループの動きを突きとめ、連中の計画をことごとく利用することができる」

「この四月にシリアに運んだ爆薬で、七十三人の死者が出た。そのうちの十七人は子どもだった」淡々とした口調だったが、トマソンは聞き逃さなかった。

「まだあの一件を引きずっているのか！　それが戦争の常というものだろう。テロと戦う上で、犠牲者はつきものなんだよ。ジャン‐マルク、おまえはいつからそんなにセンチメンタルになった。おまえだってちゃんと数は数えられるだろう。たしかに七十三人の死者は出た。しかしその代わり、何千という命が救われたんだ。ときに醜い選択を迫られることもある」

「たしかに」バスチアンは渦を巻くたばこの煙を見つめながら言った。

「ジャン‐マルク、おまえのことは信用している。わたしに嘘をつくような過ちなど、おまえは過去に一度も犯したことがない。あの女は死んだとおまえが言うのなら、そのとおりあの女は死んだのだろう。だいたい、そんなことでおまえが嘘をつく理由がどこにある。これまでずっとおまえのことを見てきたが、おまえが人間らしい感情をあらわにするところなど、わたしは一度も見たことがない。ましてや、弱さなどな。おまえはまさに機械だよ。我々としては絶対に欠かせない、精密な機械さ」

「機械にだって休みは必要です」とバスチアンは言った。「この仕事はほかの者にまかせて、自分はこのまま姿を消します。すでに連中の組織に深く入りこんだジェンセンなら、ひとりでクリストスを始末できるでしょう」

「どうしてそんなことを言う」

「いい加減、疲れたからです」

「我々のような仕事に就く者に疲れるなんていう贅沢《ぜいたく》は許されない。休暇などめったに与えられないし、疲れたからといって休むこともできない。この仕事から身を引く唯一の方法はだな、ジャン‐マルク、ハキムが身をもって示したとおりさ」

「脅しですか？」バスチアンは物憂げに尋ね、たばこをもみ消した。

「いいや、たんなる事実さ。連中は明日、〈オテル・ドゥニ〉に場所を移して会合を進める。クリストスはあさって到着する予定だ。すべてはおまえにまかせよう。わたしが全幅の信頼を置いているおまえなら、必ずや成すべきことを成し遂げるだろう」

「全幅の信頼、ね」

「あまりわたしをいらだたせるな、ジャン‐マルク。この仕事になにが懸かっているかは充分に承知しているはずだ」トマソンは新聞をきちんとたたみ、椅子から立ちあがった。

「自由世界の運命というやつですか」バスチアンはあえて立ちあがろうともしなかった。

「それについてはもうさんざん聞かされましたよ。多数の要求は少数の要求に優先する、とかなんとか。『スター・トレック』の観《み》すぎですよ」

「わたしはてっきり『スター・ウォーズ』かと思っていたがね」とトマソンは言った。

「この仕事になにが懸かっているかは充分に承知しています」とバスチアンは言った。

「それを忘れないことだ。どんなことがあっても」

バスチアンは相手の顔を見上げた。残された時間は限られている。それでも、なにがどうなろうともう知ったことではなかった。予想していたよりはるかに長く続いた強運が尽きるのも時間の問題だろう。今年、最初の雪が降るころには、自分は死んでいるに違いない。そして雪は、もうちらちら空を舞いはじめている。

連中に命を奪われるまえになんとかハリー・トマソンの喉元をかき切ることができたら。バスチアンはそう願ってやまなかった。向こうにもそれだけの借りはある。

12

当然のごとく、彼女は姿を消していた。それは小さなエレベーターに乗るまえからわかっていたが、確認のために部屋に上がった。部屋は暗く、窓は開け放たれたままで、氷のように冷たい風が雪のかけらとともに吹きこんでいる。バスチアンは窓を閉め、きっちりカーテンを引いてから、明かりをつけた。監視されているかどうかはわからなかったが、危険を承知で冒険に出るような気分ではなかった。

無理やり部屋に押し入られた形跡はない。血の跡もない。彼女の服はそのまま残されているが、代わりに自分のコートがなくなっている。誰かがクローゼットのなかを捜して回ったらしい。もし連中がやってきたとしても、彼女に服を着せるなんて面倒なまねはしないはずだった。当然、部屋から連れだすようなこともしないだろう。もし彼女が連中に見つかっていたら、いまごろこのベッドの上で死体となって横たわっているに違いない。

彼女がみずからの判断で部屋を出たとすれば、もはや自分が責任をとる必要はなかった。ばかげた騎士気どりで彼女の命を救おうとし、充分に警告もしたのだ。そう、みずから認めるかどうかはべつとして、自分の立場まで危険にさらして。

なのに彼女はそんな警告を無視して姿を消した。あとは知ったことではない。

部屋のなかをくまなく捜したあとがあるのは意外だった。なにを見つけたかったのだろう。もしかしたら、あの女はやはり俺《おれ》を騙《だま》していたのかもしれない。あんなに純情ぶっていたものの、結局は、純情でもなんでもなかったのかもしれない。しかしふいに脳裏をよぎったのは、絶頂に達したときに彼女が目に浮かべた表情だった。あの目はなにかを隠しているような目ではない。ハリー・トマソンの言うとおり、この俺の前で真実を隠しとおすことなど誰にもできはしない。こちらに断固としてそれを突きとめる覚悟があればなおさらのこと。

どうやらドラッグのありかは見つけたようだが、さすがに手をつけてはいなかった。それは現金を必要としない密告者のためにと、ある種の予備手段として用意してあるものだった。バスチアンは念のためそれをポケットに入れると、物音をたてず入念に部屋のなかを確認し、表面という表面を拭《ふ》いて回った。もちろんＤＮＡの専門家の目はごまかせないだろうが、わざわざそこまで調査が求められる理由はすべて消すことができる。なにも死体が残されているわけでも、犯罪が起きた形跡があるわけでもない。この部屋を借りていた謎《なぞ》の人物が、衣類や洗面道具を置いたまま、指紋のひとつも残さずに姿を消しただけのことだ。

徹底的に後始末をするなら、部屋に火をつけることもできた。この部屋は最上階にあるので、大部分の客は無傷で逃げられるに違いない。しかし、ホテルで火事など起きれば過剰な注意を引きかねなかった。正体の知れない謎の客として、このまま姿を消すほうが無難だろう。厄介なクロエ・アンダーウッドの思い出や、自業自得とも言える彼女の不運な運命からも、すんなり解放される。

雪交じりの寒々しい夜、ホテルを出て歩きだしたバスチアンは、ジャケットの襟を立て、警告を無視した上にコートまで持っていったいまいましい連れの女を呪《のろ》った。車はあえて置いておくことにした。なにしろたくさんの人に見られているし、自分のほんとうの人生や〝委員会〟につながるようなものはなにもない。

ロジエ通りの近く、たばこの煙に満ちたバーに入るころには真夜中になっていた。立ちよった店はこれで三軒目になる。オペラ座の近くで夕食をとり、現在扮《ふん》しているもうひとりの人物が通うこぢんまりしたクラブでギャンブルをしたあと、マレ地区にあるこのうらぶれたバーに来たのだった。ここ数十年のあいだ続いている高級化に対する反抗のしるしのようなバーだ。

「エチエンヌ！」ごった返す客のあいだを縫ってカウンターに行くと、バーテンダーが声をあげた。「これは珍しいな。最後に来たのは……いつになる？　二年まえか？　てっきり死んじまったのかと思ってたよ」

「そう簡単に死ぬような男じゃないさ」バスチアンは反射的にエチエンヌのマルセイユ訛《なまり》に切りかえて言った。「調子はどうだい、フェルナンド?」

フェルナンドは肩をすくめた。「生活に追われる毎日さ。で、なにを飲む? いまもっぱらウォッカかい?」

正直に言ってウォッカの味は好きになれなかったが、バスチアンは笑顔でうなずいてカウンターの椅子に座り、ポケットからジタンを取りだした。

「銘柄を変えたようだな」フェルナンドは顎を上げてたばこを指した。「吸うのはアメリカのたばこだけかと思ってたよ」

この手の不注意なミスはあとで命取りになりかねない。バスチアンは予感に満ちたスリルを感じてかすかに身震いをした。それにしても、ここのところ注意が足りなくなっているのは事実だった。「あれを吸ったりこれを吸ったりさ」とバスチアンは言った。「もともとひとつのものに忠誠を尽くすようなタイプじゃないしな」

「ああ、覚えてるよ」フェルナンドがショットグラスにウォッカを注《つ》ぐと、バスチアンはひとくちでそれをあおって二杯目を求めた。「おまえは変わらないな。どうなんだい、人生は?」

「さえないもんだよ、相変わらず」バスチアンはさらりと答えた。といっても、今日の姿はかつてのエチエンヌとはかけ離れている。労働階級に属するエチエンヌはきまって革のジャケットとジーンズという格好で、濃淡のある髪の毛はずっと短く、いつも二、三日は剃《そ》っていないような無精髭《ひげ》を生やしていた。それでも、肝心なのは立ち居ふるまいであることは経験から学んでいた。外見がどうあれ、話し方やしぐさを変えるだけで、一瞬にしてエチエンヌになったり、ジャン‐マルクになったりすることができる。フランキーやスヴェン、あるいはそれ以外の人物になり代わるのも容易だった。実際、真実を見抜いていぶかる人間はひとりとしていない。

「で、わざわざ足を運んできたわけをまだ聞いてないな」フェルナンドはしつこくその質問を繰りかえした。「いったいなにが欲しい？」

フェルナンドはその昔ドラッグの売人であり、情報の提供者であり、マネーロンダリングの仲介者でもあった。しかし、いまこの男から得たいものはなにもない。

「古い仲間と一杯飲みに来たっていうだけじゃ充分じゃないのかい」バスチアンはのんきな口調で言った。

「おまえのような男の場合はな」

バスチアンは外の通りに目をやった。雪はいまだにちらちらと降りつづいていて、通りはほとんどからっぽだった。今夜のようにひっそりとして寒々しい夜には、まだ眠りについていない者はどこか暖かな場所にいるのだろう。バスチアンは自分がここにいる真の理由にはたと気づき、思わず笑いだしたくなった。ほかにもすべきことはあるというのに、こんな真夜中にマレ地区にある安っぽい界隈《かいわい》に足を運ぶなんて。

「女さ、フェルナンド」自分を卑下するような笑顔を作って、バスチアンは言った。「近くで女に会うことになってるんだよ。そのまえに二、三杯ひっかけようと思ってさ」

「なるほど」フェルナンドは即座に納得してうなずいた。「じゃあ、その女っていうのは近くに住んでるのかい？　ひょっとしたら俺も知ってる女か？」

「ひょっとしたらな。イタリア人の女だよ」バスチアンはその場限りのでまかせを言った。「小柄で肉づきがよくて、気性の荒い女さ。マルチェッラっていうのが彼女の名前だよ。ひょっとしてこの店で飲んでるのを見たことがあるんじゃないかい？　そういう遊び女かどうか知っておきたくてさ。浮気なんて絶対してないって口では言うが、女なんて誰が信用できる？」

「たしかにそうだな。だが、聞き覚えのない名前だな。どこに住んでるって？」

クロエは二本通りを隔てたところにある小さなアパルトマンをイギリス人の女と共有している。それは彼女がミラベル邸に着いて数時間もしないうちに明らかになった事実だった。ほかの連中も当然そのことは知っているだろう。しかしいくら軽率な彼女でも、連中がまっ先に捜す場所に足を運ばないだけの分別はあるはずだった。あってもらわなければ困る。

とはいえ、クロエ・アンダーウッドのことはもう自分の問題ではないはずだった。なのにどうして彼女のアパルトマンから通りを二本隔てたバーに行き着いてしまったのだろう。もう自分をごまかすのはやめて、彼女がそこにいるかどうか行ってたしかめてみるべきなのかもしれない。

もし部屋にいなければ、彼女のことなどそのまま忘れ去ることができる。いや、ほんとうはすでに忘れているべきなのだ。けれども頭でわかっているつもりでも、いざとなるとなかなかそうはいかない。それに明確な答えを出すことを好む自分にしてみれば、クロエの失踪《しっそう》はさまざまなことを腑《ふ》に落ちないまま残しすぎていた。

フェルナンドは先ほどから興味津々という目つきでこちらを見つめていた。もちろん、フェルナンドにとって情報は最も価値ある商品のひとつなのだから無理もない。のちのち役立つこともあるかと、聞きだせるものはなんでも聞きだしておきたいというのが本音だろう。

バスチアンは反対の方角にある通りの名前を口にした。「さて、うるさいやつが捜しに来るまえにそろそろ行ってやるか」

「じゃあ、これからちょくちょく顔を見せてくれるんだろ。女も近くに住んでることだし」フェルナンドが食いさがるように言った。

「まあ、この近所が俺の別宅ってことになるな」バスチアンは酒が入って気持ちが大きくなったエチエンヌを装って、尊大な口調で言った。「じゃ、また！」

フェルナンドがあとを追ってバーから出てくるころには、バスチアンは建物の陰に隠れおわっていた。小降りの雪のなか、小柄なフェルナンドは友人の姿を捜して通りに目をこらしている。しかし、ほんの数メートル先に身を隠していることにはまったく気づかないようだった。くそっと悪態をついたフェルナンドは、明かりのない建物の角に移動し、携帯電話を取りだした。

距離が離れすぎていて二言三言しか聞きとれないが、自分の死が間近に迫っていることだけは充分に理解できた。今度この手の過ちを犯せば、それですべては終わる。もちろん、こっちはそんなことをなんとも思ってはいないけれど。フェルナンドが誰に雇われていようと知ったことではない。実際、その理由にすら興味はなかった。自分の命を狙《ねら》っている者は五本の指では足りないし、フェルナンドがそのうちの誰かとつながりを持っていてもおかしくない。

折りたたみ式の電話を閉じたフェルナンドは、最後にもう一度あたりを見回し、唾《つば》を吐いてバーに戻った。援軍が現れるのも時間の問題だろう。

しかし、心配するには及ばない。フェルナンドの仲間が姿を見せるころには、自分もこの界隈からいなくなっているだろう。クロエのアパルトマンを確認するだけなら一瞬で終わる。自殺願望さえ芽生えないかぎり、そのままサン・ジェルマン・デ・プレにある自分の家に戻って、ふたたびバスチアン・トゥッサンになりすますまでだった。ミス・クロエ・アンダーウッドには、ひとりでなんとかやってもらうほかない。

　シルヴィアとクロエが住むアパルトマンはマレの比較的貧しいエリアにあり、古ぼけた家の最上階にある部屋をふたりは共有していた。一階はたばこの売店になっていて、二階部分は年中、旅行に出ている年配の夫婦が占有し、三階は物置部屋と狭苦しいアパルトマンに分かれている。近所の角を曲がってようやく建物の前まで来たクロエは、家の明かりがどこも消えていることに気づいた。髪の毛は雪で濡《ぬ》れ、先端の部分は焼け焦げて、ひどいにおいを放っている。とにかくお風呂に入って、体のいたるところについた汚れや血の跡を洗い落とさなければならない。もちろん、傷口に塗られた得体の知れない薬もふくめて。バスチアンにその薬を塗りたくられてから、すでに何時間もたっていた。全身を黒いコートで覆い隠すように出てきたので、ひょっとしたらバスチアンと勘違いされたかもしれない。といっても、特徴のあるあの男の歩き方をまねするのは自分にとって——あるいはほかの誰かにとっても——ほとんど無理に近い。

　将来、二十年ほどたってあの男のことを思いだし、発作のように自分を襲った気の迷いに苦笑いすることになるのかもしれない。責任を逃れるためにも、きっと迫られるまえに薬でものまされたに違いないと思いたいところだけれど、それはできなかった。たしかにあのときわたしは普通ではない精神状態にあった。でも、それはドラッグの作用とはなんの関係もない。むしろそれは……だめだわ、あのときわたしを駆りたてたものがなんだったのか、いまはまだ考えることもできない。日常の生活に退屈していたわたしは、ロマンスと冒険を、いえ、セックスとバイオレンスを切に求めていた。そして今回、まさにそのふたつをいっぺんに得たのだった。〝自分が望むものには充分に気をつけなければならない〟――そう中国の諺《ことわざ》になかっただろうか。それとも〝おもしろい時代に生きるがよい〟だったかしら。いずれにしても、いまはただゆっくりバスタブに浸《つ》かって、温かいベッドに潜りこむことしか考えられない。そして明日になったら空港に行って、そのままアメリカに戻ろう。愛情深くわたしを守ってくれる家族のもとに、これ以上ないというくらいの退屈な生活に。

鍵《かぎ》を持っていないことに気づいたのはそのときだった。家の玄関の鍵も、部屋の鍵もない。クロエは絶望のあまり思わず泣き叫びそうになった。歩きつづけてもう脚に力は入らないし、髪は濡れた犬のようなにおいがする。体中がずきずきうずいて、胃はからっぽであるはずなのに吐き気はしっかりあった。それに、この寒さ。やわらかなカシミアのコートに包まれていても、寒いことに変わりはなかった。

警察に行くこともできるけれど、こんな姿で出向けば、あれこれ答えたくない質問をされるのがおちだろう。大使館という手もある。でもそうなると、来た道を二キロほど戻ることになって、雪の舞う通りをまたとぼとぼ引きかえさなければならない。いまの体力ではあと一メートルすら先に進めない状況だった。

それでも、運はようやく味方してくれたらしい。上の階へと続くドアは、しばしばそうであるように、鍵が開いたままになっていた。シルヴィアは普段面倒がって鍵などかけないし、ここ数日は誰も部屋に出入りしていないはずだった。クロエは背後でドアを閉め、電気の消えた寒々しい廊下に入ると、階段の電気をつけようとスイッチに手を伸ばした。が、そこではっと思いなおした。たしかに電気はついていないものの、暗闇《くらやみ》のなかでも部屋にたどり着ける自信はある。それに、不用意に注意を引いて、自分がここに戻ってきたことを知らせる必要もなかった。ここに住んでいることは誰も知らないはずだけれど、バスチアンの執拗《しつよう》な警告に不安がぬぐえないのも事実だった。たとえ自分のアパルトマンであっても、物音をたてずあたかも幽霊のように動けば、あえて調べに来る者はいないはずだった。

部屋のドアはロックされていたが、シルヴィアは万が一、鍵をなくしたときのために――とはいえそれは頻繁にあった――廊下にある窓枠の上にスペアキーを隠していたので、部屋に入ること自体は問題なかった。クロエはドアを押し開け、すっかり冷えきった部屋のなかに足を踏み入れた。きっといまごろシルヴィアは年上の恋人の腕に抱かれ、夢のような時を過ごしているに違いない。

クロエは閉めたドアにもたれ、ゆっくりと息を吐きだした。もちろん、そんなに長いあいだ家を空けていたわけではない。留守にしていたのはふた晩、今夜は三日目の夜になる。シルヴィアはもともと長い週末になる予定で旅行に出ているので、まだ戻っていなくても不思議はなかった。この状況を考えるとそのほうが都合がいい。

屋根から突きだした窓の向こうで輝く月が、散らかった部屋を照らしだしていた。クロエはその明かりを頼りにガスの火をつけ、バスチアンのコートのなかで身を震わせながら、バスタブにお湯をためはじめた。それにしても、ルームメイトと暮らすにはなにかと不便な部屋だった。ワンベッドルームのアパルトマンにあるのはシルヴィアの寝室と、小さなキッチンと、それよりもさらに小さなバスルームと、雑然とした居間だけ。クロエは床にマットレスを敷いてその上で眠っていた。老朽化した建物のなかでごきぶりやねずみが出る可能性については、考えることも拒んで。

シルヴィアの部屋のドアを開けてなかをのぞくと、ほの暗い月明かりでも、まるで爆弾を落とされたような部屋の様子がはっきりと見てとれた。きっとフランスの田舎で魅惑の週末を過ごす友人のためにと、部屋をかき回しながらスーツケースに荷物を詰めたのだろう。お気に入りの服が台なしになったと聞いたら、かなり機嫌を損ねるに違いない。

それでもわたしの精神状態に比べたらなんでもないわ、とクロエは思った。シルヴィアの性格を考えれば、旅行に出たきり一週間は帰ってこなくても不思議はない。ひょっとしたらそれ以上になるかもしれない。いずれにしろ、そのころにはわたしはここからいなくなっているはずだった。代わりのルームメイトが見つかるまでのあいだ、家賃の半分はアメリカから送金すればいい。デザイナードレスの弁償代も、何着分か上乗せして。いまはお金などほとんど持っていないけれど、家族には使い道に迷うほどの蓄えがあるはずだし、あれだけかたくなに意志を曲げなかった娘が戻ってくれれば、すっかりシルヴィアに感謝して、家賃の半分どころか何カ月も生活に困らないだけのお金を送りたいと言いだしかねなかった。

バスチアンのコートを脱ぎ捨て、足で蹴飛《けと》ばすあいだも、クロエは鏡に目を向けなかった。古風なバスタブに入りつつ、焼けるような痛みに身構えたが、お湯はやさしい抱擁のように体を包みこんでくれた。クロエは純粋な喜びから漏れるうめき声とともにバスタブに浸かり、目を閉じた。そして終わりなき悪夢のように思える状況のなか、はじめて心の安らぎを感じた。

けれどもやがてお湯は冷め、直面すべき現実に引き戻された。バスタブから出たクロエは鏡に目を留めるなり凍りつき、そこに映る自分の姿を驚きとともに見つめた。

激痛をともなって皮膚に染みこんだ緑色の液体は、その効果を充分に発揮していた。熱したナイフの刃でつけられた傷はまだ縞《しま》模様となって残っているものの、傍目《はため》には数カ月まえにできた傷跡のように見えた。そう、まるで遠い記憶のように。腰のまわりにはいくぶん黒ずんだべつの跡がついている。近くに寄って見ると、バスチアンに抱かれた際にできた手の跡であることがわかった。たとえ残りの傷がすべて癒《い》えたとしても、この傷はいつまでも残りつづけるに違いない。

クロエはタオルを体に巻きつけた。濡れた髪は無残にも見るも耐えない状態になっていて、これでは悠長にシルヴィアの帰りを待っている場合ではない。ここはひとつ自分でなんとかする以外なさそうだった。はさみを見つけたクロエはためらうことなく切りはじめ、長さの違う髪がつぎつぎとシンクに落ちるにまかせた。

願わくば映画のように、眼鏡をかけたあか抜けない秘書が爪切りばさみで髪を切り、オードリー・ヘップバーンのような妖精《ようせい》に変身といきたいところだけれど、さすがにそこまでは望めない。クロエはやりすぎて取りかえしがつかなくなるまえにはさみを置いた。乾けば少しはまともに見えるかもしれない。母親の美容師が目にしたら不快感をあらわにして舌打ちをし、すぐさま手を入れようとするだろう。二、三日我慢すれば、しゃれた美しい髪形に戻る。けれどもいまはまるで溺《おぼ》れた猫のようだった。

居間はだいぶ暖かくなりはじめていた。それでも閉めきった部屋のなか、空気がよどんでいるような気がして、窓をほんの少しだけ開けて新鮮な風を入れた。いちばん温かそうな服を探して手に取ったのは、着るたびにシルヴィアに笑われていたフランネル地のネグリジェだった。今夜は誰もいないのだからかまいはしない。とにかく温かくてやわらかで、肌触りがよければそれで充分だった。

キッチンにはシリアルとチーズのほかに食べるものはなかった。暗闇のなかでウィータビックスのシリアルをふた皿平らげたクロエは、グラス一杯のワインでそれを胃に流しこみ、羽毛の掛け布団と薄いマットレスのあいだに潜りこんだ。たとえねずみがうろつきまわっても、今夜は目も開けないに違いない。いまはただ、眠ることだけしか頭になかった。

幸い、眠りはすぐに訪れた。けれども見る夢がひどかった。たぶん、悪夢のなかでも最もたちの悪い悪夢――ぬっと目の前に顔を突きだしたハキムは、いとしげにナイフを肌に当て、脅すというより媚《こ》びるような声で、声をあげてはならないと命じていた。

夢のなかで、ハキムはその手を止めなかった。夢のなかで、クロエは血にまみれて死を迎えていた。そんな自分を、ハキムはよしよしと笑顔で見下ろしている。玉座のような椅子に腰を埋《うず》めたバスチアンは、何人もの女をわきに従え、グラスに入ったウイスキーをすすりながら、その様子を見物していた。

それでも、悪夢ならまだ我慢できた。どんなに生々しく感じようと、それが夢であることは承知していたし、頭の片隅で、絶対にこれは現実ではないと言いきかせる自分もいた。

ところが、その夢はすんなりとは終わらなかった。血の海のなかで死を迎えていたクロエは、いつのまにかレースのカバーのかかったまっ白なベッドにいた。自分の上に乗って性器を挿入し、ゆっくり、それでいて執拗に腰を動かしているのは、バスチアンだった。

文字どおり夢のような快楽に、眠りのなかで全身が痙攣《けいれん》するのを感じた。

体は冷たくなったり熱くなったりの繰りかえしだった。掛け布団はときに軽すぎ、ときに重すぎて、まるでバスチアンに抱擁されているような気分になった。独特の香水のにおいは、深く眠りに入ろうとするのをいたずらに邪魔していた。いまは夢など見たくない。あの男のことなど思いだしたくもない。暗く暖かい部屋のなかで眠ることができればそれでよかった。

どこか遠くで、教会の鐘が四時を告げた。そろそろ起きて、窓を閉めるべきなのかもしれない。けれどもようやく体も温かくなったところで、ベッドを抜けだしたくはなかった。窓を開けたままでも眠ることはできる。朝、目が覚めたら、一日の始まりの光のなかで、ふたたび現実と向きあえばいい。暗闇のなかでいまできるのは、ひっそりと身を隠すことだけだった。

なにかがおかしい。ふいにそう感じたものの、これまでの人生はつねに歯車がおかしくなっているような状態で、なにかが順調にいっている感覚などほとんどなかった。なのにいまさらそんなことを考えたところで、なんにもならない。時間がたって夜明けの光が街を照らすまで、状況の好転など望めるはずもなかった。

薄いマットレスの上で寝返りを打ち、掛け布団を顎まで引いたクロエは、さらにその上にかけて暖かくしようと、バスチアンのコートに手を伸ばした。

ところが、あるはずのコートがそこにない。たしかに椅子の上にかけておいたはずなのに。クロエは闇のなかで目を開けた。マットレスのかたわら、床の上にじかに腰を下ろしているのはバスチアンだった。バスチアンは壁にもたれたまま、身じろぎもせずにこちらを見つめていた。

13

クロエはまだ眠りのなかにあるのだと思った。悪夢が現実となったのを目の当たりにしても、これはあくまでも夢なのだと自分に言いきかせた。暗闇《くらやみ》のなかで響く相手の声は、低く、穏やかだった。

「まだ生きていることを幸運に思え」バスチアンはささやくように言った。

一瞬、刃向かいたい衝動にかられたが、それに異を唱えるつもりはなかった。クロエは身動きもせず、ベッドに横たわったまま、目の前にいる男の姿が薄れてなくなるのを待った。けれどもその存在はいまいましいほど生々しく、しかもあまりに近くにあった。「どうしてわたしがここにいると?」クロエはようやく口を開いた。「いったいどうやって入ったの?」

バスチアンは壁にもたれたまま、その場を動かなかった。すらりとした脚を前に伸ばして組み、手を膝の上に置いている。「忠告しただろう。連中がきみを見つけだすのは時間の問題だと。幸い俺《おれ》のほうが早かったが、やがて俺たちも追いつかれる」

「俺たち？」

バスチアンはクロエの顔を見つめながらうなずいた。「性格上、言いかけたことは最後まで言わないと気がすまない。残念ながらきみはすでにひと便逃してしまったが、なんとかつぎの便に乗せてやる。必要とあれば、ノックアウトしたきみをロープで縛って、トランクに詰めこんででも」

ベッドのわきにあるランプに手を伸ばし、明かりをつけようとしたところで、すぐにそれを制された。つかまれた手首をさっと引き戻すと、手がぶつかってランプを倒すはめになった。

「明かりは必要ない」とバスチアンは言った。「部屋に戻っても明かりを消したままにしておいたのは賢明だったな。もちろん、連中は明かりがついていないからといって引きかえすような愚かなまねはしない。だが、なるべく注意を引かないように心がけたという点では賢かった」

「明かりはベッドに入ったあとに消したかもしれないじゃない」

「俺はきみがマッチ売りの少女のような姿で現れるまえからここにいたんだよ。まあ、二、三時間眠らせても支障はないだろうと判断したままでさ。ところで、よくも俺のコートを盗んでくれたな。こっちは凍えて死にそうだ」

「いい気味よ」とクロエは言ったものの、いったいこの部屋のどこにいて、なにを見たのかはあえて訊《き》かなかった。いまさら訊いたところでもう遅い。もしひとりでお風呂に入ったり、髪を切ったり、全身に刻まれた傷を確認したりしているところをこの男に見られていたのであれば、知らないほうがまだましだった。

どうやら勝手にワインを開けて飲んだらしく、かたわらの床にはボトルとグラスが置いてあった。いったいこの男はいつからここに座っているのだろう。どれくらい眠っていたかは見当もつかなかった。

「どうして気が変わったの？」クロエはだしぬけに尋ねた。掛け布団を胸まで引き、マットレスの端に移動して体を起こした彼女は、ふいに自分がつかんでいるのがバスチアンのコートであることに気づき、さっと手を離した。

「気が変わった？」バスチアンは繰りかえした。

「わたしのことよ。ハキムという男にはたっぷりつきあわされたわ。あの男は人を傷つけながら話をするのがやけに好きなの。あなたが告げ口したのでなければ、わたしがインターネットで調べていたことをあの男が知るはずはない。わたしが見た目とは違う女だなんて、ハキムは思いもしなかったでしょう」

「見た目とは違う女？　ほう、それはどういうことだい？」けれどもバスチアンは答えを待たなかった。「いったんハキムが疑いはじめたら、俺にはもうどうすることもできない。履歴に残っているきみの素人じみた検索を証拠として示したところで、たんにやつの決断を早めるのがおちさ」

「じゃあどうして気が変わったのよ。どうしてわたしを助けに来たの？」

「べつに助けに行ったわけじゃない」

部屋のなかは寒くて凍えそうだった。それでも、バスチアンのコートには手を伸ばしたくなかった。「だったらどうしてあなたはあそこにいたのよ。ただ見物しに来たとでも言うの？」

バスチアンは肩をすくめた。「きみがまだ生きていたのは驚きだった。きっとハキムはいつも以上にたっぷり楽しむつもりだったに違いない。きみにまだほとんど触れていなかったのがその証拠さ」

「ほ、ほとんど触れていない、いなかった、ですって？」クロエが声をあげると、バスチアンは輪郭のない影となって闇のなかを移動し、つぎの瞬間には彼女の口を手で覆って、壁に押さえつけていた。こんなふうに壁に押しつけられたのはそう昔のことではない。いったい今度はなにをするつもりなのだろう、とクロエは思った。

「大声を出すな」とバスチアンは言い、暗闇のなかで彼女の目をのぞきこんだ。ふたりは間近に見つめあっていた。「いい加減、愚かな行動は慎め」

バスチアンが手を離しても、クロエは無言のまま相手を見上げていた。ふたたび触れられるのを、なかば心待ちにして。きっとこの男はキスをしてくるに違いない。そうなった場合どう対処するかは見当もつかなかった。

けれども、バスチアンはキスなどしてこなかった。ふいに身を引くと、数メートル離れた床の上にふたたび腰を下ろした。「あのときはほかに用事があってハキムのところに行ったまでさ。そのとき、きみはまだ生きていた。ハキムに関しては、行き当たりばったりで殺すことになっただけだよ」

「行き当たりばったり？」

バスチアンは肩をすくめた。いかにもフランス人らしいしぐさではあるけれど、クロエはいまだにこの男がフランス人だと信じられなかった。「きっとそれも、俺が抱く死の願望の一部なんだろう。そもそも、いまの俺は借り物の時間を生きているにすぎない。あのシャトーからきみを救いだしたからといって、とくになんということはない。余分に生きている時間が、ちょっと短くなっただけのことさ。きみがホテルの部屋を抜けだした時点で、そのまま放《ほう》っておくべきだったのかもしれないが、それじゃあ俺のいらだちが収まらないじゃないか。これだけの厄介事を引き受けてやったんだ。せめて俺の言うとおりにしてもらう」

「わたしは素直に人の言うことを聞く性格じゃないのよ。自分のしたいことを我慢するような性格だったら、そもそもパリになんて来てないわ」

「きみがなにをしたいかなど知ったことではない。とにかく、アメリカに帰ってそのまま向こうにいろ。わかったな」

　当然それがこの段階で抱くなによりの願いだったが、反抗心にかられたクロエは思わずたてつくような態度に出た。「もしいやだと言ったら？」

「喉を切り裂いてこの場に置き去りにするまでさ。これまでの努力を無駄にするのは残念だがな。傷口に塗ったあの薬はきわめて高価な品だった。結局あとで殺すことになるとわかっていたら、きみの体に塗って無駄にするようなまねはしなかっただろう。しかし、だからといって殺すことにためらいはない。きみは俺にとって重荷でしかない。きわめて厄介で、危険な存在だ。ひょっとしたらあの場でハキムの邪魔をしたのは間違いだったのかもしれない。しかしそうしたからには、自分の行動に最後まで責任を持つ。すべてはきみ次第だ。いまこの場で死んでなにもかも終わりにするか。それとも、アメリカにいる家族のところに戻って、普通の生活を送るか」

　平然と死や殺しという言葉を口にするこの男は、きっと言葉どおりのことを実行するのだろう。そこに疑問の余地はない。黒々とした表情のない目を見つめるだけで、クロエにはそれがわかった。「でも、あなたの言うとおりにしていれば安全だという確証がどこにあるの？」

「そんなものはないさ。この人生に確証なんてものはなにひとつない。だが、ひとりで行動するより俺の手を借りたほうが生きのびる確率が高いのは間違いない。それに、たとえ俺が失敗したとしても、これだけは約束してやるよ。ハキムよりもたちの悪い者の手でどうにかされるまえに、俺がこの手できみを殺してやると。そうすれば、痛みもなにもなくあっという間にあの世に行ける」

クロエは息をのんだ。「ハキムよりもたちの悪い男がいるっていうの?」

「厳密に言えば、拷問や尋問において非凡な才能を見せるのは往々にして女なんだよ。まあ、驚くに足りないがな」

クロエは暗闇のなかで相手を見つめた。「いったいあなたは誰なの?」

その冷笑は不安を取りはらってくれるような表情とはかけ離れたものだった。「マルセイユ出身の武器商人だなんて、もう信じちゃいないってことか。気づくのにずいぶんかかったな」

「いったい何者なのよ。バスチアン・トゥッサンっていう名前も、本名じゃないの?」

「クロエ、きみには俺が聖人に見えるのかい?　俺が何者かは知る必要もない。まあ、いまのところは、限られた者にしか存在の知られていない国際組織のメンバーと言うにとどめておこう。実際、知らないほうが身のためということもある。いいから黙って言うことを聞くんだ」

クロエはバスチアンの目をじっと見つめながら、みぞおちのあたりにひんやりとした違和感を覚えた。「ひとつだけ教えて。あなたは善人の側にいるの?　それとも、悪人の側に？」

「いいから信用しろ」バスチアンは歯がゆさをあらわにして言った。「どちらの側にいようと、たいして差はない。とにかく夜が明けるまえにここから出ないと。早いところそのセクシーな寝間着を脱いで着替えるんだ。まったく、そんな姿でベッドに入っていい夢を見ようなんていうのはアメリカ人くらいさ」

　クロエはやわらかな肌触りのするフランネルのネグリジェを見下ろした。「命からがら逃げだしてきて、しかも凍えそうだっていうのに、レースのネグリジェを着て寝ろというの？　映画の観《み》すぎよ」

「映画なんて観やしないさ」

　クロエはなるべく相手から距離を置いてマットレスから出た。といっても、向こうは体に触れようなんてさらさら思ってはいないらしい。窓際の小さなチェストに衣類をしまっている彼女は、そこから下着とジーンズと温かめのセーターを取りだし、バスルームへと向かった。声をかけられたのはそのときだった。

「どこに行く？」

「バスルームよ。ちょっと用を足して、着替えをするの。なにか文句はある？」

「いまさら恥ずかしがることはない。きみの裸に興味はないさ」

　その言葉が真実であることはこれまでの態度で明らかだったが、平然とした表情であらためてそう言われるとやけに腹が立った。近くにあった椅子の上に乱暴に服を置いたクロエは、生地が裂ける音にもかまわず頭から引っぱるようにしてネグリジェを脱ぎ、バスチアンに向かって投げつけた。そしてふたたび着替えの服を拾いあげ、月明かりに裸体を照らされながら、すたすたとバスルームへ入っていった。

背後でばたんと扉を閉めてやりたいのは山々だったけれど、それはかろうじて思いとどまった。そこまで反抗的な態度に出たら命も奪われかねない。バスチアンが激怒してバスルームに入ってきて、本気で自分を手にかけようとするかもしれなかった。相手は疑念の余地などないほど、その意思を明確にしている。そもそもバスチアンは情報を得るためだけに自分と寝たのであり、状況をすべて把握したいまとなっては、もう邪魔な存在としか思っていないに違いない。

シャワーを浴びたかったが、それは無理だろう。とりあえずトイレだけすませて、手早く着替えた。短く切った髪はすでに乾いて思ったより乱れも少ないけれど、ハリウッド女優のように見事な変身を遂げることはできそうもなかった。もちろん、映画など観ないというバスチアンは、そんなことにまったく関心がないようだった。もはや興味も示していないのは幸運と言える。

とにかくこの男の言うとおりにしていよう。刃向かうことなく素直に相手の指示に従って、一刻も早くフランスから脱出しなければ。この国をあとにしないかぎり、ほっと息をつくこともできない。といっても、ジル・ハキムにぞっとするような目に遭わされたあとでも、自分がそれほど危険な状況に置かれているとはいまだに信じられなかった。いずれにしても、いまいちばん大切なのは得体の知れないこの男から少しでも遠くに離れること。無事に逃げきったところで、いつまた姿を見せるのかとあれこれ心配するのはごめんだった。

投げつけられたネグリジェを手にしながら、バスチアンはバスルームに入っていくクロエの姿を見つめた。月明かりに照らされて白い裸体が浮かびあがっている。傷口に塗った薬も充分に役目を果たしてくれたらしい。

バスチアンは思わず笑いだしそうになった。クロエは自分にどれだけ魅力があるかも知らずに、素っ気ない俺の態度に気分を害している。こっちはできることならこの場で服を脱ぎ捨て、いっしょにベッドに入りたい思いでいっぱいだというのに。暗闇のなか、なにもかも忘れてクロエの体をむさぼりたい。それほどいまは疲れていた。くたくただった。

しかし、彼女との距離を縮めるようなまねはあえてしなかった。相手の目に期待できそうな表情を見てとっても、必死に衝動をこらえた。バスチアンはやわらかなフランネルの生地に顔を埋《うず》め、彼女の体のにおいを、彼女が使う石鹸《せっけん》のにおいを、その肌のにおいを心ゆくまで嗅《か》いだ。どうやらクロエはまったくわかっていないらしい。色気のあるしなやかな体とそれを覆う不格好なネグリジェ、そのギャップがどれほど官能的であるかを。もちろん、相手にそれを気づかせるつもりは毛頭なかった。

もしバスチアンが胸の内にやわな心を少しでも残している男であったら、思い出としてそのネグリジェを取っておくことも考えたかもしれない。クロエはこれまで関係を持ったどんな女性とも違っていた。傷つきやすく、怒りっぽく、それでいて驚くほど勇敢な女性。しかし、一生の記念にするようなネグリジェなど、いまのバスチアンには必要なかった。そもそも一生ひとりの女性を思いつづけるような性格でもない。

ネグリジェはクロエが乱暴に脱ぎ捨てる際に一部が切れていたが、彼女の裸体をひそかに見つめていたバスチアンはそれに気づいていなかった。生地は古く、何回も洗濯されたせいか、とてもやわらかだった。きっともう何年も着ているのだろう。おそらく少女と変わらないころから寝間着として使っているに違いない。といっても、彼女はその生地とは比べものにならないくらい若々しかった。

いったいどうしてそんなことをしたのかはわからない。ただそうしたとしかほかに言いようがない。生地の裂け目をつかんだバスチアンは、その部分をぐいと引きちぎった。荷物を詰める時間を与えるつもりはない。バスチアンは生地の切れ端をポケットに突っこみ、彼女がバスルームから出てくるころには、すっかりそのことを忘れていた。クロエは背後でドアを閉めたときと同じように怒った表情を浮かべている。すでに着替えをすませているのが残念でならなかった。

どうやら興味がないと面と向かって言うのが女性を怒らせるいちばんの方法らしい。それでも、この状況で期待を抱かせる余裕はなかった。クロエとのセックスは短いながらも激しく、そしてきわめて荒っぽいものだった。しかし本来の彼女は、デイジーの咲く草原で恋人にやさしく抱かれるのが似合う女性だ。人殺しと世界を逃亡するなんてけっして似合わない。

人殺し――自分のことをそんなふうに思いはじめたのはつい最近のことだった。その言葉は、ほかのどんな言葉にも増して自分にぴったり合っているように思える。自分の身を守るために殺し、暗殺という名の下に殺し、戦渦の実戦において何人もの人を殺した。男であれ女であれ、必要とあれば情け容赦なく。どうかクロエを殺すようなことになりませんように。そう神に祈ってはいるものの、そのときが来ればためらうことなくそうするはずだった。

万一そんな状況になったら、死ぬ間際に言ってやるべきなのかもしれない。もちろんできるだけ手早く、なにが起きているのかわからないうちにすませるつもりだが、ぐさりと心臓にナイフを突き立てるまえに、真実を告げるべきなのかもしれない。満足とともに、美しく死を迎えさせてやるためにも。

いや、さすがにそれは考えが飛躍しすぎだろう。彼女を殺さなければならない状況になるということは、失敗することを意味している。選択肢に失敗という言葉がない自分にとって、それは問題外だった。場所を移動しつづけているかぎり、危険が及ぶことはまずないだろう。そして移動しつづけるには、むやみに手を出すわけにはいかなかった。

「自分のコートは持ってないのか？　それとも、また俺のを貸さなきゃならないと？」

「自分のコートはまだあのシャトーにあるのよ。だいじょうぶ、シルヴィアのコートを借りるわ。すでにお気に入りの服を台なしにしちゃったんだし、あと一枚くらいコートを借りたって平気でしょう」クロエは椅子に座って靴下と靴を履きはじめた。履き心地のいい靴にしろと助言するまでもない。彼女のブーツはだいぶ履き古され、ヒールも低くて、いかにも歩きやすそうな感じだった。必要に迫られたら、急いで走ることも可能だろう。

ジーンズにセーターという姿ははじめて目にしたが、いっそうアメリカ人らしく見えて、それがまた余計に色っぽかった。椅子から立ちあがったクロエは、寝室のドアを開けた。鼻を突くそのにおいに、バスチアンがクロエよりも先に気づかないはずはなかった。

さっと立ちあがって引きとめようとしたものの、一瞬の差でクロエはすでに部屋のなかに入っていた。夜明けまえで空は白みはじめているが、寝室はほかの部屋よりも暗いので、彼女にはなにも見えないはずだった。しかし明かりをつけた以上、それに気づかないわけがない。

バスチアンはスイッチに手をかけたままのクロエの手を押すようにしてすかさず明かり

を消したが、すでに遅かった。彼女は床に横たわる女性の死体をしっかりと目にしていた。死後ほんの数時間、おそらくクロエが帰宅した直前というところだろう。それ以前に殺されていたとしたら、もっとたちの悪い死臭が漂っているはずだった。

片腕でクロエの体を押さえ、もう一方の手で彼女の口をふさいで絶叫を封じこめたバスチアンは、そのままクロエを部屋から引きずりだして足でドアを閉めた。しかし、死体から離れてもすでに死臭は部屋に充満している。とにかくここから逃げださなければならない。一刻も早く。

まるで猿ぐつわでもはめられたかのように、クロエは息をするのもままならないようだった。それでも、いまは紳士らしくふるまっているような状況ではない。この部屋には屋根を伝って物置部屋の窓から忍びこんだのだが、今度はクロエを連れ、そのルートを引きかえすようにして脱出しなければならない。そう、たとえ肩に担いでいかなくてはならなくとも。

必死に叫ぼうとするクロエがようやくあきらめるのを見計らって、バスチアンはさっと手を伸ばし、ベッドにある自分のコートを鷲《わし》づかみにした。彼女を部屋から押しだし、背後でドアを閉めた。

そしてふたりは死臭をまとったまま、凍りつくような夜明けのパリの通りに出た。

14

クロエは完全にショック状態にあった。バスチアンにとってはそれがせめてもの救いだった。もはや言葉を発したり刃向かったりできる状況にない彼女は、バスチアンに導かれるまま、ただ黙って歩きつづけていた。バスチアンはいったん立ちどまり、自分のコートを彼女に着せると、麻痺《まひ》したようなその手を取ってふたたび歩きはじめた。もしこの場で放《ほう》りだしたりすれば、クロエは追っ手に見つかるまで通りのまんなかに立ちつくしているに違いない。

バスチアンは路地を何本も出たり入ったりしながら足早に移動した。連中はクロエのルームメイトを殺しておきながら、どうして自分たちを追ってこないのだろう。いや、たんなるミスなのかもしれない。仕事を依頼された外部の者が、クロエと間違えてルームメイトの女性を殺したということもあり得る。それとも用心のために彼女を殺し、その後クロエを捜しに出たか。宵闇《よいやみ》のなかで、幸運にもかろうじて行き違いになったのかもしれない。

しかし、その可能性はきわめて低かった。実際のところ、幸運などはなから信じてはいない。それでも第六感は、夜明けの通りを進む自分たちを見つめている者など誰ひとりいないことを告げていた。ひょっとしたら連中はこの俺《おれ》がクロエを連れて戻ると思っているのかもしれない。

それにしても、かわいそうなのはこのアメリカ人だった。理解の域を超えた残酷なゲームになにも知らずに巻きこまれるなんて。いまやいずれの側もクロエの命を狙《ねら》っている。自分が属する組織の性格は充分に把握していた。この状況にあって、彼女は危険にして邪魔な存在でしかない。クロエはあまりに多くのものを見すぎていた。早く始末するに越したことはない。

車の往来が徐々に目につきはじめ、屋根の上に太陽が姿を見せたところで、クロエは急に立ちどまって身をこわばらせた。すぐさま察しのついたバスチアンは、クロエの体を支えたまま、路上で嘔吐《おうと》する彼女の背中をさすった。あのルームメイトの死体は、彼女が人生ではじめて目にした死体ではない。自分がハキムを殺したときも、クロエはそこにいたのだった。

しかしハキムの拷問によって冷酷な現実に直面した彼女は、その後かろうじて心の平静を取り戻し、自分でものを考えられるようにもなっていた。そこにきて無残に殺された友人の死体を目の当たりにしたのだから、打ちのめされるのも無理はない。

バスチアンは口元をぬぐうようにと彼女にハンカチを渡し、タクシーを止めるため手を上げた。早朝のこの時間、あまり裕福とは言えない界隈《かいわい》にもかかわらず、タクシーはすぐに止まった。クロエは明らかに普通の状態ではないものの、その点パリの町を走るタクシー運転手はよく訓練されているらしい。いっしょにいる男の服の値段を一ブロック手前で見極めた運転手は、多少のことに目をつぶっても、止まって乗せる価値があると判断したようだった。

バスチアンはクロエを先に車に乗せてそのあとに続いた。腰に腕を回して支え、その顔を肩にもたれさせたまま。彼女の姿を目にする者が少なければ少ないほど、それだけ彼女の安全も増す。

「どこに向かいましょう、ムッシュー？」

バスチアンは十五区にある住所を告げて座席にもたれた。運転手は手慣れたハンドルさばきで混雑しつつある車のあいだを縫うように運転していたが、バックミラー越しにちらちらこちらに目をやっているのはバスチアンも気づいていた。

「お連れのガールフレンドは飲みすぎですか？」と運転手は言った。「シートに吐かれちゃ困るんですが」

まあ、そう心配するのも無理はない。「いましがたすべて吐きだしたからだいじょうぶさ」とバスチアンは言った。「それに、これはガールフレンドじゃなく、妻だよ。妊娠三カ月で、つわりがひどいらしくてね」

バスチアンはクロエが腕のなかでびくりと体を引きつらせるのを感じたが、すぐさま頭のうしろに手をやって顔を上げようとするのを制した。

運転手は物知り顔でうなずいた。「なるほど、いちばんつらいときってわけですね。心配いりませんよ、マダム。ずっと続くわけじゃない。わたしの妻も最初の三カ月はなにも喉を通らない様子でしたが、それが過ぎると、今度はいくら食べても食欲が収まらない感じになりましてね。いまじゃ四人子どもがいますが、毎回同じですよ。そちらは最初のお子さんですか？」

まったく質問の多い運転手だな、とバスチアンは思った。「ああ、なにかアドバイスはあるかい？」

すると運転手は堰《せき》を切ったように、その後ゆうに十分間、バスチアンに先輩としての助言を与えつづけた。妊婦が必ず経験する尽きることのない食欲から、水牛のようになった妻とセックスする際の最も安全な体位にいたるまで。バスチアンはなかばうわの空で話を聞きながら、ときおり相づちを打って、腕のなかでクロエがふたたびぐったりするのを感じた。

運転手に告げた場所は地下に駐車場のある現代的な高層ビルだった。数年まえ、エチオピア出身の美しいモデルと二、三週間そこで過ごしたことがある。仕事を離れて自分の時間を過ごしたのは、記憶にあるなかでもそれが最後だった。とても愛情深く、情熱的で、ベッドの上でもきわめて想像力の豊かな女だったが、いまとなっては名前すら思いだせなかった。

「申し訳ないが、地下の駐車場に入ってもらえるかな」とバスチアンは言った。「そこからエレベーターに乗せてしまったほうが、早く妻をベッドに運べる」

「もちろんですとも、ムッシュー」かわいそうに、哀れなこの男はなにも知らない。運転手は薄暗い地下の駐車場に入り、エレベーターの前でタクシーを停《と》めると、クロエを運ぶバスチアンに手を貸そうと外に出てきてもくれた。その直後に後頭部を襲った衝撃がなんだったのかは想像もつかなかったに違いない。

当然、この場で始末してしまうのが妥当なのだろう。喉元を切り裂き、エレベーターのうしろにあるくぼみのような一画に死体を置き去りにする。おそらく発見されるまで数日はかかるに違いない。そのあいだにクロエはアメリカに戻っているはずだし、疑いが降りかかることもない。

しかし土壇場になって、四人の子どもと水牛のようなサイズの妻のことを思いだしたバスチアンは、運転手に対して同情のようなものが芽生えるのを感じた。おそらくただの反抗心なのだろう。連中はこの俺をなんのためらいもなく人を殺すような男に変身させた。そんな連中に対する当てつけとして、訓練されたものとは違う行動に出ようとしているに違いない。

結局、タクシーのトランクにダクトテープがあったのが運転手にとっては不幸中の幸いだった。バスチアンは手際よく男の体をテープで縛ると、男が持っていたハンカチを口に詰め、やはりテープでそれを封じた。遅かれ早かれ、この男のことは誰かが見つけるだろう。六時間――あるいはもっと早く発見されるかもしれない。クロエはまだ後部座席にいたので、バスチアンはそのままドアを閉めて、運転席に座った。〝回送《パ・ドゥ・セルヴィス》〟のサインを出し、早朝の光に照らされた外に出るバスチアンの姿は、長い夜勤を終えて家に帰る運転手となんら変わらなかった。

運転手を始末しなかったのはやはり判断ミスだったかもしれない。もしそうしていたら、あの男の妻が夫の行方不明の届け出をするまでゆうに二十四時間は稼げたに違いない。場合によっては、それ以上。それに、タクシー運転手がひとりいなくなったくらいでは、パリの警察はたいして相手にしてくれない。せいぜい浮気相手と駆け落ちし、やがておかんむりの妻のもとに戻るのがおちと思われるだけに違いない。

有能なスパイとしての資格を失った証拠はまだほかにもある。スパイにとって、同情は絶対に避けなければならない弱点だった。バスチアンは後部座席に目をやった。クロエは座席の上で貝のように縮こまり、コートを体に巻きつけるようにして、うつろな目で宙を見つめている。いずれショック状態から抜けだせば、ふたたび絶叫しはじめるに違いない。そんなことになるまえに、一刻も早く安全な場所に運ばなくてはならない。

飛行機に乗せるといっても、それは夜まで待たなければならなかった。一瞬、トゥールのような小さな空港に向かうことも考えたが、すぐに却下した。空港という空港はすでに連中が見張っているだろう。トマソンやほかのやつらに知られていないコネクションがあるシャルル・ド・ゴール空港のほうが、まだ脱出できる可能性は高かった。

その家は容易に見つかったが、監視されていることを警戒して、二十分ほど周囲をぐるぐる回った。そこはもはや隠れ家として使うのが危険だとして、二年まえに見捨てられた家だった。いずれ〝委員会〟もこの場所の存在を思いだして捜しに来るだろうが、まずは現在使われている隠れ家を確認するのが妥当なところだろう。それに、二、三時間でも時間が稼げるならそれで充分だった。

一見するかぎり、この家を見張っている者はひとりもいない。パリの外れにあるきわめて大きな家は、五〇年代から空き家となっていた。一等地に立っているにもかかわらず、誰も所有権について問いあわせをしないのは、考えてみれば驚きだった。登記の上ではある年配の女性の家族が所有する物件ということになっているものの、その女性の財産はきわめて複雑で、なかなか分配するのも難しいという。かつてその家は占領軍への協力者の自宅として使われており、屋根裏部屋いっぱいになった戦利品は事実上、〝委員会〟の軍資金の一部として用いられていたらしい。貴重な芸術品や宝石類が誰のものであるにしろ、その人物はもうこの世になく、せっかくの利益にあずかることはない。

さらにその家には秘密の部屋があって、もとの家主は連合軍がパリを解放したとき、三週間そこに身を隠していたらしかった。バスチアンも以前、数日ほど世話になったことがある。いまこの状況で思いつくかぎり、最も安全な場所だった。ここ数日ほとんど眠らずに動きまわっている。せめて一、二時間でも睡眠をとって、脳の機能を正常に戻さなければならなかった。感情に左右された愚かな判断ではなく、冷静に正しい決断を下すためにも。

バスチアンは家の裏手へと続く狭い道を進み、古ぼけて傾きかけた木の門を閉じて、近くの藪《やぶ》にタクシーを隠した。これで万が一、空中から捜索されても、なんとかごまかすことができる。必要なのはほんの数時間だった。

後部座席から降ろしたクロエは、まるでロボットのようだった。せめてこれからの数時間だけでも、そんな状態から抜けだしてくれるのを期待したが、与えられたつきはすでに使いはたしてしまっているように思えた。バスチアンはクロエを連れてからっぽの家のなかに入り、見捨てられた家具や割れた窓のわきを通りながら階段を上がって、四階にある屋根裏部屋に向かった。クロエは相変わらず茫然《ぼうぜん》とした状態にあったが、バスチアンが煙突のわきに隠された秘密のボタンを押し、音もなくドアが開いて小さな部屋が見えると、急に我に返ってびくりと身を震わせた。

そんな反応はさすがのバスチアンも予期していなかった。ぐったりとして言われるままにしていたクロエは、突然パニックを起こしたように手足をばたつかせ、大声で悲鳴をあげながらバスチアンの腕から逃げようとした。

人を黙らせるにはいくつかやり方がある。意識を失わせるのも、そのひとつだった。ひどく興奮するのではないかという不安がなければ、もっと手加減して気絶させることもできたかもしれない。しかしこの状況では、思いきり殴る以外に方法はなかった。実際、クロエはその衝撃によって、恐怖をはじめとするあらゆるものから解放されたようだった。

バスチアンは倒れるクロエの体を受けとめ、狭い部屋に引きずりこんで、背後でドアを閉めた。部屋のなかは完全な暗闇に包まれているものの、どこになにがあるかは手に取るようにわかっている。現在この家に電気は通っていないが、いまいる部屋にはかつて盗聴装置が仕掛けられていたこともあった。といっても、あえてそれを確認するつもりはない。自分たちがここにいる合図を示すようなことは絶対に避けたかった。バスチアンは壁のそばにあるベッドにどさりとクロエを下ろし、両脚を上げて横たわらせ、その上から自分のコートをかけた。頭上にある唯一の窓には遮光カーテンが引かれているので、外からの光はまったく漏れてこない。

クロエは少なくともあと一時間は意識を失ったままでいるだろう。あるいはそれ以上かもしれない。バスチアンは腕時計に目をやった。時計のデジタル表示は暗闇に浮かびあがる唯一の光源だった。時刻は午前八時を回ったところだった。これで丸二日眠っていないことになる。空港に向けて出発するのも、あと十二時間は待たなければならない。そのあいだにたとえ一時間でも眠ることができれば、だいぶ楽になって頭もすっきりするはずだった。

しかし、部屋にたったひとつしかないベッドはサイズも小さく、せっかくおとなしくしている彼女を邪魔するわけにもいかない。過去にはもっとひどい場所で寝たことだって何度もあるし、バスチアンは訓練に訓練を重ねた男だった。ベッドから薄手の毛布を取ったバスチアンは、一枚を自分のものにし、もう一枚を彼女にかけて、固い木の床に横になった。体の節々に痛みがあり、三十二歳という実際の年齢にしては年老いて感じられた。〝委員会〟の下でスパイとして働くのは、もっと若い連中がするべきゲームだった。この手の仕事は、まるで犬のように早く人を老けさせる。

バスチアンは目を閉じ、意志の力で眠気をかき集め、早く眠るようにとうながした。しかし心が〝委員会〟に反発しているように、どうやら体もこれまで受けた訓練に反発しているようだった。バスチアンはそのまま五分ほど暗闇を見つめ、クロエがたてる寝息に耳を傾けながら、いったい自分はなにをしているのだろうと考えていた。

眠りに落ちたのは、それからしばらくしてからのことだった。

クロエは完全に閉じこめられた状態にあった。暗闇のなかで息もできず、恐怖がのしかかって、さらに視界を奪い、呼吸を奪っていた。そこにあるのは闇と血のにおいだけだった。まっ赤な血の海に溺《おぼ》れるようにして、シルヴィアが横たわっているのが見える。喉を切り裂かれたシルヴィアは、両目を見開いて宙を見つめ、お気に入りのドレスは血が染みこんで、すっかり台なしになっていた。きっとシルヴィアはいまごろ激怒しているに違いない。それは、お墓に入るときはこれを着せて埋めてもらいたいと言っていたほど気に入っていたドレスだった。シルヴィアはあの男に喉を切り裂かれた。あの男がシルヴィアの喉を切り裂いた。言うことを聞かなければ、わたしを殺すと言った男。そしてわたしは連れられるままここに来て、闇のなかでなにも見えず、なにも考えられず、ろくに息もできないでいる。いまわたしにできるのは、口を開けて思いきり叫ぶことだけ……。

ベッドから飛び起きようとしたところで、すぐさまバスチアンに押さえられた。鋼鉄の輪と化した両腕が、がっしりと体を固定している。暗闇のなか、クロエは血のにおいや迫りくる死に耐えられず、発狂したようにもがいた。が、たったひとりではかなうはずもない。黙れと口をふさぐ手を、クロエは思いきり噛《か》んだ。歯が肉に食いこみ、口に血の味が広がるまで。けれども相手はひるむ気配もない。

「おとなしくしなければこのまま首の骨を折らなければならなくなるぞ」バスチアンは全身を押さえつけながら耳元でささやいた。「きみの相手をするのはいい加減うんざりしてきた」

クロエがいくぶん苦しそうに身もだえを始めると、バスチアンは相手がかろうじてしゃべることができる程度に口から手を離した。窒息しそうなクロエは言葉を絞りだすのがやっとだった。

「息が……息が……できない」クロエは蚊の鳴くような声を漏らした。「暗すぎて……耐えられない。お願い……」いったいなにを求めているのかは自分でもわからなかった。そもそも求めたところで得られる確証もない。けれどもバスチアンに体を持ちあげられたクロエは、気づくと狭いベッドの上に立っていた。バスチアンが頭上に片腕を上げると、低い天井にある窓が開いて暗闇に光が差した。そこに顔を近づけるように、バスチアンが体を支えている。

外の空気は冷たいながらもさわやかで、なにより新鮮だった。クロエは砂漠で水を飲むように肺いっぱいに空気を吸いこんだ。おかげで発作が起きたような心臓の鼓動は徐々に収まり、呼吸も正常に近い状態まで戻った。寒々しい冬の朝、クロエは屋根の連なるパリの町並みを見つめながら、ほんの一瞬、心の平静を取り戻した。

相手の体にもたれかかり、恐怖や緊張が全身から抜け落ちるのにまかせたまま、クロエは言った。「いい加減うんざりしているのなら、どうしてわたしのことを放っておかないの？」

バスチアンはそれには答えず、クロエの体を支えなおすと、わきに顔を寄せてともに外を見つめた。「閉所恐怖症はいつからだ？」とバスチアンは言った。「ずっとまえからか？その手の強迫観念を抱えているようなタイプには見えないが」

「八歳のときからよ。わたしの実家はノースカロライナに広大な土地を持っているの。そこにはかつて鉱山だったところがあって、兄たちはいつもそこで遊んでいたわ。ふたりともわたしがあとをついてきていることなんて知らなかったのよ。結局わたしはひとりで道に迷って、翌朝になってようやく発見されたの。それ以来、暗いところや狭い場所にいるのが耐えられなくなって」しゃべりすぎなのはクロエもわかっていた。けれども、どうしても止めることはできなかった。

バスチアンはなにも言わなかった。外気は凍るように冷たく、吐く息が白くなって見える。バスチアンの口からも白い霧が伸びている。ふたりの息は日の光を受けて混じりあい、やがて宙に消えた。クロエはいまだにバスチアンのコートにくるまっていたが、厚い服の層を通しても、引き締まった彼の体やその力を感じることができた。

ふいにその力がなくなって倒れそうになったところで、バスチアンが体を支え、ふたたびクロエをベッドに横たわらせながら窓のハンドルに手を伸ばした。

「お願い、閉めないで」とクロエは言った。「暗いのにはもう耐えられないの」

「でも寒いだろう」

「だいじょうぶ」

バスチアンは雪のかけらとともに一条の細い光が差しこむくらいの隙間《すきま》を残して窓を閉めると、彼女のわきにひざまずいた。「まあ、きみは俺のコートを着ているからな。でも、この部屋もだいぶ温度が下がっている。窓を開けたままにしたら、凍え死んでしまうさ」

クロエは体を起こしてコートを脱ごうとしたが、バスチアンは驚くほどやさしくそれを制し、ふたたびベッドに横にならせると、狭苦しいマットレスの上に自分も横になった。薄手の毛布をふたりの上にかけ、寝返りを打って横向きになり、クロエの背中を自分の胸に引きよせた。バスチアンのぬくもりはコートを通してもクロエに伝わった。

「コートは返すわ」クロエは小さな声で言った。こんなに近くに寄りそわれて気が気ではなかった。

「コートなんてどうでもいい。とにかく静かにして二、三時間眠らせてくれ。言いあいは俺が目を覚ましてからだ」

「あなたが目を覚ましたとき、わたしはここにいないかもしれない」

「もちろんいるに決まってるさ。逃げようとしたら、その場で撃ち殺す。俺の眠りは浅いんだ。それに、いまの俺はきわめて機嫌が悪い。とにかく、きみもいっしょに眠ることを勧めるね」

相手に言われるまま、すり切れたマットレスに頬を当てたクロエは、頬骨に鈍い痛みを感じた。ハキムに顔を触られた覚えはない。拷問はまだその段階まで行っていなかった。

そしてクロエは思いだした。「殴ったのね！」

「大声で騒ぐのをやめないなら、何度でも殴ってやるぞ」バスチアンは眠そうな声で答えた。「きみの命を守ろうとしてしたことだ。あんなふうに騒いだら、誰かに聞かれかねない」

「何度でも殴るってどういう意味よ」

「きみを殺さなくてもすむようにさ」淡々としたバスチアンの口調に、クロエは頭がおかしくなりそうだった。「いいから静かにして、俺を眠らせてくれ」

部屋からこの男を追いたてるのはどう考えても無理そうだった。いくら反抗しても、強引に眠らされるだけだろう。下手に相手の機嫌を損ねれば、さらに悪い結果を引き起こしかねない。クロエは口を閉じ、窓の隙間から差しこむ細い光の筋に視線を固定した。その光さえあれば、かろうじて息をしていられる。呼吸さえできれば、生き残ることも可能なはずだった。この数日のあいだに目にした光景や耳にした言葉は、あまりに恐ろしくて理解の域を超えている。恐怖のあまり思考や感覚の麻痺した状態からたった一瞬でも抜けだし、なにかを感じはじめようものなら、例によってまたわめいてしまうのは目に見えていた。今度そんな状態になったら、もう二度と狂気から逃れることはできないだろう。警告されたとおり、バスチアンに首の骨をへし折られないかぎり。あまりの寒さに、クロエは身も心も震えていた。思考や感覚を奪うような寒さのなか、いまの彼女に唯一できるのは、なんとしても生き残ろうと心を強くすることだけだった。クロエはふたたび息を吸った。すると突然、脳裏にシルヴィアの死体がよみがえり、なにも考えまいとする心はもろくも揺らいでしまった。

彼女の死体を目にしたのは一瞬だった。それでも、あの光景は永遠にまぶたの裏に焼きついた。誰かに喉を切られたに違いない。傷はとても深く、骨まで見えるほどだった。どろどろした血の海に溺れるようにして、シルヴィアは目を開けたまま宙を見つめていた。クロエにとってはそれがたまらなくつらかった。自分を見捨てた世界をぼんやり見つめる友人の目に、もはやその世界は映っていない。みんなわたしのせいだわ、とクロエは思った。死ぬはずだったのはこのわたしで、シルヴィアではない。彼女はただ、人生を思う存分楽しもうとしていただけなのに。週末は田舎のシャトーにこもって仕事をするよりも、恋人とともに楽しい時間を満喫したいと思っていただけなのに。

シルヴィアなら自分に関係のないことにわざわざ首を突っこむようなまねはしなかったに違いない。大喜びでバスチアンとベッドをともにするかたわら、必要とされる範囲で淡々と仕事をこなし、疑問など抱くことなくパリに戻ってきただろう。いろいろ腑《ふ》に落ちないことがあったとしても、面倒なことを無視することにかけてはつねに才能を発揮していた彼女のことだ。けれどもシルヴィアは殺されてしまった。友人であるわたしが余計な詮索《せんさく》をしたばかりに。

「あれこれ考えるのはもうよせ」耳元でバスチアンが眠そうにささやいた。「いまさら考えたところでどうしようもない。ふさぎこんでいても、悪い結果を生むだけだぞ」

「わたしのせいだわ」

「ばかばかしい」その言葉はささやくような小声とまったく釣りあっていなかった。「なにもきみが殺したわけじゃない。連中をアパルトマンに案内したのはきみだというわけでもないんだ。彼女はきみが部屋に戻るまえに殺されていた。まあ、息を引きとるのもあっという間だったろう」

「わたしがあの仕事を引き受けていなければ――」

「仮定の話をしたところで時間を無駄にするだけだ。彼女のことは忘れろ。友だちの死を嘆くのは無事アメリカに帰ってからでも間に合う」

「でも――」

バスチアンはクロエの口に手をやり、最後の反論をさえぎった。「いいから眠るんだ、クロエ。死んだ友だちのためになにかしてやりたいと思うのなら、生き残るほかない。きみまで犠牲になるのは彼女だって望んでいないだろう。そのためにはまず眠らないと。俺だって眠る必要がある。さあ、もう黙れ」

バスチアンにしっかり体を抱かれているクロエは、振りかえって顔を見ることもできなかった。代わりに彼女は頭上に視線をやり、窓の隙間の向こうにある灰色のパリの空を見つめた。雪のかけらがちらほら入ってきては、黒いカシミヤのコートの上に落ちている。いまや自分の皮膚のように感じられるコートの上に舞いおりる雪のかけらは、つぎつぎと溶けてなくなった。そしてクロエは眠りに落ちた。

15

なにがきっかけで目を覚ましたのかはわからなかった。ベッドのわきにバスチアンの姿はない。部屋のなかは冷えきっているものの、息苦しい暗闇《くらやみ》に包まれているわけではなかった。マットレスの上には小さな懐中電灯が一本転がり、暗闇に細い光を放っている。

クロエはゆっくり体を起こした。全身がうずき、胃は締めつけられるように痛く、頭痛もひどい。親友は自分のせいで殺され、その自分も、いまや命を狙《ねら》われて逃亡している身だった。唯一頼れるのは、得体の知れない謎《なぞ》の殺し屋だけ。

でも、少なくともわたしはまだ生きている。クロエはそう言いきかせた。罪悪感や恐怖感に身も心も引き裂かれそうになりながらも、こうして生きていると。いま考えなければならないのは、つぎにどうするのかということ。それにしても、いったいバスチアンはどこに行ったのだろう。

結局わたしを見捨て、どこかに去ってしまったのだということも充分に考えられた。もう何年も人の住んでいない家に連れてきたのも、狭い屋根裏部屋に閉じこめてゆっくり餓死させようというのが狙いなのかもしれない。

　けれども屋根には窓がついているし、その気になればそこから逃げだすこともできた。それに、殺したいのであればわざわざこんなところまで連れてくることもない。たんに遺体が見つからないようにということにしても、餓死を狙ってこの部屋に置き去りにするのは無理があった。大声で叫ぼうと思えばいくらでも叫べるし、脱出しようとして路上に落ち、その衝撃で死ぬということも考えられる。だいたいあの男ならもっと簡単に、しかも相手に痛みを与えることもなく人を殺せるはずだった。実際、そう言ったのは向こうなのだし、それによって曲がりなりにも不安が薄れたということもある。もちろんそこに慰めを見いだすなんて、きわめて病的で、ゆがんだ反応なのかもしれない。けれどもこの状況は、普通の考えや感情で理解できるようなものでは到底なかった。人生における余分な要素がことごとく取り除かれたいま、生き残ることがすべてだった。シルヴィアの哀れな死体を目にしたあとでは、それを否定することもできない。この状況のなか、自分が生き残るのに必要なのはバスチアンであり、これ以上、刃向かうつもりもない。もしバスチアンがふたたびこの狭苦しい屋根裏部屋に姿を見せたら、ほっとして大喜びするのは間違いなかった。もちろん、その気持ちを表に出して表現するつもりは毛頭ないけれど。

　クロエはさっとベッドの端に移って腰を下ろし、バスチアンのコートをぴったりと体に巻きつけ、すり切れた毛布を引きよせてその上にかけた。やがて襲ってきた空腹感にクロエはぞっとした。交通事故で甥《おい》っ子が亡くなったときなどは、食べ物を見るたびに吐き気をもよおし、数日のあいだ食事も喉を通らなかった。それなのに、無残に殺されたシルヴィアの死体を見たあとでこんなに空腹を覚えるなんて。きっとこれも生き残ろうとする本能なのだろう、とクロエは思った。だからといって人でなしでなくなるわけではないけれど、おなかがすいていることに変わりはなかった。クロエは生き残りたかった。そして生き残るためには力が必要だった。力をつけるには食べなければならない。それはきわめて単純なことだった。

それにしても、バスチアンはどこに行ったのだろう。懐中電灯が残されているのが、せめてもの救いだった。完全な暗闇のなかで目を覚まして自分ひとりであることがわかったら、絶叫とともに部屋の壁をよじ登っていたに違いない。

たしかにバスチアンの言うとおり、クロエはその手の強迫観念を抱くようなタイプではなかった。暗闇や狭いところが苦手なのは数年まえに克服していたし、エレベーターや薄暗い地下といったなじみのあるような場所なら、なんの問題もなかった。

もとはといえば、自分が悪いということもある。八歳の自分はなにかにつけて兄たちのあとをついて回り、自分の限界も自覚しないまま、年上の子どもたちのまねをしようとばかりしていた。当然、廃坑は立ち入り禁止になっていたものの、自尊心の強いティーンエイジャーの兄たちはそんな警告にいっさい注意を払わなかった。といっても、危険な冒険に妹をついてこさせないだけの分別は彼らにもあった。だから、クロエは気づかれないようこっそりあとを追うほかなかった。ところが、ひとつ角を曲がりそこねたおかげで道に迷い、結局は兄たちを見失って、地中深くにある迷路にひとり取り残されることになったのだった。

　兄たちは妹がついてきていることなど知る由もないし、クロエがいなくなって数時間たっていることなど誰も気づきもしなかった。懐中電灯の電池も切れ、クロエはミラーズ・マウンテンのただなかにある暗闇に完全に閉じこめられた。時間は意味を失い、怪物はあちこちの物陰から彼女に向かって牙《きば》をむいた。捜索隊に発見されるころには十九時間が経過していて、その後二週間、クロエは口もきけない状態だった。

　以来、この子はしゃべりだしたらもう止まらなくなったようだと父親はよく冗談を言うようになったけれど、賢明な両親はすぐさま娘を優秀なセラピストのもとに通わせ、十二歳になるころには明かりをつけたまま眠らずにすむようになっていたし、十五歳のころには地下にも入れるようになり、大学に進学するころにはそんな経験もすべて過去のものになっていた。昨夜、突然それがよみがえるまで。

　きっと恐ろしい体験が積み重なって、急に過敏になったに違いない。バスチアンの助けを必要としていることをみずから認めたように、クロエはしぶしぶその事実を認めた。もちろん、面と向かってそれを認めてもかまわないのだけれど、あの男がやせた体に鞭《むち》打ってここに戻ってこないかぎり、それもできない。

でも、バスチアンはやせてなどいなかった。実際に見たかったかどうかはべつにして、きのうあの男の部屋で目にしたかぎり、バスチアンは適度に筋肉のついた引き締まった体つきをしていた。

かといって、それについていま考えるつもりはなかった。本来なら注意がそれて歓迎すべきところだけれど、バスチアン・トゥッサン――いや、実際には本名も正体もわからない男の裸を想像するくらいなら、自分を殺そうとしている怪物の部屋に閉じこめられていることに考えを集中させているほうがまだましだった。

ひょっとしたら部屋に近づく足音に気づかなかったのもそのせいかもしれない。もちろんこの部屋には防音装置がほどこされているのかもしれなかったし、たんに音をたてずにやってきたのかもしれない。クロエはベッドの上にあぐらをかいて座り、懐中電灯が放つ小さな光に視線を固定し、必死にバスチアンのことを考えまいとしていた。すうっとドアが開き、本人がそこに立っているのを目にしたのはその直後だった。

「だいじょうぶか？」バスチアンはうしろ手にドアを閉めながら言った。

クロエはひとつ深呼吸をし、平然とした口調を装って答えた。「だいじょうぶ。何時になったのかわからないけど、そろそろ空港に向かうべきなんじゃない？」

バスチアンはなにも言わず部屋に入ってきた。そしてぱっと火花が散ったかと思うと、つぎの瞬間には、手にしているのも見えなかったろうそくに火が灯《とも》されていた。「今夜は無理だ」

クロエはふたたび胃が締めつけられるのを感じた。「無理って、どうして？」

「空港はいま機能していない。空港どころか、パリの町全体がそうさ。雪の影響があちこちに出ているらしい。こうしてろうそくに火をつけても安全だと判断したのも、そういうことさ。窓も雪で……」バスチアンは言いかけた言葉を途中で切った。

「だいじょうぶよ。窓が雪で覆われてるのはわかってる。でも、このとおりすっかり落ちついてるわ。懐中電灯の明かりもあるし」

バスチアンはうなずいた。どうやらどこかで上着を見つけてきたらしく、着替えもすませたようだった。とはいえ、上から下まで黒ずくめという姿は変わりない。そしてクロエはふいに生理的な欲求を覚えた。

「この家にトイレはある？」とクロエは訊《き》いた。「なければ雪のなかで用を足さないと」

「ある。だいぶ古くなっているが、使えることは使える」

クロエは相手が話しおえるのも待たずにベッドから這《は》いだした。「どこ？」いざトイレのことを意識しはじめると、より緊急を要する欲求に思えてくる。

「この部屋の真下だよ。ただし、階下《した》に行くときは明かりなしで行くんだぞ。外から見られたら困る」

クロエはごくりと唾《つば》をのんだ。だいじょうぶ、怖くなんかない。そう自分に言いきかせて。「わかってる」

バスチアンが息を吹きかけてろうそくの火を消すと、急に部屋は闇に包まれ、ドアが滑るように開く音が聞こえた。クロエはふたたび息をのみ、ふいに手をつかまれて跳びあがった。

反射的に身を引こうとしたものの、がっしりと押さえられて身動きもできない。「しっかりつかまってなければ、家のなかで迷子になるぞ」バスチアンはなんの表情もない声でさらりと言った。

クロエは手を取られたまま深く息を吸った。「そうね」

絶対に認めるつもりはないけれど、こうしてつかまっていれば不安も感じなかった。洞《どう》窟《くつ》を思わせる暗闇のなか、ふたりは幅の狭い階段を下り、やがて古びた暖炉のわきにある壁のところまでたどり着いた。おもむろにドアを開けたバスチアンは、小型の懐中電灯をクロエの手に握らせ、背中を軽く押した。「ドアが閉まるまで明かりはつけるな。俺《おれ》はここで待ってる」

そこは実用性のみを重視したバスルームだったが、トイレの水はちゃんと流れたし、シンクの蛇口から冷たい水も出て、その前には鏡もあった。鏡など見ることもないのだけれど、どうしても気になったクロエは口をすすぎ、しっかりと顔を洗ったあとで、そこに映る顔をしげしげと眺めた。

両目はくぼみ、顔色も青白くなって、ここ数日に体験した恐怖の痕跡《こんせき》が顔にも表れているのは覚悟の上だった。けれども、そこにいる自分はいつもの自分となにも変わらなかった。地味ながらもけっして感じの悪い印象はなく、頬骨のあたりには悩みの種であるそばかすが散らばっている。髪の毛は救いようもないほど乱れ、まるで黒々とした光輪のように顔のまわりで逆立っている。でもまあ、聖人というわけではないけれど。

深呼吸をして懐中電灯を消したクロエは、どうやってドアを開けるのかわからないことに気づいた。扉をそっと叩《たた》くとドアは音もなく開いたものの、バスチアンの姿は見えない。それでも、突然手をつかまれても今度は跳びあがることもなく、狭いながらも安全な屋根裏部屋に戻ると思わず幸福感に近い感情を覚えた。

クロエはとりあえずまたベッドに上がった。狭苦しい部屋のなかでは、ぼうっと立っていればいつバスチアンとぶつかるとも限らない。バスチアンはふたたびろうそくに火をつけると、上着のうしろに手をやって銃を取りだし、テーブルの上に置いた。クロエは毒蛇でも見るような目でその銃を見つめた。実際、それは毒蛇のようなものなのかもしれない。でもそれはこの命を奪うためではなく、救うためにそこにあるはずだった。そうであってもらわなければ困る。

「それで、どうするの？」とクロエは訊いた。

「ひとまず腹ごしらえさ」という答えが返ってきたときには、さすがのクロエも思わず抱きついてキスしそうになった。「この時間、開いている店は限られていたが、なんとか調達してきた。食べたくないなんて言わせないぞ。食べなきゃなにも始まらない。まだ安心できる状況ではないし、この危機を乗り越えるにはしっかり力をつけなければならない」

「そんなこと言うはずないじゃない。こっちはおなかがぺこぺこで死にそうなんだから。それで、なにを買ってきてくれたの？」

バスチアンが紙袋を抱えて戻ってきたことなど、クロエはまったく気づいていなかった。袋のなかにはバゲットが数本とブリーチーズ、それに洋梨《ようなし》とブラッドオレンジがふたつずつ入っていた。もちろん、ワインを買ってくるのも忘れてはいない。思わずげらげら笑いだしそうになったものの、この状況では叫び声をあげるのと同じくらい危険な行為だった。それに、いったん笑いだしたら止まらないだろう。とにかく深呼吸をして。クロエはそう自分に言いきかせた。

ベッドの上に広げた質素なごちそうをふたりではさむようにして、バスチアンはベッドの反対側に腰を下ろした。食事のときに用いる道具などなにもなく、あるのはバスチアンのポケットナイフだけだった。バスチアンはなんとかそれでワインを開け、ふたりは交代でパンやチーズを切って食べた。

洋梨はまさしく美味だった。完全に熟して水分もたっぷりで、すっかり果汁だらけになった口元を、クロエはバスチアンが調達してきた紙ナプキンで満足そうにぬぐった。バスチアンはそんな自分のことを奇妙な表情を浮かべて見つめている。

　バスチアンはおもむろにワインのボトルを差しだした。ほかに飲み物はなく、グラスもないので、向こうが口をつけたところに口をつけなければならない。それでもクロエはごくごくワインを飲みくだして、体が内から温まるのを待った。ボトルを返す際にお互いの指が触れ、さっと手を引くと、バスチアンはふたたびにやりと笑みを浮かべた。

　食事がひと段落すると、バスチアンはベッドの上を片づけ、残りの食べ物をテーブルの上にあるろうそくのわきに置いた。ふたりとも、ブラッドオレンジには手をつけていなかった。

「それで、食事のあとは？」とクロエは言い、壁にもたれかかった。

「眠るのさ」バスチアンは薄手の毛布を床に広げて言った。狭い部屋ながらも、大人がひとり横になれるだけのスペースはベッドのわきにある。

「もう何時間も眠ったわ」とクロエは言った。「実際、何日も眠りつづけていたような感じだもの。また眠れるかどうかわからない」

　バスチアンはろうそくの火に照らされた暗がりのなかでクロエの顔を見つめた。「じゃあ、なにをしたいというんだい？」

　それに対する答えはクロエも持ちあわせていなかった。それでもパリに二年も暮らせば、立派に肩をすくめられるようにはなっている。クロエはフランス人らしく肩をすくめ、狭いベッドの上に横になって、相手に見つめられているのを意識しながらろうそくの明かりを見つめた。

バスチアンが頭のなかでなにを考えているのかは見当もつかなかった。きっとなんて厄介な女だと思っているに違いない。あのままハキムに殺させてしまえばよかったと。あるいは大騒ぎしはじめた時点で自分が息の根を止めておけばよかったと後悔しているのかもしれない。けれどもバスチアンはそうせずに、しぶしぶながらも厄介者を引き受けて、自分を危険な立場に追いやっている。

バスチアンは一本だけ残してろうそくの火をすべて吹き消すと、そのまま床の上に横になった。部屋の床が固くて冷たいことは、クロエも裸足《はだし》で立ったときに感じていた。

「なにも床で寝なくても」とだしぬけにクロエは言い、言葉の弾みとはいえ、そんな台詞《せりふ》を口にしたことをすぐに後悔した。「ベッドの上だってふたり横になるスペースは充分にあるわ」

「いいから眠るんだ、クロエ」

「あなたがわたしに対して性的な関心をこれっぽっちも抱いていないことはちゃんと承知してる。こっちだってほっとしてるのよ。きのうふたりのあいだに起きたことはあくまでも過ちで……」

「あれは二日まえのことさ」バスチアンは例によって感情のない声で言った。「それに、俺にしてみれば、ああいうことも仕事のうちだよ」

　その答えにはクロエもさすがに黙らざるを得なかった。そんなことは承知していたとはいえ、そこまではっきり言われると言葉に詰まる。クロエはゆっくりと深呼吸をした。

「だったら、ふたりでベッドの上に寝たってなんの問題もないじゃない。わたしの体に触れようという気はあなたにはない。部屋のなかは寒いし、隣同士で眠ればそれだけ温かくなるわ」

　薄暗がりのなか、相手の顔は見えなかった。きっといらだっているに違いない。「かんべんしてくれよ」とバスチアンはうなるように言った。「いつまでぺちゃくちゃしゃべってるつもりだ。そっちはたっぷり睡眠をとったのかもしれないが、俺はここ三日のあいだに一時間も寝てないんだぞ。俺だって人間なんだ」

「それはどうかしら」クロエはあてつけにつぶやいた。「勝手にすれば」そして寝返りを打ってバスチアンに背を向けると、屈辱に身を震わせながら、ひび割れや染みのできた壁をにらみつけた。

「くそっ《メルド》」バスチアンはそう言って体を起こし、ろうそくの火を吹き消して、ベッドの上に這いあがった。「こんなに狭いんじゃ、体に触れないわけにはいかないぞ」といかにも不機嫌そうな声でつぶやいた。

たしかにそのとおりだった。クロエは背中にぴったり押しつけられる相手の体をありありと感じた。この状態で誰かが部屋に入ってきたら、最初に危険にさらされるのは間違いなくバスチアンのほうだろう。いっしょにベッドの上で寝てほしかったのもそのためよ。クロエは自分を納得させるように心のなかでつぶやいた。バスチアンが隣に来るなり体が温かくなって、緊張が和らいで安心できたのも、それが原因だと。そう、わたしは生き残るためにこうしているにすぎない。

「わたしはこれでかまわないけど」とクロエは言った。「もしあなたが――」すると、言葉の途中でいきなり口をふさがれた。バスチアンの指先は洋梨の味がして、それがやけに興奮をかき立てた。きっとまだおなかがすいているのだろう。それでも、名前からして血を連想させるブラッドオレンジに手をつける気は毛頭なかった。

「いいから黙れ」バスチアンは耳元でささやいた。「さもないと、体を縛った上にその口に猿ぐつわを突っこんで、おまえに床に転がってもらうぞ。わかったな?」

必要とあれば、この男はためらうことなくそうするに違いない。片手で口をふさがれながら無言でうなずくと、バスチアンはゆっくりと口から手を離した。やっぱりいっしょのベッドで眠るのはいやだと言いたかったが、これ以上なにか言葉を発しようものなら、固くて冷たい床に追いやられてしまうのは目に見えている。

ぴったりと押しつけられたバスチアンの体は、とても温かかった。いまだに腹の虫がおさまらないものの、熱を帯びたけだるさは体中に広がっていて、目をつぶればまた眠りにつけるような気がした。ワインを飲んで体も温まり、力強い腕に抱きしめられてすっかり安心している自分がいるのも否定できなかった。でも、いまはまだ眠りたくない——少しでもこの男を困らせるためにも、このまま起きていてやりたかった。

だいたいこの男はどうやってわたしをパリの外に逃がすつもりなのだろう。時間がたてばそれだけ危険になり、誰かに見つかる可能性も高くなる。とりあえずほかの国に逃げて、そこからアメリカに飛んだほうが安全なのかもしれない。たとえばフランクフルトや、チューリッヒから。

でも、パスポートはあのシャトーに置いてきてしまったのに、どうやってフランスの外に脱出できるだろう。シルヴィアの死体だって、いまごろ誰かに発見されているに違いない。そうなれば警察が呼ばれて、部屋のなかも調べられる。警察がわたしのことを捜しはじめるのも、時間の問題。

といっても、それは自分にとってはきわめて都合のいいことだった。得体の知れない男に言われるまま命を狙われて逃げまわるより、たとえシルヴィアを殺した犯人だと勘違いされても、フランスの刑務所に入ったほうがまだ安全だった。

まるで世界が靄《もや》に包まれてしまったかのように、すべてが現実味をなくしていた。ほとんど記憶にないものの、自分はたしかにバスチアンが人を殺すのを見た。恐ろしい痛みに耐えつづけ、ふいにその痛みがなくなったかと思ったら、ハキムが床に横たわっていたのだった。

わたしはこの男とセックスをした。事実を否定してほかの言い方をしたいと思ったところで、それがセックスであったことに変わりはなかった。しかもバスチアンはわたしのなかで絶頂に達し、なんとも恥ずべきことに、わたしもまた力強い快楽の極みを覚えた。

けれども、いまとなってはそれすらほんとうに起きたことのようには感じられなかった。シルヴィアの死体を目にしたときの戦慄《せんりつ》ですら徐々に薄れつつある。そしてわたしはなにもかも忘れ去ってしまうのかもしれない。バスチアンの体にゆっくり身をまかせながらクロエは思った。結局、ここ数日に起きたできごとは泡が弾《はじ》けるように記憶から消えてなくなって、二度とそれに影響されることはなくなるのかもしれない。あえて思いだすこともなければ、それに向きあうこともなく、ただ消えてなくなるのかもしれない。

実際にそのようにして多くの人々が過去のトラウマを乗り越えているのかどうかは見当もつかなかった。幼年時代に十九時間まっ暗な廃坑に閉じこめられた経験を持ちだしてきて、そこに共通点を見いだすのもばかげているように思える。そもそもあのときは誰も死んではいないし、誰も傷つけられてはいない。もちろん、病的な性癖を抱えた男の犠牲になることだって……。

思考はいやな方向に向かう一方だった。少しずつバスチアンの体から離れようとしたが、腰に回された腕にすぐに引き戻された。「じっとしてろ」バスチアンは彼女の耳元で眠そうな声でつぶやいた。

　クロエは背中に相手の存在をありありと感じることができた。体のぬくもり、そのたくましさ、筋肉や骨にいたるまで。尻の部分に押しつけられているのは、間違いなくバスチアン自身だった。興奮しているように感じられるが、そんなはずがあるだろうか。向こうはわたしになんてこれっぽっちも興味はない。一方のわたしはこの謎の男に対して興味でいっぱいだというのに。

　ひょっとしてストックホルム症候群っていうんじゃなかったかしら？　人質が犯人に対してある種の病的な執着を抱くことを。といっても、これはあくまでも正常な反応だった。生きるか死ぬかの状況にあって、少なくともバスチアンはわたしの命を助けようと努力している。問題が複雑になっているのは、きわめて危険な男だとわかるまえに体の関係を持ってしまったからにほかならなかった。しかも厄介なことに、あのセックスのことは忘れたくても忘れられない。

　けれども、性器が押しつけられたまま背後から抱かれているこの状況では、それも無理のないことだった。この状況にあっては唯一バスチアンの体だけが、不安のただなかにいる自分に安心を与え、痛々しいまわしい死を隔てる壁になってくれている。その体を求めるのは、いたって自然な欲求だった。

しかし、向こうはそれを求めていない。バスチアンはたんに自分の仕事をしているだけであって、本人も自負しているとおり、その手の仕事にかけてはきわめて優秀だった。そう考えると、こちらになんの気も示さないのをありがたく思うべきなのかもしれない。少なくともバスチアンはわたしの命を守り、無事アメリカに脱出させようとしている。それは下手に興味を示されるよりよっぽど大事なことだった。

異常な状況に置かれて、相手に対してゆがんだ愛情を抱くのは意外でもなんでもない。無事アメリカに戻りさえすれば、すべてを冷静に見ることもできるようになるだろう。

それにしても、バスチアンの言うとおりこのベッドは狭すぎた。この狭さでは体を離して眠ることもできない。自由がきく頭だけ動かしてうしろを振りかえると、かろうじて相手の顔を見ることができた。驚いたことに、バスチアンはすでにすやすや眠っている。隣でもぞもぞ体を動かしても、眠りの妨げにはなっていないようだった。この暗闇では眠っている表情まではわからない。抵抗をあきらめたクロエは、すり切れたマットレスにふたたび頭をあずけ、背中に当たるバスチアンの心臓の鼓動に耳をすました。

どうやらこの男にも心はあるらしい。ほんとうにあるのかどうか、疑わしく思っていたけれど。隣で眠っているのは生身の男であり、その男は温かく、強く、わたしを守るためなら人の命も奪う覚悟がある。

いったい女は男に対して、それ以上のなにを望むことができるだろう。

16

まったく、なんて厄介な女なんだ。もぞもぞ動いていた体がようやく落ちつくのを感じながら、バスチアンは思った。鼓動がゆっくりとしたところを見ると、どうやらしぶしぶながらも眠りについたらしい。それにしても、なにかにつけて主張の多い女だった。しかも、そのたびに栗《くり》色の大きな目でこちらの表情をのぞきこんでくる。罪悪感を覚えるなんて、じつに数年ぶりだった。

そもそもいっしょのベッドに寝たのが過ちだった。たしかにこうして寄りそっていたほうが暖かいし、床板にじかに毛布を敷いて眠るより、薄っぺらだとはいえマットレスの上に横になったほうがずっと心地いい。狭苦しいながらもふたりの体は隙間《すきま》もないほどフィットして、それが妙に彼に安心感を与えた。しかしそんな気持ちとは裏腹に、彼女の背中をベッドに押しつけてジーンズを脱がせ、ほんの数日まえに始めたことを終わらせたいという衝動と闘っているのも事実だった。

クロエは眠りにつくまえに自分が勃起《ぼっき》していることに気づいただろうか。いや、それはないだろう。自分の魅力でどれほど相手を惑わしているかなんて、当の本人はいつだってまったく気づいていないのだし、実際そのほうが都合がよかった。それでなくとも混乱している事態をさらに複雑にするつもりは毛頭ない。この状況で彼女とセックスなどすれば、物事が複雑になるのは目に見えていた。

もちろん、彼女とは一度セックスしている。しかし、それはまったくべつの話だった。体の関係など一度で充分だ。もう一度と願うのは自然な反応だが、欲望を振りはらうだけの分別は持ちあわせていた。生きるか死ぬかの状況は、あらゆる原始的な欲求を呼び覚ます。見苦しいけれど、それが事実だった。危険な状況に身を置けば置くほど、興奮は増すというものだ。

命を奪う側にしろ、その逆にしろ、死と隣りあわせに生きているバスチアンには、最も根源的なレベルで生を経験したいという願望があった。危機にさらされるほど、性的な欲求は高まってくる。それが種の繁栄を目指す原始的な本能なのか、必要以上にセックスを死と結びつける倒錯的な性欲なのかはわからないが、そんな願望が実際に存在していることは否定できなかった。欲望のおもむくままに行動に出るか、あるいはそれを慎むか、それはすべて状況に応じて判断した。女性のスパイのなかには同じ衝動を共有する者も少なからずいたし、獣のように激しく交わることによって、危機に際して身を守る力がぐんと増すという事実も往々にしてあった。

しかしながら、クロエはスパイではない。十歳も若く、人生の経験もまったく異なる彼女が、生きるか死ぬかの状況に置かれてセックスのことなど頭から吹き飛んでしまうのは当然のこと。無残に殺された友人のことや、ハキムに受けた拷問を過去のものとして片づけるには、まだまだ時間がかかるだろう。それでも、いずれは忘れ去る日が訪れるに違いない。ほんの小娘であるといっても、幸い根は強く、しかも立ち直りの早い性格であるらしかった。それが証拠に、こうして見知らぬ男と暗い部屋に閉じこめられても、閉所恐怖症などどこ吹く風といった様子で熟睡している。

バスチアンはふと、彼女が自分と同じにおいを漂わせていることに気づいた。おそらくずっと自分のコートを着ていたせいだろう。そのコートはいま、ふたりの上にかかっている。そんな事実にはなぜか無性に性欲をかき立てられた。その事実に限らず、彼女のすべてに性欲をかき立てられている状況のなかで。

それにしても、雪は最悪のタイミングで降ってくれたものだ。でなければいまごろクロエは大西洋の上空にいて、こちらはこちらですっかり肩の荷が下り、自分の任務に集中していたに違いない。そう、自分にとっては最後となる任務に。

いずれにしても、あのシャトーに出向いた目的はなんとしても果たさなければならなかった。武器密輸カルテルの縄張りがどのように再分配され、レマルクの座を誰が引き継ぐのか、この目でしかと確認する必要がある。そもそもハキムはそれほどの力を持ちあわせていなかった。実務的な補佐役としてのスムーズな手腕に関しては定評を得ていたものの、そのあいだに主役たちは、本題である縄張りの分配について激しい議論を闘わせていたのだった。長距離ミサイルや赤外線追尾式ミサイル、それに高性能プラスチック爆弾C４といった破壊兵器を密輸するなか、あたかもキャベツやオレンジ、それに新鮮な子牛の肉を扱うふりをして。

最大の謎《なぞ》となっているのはクリストスの存在だった。いったいクリストスはどうして姿を見せないのだろう。そしていざ姿を見せるとなった場合、どういう思惑とともにカルテルのメンバーの前に現れるのだろう。バスチアンの知るかぎり、クリストスは入念な計画なしに突然やってくるような男ではなかった。あのシャトーには少なくともひとり、クリストスがもくろむ計画の内情に通じている者がいたに違いない。それがクリストスという男のやり方だった。一見したところなんの害もないように見えて、じつは男爵がその人物ということも考えられる。あるいは、モニークということも。いったいどういう人間なのか、とらえどころに困るモニークは、セックスと同じように痛みに対しても異常な関心を示していて、その弱点は引きつづき探る必要があった。もちろん、シニョール・リチェッティ、ミスター・オートミ、あるいはマダム・ランバートという可能性もある。それを言うなら、リチェッティのアシスタントにしても同じことだった。シチリア人の武器商人に仕えるあの美しい青年が、自分と同じように〝委員会〟のスパイである事実は、この状況にいたってはなんの問題にもならない。〝委員会〟が送りこんだスパイはあの男ひとりではないし、提示された金額が見合いさえすれば、誰が寝返ってもおかしくない。

　いずれにしても、クリストスが密輸カルテルのリーダーの座に就くことだけは阻止しなければならなかった。ほかのメンバーに関しては、トマソンからとくに指示を受けたわけではない。新任のリーダーが始末されたらふたたび内部で調整が行われるのだろうか。おそらくそうだろう。〝委員会〟としても、正体の知れないクリストスのような男がリーダーになるより、いくら悪玉でも、手の内を知りつくしている者がなったほうがよほど都合がいい。どちらにしろ、それはもう自分の責任ではなかった。あとひとり人を殺せば、それですべては終わる。こんな仕事とも、おさらばできる。

　かすかに頭を動かすと、おかしなまでにふぞろいのクロエの髪に顔をくすぐられた。毛を刈られた羊のようなクロエは、印象もだいぶ違って見える。いまの彼女はさらに若く、さらに傷つきやすく、それでいてさらに魅力的に見えた。

　しかしクロエのそんな姿を前にすると、手を出してはならないという思いは余計に強くなった。そもそも自分にはふたたび彼女の体に触れる権利もなければ理由もない。そんな行為は物事を複雑にするばかりだった。

　それに、いまはあれこれ彼女のことを考えるのをやめて、充分な睡眠をとる必要がある。彼女の体の感触やにおいに注意を乱されながらも、そんな些細《ささい》な刺激を無視できるだけの冷静さは持ちあわせているつもりだった。バスチアンは目を閉じ、クロエの寝息や香りが漂うなか深く息を吸って、やがて眠りに落ちた。

きっと昼近くに違いない。どうしてそう思うのかは、クロエにもわからなかった。部屋のなかはまっ暗で、屋根にある窓からは光など入ってこない。たぶん、体内時計がそう知らせているのだろう。普段から、なにがあろうと毎朝八時半に起きる習慣がついている。夜中に目を覚ましても、たとえ時計が近くになくても、どういうわけかだいたいの時間はわかった。

といっても、ここ数日のあいだにあらゆるバランスは失われてしまっている。こんなに長い時間眠ったのも生まれてはじめてだろう。きっとこれも恐ろしい体験をしたあとの反動に違いない。でも、実際のところどうなのかはいまひとつ自信がなかった。眠っていたのは十五分という短い時間かもしれないし、三日眠りつづけていたのかもしれなかった。

バスチアンはまだ隣にいた。熟睡しているあいだにクロエは寝返りを打ったらしく、いまはバスチアンの腕のなかにいて、肩に頭をあずけたまま手を胸に当てている。体を押しやってバスチアンから離れるべきなのはわかっていたけれど、そうはしなかった。身じろぎもせず、ただまぶただけを動かして、闇《やみ》のなかになにかが形として浮かびあがるのを待った。

バスチアンは大きな寝息をたてることもなく熟睡していた。きっとこれも自己鍛錬の成果なのだろう。ほかの男のようにいびきをかくことはけっしてない。ぐっすり眠っていることだし、いまならそっと腕から抜けだして背を向けても、気づかれはしないはずだった。この状態はあまりに危険すぎる。あまりに……。

わたしがいま抱いている思いは間違いなくストックホルム症候群なのよ。クロエは自分をごまかすようにそう言いきかせた。現実とはなんの関係もない。だいたいわたしはこの男のことなど好きでもないのに。いまはこの男といる以外ほかに道はないけれど、無事アメリカに帰って冷静な判断力を取り戻せば、この一時的な思いも自己嫌悪とともに消え去るに違いない。

でも、自己嫌悪を覚えるかどうかは疑問だった。バスチアン・トゥッサンと名乗る男が美しい体をしていることは疑う余地もない。そしてこの男は、事実上の命の恩人だった。しかも危機を救ってくれたのは一度だけではない。そういう意味では自己嫌悪どころか、感謝の念を抱いても不思議ではなかった。

とにかく、そのことについては考えたくなかった。いまはなにも考えたくはない。隣に寝ている男のことはもちろん、シルヴィアのことも、会議テーブルを囲んで食品について議論するふりをしていた人たちのことも。いまはただ、雪のことだけを考えていよう。綿雪となってしんしんと降り注ぎ、パリの町をまっ白な毛布のように覆っている雪のことを。

道路という道路の機能を麻痺《まひ》させ、空港さえも閉鎖している雪のことを。そしてわたしは殺し屋の腕のなかに閉じこめられて……。

「あれこれ考えるのはやめろ」

バスチアンは急に体を動かしたわけではなかった。規則的な寝息も相変わらず続いている。けれどもその穏やかな声は、ガラスの破片のように暗闇を切り裂いた。

クロエはバスチアンの腕からさっと抜けだして寝返りを打ち、その体からできるだけ離れて壁に近づいた。が、狭いベッドの上では引き締まった彼の体に触れずにいることなどできはしなかった。「てっきり眠っているものかと」

「眠っていたさ。きみに起こされるまでね」

「ばかなこと言わないで。わたしはじっとしていたのよ。ただ目を開けていただけじゃない。まさかまつげが風を起こしていたわけじゃあるまいし」クロエは小声で皮肉を言った。肉体的に無理なら、言葉で相手を遠くに押しやるほかない。

「違う」とバスチアンは言った。いかにも眠そうな声だったが、クロエはだまされなかった。「きみが考え事を始めるなり、血流に変化が生じたんだよ。心臓の鼓動も速くなって、脈拍も上がった。体を動かさなくても、そういうものはわかる」

「それはそれはたいしたことだこと」クロエはまた皮肉を口にした。

「え？」

もちろん、バスチアンはアメリカ人が口にするジョークになど明るくはないだろう。脈拍や心臓の鼓動は測れても、『サタデー・ナイト・ライブ』の〝チャーチ・レディー〟は観《み》たことがないに違いない。それどころか、テレビすら観たことがないということも考えられる。まあ、たとえそうだとしても驚くに値しない。映画館に足を運んだことなど一度もないと言っていたのは彼自身だった。

それより、背中を向けつつもずっと相手の存在を意識している自分のほうが驚きだった。けっして理性で割りきることのできないバスチアンへの思いは、いまだに心のなかでくすぶっている。その思いがどこかに行き着くことなく、ただ自分を当惑させ、失望させる結果に終わることは、クロエ自身がいちばんよくわかっていた。

「いま何時？」

「正午近くだろう」とバスチアンは言い、クロエのそばを離れると、ベッドから起きあがった。クロエは思わずそっとため息をついた。それは安堵《あんど》のため息だと自分に言いきかせて。

「それで、これからどうするの？　外に出て雪だるまでも作るつもり？　こんな格好じゃそれも無理だろうけど」嫌味なまでに明るい調子であるのは間違いなかった。それでも、相手はこちらの気持ちがどれほど混乱しているか見当もつかないだろう。

バスチアンはろうそくに火をつけた。ぼんやりと光に照らされたその顔には、うっすらと髭《ひげ》が伸びはじめている。クロエはどういうわけかそれがショックに思えてならなかった。これまでバスチアンは、何時間も床に座ってワインを飲んだあとはもちろん、たとえ人を殺したあとでも、そのへんの手入れはきちんとして隙のない格好をしていたというのに。

くしゃくしゃに乱れた髪は顔にかかり、おかげでその表情も驚くほど人間臭く見える。それがまたクロエを混乱させた。

「わたしはあなたの私生活も邪魔してるんじゃない?」とクロエはだしぬけに言い、そう口にしたそばから後悔した。

バスチアンは食べ物の入った袋をまさぐっているところで、バゲットの残りとブラッドオレンジを取りだすと、振りかえってクロエのほうを向いた。薄暗がりのなか、彼の暗い瞳に浮かぶぽかんとした表情だけが見てとれた。

「どういう意味だ」

「だって、こうしてわたしと急に姿を消したりして。たとえばパートナーとか、あなたがどこにいるのか心配している人がいるでしょう?」こんな質問をしたところで、どうにもならないのは承知していた。けれども、口をついて出る言葉を止めることはできなかった。余計なことをしゃべりすぎるのはわたしの最大の欠点だというのに。

「パートナー?」

「いちいち繰りかえさないでよ」いらだちと恥ずかしさの混じった声でクロエは言った。

「つまり、大切な人よ。人生のパートナーとして、いっしょに暮らしている……」

「ひょっとしてほかに男がいるんじゃないかって言ってるのか？」バスチアンはさえぎって言った。あきれて笑いだしそうな表情に、クロエは戸惑う一方だった。「つまり、俺《おれ》がゲイだと？」

「わたしはただ言葉に気をつけて質問してるだけよ」クロエはそう答えながらいらだちをあらわにした。「だってその可能性も充分にあるじゃない」

「充分にあるって？」

　いっそのことナイフを奪ってこの舌をちょん切ってしまいたい。クロエは自分がみじめに思えてならなかった。いったいどうしてこんな会話をしているのだろう。どうしてわたしはおとなしく黙っていられないのだろう。

「まあいいさ、クロエ」答えに詰まっているのを見て、バスチアンが言った。「自分と寝たがらないなんて絶対におかしい。きみはそんな思いで、俺がゲイに違いないと判断した。そうだろう？」

　状況は悪くなる一方だった。露骨なまでにぶっきらぼうな返事に、クロエは顔がまっ赤になるのを感じた。「そんなにうぬぼれてはいないわ」

「そうかな？　そもそもこの状況で手を出さないなんて女嫌いに違いない。それ以外に考えられないと思わないか？　しかし、わからないな。いったいどうしてそんなに興味があるんだ？　俺の性的嗜好《しこう》なんてどうだっていいことだろう」

「ええ、どうだっていいことよ」

「だったらなぜ訊《き》く」

　クロエは刃向かう声をようやく自分のなかに見つけて言った。「いい加減にして。まっ暗な部屋に閉じこめられてるだけでも最悪なのに、今度は言葉で壁に押しやるようなまねをして。ちょっとした好奇心で訊いただけよ」

「それに、きみは一度壁に押しやられているものな。肉体的に」とバスチアンが言うなり、クロエはシャトーでのあの瞬間を鮮明すぎるほどに思いだした。自分のなかにこの男を受け入れ、得体の知れない震えるような快感を覚えたあの瞬間を。

「いい加減にして！」クロエは喉から絞りだすような叫び声をあげた。

　意外にもバスチアンはすぐに引きさがり、安全な距離を置いてベッドの端に腰を下ろすと、いくぶん固くなったバゲットを差しだした。「チーズはもうないが、オレンジは残ってる。まともな食事はもう少しの辛抱だ」

「どこで食べるの？　空港？　雪はやんだの？」差しだされたパンのかたまりをひっつかんだクロエは、口にふくんで噛《か》みはじめた。

「クロエ、俺もずっとここにいるんだ。詳しいことを訊かれてもわからないさ。だが、ここは早いところ出たほうがいい。潜伏のこつは、一箇所にとどまらず移動しつづけること。

連中がこの場所に気づくのも時間の問題だろう。なんとしてもそのまえに逃げなければならない。幸い乗ってきたタクシーも雪が覆い隠してくれている。ヘリコプターを使われたとしても、空から見つけるのは難しいだろう。いずれにしても、この場所は早いところあとにしたほうが無難だ」

パンはほこりのような味がしたが、クロエはひたすら噛みつづけた。「でも、どこに向かうの？」

バスチアンはブラッドオレンジの皮をむきはじめた。その果物はバスチアンの手のなかで名前どおり血のように赤い果汁を滴らせている。柑橘《かんきつ》系の甘い香りが部屋に充満するなか、クロエは身震いをした。

「それはまだわからない。さあ、口を開けて」バスチアンはオレンジをひと房差しだした。クロエは首を振った。

するとバスチアンは例のあっと驚くような素早さでその場を移動すると、つぎの瞬間には片手でクロエの顎をつかんでいた。「口を開けて食べるんだ、クロエ」

命令に従う以外、ほかに方法はなかった。長い指で顎を鷲《わし》づかみにされ、冷たい輝きを放つ黒い目で見つめられたら、もう身もだえすることもできない。

「口を開けて」バスチアンはふたたび言った。今度はよりやさしく、誘惑するような口調で。クロエは言われたとおり口を開け、バスチアンが舌の上にオレンジのかけらをのせるのにまかせた。口のなかに、甘酸っぱい味がいっぱいに広がった。

ほんの一瞬、そのあとにバスチアンの唇や舌が続くのではないかと思ったものの、それはあくまでも愚かな妄想にすぎなかった。バスチアンはふたたび距離を置いて座りなおし、クロエはゆっくりとオレンジを食べた。幸い、この男はわたしに手を出す気はさらさらないらしい。ほかの者からわたしを守ってくれるかたわら、みずから手を出すこともない。たぶん、そのようなちょっとした情けをわたしはありがたく思うべきなのだろう。そう、ありがたく。

「ごめんなさい」そんな言葉が口をついて出たのは自分でも驚きだった。が、それ以上にバスチアンは驚いているようだった。ろうそくの炎に照らされた狭い部屋のなか、バスチアンは振りかえってクロエの顔をじっと見つめた。

「いま、なんて?」

クロエは軽く咳払《せきばら》いをした。唇についたブラッドオレンジの味を、バスチアンの指の味を、たしかに感じながら。「ごめんなさいって言ったの。ぶしつけな質問ばかりして、いちいちあなたに刃向かって。言うことも聞かず、逃げだしたりして。あなたは危険をかえりみずにわたしを守る努力をしてくれている。それなのにわたしときたら、めそめそ泣き事を言って、文句ばかり言っているわ。ほんとうにごめんなさい。あなたにはとても感謝してるの」

バスチアンはベッドから腰を上げ、狭い部屋のなか、できるだけクロエから離れたところに立つと、なんとも表情の読みとれない目を細めて彼女を見つめた。「感謝してる、だって？　てっきり俺のことは地獄からの使者だと思っているとばかり」

「そのとおりよ」クロエはいらだちがふたたびわきあがるのを感じながら言った。「でも、あなたはわたしの命を救ってくれた。しかも、二回も。なのにわたしはお礼も言わなかった」

「いまお礼を言われても困る。感謝の気持ちは、無事アメリカに戻ったときにでも心のなかで唱えてくれたらそれで充分さ」

「でも、どうして？　わたしにはわからないわ。どうしてわたしのためにここまでしてくれるの？　ハキムに命を奪われそうになっていたところを助けたのは気まぐれにすぎないとあなたは言った。でも、そんな言葉、わたしは信じない。あなたは自分で思っているような冷血な人間じゃないのよ。あの状況で、あなたはハキムが人を殺すのを黙って見てはいられなかった。わたしはわかっているの。あなたがほんとうはやさしい心の持ち主だってことを。もちろんあなたが誰なのか、何者なのか、それにほんとうの名前すらわからないけれど」

「俺の名前を知る必要はない。それに、きみはとんだ思い違いをしてるよ」バスチアンはそっけなく答えた。「俺はまぎれもなく冷酷な男だ。余計なことに首を突っこむ女を救う趣味もない。きみの場合は例外さ。ここで始末するより、アメリカに逃がしてやったほうが簡単なんだよ」

「あなたはわたしを殺すようなまねはしないわ。ハキムを殺したことは知ってる。でも、平気で女を殺せるような人間には見えない」

「ずいぶんな自信だな」

その声に混じったあざけりの響きに、クロエは動揺を隠せなかった。黙っているべきときにぺらぺらしゃべりつづけてしまうのは、いつも父親に注意されているとおりだった。でもここはどうしてもひとこと謝り、お礼を言っておかなければならない。なんといってもバスチアンは命の恩人なのだし、いまもわたしを守ってくれている。本人は断固として否定しているけれど、それは人間としての基本であるやさしさから来る行為にほかならなかった。そこに個人的な感情があるわけもない。

バスチアンはろうそくの明かりをさえぎるかたちでクロエに近づき、片手で彼女の顎をつかむと、おもむろに持ちあげて自分の顔と向きあわせた。「俺を見ろ、クロエ」と低い声で言った。「俺の目を見るんだ。その奥にやさしい男の心が映ってるか？　よほどのことがないかぎり人など殺さない男の姿が」

できることなら目をそらしたかった。バスチアンの目は光すら通さないほど黒く、その向こうにはからっぽの広がりしかないように思えた。クロエはほんの一瞬、その奥にある闇の世界をかいま見たような気がした。ぐいと頭を動かしてその手から逃れたかったが、がっしり顎をつかまれてそれもままならなかった。相手の顔は目の前にある。その唇もまた、危険なほど近い位置にあった。その唇についたブラッドオレンジのにおいも嗅《か》ぐことができる。

「面と向かって言ってみろ、クロエ。あなたはやさしい男だと」その声は穏やかながらもひんやりとした響きを持っていた。「自分がいかに愚かな女か、態度で証明してみろ」

その言葉は残酷にしてとげとげしく、陰になったバスチアンの顔にはなんのぬくもりも感じられなかった。そこにあるのはただ痛みだけ。心の奥底に潜む身もだえするような激しい痛みは、いまもバスチアンの胸をかきむしっている。クロエにはそれを見ることができた。感じることができた。それは実体のある存在として、この狭い部屋にあった。クロエはバスチアンの手首にそっと両手を添えた。顎を鷲づかみにする手を引き離すためではなく、ただその体に触れるために。

「わたしはそれほど愚かな女ではないわ」とクロエは言い、急に気持ちが穏やかになって、自信がみなぎるのを感じた。バスチアンは身動きもせず、そばを離れる気配もない。クロエはそのままバスチアンにキスをするつもりだった。心のおもむくまま、その唇に自分の唇を重ねるつもりだった。そうすれば向こうだってキスを返してくれるだろう。バスチアンが抱える闇の奥底には、わたしと同じように激しい欲求が潜んでいるに違いない。

けれども主導権を取ろうとしたところで、バスチアンは頭を下げてクロエの唇に軽くキスをした。クロエはそれに応《こた》えようと体を起こした。

が、バスチアンがしてきたのは羽のように軽いキスでしかなかった。「クロエ、俺は悪魔の化身なんだよ」バスチアンはささやくように言った。「それが見えないなんて、きみは愚かすぎる」

「愚かで結構」クロエはそう答えて、バスチアンがふたたび唇を重ねてくるのを待った。けれどもいくら待ってもキスは来なかった。ふたりはそのまま長いこと見つめあっていた。それは永遠とも思える時間だった。やがてバスチアンが口を開いた。「入れよ、モーリーン」すると隠し扉が音もなく開き、目のくらむような光がまるで洪水のように狭い部屋に押しよせてきた。

扉はすぐに閉まったものの、ベッドの端まで下がったクロエは、突然の変化に目を慣らすようにして新しい来客を見つめた。

「お邪魔だったかしら、ジャン - マルク」女はいかにもおもしろがっているような声で言った。「取りこみ中ならあとでまた出直すけど」

「邪魔だなんてとんでもない。生き残るためのちょっとしたレッスンをほどこしていたまでさ。モーリーン、紹介しよう。ここにいるのが我々が責任を持って世話をする、行き場を失ったアメリカ人さ」バスチアンは光も通さない黒い瞳をクロエに向けた。「かわいらしいお嬢《シエール》さん、こちらはモーリーン、ときどき俺の妻役を務めている女性だ。きわめて優秀な同僚だよ。きわめて優秀な者でなければきみの世話はまかせられないと思ってな。これからは彼女が責任を持ってきみを空港に送り届け、無事アメリカ行きの飛行機に乗せてくれる。任務には一度も失敗したことのない腕利きさ」

「わたしだって失敗のひとつやふたつ経験があるわよ」モーリーンはしっとりした朗らかな声で言った。「まあ、最後にはなんとか落ちつくべきところに落ちつかせたけどね。だいじょうぶ、クロエとわたしなら心配ないわ」モーリーンは三十代なかばの魅力的な女性だった。彼女の印象にぴったり合うあか抜けたスーツは、シルヴィアなら喉から手が出るほど欲しがるようなデザインだった。

　ふいに死んだ友人のことを思いだしたクロエの思考は、その場で凍りついた。クロエはこわばった作り笑いを浮かべ、バスチアンのほうに、いや、ジャン‐マルクのほうに向きなおった。名前のないこの男を、モーリーンはそう呼んだ。「わたしを見捨てるの？」

　バスチアンはこの状況をおもしろがっている様子を隠そうともしなかった。「まあ、今後の世話はモーリーンの慈悲深い手にゆだねるということさ。自分の仕事のほうをだいぶ長いことほったらかしにしているものでね。これ以上、時間を割くことはできない。安全な旅を願ってるよ。すてきな人生を」

　そしてバスチアンはそのまま部屋をあとにした。

17

「ジャン‐マルクに口説き落とされた犠牲者がここにもひとりってわけね」モーリーンはそう言って部屋のなかに入ってきた。「かわいそうに、あなた方はみんな同じように見えるわ。哀れを誘うような目をして、かわいらしい顔をして。ジャン‐マルクはかわいらしい顔に目がないのよ」モーリーンの口ぶりはきわめて気さくだった。彼女は持参したスーツケースをベッドの上に置くと、ほんの少し首をかしげてクロエのことをじっと観察した。

「といっても、よく見るとあなたの場合は、いつもジャン‐マルクが手を出すタイプではないみたいね。あの男はね、悲嘆に暮れた小娘を相手にするようなタイプじゃないの。自分で始末をしないなんて意外だわ」

そんな言葉が平然と口にされている事実に驚きを隠せず、クロエは思わず口を開いた。

「あの人はけっしてそんなこと――」

「しないとでも言うの？　それは完全な思い違いよ。実際、過去にもこういうことはあったの。ただあなたのことは、どういうわけか生かしておきたいと思ったみたい。そこでわたしに助けを求めてきたというわけ。ところで、あなたはあの男のことをなんて呼んでいるの？」モーリーンはかちりという音とともにスーツケースを開け、清潔な服を何枚か取りだした。

「え？」

「だって、まさかジャン‐マルクと名乗っていたわけではないでしょ？　もちろん、その名前だってほんとうかどうかわからないけれど。ほんとうの名前なんて、きっとあの男ですら忘れてしまったのよ。そうね、つい最近使っていた名前は、エチエンヌだったと思うわ」

「わたしがなんて呼んでいようとかまわないじゃないですか」

「ええ、まったくかまわないわ」とモーリーンは言った。「とにかく、出発するまえにまともな服に着替えてちょうだい。それに、その髪はいったいどうしたの？　まるでシザーハンズのエドワードに襲われたみたいじゃない」

「自分で切ったんです」モーリーンが差しだしたのは黒いズボンに黒いシャツ、それにブラジャーやパンティーまでも黒だった。きっと彼女たちのような人種――スパイだか諜《ちょう》報《ほう》部員だか知らないけれど――には厳守しなければならない規則のようなものがあるに違いない。

「どうやらそのようね。まあ、自分の国に戻れば誰かが手直ししてくれるでしょう。さあ、早く着替えをすませて」モーリーンはそう言って壁にもたれると、腕組みをしてクロエが着替えはじめるのを待った。

もちろん、クロエは彼女の前で服を脱ぐなんてごめんだった。「少しのあいだ席を外してもらえないかしら」

「アメリカ人というのはどうしてこうも取り澄ましてるの？　ジャン・マルクと数日ほど過ごしたあとなんだから、その手の恥じらいなんて捨て去っているでしょうに」

クロエはなにも言わなかった。モーリーンは背を向ける気配も見せない。クロエは仕方なくタートルネックのセーターを脱ぎはじめた。

部屋のなかは冷えきっていた。けれども自分の腕に目をやると、青黒い傷やあざはほとんど消えてなくなっていた。拷問を受けて血を流していたのは、ほんの三日まえのこと。それがいまは、ちょっと疲労がたまって寒い程度で、すっかり回復している。

新しいシャツに手を伸ばしたところで、モーリーンに止められた。「全部脱ぐのよ。いまの時代、調べようと思えば着ていた服からいろいろなことがわかるの。ほんと驚きよ。わたしたちとしては下手になにかを明かすような過ちは犯したくないの」

「いったいなんの話？」

「まあ、話したところであなたにはわからないでしょう。とにかく下着も脱いで。だいたいそんなものどこで手に入れたのよ。まあ、パリではないことはたしかね。修道女がつけるような下着じゃない。あなたにはセンスというものがないの?」

「残念ながら。でも、あなたが持ってきたサイズがわたしに合うって、どうしてわかるの?」

「サイズに関しては、事前にジャン - マルクから指示を受けたわ。だいじょうぶ、あなたにぴったりのサイズよ。そんなことより、あの男はよかった?」

興味津々といったモーリーンの視線にさらされながら、クロエはしぶしぶ地味な綿製の白いブラジャーを外し、黒いレースのブラジャーに取りかえた。たしかにサイズはぴったりだった。「あの男はよかった?」クロエはおうむ返しに尋ねた。

「ベッドの上でよ、ほんとにうぶね」モーリーンはいらだちをあらわにして言った。「じつはね、わたしたちも何年かまえに関係があった仲なの。いまでも覚えてるわ……想像力豊かなあの男のテクニックを。それにしても、あなたはあの男に見合うようなスタミナの持ち主にはとても見えないけど」

これ以上肉体的な欠点を挙げられてはたまらないと、クロエは素早く着替えをすませた。

「あなたには関係のないことです」

「関係あるわ。あの男がどれくらいあなたに夢中になっているのか知る必要があるの。それでなくともここ数カ月、行動がおかしいのよ。あなたのような純情な小娘に惚《ほ》れるなんて、ジャン - マルクを知る者にしてみれば信じられないことだわ」

「なにもあの人はわたしに惚れているわけじゃない。ただ、責任を感じているだけなの。だってあの人は……」モーリーンがどこまで事情を知っているのかわからず、クロエの反論は尻すぼみになった。

「ハキムを殺した」モーリーンはクロエの代わりにそのあとを続けた。「少なくとも、任務の一部は完了させたということね。まあ、どうしてあなたが死ぬのを待ってからそうしなかったのかは、理解に苦しむところだけどね。しかも、あなたがまだ生きているとわかっても手を下そうとはしなかった」モーリーンは美しい髪をなびかせるように首を振った。

「あの人はハキムを殺すつもりじゃなかったのよ」

「おめでたい娘ね。殺すつもりじゃないどころか、そもそもそれがあのシャトーにいた目的のひとつなのよ。そこにたまたま、あなたという邪魔が入っただけのこと。まさかハキムを殺したのはきみを助けるためだとでも言われて、その気になっていたの？」

「まさか」クロエはすっかり沈んだ声で言った。

するとと驚いたことに、モーリーンは突然毛布をはぎ、ベッドの上を入念に調べはじめた。

「どうやらここにいるあいだはなにもなかったようね。まあ、ほんとうのところはわからないけど。DNA検査のことを考えれば、後悔するより、先に用心していたほうがましよ」

「あなたはなにか勘違いしているわ。バス……いいえ、ジャン-マルクはわたしになんてこれっぽっちも興味ないの。結局手に負えなくなって、あとをあなたにまかせるくらいなんだし」

「そのようね。それにしても、これだけいっしょにいて唾《つば》をつけなかったのは驚きだわ。その手の欲求は人一倍強い男だし、健全なアメリカ人であるあなたに対しては、それなりに魅力を感じていたに違いないのに」

クロエはなにも言わなかった。開け放たれたドアから光が入ってくるものの、部屋のなかは先ほどに増して狭苦しく、閉所に対する恐怖がよみがえってきそうな気がする。たぶん、モーリーンのたちの悪い明るさがそうさせているに違いなかった。「とにかくもうここを出られる？　できればこのまま空港に直行したいんだけど」

モーリーンは脱ぎ捨てられた服やベッドのシーツをスーツケースに詰め、蓋《ふた》を閉じた。「もちろん」と例によって明るい声で言った。「ここはもう出なければならないわ。でも残念だけど、行き先は空港じゃないの」

部屋のなかの温度は確実に下がっていた。当然この古い家には暖房はなく、雪に照りかえすまぶしい日の光も、寒々しさを増す一方だった。

「じゃあどこに？」とクロエは訊《き》いた。

「わたしはこれから上司に会いに行って、ついに任務を完了した旨を報告するの。あなたに関して言えば、どこに行くわけでもない。死んでもらうだけよ」

バスチアンは自分の直感に絶対の自信を持っていた。任務が失敗に終わりそうになったり、潜入スパイ《モグラ》が敵側に寝返ったり、あるいは情報が漏れそうになったりした場合はすぐにそれがわかったし、計画を中断するか続行するかの判断も直感にまかせる場合が多かった。当然のごとく誰がどの程度信用でき、結局最後に誰が裏切るかも承知していた。

しかしそのような才能は、ここ最近すっかり失われてしまったようだった。いや、もうどうなってもかまわないと思っているというのが、ほんとうのところかもしれない。今回の任務はきわめて簡単だった。ハキムを始末し、縄張りがどのように分配されたのかを把握し、クリストスが新たなリーダーに選ばれないようにする。

危険を警告する声は聞こえていたものの、バスチアンはもはやそれに耳を傾けようともしなかった。それは催眠をうながすような声だったが、しきりに耳の奥でなにかを警告していた。しかし、警告すべきなにがあるというのだろう。

バスチアンは雪に覆われたパリの通りを例によって猛スピードで走りぬけた。雪のせいでいつもよりは車の量は少なめだったが、この雪のおかげで走るところが限られているので、ドライバーたちのいらだちは変わらない。モーリーンが持ってきてくれたのはＢＭＷのニューモデルだった。雪の道を走るにはパワーがありすぎるが、ハンドルさばきに自信のあるバスチアンにしてみれば問題はなかった。一度だけタクシーと接触しそうになりながらも、車のあいだを縫うように進み、一路ホテルへと向かった。

タクシー。手足を縛り、口を封じた状態で地下の駐車場に置き去りにしたタクシーの運転手は、結局死体となって発見された。クロエの友人のように、喉を切り裂かれて。こうなったときの準備はまえもってしておくべきだった。用心に用心を重ねたつもりでも、連中は自分の足跡を嗅《か》ぎつけたらしい。モーリーンに差しだされた新聞をひっつかんだバスチアンは、その瞬間、妊娠して水牛のようになった運転手の妻や、四人の子どもたちの姿を思い浮かべた。あと二、三日、時間に余裕があれば、犠牲となった運転手の家族のために、まとまった金を調達することも可能だったに違いない。もちろん金を与えたところで夫や父親の代わりにはならないにしても、〝委員会〟の手によって引き起こされた苦難の一部は、それで軽減されるはずだった。

運転手の殺害を指示したのはトマソンに間違いなかった。ひそかに自分のあとを追わせ、目撃者や生存者がいた場合はひとり残らず始末しろと命じたのだろう。普段は疑われるようなことがない嘘《うそ》も、今回ばかりは見破られたに違いない。この世界では、それは普通とされている処置だった。〝委員会〟のような組織が存続するためには、のちのち余計なことをしゃべったり、疑念を抱いたりする可能性のある者を生かしておくわけにはいかない。秘密主義は〝委員会〟にとって第一原則であり、それは任務自体の成功よりも重要なことだった。その下で働く者はみな、世界を救うという同じ理想を掲げて任務にあたっている。

しかしその妨げとなる命をいくつ奪おうとも、世界を救うことは不可能のようにバスチアンには思えた。

バスチアンの車はホテルに近づいていた。自分用には、こぢんまりしたスイートルームが用意されている。密輸カルテルのメンバーはほとんどがすでに集まっていて、あとはクリストスの到着を待つばかりだった。きちんと着替えをすませたバスチアンは、ふたたび自分の人生を再開する心構えもできていた。クロエ・アンダーウッドの世話は、自分の知るかぎり最も腕の立つ同僚にまかせてある。モーリーンとは、つい最近の任務で夫婦に扮《ふん》したことをふくめて、何度もいっしょに仕事をしたことがあった。彼女ならクロエを飛行機に乗せるのも朝飯前だろう。そうすれば、モーリーンにとっても自分にとってもクロエはもはや肩の重荷ではなくなる。いや、肩の荷が下りる思いがするのは、おもに俺《おれ》のほうだろう。実際、クロエをモーリーンの手にゆだねた時点で、すでに役目を終えたような気分になっていた。任務を続行し、重要な問題に集中する準備はできている。これでもう余計なことに注意をそがれることはない。

しかし、なにかが腑《ふ》に落ちなかった。いったいなにが気になっているのか、それはわからない。だが、そこにはたしかに神経を逆なでするものがあった。モーリーンに対しては変わらぬ信頼がある。肉体的な関係を経て厚い友情へと変わったふたりの絆《きずな》は、〝委員会〟が誇示する全能の力を超えて存在しているはずだった。モーリーンなら、信頼できる。

それなのに、どうしてさっきから引きかえしてたしかめたいという思いが静まらないのだろう。

もちろんそれは、単純になかなかクロエを見捨てることができないでいたことに原因があるのかもしれない。自分以外の人間に興味を抱き、あれこれ心配するなんて、じつに久しぶりのことだった。本気で心配しているかどうかはべつにしても、彼女を守る道を選択したのは自分なのだし、それによってふたりのあいだにセックスとはべつの、ある種の結びつきのようなものができたのは事実だった。

ただ、そのような単純なことならば――そう、たんにクロエをあきらめたくないというだけならば――耳の奥で響くやかましい声を無視することは容易だった。自分の人生に感傷的な要素を入りこませる余地などいっさいない。そんなものはとっくの昔になくしていたし、そもそもはじめからその手の感情を持ちあわせていたかどうかも疑問だった。母親と叔母がアテネのホテルで火事に巻きこまれて死んだという知らせを耳にしたときも、たんに肩をすくめただけだった。センチメンタルな感情に左右されていた時代はとうの昔に終わったのであり、バスチアン自身もそれを完全に過去のものとして片づけていた。

それにしても、クロエのことなどいっさい忘れ、最後の任務に集中すべきときにそんな感情がよみがえるなんて。彼女のことはもはや自分の関知するところではないし、これ以上責任を負う必要もない。そんな責任など最初からなかったのだ。それをあえて引き受けたのは、あくまでも自分の問題だった。いまはもう、あの女のことなど心配する必要はない。

おそらく雪で道が狭まっているにもかかわらずスピードを出していたせいだろう。カーブを曲がる際に車がスリップし、もう少しでタクシーとぶつかりそうになった。バスチアンは自分の愚かさを自覚し、いまではその事実を認めてもいた。もう一度、町外れにあるあの廃屋に戻ろう。自分はさよならを言いたいだけなのかもしれない。彼女が無事かどうか、確認したいだけなのかもしれない。そしてもう一度キスをして、彼女が望むようなセックスを……。

それは間違ってもあり得なかった。そんなばかげた想像を無視するだけの分別はわきまえている。いずれにしてもいまはとにかく任務を終わらせ、クリストスを始末して、トマソンがほんとうに刺客を送ってくるのかたしかめるのが先決だった。

ところが、その肝心の分別がいまは充分に働かなくなっている。それにあの厄介者の安全を確認するまでは、なにをするにしろ先に進むことすらできそうになかった。

いったいどういう意味なのかと、そんなまぬけな質問を口にするつもりはなかった。モーリーンが意図するところはクロエも充分に理解している。それは彼女がこの狭苦しい隠れ家に姿を見せ、バスチアンに見捨てられたときから直感していたことだった。新しい髪形やおしゃれな下着を話題にして愛想よく話しかけてくるものの、モーリーンにはわたしを飛行機に乗せるつもりなど毛頭ない。着替えを持ってきたのはアメリカに逃がすためではなく、衣類から身元が突きとめられるのを防ぐためだった。もちろん、それは死体の身元ということになる。

パニックにかられる状態など完全に通り越していた。「バスチアンがあなたをここに連れてきたのはそのため？　自分で手を下せないから？」とクロエは訊いた。

「そう、あの男はいまバスチアンの役を演じてるの。だとしたら、あなたもとくに幸運に恵まれていたとは言えないわね。もしあの男がいつものとおりバスチアンという役に徹していたら、あなたは絶対にあのシャトーから出られなかったでしょう。わたしはね、あの男が散らかしたごみをきれいに片づけるためにここに来たの。任務を成功させる唯一の道は、細部へのこだわりにあるのよ」

モーリーンは開け放たれたドアの前に行く手をふさぐように立っていた。確実にこちらよりも背が高く、上品な格好をしていながらも、力強さにおいては数段上のように見える。それでなくとも、こちらは体力的にベストな状態からはほど遠かった。

クロエはベッドの端に腰を下ろし、サイズのぴったり合う新しい服に身を包んだまま、殺し屋の目をのぞきこんだ。思考や感覚はすっかり麻痺《まひ》してしまっているようだった。情けないことに、体を動かすこともままならない。きっとわたしは殺されるのを待つ子羊のように身動きもせず、なんの抵抗もせずこの場に座りつづけて……。

そんなのいやよ。クロエはさっと体を起こし、ドアに向かって駆けだしたが、動きの速さではモーリーンにかなわなかった。

「おとなしく死にたくはないというわけね」モーリーンはうっすらと笑みを浮かべながら言った。「望むところよ。それに、あなたにはそれなりの痛みを味わってもらわないとね。あなたのおかげでわたしは一度ミスを犯している。ほんとにいい迷惑よ。上司の前で恥をかくのはわたしのスタイルじゃないの」

「どういうこと？」

「ジャン - マルク。バスチアン。あなたがなんと呼ぼうと、あなたはあの男の二面性を証明するさらなる実例のひとつでしかない。あなたはあの男の心をかき乱した。心などけっしてかき乱されてはならない男の心をね。あなたを殺すことは、わたしからあの男に贈るプレゼントなの」

「バスチアンはわたしを殺すためにあなたをここに？」

「それはさっきも訊いたことよ。気づいていると思うけど、わたしは答えなかった。その答えについては、せいぜい息を引きとりながら考えるのね。さあ、動きなさい」

「どこに？」

「この部屋は鉄筋で補強されてるの。しかも浴室の真上にある。乾いた木のかたまりのようなこの古ぼけた家のなかでも、かろうじて焼け残る可能性があるのよ。わたしは賭《かけ》に出るのが嫌いなたちでね。失敗は一度で充分」

「この家ごと燃やすつもり？　だったらどうしてわざわざ服を着替えさせたの？」

「神は細部にこそ存在する。といっても、神なんて信じちゃいないけどね。自分以外のものに頼ることはしないようにしてるの。あなたの遺体は焼け跡から発見されるかもしれない。そこで身元がわかっては不都合なのよ。たとえばあなたがドイツ人やイギリス人だったら、こんなに気を使う必要はないかもしれない。それに比べてアメリカ人の場合は、海外で自分の国の人間が殺されようものなら大騒ぎする傾向にあってね。さあ、ドアの外に。それでなくても時間は充分に無駄にしてるのよ」

「わたしがこの部屋を出るのを拒んだら？　ここで殺させようとして」

「そんなことをするはずないわ。それどころか、あなたは死ぬのをできるだけ引きのばそうとするでしょう。それが人間の本能というものよ。あなたはわたしがなにを言おうとそのとおりにする。そのあいだに弱点を見つけて、なんとか脱出しようという魂胆でね。もちろんそんなことはできっこないけど、いまのあなたにはそれは信じられない。いずれにしろ、あなたはわたしの言うとおりにするほかないのよ。さあ、部屋から出なさい。そして階段を下りるのよ。行く先は、二階のいちばんの奥にある部屋。そこでわたしはあなたの喉を切り裂いて、この家に火を放つ。すでにガソリンはまいたわ」

けれどもクロエはガソリンという言葉など耳に入っていなかった。「喉を切り裂く?」

「そう、人を殺す上では、きわめて効果的な方法よ。なにしろ銃を使うのと違って、静かに終わらせることができるんだもの。大騒ぎしようにも、意識がなくなるまでのあいだ、ごぼごぼ喉を鳴らすことしかできない。唯一の難点は、すぐに死に至らないことかしら。まあ、わたしにしてみればそこが楽しみのひとつなんだけどね。あなたに対しては個人的な恨みがあるの。なにもジャン‐マルクのことだけを言ってるわけじゃないのよ。わたしは本来、任務においてミスを犯すようなタイプじゃない。でもあなたのおかげで、大きなへまをやらかしてしまったのよ。今回は復讐《ふくしゅう》の意味も込めて、任務を完了させてもらうわ」

「いったいなんのこと?」

「まだわからないの? あなたの友だちよ。わたしは部屋の番号と大まかな容姿を教えられて、あなたの部屋に行った。そこにあの女がいたの。ルームメイトがいるなんて、まえもって言われていなければわかるはずないじゃないの。人違いだとあとで指摘されて、どんなにばつの悪い思いをしたか」

「ばつの悪い思いですって?」クロエは相手の言葉を繰りかえした。からっぽになったワインボトルはまだテーブルの上にあった。ナイフや銃を持つ者から身を守るには物足りないけれど、それでもないよりはましだった。この状況のなかでさっと飛びつく度胸さえあったら……。

「といっても、大きな視点から見れば完全なミスとは言えないわ。いずれにしろ、あの女は殺さなければならなかった。ただ、その順番を間違えただけのことよ。あとはもう、これ以上ミスを犯さずに任務を完了させるのみ」

「あなたが、シルヴィアを」

モーリーンはうんざりするように息を吐いた。「あなた、いったいなにを聞いてるの？　もちろんわたしが殺したに決まってるじゃない。言っとくけど、彼女はあなたよりよっぽど激しく抵抗したわよ。暗闇《くらやみ》のなかで、てっきり強盗だとでも思ったんでしょうね。それこそ必死になって抵抗したわ。現にいまでもあざが残ってる。それに比べたらあなたはまったくおとなしいもの――」

クロエはからのワインボトルを思いきりモーリーンの顔に叩《たた》きつけた。分厚いガラスが粉々に砕けるのを目にした彼女は、そのまま相手のわきをかすめ、殺し屋の魔の手から逃れようと走りだした。モーリーンは背後で悲鳴とも怒号とも聞こえる叫びを発している。

家のなかがどのような造りになっているのかはよく思いだせなかったが、パニックにかられながらもなんとか階段は見つけることができた。あとからモーリーンが追いかけてくる音が聞こえるものの、出足では完全にリードしている。クロエはそのまま全速力で階段を駆けおりた。

しかし最後の階段で足を滑らせた彼女は、もたついて貴重なリードを失った。なんとか両脚で立ちあがるころには、モーリーンはすぐ近くの踊り場まで迫っていた。

ようやく階段が終わっても、クロエは必死に走りつづけた。モーリーンの荒々しい息づかいが背後に迫るのを感じつつも、そのままひた走った。

土壇場で幸運に後押しされ、よろめきながらドアを開けると、その向こうにはどんよりとした雪の世界が広がっていた。それはバスチアンとともに乗ってきたタクシーの形に盛りあがった雪の山が見える。庭へと続く階段の上からは、タクシーのようだったが、足跡はすべて雪に覆われ、積雪も少なくとも三十センチはあるに違いなかった。

クロエは分厚い雪に足を取られながらも大急ぎで階段を下りた。が、それでも遅すぎたのだろう。階段のなかほどまでたどり着いたところでモーリーンに追いつかれ、短い髪を鷲《わし》づかみにされたあげく、力ずくでぐいとうしろに引っぱられた。

「この雌豚」とモーリーンは言って唾を吐いた。その顔は血まみれになっている。あか抜けた美人の面影はいまやどこにもなく、そこには逆上して殺意をあらわにした殺し屋の表情があった。モーリーンは雪の積もる階段にクロエを叩きつけ、そのまま体を押さえつけた。手に握られたナイフは小型だが、殺傷能力は充分にある。クロエは現実とは思えない状況のなかで絶望に打ちひしがれた。いったいどうしていつもナイフじゃなきゃならないの？　どうしてひと思いに銃で撃ってくれないのよ。そのほうがよっぽど早く事は片づくだろうし、後始末だって簡単に違いない。なのに覚醒《かくせい》剤でハイになった外科医みたいに、あえて肉を切り刻もうとするなんて。

もはや戦う気力も失ったクロエは、目を閉じて、死に直面する心構えをした。モーリーンは喉を鳴らすように笑い声をあげている。「そうこなくちゃ」とモーリーンは言った。「悪あがきはもうおしまいになさい」

「モーリーン！　やめろ！」

急に耳に飛びこんできたハスキーな声がバスチアンのものであるはずはなかった。そもそもこの状況を作ったのはバスチアン自身なのだ。それとも気が変わって、戻ってきたというの？　あのシャトーでもそうだったように、急に心変わりをして、わたしを助けることにしたとでも？

「近寄らないで、ジャン・マルク！」不気味なまでに落ちついた声でモーリーンは言った。雪の積もる階段に押しつけたクロエから目を離そうともせずに。「こうするのがいちばんだってことは、あなたも知っているはずよ。ほかに方法はないわ」

「彼女に手を出すな！」いくぶん穏やかになったバスチアンの声はさらに近づいた。けれどもモーリーンはまったく耳を傾けていなかった。

「ジャン・マルク、いったいどっちを選ぶの？」とモーリーンは言った。「この女か、それともわたし……」モーリーンの言葉はくぐもった銃声にさえぎられた。モーリーンは驚いた顔をして下を見つめ、くそっ、とつぶやくと、仰向けに倒れて雪に覆われた階段を滑り落ちた。階段の下にいる、バスチアンの足元まで。

深紅の血の跡が、光沢のあるまっ白な雪の上でどぎつい対比をなしている。なんとか動こうとしたクロエは、バスチアンの声に止められた。

「そこを動くな」バスチアンはやけにうつろな声でそう言うと、足元にかがみこんで、手足のだらんとしたモーリーンの体を両腕で抱えあげた。まるでこちらの存在など、すっかり忘れてしまったかのように。バスチアンは隠してあったタクシーのところまでモーリーンを運び、分厚く積もった雪を蹴《け》りはらってドアを開けた。

クロエはよろめきながらも立ちあがり、鮮血の跡を追うようにして階段を下りた。足音は積もった雪に完全にかき消されている。あるいはこのまま走りだして、通りへと逃げるべきなのかもしれない。そうすればバスチアンだってあきらめて……。

けれどもクロエはどこにも行かなかった。

バスチアンはモーリーンの死体を後部座席に横たえると、車のなかに手を伸ばして、見開かれたままの目をそっと閉じた。「すまない、モーリーン」とつぶやき、あとずさってドアを閉めた。

バスチアンはクロエがそこに、すぐうしろに立っていることに気づいて驚いているようだった。わたしは助かったんだわ。クロエはぼんやりとした頭で思った。なにかに反応する力はもう残されていなかった。真冬の静寂のなか、いまはただその場に立ちつくし、バスチアンを見上げることしかできなかった。ふたりのまわりでは、ふたたび雪が舞いはじめていた。

18

ふたりは数メートル離れて立っていた。数メートルの、血と雪。クロエはなにも考えずにバスチアンに歩みより、腕のなかに飛びこんで、肩に顔を押しつけながらその体にしがみついた。みずからの骨が砕けそうな勢いでがくがくと身を震わせ、叫びだしたい思いをこらえて。

クロエは頼りがいのあるバスチアンの腕にぎゅっと抱きしめられるのを感じた。バスチアンの体はたくましく、ぬくもりに満ちていた。かすかに感じられる震えのようなものは、きっと思いすごしに違いなかった。

バスチアンは片手をクロエの頭にやってやさしく髪をなで、まるで恋人のように耳元でささやいた。「クロエ、呼吸を忘れてるぞ。さあ、ゆっくりと、深く息を吸って」

そう言われてはじめて、クロエは息を止めていたことに気づいた。バスチアンは顎に手を当て、親指で喉をマッサージするようにして、呼吸をうながしている。クロエは身震いとともにひっと空気のかたまりを吸いこみ、それを二度、三度と繰りかえした。

「早いところここから逃げださないと」とバスチアンが言うのを耳にして、クロエは思わず笑いだしたくなった。いまここでヒステリックな笑い声をあげたところで、誰に聞かれるわけでもない。モーリーンはもう死んだのだし、血と雪に覆われた渦のなかでいくら叫ぼうとも、誰にも聞こえやしない。

けれども、クロエは叫ばなかった。バスチアンのぬくもりが、力が、息づかいが骨まで染みこむのを感じながら、ひたすらその体にしがみついていた。バスチアンのほうも体を動かすことなく、気がすむまでそうさせてくれているようだった。

クロエはようやく顔を上げた。そこにいるバスチアンは、顔色さえ変えていなかった。といっても、それはいつものことだった。クロエ自身、二度もこの男が人を殺すのを目の当たりにしている。それでもバスチアンは表情ひとつ変えなかった。とても人間の反応とは思えない。この男は恐ろしいモンスターに違いなかった。

けれどもたとえ恐ろしいモンスターであっても、バスチアンはこうしてわたしを守ってくれている。それに、いまとなってはもう、なにもかもどうでもよかった。「落ちついたわ。行きましょう」とクロエは言った。

バスチアンはうなずいて、クロエの手を握ったまま体を離した。クロエはあまりの寒さにいまにも凍えそうだった。雪に濡《ぬ》れた体もすっかり冷えきっている。バスチアンの手を握る力もおのずと強くなって、かじかんだ指に痛みを覚えながらもけっして放そうとはしなかった。バスチアンはクロエを導いて古い家から離れ、途中、足で雪を蹴《け》って血の跡を消した。空はいちだんと暗さを増している。嵐《あらし》が近づいているのか、それとも日が暮れようとしているのか、実際のところは見当もつかなかった。あるいは度重なる命の危険に耐えがたくなった自分が、みずから闇《やみ》を呼びよせて、毛布をかけるようにすべてを覆い隠そうとしているのかもしれない。光はもちろん、恐ろしさや痛みをこれ以上感じずにすむように。

バスチアンはとてもやさしかった。クロエはなかば放心状態のまま、バスチアンが見覚えのない車のドアを開け、助手席に自分を乗りこませ、シートベルトを締めるのを見守った。バスチアンのコートを置いてきてしまったことに気づいたのはそのときだった。クロエは突然、ひどく大事なものを忘れてきてしまったような極度のあせりを覚えた。唯一、自分に安心感を与えてくれるものを家のなかに置いてきてしまったように。

「あなたのコートが……」とクロエは言い、体を震わせながらふたたび息を吸った。

「コートなんてどうだっていい。もういらないさ」

「わたしには必要なの」

バスチアンは身じろぎもせずその場に立ち、助手席のドアを開けたままクロエを見下ろした。雪の舞う空はその体にさえぎられて見えない。いきなりそんなことを言いだすなんて、どうかしてしまったのではないかと思っているのだろう。たしかにどうかしてしまったとしか考えられなかった。

バスチアンは一瞬、間を置いてうなずいた。「ここを動くな」そう言って助手席のドアを閉めた。

どういうわけかまた笑い声をあげたかったけれど、クロエは体を動かすこともできなかった。シートベルトを外そうにも、まったく指に力が入らない。両脚で体を支えるなんて到底無理だった。いまはもう、かろうじて深呼吸を繰りかえすだけの体力しか残っていない。クロエはバスチアンに言われたとおりゆっくりと息を吐いては吸い、その行為にひたすら意識を集中させた。

バスチアンがそばを離れていたのはほんの一瞬のようだった。ふたたび助手席のドアを開けたバスチアンは、取ってきたコートをクロエの肩にかけ、彼女の顔をのぞきこんだ。

「だいじょうぶか?」

「もちろん」とクロエは言った。

たぶん、相手はその答えに納得していないに違いない。一瞬、眉間《みけん》にしわを寄せたのがその証拠だった。けれどもバスチアンは黙ってうなずいた。「とにかくじっとして」

いったいほかになにをするというのだろう。クロエは座席にもたれ、しわくちゃになったコートに頭をあずけながらそう思った。隙《すき》を狙《ねら》って逃げるとでも? もう逃げるのはごめんだった。

猛スピードでパリの中心部へと進む車のなか、クロエは脳のほんの一部だけを使ってバスチアンの穏やかな声を認識していた。それ以外の彼女はコートにくるまったまま、雪とともに見知らぬ世界を漂っている。「空港は閉鎖が解除された。だが、飛行機に乗るまでもうしばらく待つ必要がある。とりあえず、いったんホテルに連れていく。どうやら物事を片づけるのに時間を取りすぎてしまったらしい。この状況できみの安全を確保するには、こうしていっしょにいるほかない」

その言葉に反応したクロエは、ぱっと目を開けた。「どうして戻ってきたの？」ふいに発した声はまるで聞き慣れない声だった。すっかりかすれて、空気を震わせる力もない。わたしはどうしてしまったのだろう。まるで氷のなかに閉じこめられているような気分だった。

バスチアンは助手席には目も向けず、もっぱら運転に集中していた。パリの町を車で走るなんてクロエには考えられないし、実際のところ一度もしたことがなかった。いろいろなことに挑戦する勇気は持ちあわせているつもりだけれど、さすがにこの町で車を運転するのは腰が引けた。シルヴィアにも何度、意気地なしと笑われたことか。シルヴィア……。

「呼吸」とバスチアンの鋭い声が聞こえ、クロエはふたたび息を吸いこんだ。

車が停《と》まったのは〈オテル・ドゥニ〉の目の前だった。客室は少ないながらもエレガントなそのホテルは、パリでも指折りの高級ホテルのひとつだった。質素な正面玄関に車を乗りつけたバスチアンは、すかさず外に飛びだして助手席のほうに回り、ドアを開けようとするドアマンを制して、なにやら声をかけた。なにを言っているのかはクロエもあえて聞かなかった。バスチアンは助手席のシートベルトを外し、クロエが車から降りるのに手を貸した。コートが落ちないようにふたたび肩にかけなおし、腰に腕を回して、恋人を介抱するように彼女のほうに頭を下げた。

「眠そうな顔をしろ」バスチアンはクロエの耳に向かってドイツ語でささやいたが、クロエは驚きもせずそれに従った。「ホテルの連中には、オーストラリアから着いたばかりで時差ぼけなんだと説明したよ。だいじょうぶ、疑われやしないさ」バスチアンはそう言ってクロエのこめかみにそっとキスをした。もちろん、それも演技の一部だろう。クロエも余裕さえあったら顔を上げ、相手の口にキスを返しているはずだった。

　ふたりはこぢんまりとして洗練されたロビーを通って古いホテルのなかに入った。いくつもの視線がいっせいに注がれるのを感じながら、クロエはバスチアンに導かれてエレベーターへと向かった。バスチアンの腕は肩に回され、しっかりコートを押さえてくれている。それでも寒さによる体の震えは止まらなかった。胸の部分は雪が溶けてぐっしょり濡れ、コートを着ていてもなんの足しにもならない。

　なんとか部屋にたどり着いても、クロエは茫然《ぼうぜん》としたまま、その事実に気づきもしなかった。バスチアンが背後でドアを閉め、部屋の明かりをつけると、かろうじて自分がどこにいるか認識できた。「寒い」クロエは不自然なほど大きな声でそう言うと、肩にかけていたコートをばさりと床に落とした。「寒くてたまらない。しかもこんなに濡れて」下を向いてシャツに触れ、濡れた生地を体から引き離した。どうしてそんなところに雪がついたのか、いまはまったく思いだせなかった。

「とにかく休むことだ。あとで新しい服を持ってこさせる。ここに連れてくるとは思ってもみなかったんだよ。寝室はそのうしろにある。ベッドに潜りこんで、冷えた体を温めるといい」

差しだされたやわらかなシルクシャツを取ろうとしたクロエは、突然よみがえった戦慄《せんりつ》とともに自分の両手を見下ろした。どちらの手にも、乾いた血がいくつもの筋となってこびりついている。

クロエは視線を上げ、表情のないバスチアンの顔を見つめた。彼はすでに両手をタオルかなにかで拭《ふ》いたようだけれど、赤茶けた血の跡はいまだにぽつぽつと残っている。シャツもだいぶ濡れているようで、湿った部分が午後の光を受けて光っているのが見えた。

「けがをしたの？　シャツが……」クロエは気づくとバスチアンの胸に手を当て、その鼓動を感じていた。

バスチアンは首を振った。「これはモーリーンの血だよ。きみにもついてる」

それがきわめつけのひとことだった。「いますぐ取ってよ！」クロエは声を振りたて、バスチアンのシャツを引っぱりながら泣きじゃくった。「お願い……いますぐ……」やわらかなニットの生地はパニックにかられたクロエの手に引っぱられて完全に伸びている。心の平静など、どこかに消えてなくなってしまったようだった。わたしはいま死んだ女の血にまみれてここにいる。それはバスチアンにしても同じことだった。いますぐそれをぬぐい去らなければ、このままどうにかなってしまいそうだった。

「落ちつくんだ」バスチアンはクロエのシャツの裾《すそ》に手を伸ばし、ぐいと引っぱって頭から脱がせた。その体や、黒いレースのブラジャーがあらわになるのもかまわずに。青ざめたクロエの肌には、血の跡がくっきり残っている。

バスチアンは思わず悪態をついた。言葉を発することもままならなくなったクロエは、必死にあえぎながらシャツを引っぱりつづけている。バスチアンはさっと彼女の体を抱えあげると、カーテンを引いた寝室に移動し、そのまま浴室へと入った。即座についた浴室の明かりは、彼女の肌を鮮明に照らしだした。バスチアンはなかば服を着たままの姿でクロエをシャワー室に立たせ、蛇口を全開にすると、自分もそのなかに入って滝のように降り注ぐお湯を浴びた。

そして彼女が身につけている残りの服を手際よく、あっという間に脱がせ、石鹸《せっけん》を手に取って体を洗いはじめた。クロエは凍りついたまま立ちつくし、湯気の立ちこめるシャワー室のなかで全身を震わせている。はっと我に返って体が動いたのは、荒々しい動きで体をこするバスチアンの手に刺激されたせいだろう。クロエはだしぬけにバスチアンの服を、血の染みこんだその生地をつかみ、大声をあげて泣きじゃくった。

バスチアンが頭からすっぽりシャツを脱ぎ去ると、赤黒い血の跡が筋状に胸にこびりついているのがいっそう明らかになった。バスチアンは片腕でクロエの体を支えながら、残りの服を脱いで裸になった。相手の手から石鹸をもぎ取ったクロエは、バスチアンの胸をごしごしこすりはじめ、全身を泡で覆った。血の跡を洗いざらい落とそうと、すべてを洗い流そうと、必死になって……。

「もう充分だ」バスチアンはそう言ってクロエの手を取り、タイル張りの床に石鹸を落とさせ、力まかせに彼女の体を引きよせた。勢いよく降り注ぐシャワーの下、ふたりは裸のまま、ずぶ濡れになって抱きあった。

彼女はすべてを洗い流すことを必要としている。しかしそれはこのお湯だけでは、この石鹸だけでは、けっして消しきれない種類のものだった。彼女はいまそれ以上のものを必要としている。そして彼女の腹部に刺激されて勃起《ぼっき》するペニスが示しているように、バスチアン自身もそれを必要としていた。もちろん、普段ならこうしてむやみに相手を求めるようなまねはしなかったかもしれない。けれどもこの瞬間、バスチアンはクロエが自分を必要とするのと同じような激しさで彼女を必要としていた。たとえわずかなあいだでも、すべてを忘れるために。

ふいに性器に触れられたバスチアンは、彼女の手のなかでびくりと身を震わせた。クロエ同様、欲望の渦にのみこまれたバスチアンのペニスは、すっかり膨らんで重みを増している。

クロエはスコールのように降り注ぐお湯を浴びながらバスチアンの顔を見上げた。「お願い」とささやき、硬くなったペニスに指を這《は》わせた。「どうしても必要なの……」

「わかってる」とバスチアンは言った。

バスチアンはシャワーを止めようともせずにクロエを抱えあげ、薄暗い寝室へと運んで、彼女の体をベッドに横たえた。そして覆いかぶさるようにしてその上に乗り、相手に息をつく暇も与えず強引になかに入った。

クロエにしたところで、息などつきたくはなかった。いま必要なのはバスチアンの体であり、硬くなったそのペニスで深く、速く突いてほしいだけだった。実際、クロエはあっという間にオルガスムスに達した。バスチアンの性器を締めつけながら相手の体にしがみついた彼女は、全身から熱や光が放射されているような感覚を覚えた。暗闇にちりばめられた星は、先ほどからちかちかと明滅を繰りかえしている。バスチアンはそのあいだもクロエのなかにいて、感覚という感覚に集中して、みずからの絶頂を追い求めていた。

ほどなくバスチアンが絶頂に達したときも、クロエはまだ全身の震えが止まらず、バスチアンの性器がさらに膨らむのを感じてみずからもふたたび絶頂に達した。自分のなかに熱い液体が注ぎこまれるのを感じながら、クロエは相手の腰に回した両脚に力を入れた。そう、生命に満ちた熱い液体が、死や暗闇を追いはらうのを感じながら。

きっとよほど大きな声をあげていたのだろう。気づくとバスチアンの手で口をふさがれていた。クロエは抵抗することなく全身の力を抜き、ごつごつしたその手のなかでむせび泣いた。なにもかもがその涙で洗い流されるまで。

バスチアンが体を離すなり、クロエの腕はだらりとベッドに落ちた。クロエはすでに気を失っているようだった。気絶するほどよかったなんて男冥利《みょうり》に尽きる。そう思いたいところだが、そんなことで有頂天になるほどバスチアンは愚かではなかった。彼女はジャンキーがドラッグを必要とするように、抑制を解き放ってすべてを忘れる必要があったのであり、自分はただその機会を与えたにすぎなかった。もちろん、みずからもそれを得たことは言うまでもない。クロエはこちらが体を離すまえに、穏やかな眠りに落ちただけだった。

それでもクロエの体は、まだ心のように落ちつきを取り戻したわけではないようだった。興奮の名残らしき最後の震えが全身を駆けぬけ、彼女の体はびくりと痙攣《けいれん》した。自分がこれほどまでに彼女を欲していたとは驚きだった。そして彼女のほうも同じように自分を求めていたなんて。

今回、セックスの最中にキスはしなかった。といっても、肉欲に突き動かされるまま生きていることを実感するセックスに、キスなど必要ない。これはセックスのためのセックスであり、ふたたび生まれ変わるための、苦痛と欲求を解消するためのセックスにすぎなかった。現にこうして彼女を見下ろしているだけでも、また性器に血流が集まりはじめるのを感じる。

この先、これがきっかけとなって、ふたりの関係が進展することがあるのだろうかとバスチアンは思った。自分が求めているのはじつはクロエであり、クロエも同じように俺《おれ》を求めているというような状況に、はたしてなるのだろうかと。それともやはりクロエは、任務を成功させる上でのたんなる武器であり、ドラッグであり、道具なのだろうか。もちろん、それをたしかめる気はさらさらなかった。今夜中に任務を終わらせ、クロエを飛行機に乗せる。自分は生き残り、彼女が無事この国を出るのを見届ける。そのあとのことは成り行きにまかせよう――連中は自分を始末しに来るかもしれないし、そのまま見逃してくれるかもしれない。

シャワーはいまも出しっぱなしのままだった。サービスの行き届いた高級ホテルにふさわしく、〈オテル・ドゥ二〉の部屋ではいくらでもお湯が使える。バスチアンはクロエを見下ろし、すべてを忘れてぐっすり眠っている彼女をうらやましく思った。彼女を守ったり、任務を終わらせたりと、自分にはやらなければならないことが山ほどある。いっしょにベッドに潜りこんでその体を抱きしめ、ぬくもりに満ちた甘い喜びに浸りたいのはもちろんだが、それは叶《かな》わぬ夢だった。いま自分にできるのは、クロエの下にある毛布を引っぱって、彼女の体にかけてやることだけ。そしてベッドのほうに身をかがめて、そっと口づけをすることだけだった。

そしてバスチアンは彼女を寝室に残して部屋をあとにした。

クロエは目を開けた。まだ開けたくはなかったけれど、眠りからは覚めていた。一瞬、自分がどこにいるのか見当もつかなかった。実家の寝室にいる夢を見ていたのだけれど、それにしては開け放たれたドアから入ってくる光の具合がおかしかった。隣の部屋では、誰かがくぐもった声で話をしている。感覚の戻った体はどこか奇妙な感じがして、全身にけだるさを覚え、それでいてやけに緊張しているような状態だった。

ハンマーでがつんと殴られるようにすべてを思いだしたのはそのときだった。細部にいたるまですべてが鮮明な色を持ってよみがえるなり、クロエはさっと口に手を当て、うめき声を発しそうになるのをこらえた。わたしとしたことが、いったいなんてことをしてしまったのだろう?

この状況のなか、懲りずにまたバスチアンとセックスしてしまうなんて。といっても、不安の種があちこちにあるなかで、バスチアンとのセックスなど重要ではなかった。血なまぐさい危険と死が繰りかえされる状況に比べれば、そんなことはたいした問題ではない。

隣の部屋からかすかに聞こえてくるのはバスチアンの声だけだった。ほかに人がいる様子はない。きっと電話の相手に向かって低い声で話をしているのだろう。ドアのところまで行って盗み聞きをしようかとも思ったが、それはやめた。まずは浴室でシャワーを浴びて、全身についたバスチアンの名残を洗い落とすのが先決。それが終わったら服を見つけて、とっととここから逃げだそう。

広々とした浴室の床にびしょ濡れになった黒い服は見当たらなかった。きっとバスチアンが片づけたに違いない。手早くシャワーを浴びた彼女は、特大サイズのタオルで体をくるみ、寝室へと戻った。

が、やはりタオルだけでは心もとないような気がする。クロエはベッドからシーツを引きはがし、タオルの代わりにそれで体をくるんで、古代ローマ人のような格好でドアへと向かった。

さすがに誘惑には逆らえなかった。戸口の手前で立ちどまった彼女は、例によって感情の欠けたバスチアンの冷静な声に耳をすました。

「最終的な手配はすでに完了している。とにかく約束は守ってくれ。たとえどんな些細《ささい》なことでも、万が一なにか起きたら、この取引はなかったことにする。わかってるな」

それは明らかに脅しだった。冷静にして穏やかな声で告げられる脅しの言葉に、クロエは背筋に寒気が走るのを感じた。そして一瞬の沈黙があった。クロエは息を止め、さらに耳をすました。

「知ってのとおり、俺ははったりをかけるような男じゃない」とバスチアンは言った。「彼女は間違いなく格好の取引材料だ」

会話はそこで終わり、クロエはイタリア語で百まで数えてからドアを押し開けた。バスチアンは布張りの椅子に腰を下ろし、両脚を前に伸ばしたまま身動きもせずにいる。部屋の明かりが薄暗いのは幸いだった。まぶしい蛍光灯の光など、いまは耐えられそうになかった。

バスチアンはこちらの存在にまったく気づいていない様子だったが、じっとしたままやがて低い声で言った。「なにか興味深い話でも聞けたか?」

戸口のところで盗み聞きをしていたのがばれていることくらい、わかっているべきだった。バスチアンは超人的な本能でわたしの一挙手一投足を把握しているように思える。といっても、その本能はバスチアンのまわりにいるすべての人間に対しても働いているに違いなかった。これまで生き残ってきたのも、きっとそんな力のおかげなのだろう。

「わたしが格好の取引材料だってことだけよ」クロエはシーツで体を覆い隠したまま部屋に入っていった。「わたしをだしにして、どんな取引をするつもりなの?」

バスチアンは頭を動かしてクロエのほうに向きなおった。この格好を眺めておもしろがっているのは、かすかにきらめく目を見ればわかる。「きみと引き換えに斧《おの》一本と鶏の群れを手に入れるのさ」

「忘れているようだけど、わたしもあのミーティングにいたのよ。斧とか鶏とか言って、どうせスティンガー・ミサイルやウージー・サブマシンガンなんでしょ」

　バスチアンは口元をかすかにほころばせた。「ずいぶんと武器に詳しいんだな」

「詳しくなんてないわ」クロエはそう言って部屋のなかほどに移動した。

「言っておくが、その手の武器は女ひとりの命を差しだしたくらいじゃ交換できない」

　クロエは顔をしかめた。「あなたの生きる世界では、人の命なんてほとんど価値がないのね」そんな嫌味な言葉を口にするなり後悔したものの、バスチアンはまばたきすらしなかった。

「そのとおりさ。きみを生かしておくのにやたらと苦労しているのも、これでわかるだろう」

「でも、どうして？　あなたにとってわたしは大きなお荷物でしかないのに」

「お荷物とは、ずいぶんひかえめな言い方だな。どうしてって訊《き》かれても、俺にもわからないさ」バスチアンは質問を跳ねかえすように冷ややかな口調で答えた。「部屋の入り口に新しい着替えが置いてある。今夜はドレスアップしてもらうぞ」

　一瞬、服を着ないでする行為を思い浮かべたが、クロエはそんな想像を頭から追いはらった。「どうして？　パリの町に繰りだしてデートでも？」

「顔なじみの仲間と再会するのさ。男爵とその夫人、ミスター・オートミやほかの連中とね。俺が突然シャトーをあとにしたり、ハキムの不慮の死があったりで、主役が現れるまえに会合が中断してしまったんだよ。その主役が今夜到着する。我々の任務もそれをもって完了することになる」

「そこにわたしも来てほしいというの？」クロエは信じられない思いで尋ねた。

「きみは俺のそばからかたときも離れず、すべて俺の言うとおりにするんだ。そして合図をしたらその場で口論を始める。きみは怒ったふりをして、そのままトイレに向かう。十分ほどしたら、俺もそこに行く。なにを耳にしても、俺が行くまでそこにいるんだ。わかったな？」

「もしあなたが来なかったら？」

「絶対に行く。なにがあろうとも」

「月明かりを頼りにきみを迎えに行く、どんな苦難に行く手を阻まれようとも」クロエはつぶやいた。

「なんだって？」

「古い詩よ。追いはぎを歌った詩。きっとあなたも昔で言うところの、追いはぎなのよ」

クロエは努めて軽くそう言った。

「俺は泥棒じゃない。それに、きみはその詩にあるように、警告を与えるために自分を撃つようには見えないがな」

まさかバスチアンもこの詩を知っているなんて。バスチアンという男はいつもわたしを驚かせる。「それで、わたしはどんな服を着ればいいの？　例によって黒？　どうしてあなたがいつも黒い服を着ているのかようやくわかったわ」

「しゃれた男は黒が似合うからか？」バスチアンは軽口を叩《たた》くように切りかえした。「それとも、俺は悪魔だと？」

「どちらでもないわ」とクロエは言った。「黒は、血を隠す色だからよ」

部屋は沈黙に包まれた。それは、背の高い窓の外で降る雪の音さえ聞こえてきそうな静けさだった。「いいから着替えろ」バスチアンはようやく口を開いた。

着替えの服はスイートルームの玄関にある狭い通路に置いてあった。ガーメントバッグや箱の上にはデザイナーの名が記されている。シルヴィアが見たら大騒ぎして、きっと自分は死んで天国にいるのだと勘違いしたに違いない。シルヴィア……。

様子がおかしいことに気づいたバスチアンは、すかさず彼女のそばに駆けよった。クロエは突然襲ってきた苦悩の波をごくりとのみくだした。「どうした？」とバスチアンは言った。

クロエはバスチアンのほうに向きなおり、必死で自制心を取り戻そうとした。「よく考えればあなたにもわかるでしょう。シルヴィアを殺したのはあなたの元恋人なの。てっきりわたしだと思って殺したと言ってた」

「わかってる」

「じゃあ、どうしてそんなことを訊くの？」

「いまは感傷に浸ってる場合じゃないからさ。無事家族のもとに戻ったら、いくらでも取り乱してかまわない。しかしそれまでは、鋼鉄の神経を持つ必要がある」

「もし持てなかったら？　その場合はわたしを殺すんでしょ？」

バスチアンはその場を動かず、クロエに触れようともしなかった。「いいや」と彼は言った。「たしかにきみは死ぬことになるだろう。しかし、その死をもたらすのは俺じゃない。きっと俺も殺されるだろうからな。まあ、そんなことを言っても警告になるどころか、きみに過剰な刺激を与えるばかりかもしれないが。だが、きみは俺なしじゃ生き残れない。それはきみがいちばんよく知ってるだろう」

「ええ」とクロエは言った。「知ってるわ」

「だったら強くなれ。めそめそ泣いたり、パニックを起こしたりするのはしばらく抑えることだ。これまでなんとか正気を失うことなくやってきたんだ。あとほんの数時間我慢すれば、この危機から抜けだせる。それくらいは持ちこたえられるだろう。だいじょうぶ、きみにはその力がある」

「どうしてそんなことがわかるの？」クロエはいまにも泣きだしそうな声で言った。「わたしはもうぼろぼろだっていうのに」

「きみはすばらしいよ」バスチアンはそっとつぶやいた。「いろんな目に遭っても、まだこうして生きている。これ以上の不幸が降りかかるようなことは、俺が絶対にさせない」

「すばらしい？」クロエは思わぬ言葉に動揺しながら繰りかえした。

「さあ、早く服を」バスチアンはそう言ってくるりと背を向け、自分の世界からふたたびクロエの存在を締めだした。

19

　バスチアンの準備にはまったく手落ちがなかった。きっとブラジャーは忘れたのだろうと思ったものの、そもそも体の線を見せる黒いホルターネックのドレスに、ブラジャーはつけられない。黒いレースのパンティーはTバックの超ビキニよりは気づかいが感じられたし、それに合わせたガーターベルトとストッキングに対しても、それほど違和感は覚えなかった。用意された下着をすべて身につけたクロエは、自分の脚に触れるバスチアンの手を想像せずにいられなかった。

　化粧道具に関しても、男性にしては不自然なほどの配慮で自分にぴったりの色が用意されていた。さすがにこの髪ばかりはどうしようもないので、近ごろはやりのあえて乱したスタイルとして通すしかない。おそるおそる目をやったハイヒールは普段履くものよりヒールが高かったが、足を入れると完璧《かんぺき》なまでにフィットした。どうやらバスチアンはわたし以上にこの体を知りつくしているらしい。そう思うと、クロエはやけに落ちつかない気分になった。わたしの体をこんなにまで知りつくし、理解しているバスチアンという男は、自分にとっていまだに謎《なぞ》の存在でありつづけている。愚かなことに、そんな男を激しく欲するなんて。すばらしいと言われたあの褒め言葉はいまでも頭のなかに響きわたっていた。すばらしいほど勇敢で、すばらしいほど愚かで、すばらしいほど好奇心があって、すばらしいほど幸運で……。

これもきっとストックホルム症候群の症状なのよ。クロエはふたたび自分に言いきかせた。それは愚かな行為を未然に防ぐための声なき呪文《じゅもん》だった。無事アメリカに戻れば、信じられない思いで一連のできごとを思いだすに違いない。もちろん、あえて思いだす気になったとしての話だけれど。

スイートルームの居間の、床から天井まである窓の向こうには、光り輝くパリの夜景が広がっていた。バスチアンは部屋の中央にいて、着替えをしながらはだけたシャツの下でなにやら手を動かしている。白いシャツを着ているところを見ると、今夜は血が流れることはないということなのかもしれない。

「ちょっと手を貸してくれないか」バスチアンは顔を上げることなく言った。

「あなたは人に助けを請うような人には見えないけど」

「何事にも最初ということがある……」バスチアンの言葉はクロエの姿を目にするなり尻すぼみになった。露出の多い黒のドレスを着たクロエは、先ほどからどうも落ちつかない気分でいた。けれどもそんな気分は、ほんの一瞬バスチアンの目に映った表情を見るなりすぐに解消された。ひょっとしたらバスチアンもストックホルム症候群になっているのかもしれない。

でも、もしそうだとしたら、相手は自分よりもずっと効果的にそれを隠していることになる。黒々とした瞳に驚きの表情が映ったのはほんの一瞬で、すぐに自分の勘違いではないかと思うほどだった。

「自分じゃどうもうまくできないんだよ」とバスチアンは言った。

白いシャツは前のボタンがすべて開いていて、金色に輝く滑らかな肌があらわになっている。バスチアンはわき腹のあたりになにかをテープで留めようとしているらしかった。一見したところ、なにか詰め物をした包帯のように見える。バスチアンの体を充分に知っている者に言わせれば、そんな場所に傷などないはずだった。

クロエはバスチアンのそばに近づいた。この期に及んで断る理由や口実は見当たらない。それに、そばに行きたいというのが本心だった。「なにをしてほしいの？」

「これをしっかり皮膚に貼《は》りつけたいんだ。第四肋骨《ろっこつ》のすぐ下に。届きそうで届かない」

「なんなの？」

バスチアンは一瞬答えるのに躊躇《ちゅうちょ》した。「被弾を装う装置さ。小型の爆薬が仕掛けてあって、偽の血が飛び散るようになってる。見た目も音も、実際に撃たれたように演出してくれるだろう。致命的な一発だと思われるには、それなりの場所に貼りつける必要があるんだ」

「わかったわ」危険なほど近い距離でバスチアンが漂わせるコロンのにおいを嗅《か》ぎながら、クロエは両手で詰め物を押さえた。シルクのように滑らかなバスチアンの肌は、かなりの熱を帯びている。クロエは指先が震えるのを感じた。「ここでいいの？」

「触ってみて、あばら骨があるのがわかるだろ？　いちばん下にある骨のすぐ下に貼りつけてくれ」

クロエはなんとか普通に呼吸しようと必死だった。肉の下にある骨を触るのはまぎれもなく官能的な行為だった。そんな行為をいまの自分が求めているかどうかはべつにしても。

「もちろんわかるわよ、やせっぽちのフランス人のあばら骨がどこにあるかくらい。でも、あなたがフランス人だなんてとても信じられないけどね」

「ほう？」バスチアンの声はとても穏やかだった。ほとんど密着した状態なので、会話は小声で充分にできる。そんな静けさにクロエは戸惑う一方だった。「じゃあ、何人だと思うんだ？」

「ほんと、腹立たしい人」面と向かって嫌味を言ってのけたものの、こんなにバスチアンと接近していては呼吸するのもままならなかった。クロエはシャツをめくってわき腹へと手を伸ばし、バスチアンの肌にテープを貼りつけた。「これでいいの？」

「だいじょうぶだろう。火薬が爆発して服に穴を開けて、充分な血糊《ちのり》が飛び散れば、多少の誤差はカバーしてくれる」バスチアンはそう言ってクロエを見下ろした。クロエの唇はバスチアンのすぐ下にある。いっそのことこのまま目を閉じて、バスチアンの肩に頭をあずけ、熱くてたくましい体にすべてをゆだねられたら。

クロエはそんな心の内を隠そうと、おどおどしながらあとずさった。バスチアンはシャツのボタンをはめると、肩をすぼめるようにしてジャケットに腕を通した。セクシーなクロエのドレスにぴったりマッチする、フォーマルな黒のディナージャケット。長い髪をうしろで結んだバスチアンはとても品がよく見えた。心配事なんてなにひとつないかのように黙々と身支度を整えている。黒いシルクのタイを結ぶ指の動きを追っていたクロエは、気づくとバスチアンの唇をじっと見つめていた。

「話しあわないと」クロエは思わず口を開いた。

「話しあうって、なにを」

まったく、なんていらいらする男なの！「いましがた起きたことよ、寝室で」これ以上、鈍感なふりをさせないためにも、クロエはきっぱりと言った。

「どうして？　なにも言うことはない」

「でも……」

「あれは人間なら誰しも持っている本能、いたって普通の反応さ。種の保存ってやつだな。極限の状態で死に直面した者は、その反動として生を肯定するような行動に出る。個人的な感情はないさ」

　クロエはひとこと言わずにはいられない自分の性格に嫌気がさした。この週末だって、そもそも余計な口を差しはさまなければこんな危険な目に遭うことはなかっただろうし、周囲の人間も普通の毎日を送っていたに違いない。

「そうね、あなたの言うとおり」クロエはむっつりとして、少々乱暴な口調になるのもかまわずつぶやいた。「ストックホルム症候群」

「なんだって？」

　はっきり言葉に出して言った手前、いまさら撤回することもできなかった。クロエは覚悟を決めて続けた。「ストックホルム症候群よ」といっそう大きな声で繰りかえした。「実際に数々の例が挙げられている精神状態で、人質が――」

「それがなんなのかはわかってる」バスチアンは驚いていると同時に、この状況を楽しんでもいるようだった。クロエとしても、自分を破滅に追いやるような告白をするまえに言葉をさえぎられたことで、多少救われたような思いもあった。おかげでいまのところ、なんとか恥をさらさずにすんでいる。「つまり、自分もその犠牲者だと？」とバスチアンは言った。

「べつに驚くことじゃないわ」とクロエは言った。他人事のように軽い口調を装うのにもだいぶ慣れてきている。「あなたは何度もわたしの命を救ってくれた。生きるか死ぬかの状況のなか、こうしてふたりきりで過ごす時間が続いている。それに、こんなひどい状況になるまえは、わたしたちは間違いなく肉体的に惹《ひ》かれあっていた」クロエはそのあとにバスチアンがとった素っ気ないそぶりを思いだし、かすかに顔がほてるのを感じながら言った。「少なくとも、あなたはそれがお互いのものだとわたしに信じこませた。そんな状況であなたに、その……依存してしまうのは当然の成り行きよ。でも、それはあくまでも一時的なもの。無事にこの状況から脱することができたら、すぐに忘れるわ」

「俺《おれ》に依存している？」

相手の質問をうまくかわすことなど無理だと判断したクロエは、言葉を濁すのをやめた。バスチアンは明らかにわたしを困らせておもしろがっている。けれどもこうなった以上、胸につかえているものを洗いざらい吐きだすほかなかった。クロエはまっすぐバスチアンの目を見つめ、意志の力で顔のほてりをかき消そうとした。が、あいにくそのほてりは体のほうへと下がっていくばかりだった。「あなたは輝く鎧《よろい》を身につけてわたしを守ってくれる騎士なの」クロエはつぶやいた。「わたしのヒーローであり、命の恩人なの。少なくとも、この状況が続くあいだはね」

するとバスチアンの表情から不敵な薄笑いが消えた。「それは違う。俺はヒーローでも、命の恩人でも、騎士でもない。ただの殺し屋さ。俺にとって大切なのは自分の任務だけ。それを忘れるな。きみは俺にとってはただの厄介者でしかない」

「だったらどうしてわたしはここにいるの？」

「厄介払いしようにもできないからさ」

バスチアンの答えにはなにかふくみがあるように思えてならなかった。いったいそれがなんなのかはわからなかったが、そんな直感が彼女をいっそう大胆にさせ、感情のこもらない冷ややかな言葉も冷静に受けとめられた。「できないわけないじゃない」クロエはきっぱりと言った。「その気になれば、あなたはいつだってわたしの首の骨を折ることができる。喉を切り裂いたり、銃で撃ち殺したりもできる。人の命になんて価値を置いていないあなたですもの。そんなに厄介払いをしたいのなら、どうしてわたしを救いつづけるの？」

「どうしてって、どうしようもないほどきみが好きになったからさ。きみの魅力や美しさのとりこになって、かたときもそばを離れ――」

「やめて」クロエは茶化すようなバスチアンの言葉をさえぎった。「わたしはなにも、自分があなたにとって大切な存在だなんて言ってるわけじゃないの。たとえわたしたちのあいだになにかあるとしても、それがわたしの一方的な思いであることくらい承知してるわ。そしてその感情は、トラウマから生じたヒステリーの結果であって、それ以外のなにものでもない。わたしはただ、あなたは自分で思っているような血も涙もない怪物ではないと言っているだけよ」

「ほんとにそう思うか？」ホテルの部屋のなか、ふたりは手を伸ばせば届く距離に立っていた。バスチアンはさっと手を伸ばし、すらりとした指をクロエの首に回すと、軽く力を加えて引きよせた。指先を顎の下に添え、親指でやわらかな喉元をなでた。「俺は苦痛と恐怖を餌《えさ》に生きる野獣かもしれない。ここまできみを生かしておいたのも、俺を信じはじめたところで殺すためかもしれない」

クロエは息をのんだ。喉元をなでる指先に動揺した彼女は、信念がぐらつきそうになるのを必死でこらえた。「そんなの嘘《うそ》よ。たしかにあなたはわたしを求めてなどいない。でも、だからといって殺す気もないはずよ」

バスチアンは口元をゆがめて苦笑いをした。「そこが間違ってるというんだ」突然、喉に当てられていた指に力が入った。クロエはあまりの動揺にめまいを覚え、つぎの瞬間には、ダマスク織物が張られた居間の壁に押しやられていた。バスチアンは引き締まったその体をぴったりと重ね、指先でクロエの顔を支えたまま、徐々に深まる夕闇《ゆうやみ》のなかで彼女の目を見下ろしている。間違ってるって、なにがよ？　クロエはぼんやりした思考のなかで自問した。じつは殺す気があるということ？　それとも、わたしを求めているということ？

するとバスチアンは口を開いた。「こんな状況ではなく、違うときに、違う場所で出会っていたら、俺は迷わずきみをベッドに押し倒して、何日も愛しあっていただろう」とバスチアンは低い声で言った。ゆっくりとした物言いは真剣そのものだった。「体の隅々まで、あますところなく口づけをして、何度も、何度も、それこそ立てなくなるくらい絶頂を味わわせて、この腕に抱きしめながらぐっすり眠らせてやっただろう。そしてまた目が覚めたら、それを繰りかえすんだ。傷を舐《な》め、涙をのみ、これまで誰もしたことのないような愛し方で、たっぷり愛してやるのさ。花の咲き乱れる草原のただなかで、星が降るような空の下で、無残な死や痛みや悲しみなどない場所で。俺はそこで、きみが夢にも見なかったものを見せるのさ。世界には、俺ときみしかいない。俺はきみの脚のあいだに、口のなかに入って、じっくりそれを味わわせてやる」

クロエは目を丸くしたままバスチアンを見つめていた。

「呼吸」とバスチアンに声をかけられるまで、いつのまにか息が止まっていたことにまったく気づかなかった。

「ほんと？」

「ほんとさ。でも、いまはだめだ。名案とはとても言えないからな」

「どうして？」

「それはきみのためによくないことだからだよ」

「自分にとってなにがよくてなにが悪いのか、それはわたしが判断することでしょ」

バスチアンはそれを聞いて声をたてて笑った。考えてみれば、バスチアンの笑い声を聞いたのはこれがはじめてだった。月明かりを浴びて輝くバスチアンは、一瞬とても美しく見えた。完璧な場所で出会う完璧な男だと錯覚するほどに。

けれどもつぎの瞬間には、ふたりはふたたびすっぽりと影に包まれていた。「ストックホルム症候群だぞ。忘れたのか?」バスチアンは軽く冷やかすように言った。「まあ、もうしばらくの辛抱さ。真夜中までにはきみはこの状況から無事に脱出している。来週になれば一連のできごとも遠い国で起きた悪夢にすぎなくなって、一年もしないうちに俺と会ったことさえ忘れているだろう」

「そうは思わない」

けれども話はそれで終わりだった。バスチアンはおもむろにクロエの喉から手を離した。「とにかく、俺の言ったとおりにしてくれるな? 合図をしたら、俺に向かって口論を仕掛ける。そして怒ったふりをしてその場をあとにして、トイレに身を隠す。俺もできるだけ早く迎えに行くようにする」

「もしあなたが姿を見せなかったら?」

「見せるさ。たとえどんな苦難に行く手を阻まれようとも」バスチアンはさらりと言った。「いいか、もうじきシャトーで会った面々と、また顔を合わせることになる。楽しみだろう?」

「ええ、楽しみで仕方ないわ」とクロエは言った。「今度は余計なことを口にしないと約束する」

「その必要はない。すべては今夜中に片がつくだろう。俺が装着している装置のことに触れないかぎり、きみがなにをしゃべろうとたいした問題ではないよ。ただ、クリストスだけには近づくな」

「クリストス？」

「きみはまだ会っていない。今夜到着することになっている男さ。あの男に比べたら、ハキムなんてマザー・テレサに見えるくらいだよ。とにかく、できるだけクリストスのそばには行かないこと。きみの無邪気なおしゃべりは、あいつの神経を逆なでするかもしれない。かかわらないに越したことはない」

「無邪気なおしゃべり？」

バスチアンは機嫌を害したクロエの抗議を完全に無視した。「自分のことだけに集中して俺の言うとおりにすれば、絶対に今夜を乗りきることができる」

「そしてそれは、あなたにしても同じこと」それは確認ではなく、問いかけだった。

クロエはバスチアンが浮かべた皮肉めいた笑みにいやな予感がしてならなかった。

「そう、それは俺にしても同じこと」とバスチアンは言った。「それからもうひとつ。それじゃあ着替えをすませたとは言えないぞ」

「だってブラジャーはなかったんですもの」クロエははにかむように答えた。

「それはわかってる。だからそのドレスを選んだんだ」バスチアンはまるでオレンジの値段について話すような平然とした口ぶりでそう言うと、タキシードのポケットに手を伸ばし、きらめくダイヤモンドのネックレスを取りだした。「そのドレスにはそれなりの飾りがいる。さあ、向こうを向いて」

時代を感じさせる重々しいネックレスは本物のダイヤモンドに違いなかった。バスチアンはその場を動かずに——いや、動けずにいるクロエの首に腕を回し、うしろでネックレスの金具を留めた。精巧にカットされたダイヤモンドは、あらゆる方向に光を放っている。直接肌に当たるホワイトゴールドのはめ込み台は、奇妙なまでに温かかった。

バスチアンはクロエを見下ろし、片側に頭を傾けてその効果を確認した。「すごく似合ってる」

「いったい誰のネックレスなの？　それとも盗品？　限りなく本物に近い偽物？」

「それを聞いてどうする」

「べつに」

バスチアンは部屋のドアを開けた。もうここに戻ってくることは二度とないだろう。バスチアンとふたりきりで時間を過ごすのも、これで終わり。腕を取られたクロエはかすかに彼を引き戻した。

「お願いがあるの」

「なんだ」

「せめてほんとうの名前を教えて」

バスチアンは首を振った。「言っただろう、名前など知る必要はない。余計なことを知らなければ、それだけ危険もなくなる」

それは予期していたとおりの答えだった。「じゃあ、せめてキスをして。一度きりでいいの。本気でわたしを思っているような口づけを」バスチアンのキスなしには、これからの数時間を乗りきる自信はなかった。この場で唇を重ねてくれなければ、相手の指示に従いたいかどうかも疑問だった。

けれどもバスチアンは首を振った。「だめだ。無事アメリカに戻れば、きみにキスをしたがるハンサムな青年なんていくらでもいるだろう。それまで待つことさ」

「いやよ」クロエはバスチアンの首に腕を回し、ぐいとその頭を引きよせて、みずから唇を重ねた。てっきりすぐに体を押しやられるかと思ったが、バスチアンはされるがままにまかせていた。なんの反応もせず、とくにキスを返すこともせず。クロエにしてみれば、鏡に映る自分とキスをしているのとまったく変わらなかった。

その場で泣きだしたいのは山々だったが、アメリカで待っているはずのハンサムな青年たちと同じように、いまは涙もおあずけだった。クロエはさっと身を引き、愛想よく作り笑いを浮かべた。

「幸運を祈るキスよ」と努めて明るく声をかけ、それ以上はなにも言わず、先に廊下へと出た。そのあとに続いたバスチアンは背後でドアを閉め、再度クロエの腕を取ってゆっくり歩きだした。その先に待ち受けているのが幸運か悲運かは、まもなくおのずと明らかになるはずだった。

メンバーはすでに顔をそろえていた。ミスター・オートミとそのアシスタント。ふたりが着ている品のあるディナージャケットの袖《そで》の下には、入れ墨が見え隠れしている。それは大部分のヤクザがしているような伝統的で色鮮やかな入れ墨なのだろうか、とバスチアンはふと思った。オートミは自分の組織のなかでずっと幹部の地位を占めてきたのかもしれない。全部の指がそろっているところを見ると、これといって下手なまねをしでかしたことはないのだろう。能面のような表情をした寡黙な部下のほうも、ある指の一部分が欠けているだけだった。つまり、この男もたびたびミスを犯すような男ではないことになる。

部屋の向こうからにらみをきかせているのは男爵だった。モニークはこちらの存在に気づくなり体を凍りつかせた。ショータイムが始まったのを意識してか、クロエは緊張した面持ちで片腕にしがみついている。バスチアンは安心するようにと軽く彼女の手を叩《たた》いた。少なくともこの一時間かそこらのあいだは――たとえそれがどんなに危険な時間であっても――好きなように彼女の体に触れることができる。それは演技の一部であり、その行為にはなんの意味もない。自分のしたいようにしたところで、どんな思いでそうしているかなど彼女には想像もつかないはずだった。

　状況が状況だけに、今夜生き残るチャンスは五分五分。それでも、なんとしてもクロエだけは助けるつもりだった。たとえ部屋にいる全員を銃で撃ち殺さなければならなくなっても。もちろんこの部屋には表向きは自分と同じ側にいる者も何人かいたが、そもそも自分の側と呼べるものがあるのかどうかも疑問だった。いずれにしろ、クロエの命を守るためならどんな人間だって犠牲にする覚悟はある。たとえそれが彼女の両親だとしても同じことだった。

　クロエの両親はいまごろパリに到着しているころだろう。連絡をとろうとして電話をかけつづけていたクロエの両親は、空港にいるところをようやくつかまえることができた。ふたりは行方不明になった娘を捜しだすためにちょうどフランスに向かうところだった。シルヴィアの死体はすでに発見され、警察はバスチアンがその部屋にあえて残したクロエのパスポートを見つけ、彼女の両親に連絡をとったのだった。いまはただ、ふたりが急いでホテルに向かっていることを願うのみ。これから起きようとしている殺戮《さつりく》にクロエが巻きこまれるまえに、なんとか彼女を両親の手にゆだねたい。

　もちろん、口論をして部屋を出ていったあと、そこに両親がいるなんて、クロエは知る由もなかった。そして当然のごとく、彼女の親はたとえどんな音を耳にしようと絶対に娘を放さないに違いない。あとは、銃撃戦が始まるまえにホテルから逃げていることを祈るばかりだった。

「これは驚きね」とモニークは妙になまめかしい声で言い、ふたりの前にすうっと現れた。「いったいどこに行ってしまったのかとみんな案じていたのよ。全員一致で、ハキムを殺したのはあなたに違いないって結論に達したけど、このアメリカ人の娘に関しては、あなたといっしょに行ったのか、それともたったひとりで姿を消したのかわからなくて。その様子を見ると、ずっと監視していたようね。なによりだわ」

「そうさ、モニーク、何事に対しても監視の目を怠らないのが俺の性分だからな」とバスチアンは言い、血の気を失ってひんやりとしたクロエの手をなでた。

「それで、どうしてハキムを殺したの？　みんなとても興味を持っているの。なにしろ、思いもよらないことだったから」

「本気で興味を持っている者などいやしないさ」

モニークはにやりと笑った。「そうね。たしかにハキムは使い捨てにすぎなかった。たんなる好奇心よ」モニークは宝石で飾られた細い手を伸ばし、大胆に露出したクロエの肌に触れた。「ハキムがいたずらをした跡ね」ハキムの手で刻まれた傷のなかでも、たちの悪いものはいくつかまだうっすらと残っていた。モニークに触れられた瞬間、クロエの腕に鳥肌が立つのをバスチアンは見逃さなかった。

　バスチアンはモニークの手首をつかみ、その手をクロエから離した。「触らないでくれ、モニーク。この女は俺のものだ」

「分かちあう楽しみってものがあるじゃない」モニークはこれ見よがしに唇をとがらせてみせた。「この子もドレスアップしたおかげでとってもきれい。それにしても見事なダイヤモンドね。どこで手に入れたのかしら？　こんなにすてきなネックレス、なかなかお目にかかれるものではないわ。お嬢さん《プティット》、いったいこれはどこで？」モニークがさっとクロエに注意を向けると、クロエは動揺して全身をびくりとさせた。

「バスチアンがくれたの」クロエは一瞬ためらったあとで言った。

　モニークは顔をしかめた。「ずいぶん気前がいいのね。意外だわ。こんなにすてきなものを持っていると知っていたら、絶対に関係を解消したりはしなかったのに」

　モニークは挑発的な目つきで反論を待っていたが、バスチアンはすでに退屈していた。人の気持ちをもてあそんで喜ぶモニークは、今夜の標的ではない。今日こそ対決しようと覚悟してきた男に比べれば、モニークなど子どものお遊びにすぎなかった。

「クリストスはどこだ？」とバスチアンは言った。「まさかまた欠席というわけじゃないだろうな？」ここに来てまたクリストスが姿を見せないとなると、状況は微妙だった。あのギリシャ人が到着すれば、ほとんどの注意はそちらに向かう。しかし現れないとなると、その注意は必然とクロエに向けられて、カルテルのメンバーや〝委員会〟の標的となるだろう。アメリカ人の両親が来ていると知れば連中も躊躇するだろうが、〝委員会〟のほうはそんなことはおかまいなしに行動に出るに違いない。

そう、この状況を考慮すればクリストスが現れ、計画どおり物事を進めるほうが無難だった。わき腹に貼りつけた仕掛けによる傷が唯一の負傷ですむ可能性もないわけではない。だが、そんな奇跡に期待しているわけではなかった。クロエさえ無事ならば、なにがどうなろうとかまいはしない。

「さあ、どうかしら」とモニークは言った。「もしクリストスが現れなくても、ほかに時間をつぶす方法はいろいろあるわ」とふたたびクロエに向かって手を伸ばした。けれども今回は、クロエも黙って体に触れさせるつもりはなかった。

「触らないで、この変態女」とクロエは穏やかな声で言った。モニークの母国語である、ドイツ語で。

モニークは目をぱちくりさせ、やがて顔いっぱいに笑みを広げた。「ほんとうにかわいらしい子ね、バスチアン。こうなったらたっぷり楽しませてもらうわ。え？　俺の目の黒いうちはさせないって？　それはどうかしら」そう言ってふたりに向かって投げキスをし、むっつりした顔でこちらをにらんでいる夫のほうへと戻っていった。

「あまり褒められたことじゃないな、クロエ」とバスチアンはつぶやいた。「まあ、無理もないが」クロエは顔を上げてこちらを見つめていた。明るい照明のなか、その顔は危険なほど鮮明に見えた。もし俺が死んだと聞いたら、この不安そうな栗《くり》色の目には涙があふれるのだろうか？　このふっくらとしたやわらかい唇は、やがてキスをする相手を見つけるのだろうか？　そしてその男は彼女に……。

「いまので余興はおしまい？」とクロエは訊《き》いた。

すると戸口の付近が騒がしくなって、バスチアンはクロエからさっと目を離した。視線の向こうでは、ちょうど数名の男たちがぞろぞろと部屋に入ってくるところだった。「残念ながら」とバスチアンは小声で言った。「クリストスの到着だ」

20

クリストスはバスチアンが言っていたようなモンスターには見えなかった。ジル・ハキムに比べれば、上品な身なりをしたビジネスマン以外の何者にも見えない。唯一その印象に反しているのは、ボディーガードらしき男たちの一団に囲まれていることだった。『その男ゾルバ』に出てくるギリシャ人を想像していたものの、もちろん陽気な漁師とはほど遠い。部下に囲まれて戸口に立つクリストスは、部屋のなかにざっと視線を走らせ、そこにいる者たちをひとりひとり見定めた。クリストスは力強い眼力を持つ男だった。澄みきったその瞳にはほとんど色がない。その視線が自分の肌に据えられるなり、クロエは背筋に寒気が走るのを感じた。

「みんなまだそろっているようでうれしいよ」とクリストスは言った。かなり癖のあるアクセントだけれど、その英語は完璧《かんぺき》だった。ギリシャ語に関しては最低限の理解力しかないので、クロエにとっては幸運だった。「申し訳ない。もっと早くに参加したかったんだが、どうしても外せない用事があったもので。だからといって、我々の朋友《ほうゆう》であるオーガスト・レマルクの死を嘆いていないわけではない。レマルクの優秀なリーダーシップを失ったことは、我々にとって大きな損失と言えるだろう。その上、今度はハキムまでも。まったくもって残念なことだ」クリストスはそう言ってバスチアンに目を向けた。バスチアンは表情を変えることなく、その視線をじっと受けとめている。「しかしこうして古い仲間たちに会えたことだし、悲しみもすぐに消えるだろう」

「クリストス、いったいこいつらは誰なんだ？」ミスター・オートミが不満をあらわにして、強い調子で言った。小柄にして優雅なクリストスを取り囲む六人の男たちに比べて、オートミが連れているたったひとりのアシスタント兼ボディーガードは明らかに見劣りがする。

「用心するに越したことはないからな。ここ最近、なぜか突然の死を迎える者が増えているようだし、自分の身は自分で守ったほうが無難だと思ったまでさ。諸君、なにもそんな不安げな表情を浮かべることはない。わたしの部下はちゃんと訓練されている。わたしに命じられないかぎり、なにもしやしないさ」

　その言葉を聞いて満足している者など部屋にはひとりもいないようだった。クロエはさらにぴったりとバスチアンの体に寄りそった。バスチアンの言うとおり、緊迫したこの空気に比べれば、これまでのミーティングなんてただの小競りあいにすぎない。

「とにかく縄張りをどう分割するか話しあう必要が――」シニョール・リチェッティが耳

障りな声を出してしゃべりはじめると、クリストスは片手をひらりと振ってそれをさえぎった。ずいぶんと生白い、小ぶりな手だとクロエは思った。

「ビジネスの相談をする時間は充分にある」とクリストスは言った。「そのまえに一杯飲ませてもらいたいな。たまには上等なフランス産のワインでも。ギリシャ産のレッチーナにはもうほとほとうんざりしているんだよ」

「もちろん」マダム・ランバートがホステスの役目を買って出たようで、みずからウエイターに合図をした。「部下の方々はなにを?」

「わたしの部下は仕事のあいだは飲まない」とクリストスが穏やかな声で言うと、部屋の空気がぴんと張りつめた。

バスチアンはクロエの腰に腕を回し、部屋のなかでも人の少ない一画へと導いた。突然体に触れられたクロエは跳びあがりそうになるのをかろうじて抑えたものの、今度はさらに強い意志を持って、このまま相手に身をあずけたいという衝動と必死に闘わなければならなかった。そうよ、この感触は幻想にすぎないんだし、危険という意味では背中を這《は》いあがるコブラとなんら変わらない。とはいっても、クロエ自身、その感触に安心を得ているのも否定できなかった。

バスチアンは淡い色をした滑らかな革張りのバンケットにクロエを座らせると、自分もそのかたわらに腰を下ろした。かなり近くにいるのに、体は触れあってはいない。バスチアンが銃を持ってきているのかどうかはクロエも思いだせなかった。正直に言って、バスチアンがどんな武器を携帯しているかより、興味があるのはその肌や体のほうだった。そんな愚かなことを考えていて死んでも知らないわよ、と内心自分にあきれかえったが、気持ちがそちらに向かってしまうのは避けられなかった。

いつのまにかシャンパンの入ったグラスを渡されていたらしい。自分でもそれを手に取ったことすら記憶になかったが、なにもせずにいるよりはましだったので、黙って口をつけた。カルテルのほかのメンバーは、完璧なパーティーマナーで部屋のなかを歓談して回っている。

モニークはクリストスを相手に色気を振りまいている最中だった。といっても、それも一時の猶予にすぎない。しばらくして振りかえったモニークは、まっすぐクロエの目を見つめ、そのままふたりのほうに向かってきた。深紅の口紅を塗った口元によこしまな笑みを浮かべて。

隣に座る男からぴんと張りつめた気配を感じとったのはそのときだった。「いまだ。けんかを仕掛けろ」とバスチアンは小声で言った。

それは充分に容易な注文であるはずだった。バスチアンは抗しがたいほどの魅力の持ち主であると同時に、じつに癪《しゃく》に障る男でもある。いまはその癪に障る部分に集中すればいいだけの話だった。ただ、この緊迫した空気を感じ、クリストスが引きつれてきたボデイーガードの一団を見たあとでは、どこにも行く気にはなれなかった。

「わたしはだいじょうぶ」クロエは甘い声を装い、ささやくように言った。

バスチアンはバンケットに腰を下ろしたまま、さっとクロエのほうに向きなおり、すべての意識を集中するようにして彼女を見つめた。「部屋を出るのはいまだ」と低い声で言った。「だいぶ危険な雰囲気になってきている」

クロエは透きとおるような明るい笑みを浮かべた。「わたしはあなたなしではどこにも行かない」その声に込められた熱い響きはふたりにしかわからないはずだった。

バスチアンは見る者を凍りつかせるような険しい目を向けたが、クロエは断固としてひるんだ様子を見せなかった。「クロエ、これは遊びじゃないんだ」バスチアンは警告するように言った。

「わかってるわ。でも、あなたなしではどこにも行かない。わたしが出ていけばあなたは死ぬわ。そんなことになるのはいやなの」

「このまま残ればきみが死ぬことになる」

「たぶんそうなんでしょうね。となると、あなたがまだわたしを救うつもりでいるなら、わたしといっしょに来るほかないということになる」クロエにしても自分の計画に満足する余裕はなかった。バスチアンの表情はあくまでも穏やかで、いくぶん退屈しているように見えるものの、目は怒りの炎に燃えていた。

　バスチアンはウイスキーのオン・ザ・ロックを飲んでいたが、突然グラスごとクロエの膝に落とし、驚きを装ってその場で跳びあがった。「これはすまない」とバスチアンは大きな声で言った。「俺《おれ》としたことがなんという失態を」

　ドレスを濡《ぬ》らした冷たいアルコールはすぐにクロエの腿まで染みこんだ。クロエは必死に作り笑いを浮かべ、じっとしたままバスチアンの顔を見上げた。黒が隠すのは、なにも血だけではない。「ちょっと手が滑っただけでしょ」とクロエはつぶやくように言い、バスチアンのほうに手を伸ばした。「心配いらないわ」

「いや、着替えてきたほうがいい」

「だいじょうぶよ」

「この人は邪魔なあなたを部屋から追いだそうとしてるのよ」タイミング悪くモニークがやってきて言った。「いいから部外者は出ていって。わたしたちはゆっくり旧交を温めあう必要があるの」

「バスチアンはそんなふうには思っていないわ」クロエは断固とした口調ながらも愛想よく答えた。

「だったらお好きなように」モニークは革張りの椅子に腰を下ろし、バスチアンの袖《そで》を引っぱって自分たちのあいだに座らせた。「そもそもわたしは見られていて気にするようなタイプではないもの」そしてバスチアンの頭のうしろに手を添え、その唇を自分のほうに引きよせた。

バスチアンはそのキスに応《こた》えた。ほっそりしたモニークの腰に腕を回し、ぐいと引きよせて、ゆっくりと時間をかけてキスを返した。それはいましがたクロエに対して拒んだキスだった。

部屋のなかの空気がまたいちだんと張りつめたのは、クロエの気のせいではなかった。モニークの夫である男爵は、気分を害すどころか、欲情をあらわにしてその様子を見つめている。ほかの者はこのちょっとしたメロドラマをそれぞれの興味の度合いをもって眺めていた。まったく関心を示していないのはクリストスのボディーガードたちだけで、六人の男たちは雇い主を取り囲む代わりに、いつのまにか部屋の四方に散らばって配置をとっていた。それなのに、どうしてバスチアンはこの不穏な変化にろくに注意を払っていないの？　クロエはもどかしく思った。まるで喉の奥まで届くような勢いで、この女の口に舌を入れたりして。

このまま間の抜けた顔をして座っていると思っているなら、それは大間違いだった。きっとバスチアンはわたしが目に涙を浮かべてこの場を立ち去るとでも思っているのだろう。たしかにそうしたい気持ちもあるけれど、クリストスの部下が出口という出口をふさぐように立っているのではそれも難しかった。バスチアンの思惑がどうであれ、わたしはほかの者たちと同様、この部屋に閉じこめられたことになる。

クロエはバスチアンの肩に手を置き、その体をモニークから引き離した。バスチアンは凍るような表情でこちらを見下ろしている。「もう消えてくれ」部屋にいる全員に聞こえるような大きな声で、バスチアンは言った。「きみの相手をするのは、もううんざりなんだよ」そしてふたたびモニークのほうに向きなおった。

この女もずいぶん楽しんでるようじゃない。クロエはそう思いながらも深く息を吸って心を落ちつかせた。部屋を取り囲むボディーガードたちは相変わらず表情も変えず、バンケットのあたりで繰り広げられている痴話げんかになど注意を払ってはいない。その視線はもっぱら自分たちのボスである男に向けられていた。一見したところ、クリストスはおもしろがるような顔をしてこの光景を眺めている。それでも、けっして油断する様子はなかった。クリストスの合図ひとつで、この部屋にいる全員が命を失うことになるのだ。クロエにとっても、それは自分の名前を知っているのと同じくらい明白なことだった。

それにしても、ストックホルム症候群というのは致命的な病だった。クロエはふたたびバスチアンのほうに向きなおった。モニークはバスチアンの滑らかな長い髪に手をやり、大胆にもう一方の手を股間《こかん》に伸ばしている。

その光景を目にした瞬間、さすがのクロエも我慢の限界に達した。もしこの場で死ぬ運命にあるのなら、怒りの炎に身も心も焼き焦がしてその命を終えるまで。クロエはさっと立ちあがり、モニークの細い腕を鷲《わし》づかみにして、バスチアンの体から引きはがした。そしていったいなにが起きたのかわからないような顔をしているモニークに向かって言った。

「わたしの恋人に触らないで！」

それはクロエがこれまでの人生のなかで口にしたなかでも最も愚かな言葉だった。部屋のなかは一瞬にして静まりかえり、全員がいっせいにこちらに注目している。するとモニークがにやりと笑った。「そんなに嫉妬《しっと》するのなら、三人で楽しんだっていっこうにかまわないのよ。あなたひとりじゃこの人を満足させてあげられないだろうし、わたしがいれば充分にその穴埋めができる」

クロエは怒りを抑えきれずにモニークに飛びかかった。ところが、途中でバスチアンにつかまれてぐいと引きよせられ、そのまま激しく床に倒れこんだ。バスチアンの体は覆いかぶさるようにしてクロエの上にのっている。部屋のなかが地獄の修羅場と化したのはその直後だった。

バスチアンの下で押しつぶされそうになっているクロエにはなにも見えなかった。それでも、あたりに轟《とどろ》くすさまじい音は聞き逃しようがない。そこには消音装置を通した発砲音もあれば、鼓膜が破れそうなほどの銃声もあった。それに混じって叫び声やののしるような声が聞こえる。誰もがパニックにかられて逃げまどっているようだった。

続いて漂ってきたのはにおいだった。火薬のにおい。むっとするような、銅を思わせる血のにおい。バスチアンは相変わらず上に覆いかぶさっていたが、まだ生きているのはたしかだった。それが証拠に、脈打つ鼓動が背中にありありと感じられる。クロエはそのまま動かなかった。いや、動きたくはなかった。ふたりで永遠にこうして横たわっていることも可能なのかもしれない。ふたりとも死んでしまったことなど、誰にも気づかれずに。

するとバスチアンが転がるようにして上から下り、クロエの体を抱いたままわきに横になった。いまや、部屋は完全な暗闇《くらやみ》に包まれている。唯一の光源は、銃が発砲されるときに散る火花だけだった。といっても、血の海はもちろん、苦しみにのたうちまわる体や、すでに動かなくなった体など見たいわけではなかった。

バスチアンはなかば引きずるようにしてクロエをバンケットのうしろに運び、カーテンの引かれた窓のほうへと導くと、生地の裏側に押しやって壁に押しつけた。片手で口をふさがれたクロエは、声を出したり叫んだりすることはおろか、息をするのもままならなかった。バスチアンはもう一方の手に銃を握りしめていた。その存在は肌に当たる感触でわかった。

「けがは？」バスチアンは小声で訊《き》いた。

クロエはなんとか首を振ってそれに応じたものの、きつく抱きしめられているせいで、その動きもかすかなものだった。

その窓は雪に覆われた小さなバルコニーへと続いていた。この部屋が何階にあるのかは見当もつかなかったし、知りたくもなかった。けれども窓枠のくぼみのような場所に閉じこめられているいま、脱出する方法はふたつしかない。銃弾が飛びかう部屋を突っ切るか、窓から外に出るか。

「ここを動くな」とバスチアンは言い、クロエの体を放して、ふたりを覆い隠すカーテンのほうに向きなおった。

「いやよ！」クロエは叫び声をあげてバスチアンにしがみついたが、すぐに体を押しやられて壁へとあとずさった。バスチアンはカーテンを開けた。クロエはぎゅっと目を閉じ、耐えがたい音を聞くまいと両手で耳をふさいだ。

バスチアンはまもなくして戻ってきた。「さあ、ここから逃げだすんだ」と張りつめた声で言った。「いまのうちに出たほうがいい」バスチアンが床から天井まである窓を開けると、ひんやりした外気が部屋のなかに吹きこみ、ふたりを包むカーテンが激しく波打った。バスチアンはかすかにうめくような声を発して、銃をベルトのあいだに差しこんだ。シャツに偽の血が染みとなって広がっているのが見える。「さあ、行くぞ」

いったいどこに行こうとしているのか、そんなことは訊く暇もなかった。バスチアンはさっとクロエの体を抱えあげると、なんの予告もなしにバルコニーの向こうに放《ほう》り投げ、自分もそれに続いて飛びおりた。

その部屋は二階にあった。クロエは激しく地面に叩《たた》きつけられたが、雪が深く積もっていたおかげで、幸いけがはなかった。バスチアンのほうはというと、きっと打ちどころが悪かったのだろう。痛みをこらえるようによろめきながら体を起こし、クロエの手を取って、暗い物陰へと導いた。頭上のバルコニーにいくつもの人影が現れたのはその直後だった。理解したくもない言葉で、なにやら慌てたようにやりとりをしている。

「俺の車はあそこにある」バスチアンは肩で息をしながら言い、クロエの体を押しだした。「つねに不測の事態に備えること、それが俺の流儀さ。ギアの操作はできるだろ？」

「わたしはパリの町では絶対に運転しないの！」クロエはきっぱりと言った。

「今日は例外だ」バスチアンは運転席のドアを開け、クロエの腕をつかんで、無理やりなかに押しこんだ。クロエとしても、この状況では言われたとおりにするほかない。少なくとも、この時間は渋滞も少しは緩和されているはずだった。

バスチアンは崩れるように助手席に腰を埋《うず》めた。「早く車を出せ。北に向かうんだ」

クロエはバスチアンのほうに目を向けてまじまじとその顔を見つめた。けれども口答えはしなかった。ＢＭＷはアクセルを踏むなり、ものすごい勢いで走りだすのではないかと思ったが、その動きはきわめてスムーズだった。ところが、タイヤを空転させながらいったん後退し、ふたたび前に走らせはじめたときだった。車は急にエンストを起こした。

バスチアンは深く座席にもたれ、ずっと目を閉じたままでいた。「早く出さないとふたりとも死ぬことになるぞ」と妙に穏やかな声で言った。

「わたしだってできるかぎりのことをしてるのよ」クロエは再度エンジンをかけ、力まかせにギアを押しこんで、通りへ向かって車を走らせた。そのあいだも三台の車と一台のバイクに立てつづけにぶつかりそうになった。「やだ」とクロエはひとりつぶやくように言った。「やだ、やだ、やだ」

「なにが問題なんだ」バスチアンは疲れてうんざりしたような声で言った。「どうしてパリで車を運転しない？」

「だってみんな運転が乱暴なんだもの。こんな町で車を運転するなんて無謀だわ」

バスチアンは長いこと黙っていた。それは、ひょっとして眠ってしまったのかもしれないと思うほどの長い時間だった。

「クロエ」やがてバスチアンは口を開いた。その口調はきわめて落ちついたものだった。「きみは世界で最も残酷な者たちの標的となって命を狙《ねら》われてきた。いまだって大勢の人間が死ぬのを目の当たりにして、その地獄を生きのびた。無茶な運転をするドライバーのひとりやふたり、なんてことないだろう」

クロエはスピードを出しすぎるあまり、縁石に乗りあげながら曲がり角を曲がった。これが昼間なら、間違いなくふたりとも死んでいるだろう。おそらく二十台ほどほかの車も巻きこんで。けれどもこの時間なら、なんとか目的地にたどり着く可能性はある。もちろん、どこに向かっているのかはまったくわからなかった。

クロエはあえて行き先は訊かないことにした。「地獄を生きのびた？」しばらくしてクロエは言った。

「そうさ、いったいあれをなんだと思ってる？　部屋のなかで戦争ごっこをしていたとでも？　あの状況でよく確認はできなかったが、男爵は確実に倒れていた。オートミも、モニークも」

「モニーク？」

「顔を撃たれてたよ。これですかっとしたか？」その声からするに、バスチアンはかなり疲れているようだった。

「そんなわけないじゃない。それで、クリストスやそのボディーガードたちは？」

「クリストスは死んだ。少なくとも、それはたしかだ」

「どうしてわかるの？　だってあんなに暗くて……」

「あの男を殺したのは俺だからだよ。念のために教えておくが、俺は狙った標的は絶対に外さない」バスチアンはふたたび目を閉じた。「いいから黙って運転しろ。俺はつぎの出方を考えなければならない」

「それがあなたの任務だったの？　クリストスを殺すことが？」

「その状況に迫られた場合の任務さ」

「じゃあ、わたしはもう身の危険を心配する必要はないってこと？　あなたは自分のすべきことを終えたわけだし」

「連中は目撃者を好まないのさ、クロエ。無事アメリカに戻るまで安心はできない」

この場で押し問答をする気はなかった。それに、いまは車の運転に集中することだけで精いっぱいだった。雪が溶けはじめて路面が凍結している上、BMWのパワーを使いこなすだけの運転技術も自分にはない。この調子では、せっかく銃弾の嵐《あらし》を生きのびたのに交通事故で命を落とすのがおちだった。けれども、いまはそんなことを考えても始まらない。わたしはいまバスチアンといる。この時間がそう長く続かないことは、彼女も充分に承知していた。

バスチアンはグローブボックスに手を伸ばし、携帯電話を取りだして、一連の番号を押した。きわめて簡潔なやりとりで、会話の内容までは推しはかれない。電話を切ったバスチアンの指示もまた簡潔なものだった。「つぎの角を左に」

反論したいのは山々だけれど、いまはそのときではなかった。バスチアンは血の気も失《う》せてかなり疲れているようで、所詮《しょせん》この人も人間なのだとはじめて実感した。この男だって弱みを見せることはある。けれどもそんな思いは彼女を不安にさせた。もちろん、自分のことが心配になったわけではない。心配なのはバスチアンのほうだった。「だいじょうぶ？」とクロエは言った。「まさか撃たれたんじゃ？」

相変わらずの冷たい微笑《ほほえ》みも、なんの慰めにもならなかった。「自分で俺の体に貼《は》りつけた仕掛けを忘れたのか？　火薬が爆発したときに皮膚に火傷《やけど》を負ったんだよ。これくらい、なんてことない」

「だけどもし……」

「黙って」バスチアンはささやくように言った。「いいからしばらく黙っていてくれ」

それは相手が思っているよりもはるかにつらい命令だった。けれどもクロエは言われたとおり口を閉じ、カーラジオのスイッチを入れた。すぐに飛びこんできたのは〈オテル・ドゥニ〉で起きたテロリストによる事件のニュースだった。少なくとも十一人が死亡、五人がけがを負って、目下その行方を追っている者も数名いるとのこと。局を変えるとフランスのギャングスタ・ラップが流れだし、クロエはスイッチを消した。いまは荒々しさを装ったポーズだけの音楽を聴く気分ではなかった。現実の暴力を目の当たりにしたあとではなおさらのこと。

「そこをまた左に」とバスチアンは例によって急に指示を出した。自分たちがいまどこにいるのかはクロエにも見当がつかない。外は暗く、車は町外れのなじみのない方向へと向かっている。それでもふいに頭上で轟音《ごうおん》がして、その場所が空港の近辺であることがわかった。かなり遠回りのルートを指示されたことになるけれど、すでに近くまで来ていることは間違いなかった。

出発ゲートやパーキングエリアといった人目につく場所を避け、バスチアンの指示どおり主要なターミナルのわきを通りすぎた車は、エアポートホテルが立ち並ぶエリアへと入った。

「裏手に回れ」車が〈ヒルトン〉の前に来たところでバスチアンに言われ、クロエはおとなしくそれに従った。少なくともバスチアンはわたしを送りだすまえにホテルに連れていこうとしているらしい。もしあとひと晩だけでもバスチアンといっしょに過ごすことができるのなら、ありがたくそのチャンスを受け入れるつもりだった。

「そこに停《と》めろ」とバスチアンは言い、搬入口のほうを指さした。

「でも、車を停めるところなんてどこにもないわ」

「いいから言われたとおりにしろ」

すでに逆らう気もエネルギーも残ってはいなかった。クロエは縁石のわきに車を寄せ、ギアをニュートラルに入れて、サイドブレーキを引いた。「それで？」

「きみはもう出ていってかまわない」バスチアンはそう言って手を伸ばし、エンジンを切った。その手もまた血で濡れている。クロエは、それもシャツに染みこんだものと同じように偽の血であることを祈るばかりだった。

クロエはドアを開けて外に出た。路面の雪は除雪されているものの、ハイヒールの下では溶けた雪が凍ってうっすらと氷の膜ができている。しかも、外は凍えるような寒さだった。ウイスキーをかけられてびしょ濡れになったあげく、雪の上に放り投げられて、ドレスはすっかり台なしになっている。鞭《むち》のように吹きすさぶ夜の風が、あたりで雪を舞いあがらせていた。

　すると暗闇に突然、人影がふたつ現れるのが見えた。ひょっとしたらバスチアンはほかの誰かに殺させるためにわたしをここに連れてきたのかもしれない。一瞬、そんな妄想が頭をよぎったが、こちらに近づいてくるふたりは顔見知り以上の存在だった。そこにいるのは、クロエの両親だった。

　悲鳴に近い甲高い声を発したクロエは、固まった雪に覆われたアスファルトの上を走っていき、ふたりの腕のなかに飛びこんだ。いまの彼女には両親の体にしがみついて、乱れる息を整えようとすることしかできなかった。拳銃《けんじゅう》と血に彩られたこの異常な世界において、ふたりの存在が急に現実味を持って感じられ、それにともなって徐々に安心感も芽生えた。

「いったいこんなところでなにを?」ようやく落ちつきを取り戻してクロエは言った。「どうしてわたしがここにいるってわかったの?」

「おまえの友人がわたしたちに連絡をくれたんだよ」と父親が言った。「シルヴィアの事件を聞いてすでにフランスに向かっていたところに電話をくれた。ホテルにおまえを迎えに行くつもりだったんだが、飛行機が遅れてな」

　クロエはさっと振りかえった。バスチアンは少し離れたところまでやってきて、無表情のままこちらを見つめている。「あなたが連絡したの?　両親にホテルに来るようにと?

なにが起きるかわかっていたはずでしょう？　わたしの親も殺されていたかもしれないのよ！」

バスチアンはいくぶんぎこちなく肩をすくめた。「とにかくきみの命を救おうと思ってしたことさ。どんな犠牲を払っても関係ないと」

「なんて人なの……」

「クロエ、おやめなさい」今度は母親が言った。「この方はあなたの命を救ってくれたのよ」

ジェームズ・アンダーウッドは抱いていた娘の体を離し、バスチアンに向かって手を差しのべた。「娘の面倒を見てくれて、ほんとうに感謝しているよ。まったく手に余る娘で困る」

「べつに俺はなにもしてません」バスチアンは落ちついた声でさらりと言った。

「なんならその傷を診ようか？　クロエが言ったかどうかわからないが、わたしたちはふたりとも医者で――」

「だいじょうぶです」バスチアンはその申し出をすぐに断った。「それより、いますぐここを出たほうがいい。一刻も早く娘さんをフランスから出して、少なくとも十年はこの国に入らないようにしてください。せめて五年は目の届くところに置いておくことをお勧めしますよ」

「言うは易《やす》し行うは難し、だな」と父親はつぶやいた。

街灯の明かりに照らされ、バスチアンがかすかに微笑むのが見えた。バスチアンはそのままなにも言わずに振りかえり、車へと向かった。クロエは身を震わせながらその場に立ちつくしていたが、それはもちろん寒さからくる震えではなかった。バスチアンはなにも言わずにわたしから立ち去ろうとしている。

バスチアンは運転席のドアを開け、一瞬躊躇《ちゅうちょ》したあと、後部座席に手を伸ばしてなにかを取りだした。そしてそれを腕にかけ、ふたたびクロエのほうに戻ってきた。

クロエは相変わらず身震いが止まらなかったが、両親はどういうわけかあとずさって、ふたりからいくぶん距離を置いていた。

「どうして足を引きずってるの？」こちらに近づいてくるバスチアンに向かって、クロエは努めて明るい声で訊いた。

「窓から飛びおりたときに足首をひねったのさ」バスチアンは持ってきた黒いカシミアのコートをクロエの肩にかけ、自身のぬくもりと香りで彼女を包みこむように前の部分を引きよせた。「あとはご両親の言うとおりに。おとなしく身をまかせるんだ」

「わたしは昔から人に従うのが苦手なの」

バスチアンはにこりと微笑んだ。ほんの一瞬ではあったけれど、それは偽りのない、胸の張り裂けるような笑みだった。「わかってる。でも、俺のためにそうしてくれ」

なにかを言いかえすにはあまりに疲れていた。クロエは黙ってうなずき、バスチアンの手がコートから離れるのを待った。

「クロエ、俺はいまからきみにキスをする」バスチアンは穏やかな声で言った。「といっても、たんなる別れのキスだ。そのあとは俺のことなんてみんな忘れてかまわない。ストックホルム症候群なんて、誰かが作りあげたでたらめにすぎないさ。アメリカに帰って、愛する人を見つけろ」

クロエはあえて自分の気持ちを説明することなく、ただその場に立ちつくし、両手で顔を支えるバスチアンを見つめかえしていた。力強く温かいその手は、これまで何度となく自分を救い、そのために人を殺しさえもした手だった。バスチアンの接吻《せっぷん》はほんの一瞬だった。まぶた、鼻、まゆ、そして涙の伝う頬に口づけをしたバスチアンは、ふたたび唇にキスをした。今度は打って変わってゆっくりと、やさしく、まるで約束されていない未来のすべてをそこに込めるように。それは明らかに恋をする男の口づけだった。そして一瞬、クロエは身も心もふわりと浮きあがるのを感じ、重ねられたバスチアンの唇の美しさに我を忘れた。

やがてバスチアンは体を離し、ささやくように言った。「クロエ、呼吸」そしてそれを最後の言葉にして、その場から立ち去った。ＢＭＷが宵闇に包まれたパリの町へと消えていくのを見送りながら、クロエは肩から落ちそうになるコートをさっと受けとめた。

「あんなに興味深い青年、いったいどこで見つけたの？」気づくと母親がそばに来て、その腕を体に回していた。「こと恋人に関するかぎり、いつもはもっとお堅いタイプを選んでいたあなたが」

恋人――クロエは茫然《ぼうぜん》とした頭のなかでその言葉を繰りかえした。「わたしが見つけたんじゃない。あの人がわたしを見つけてくれたの」そう答える声はかすれ、とても自分の声のようには聞こえなかった。

「いずれにしろ、不幸中の幸いだった」と父親が言った。「きわめて危険な状況からおまえを救いだしてくれたようだしな。ただ、銃で撃たれた傷を診てやれなかったのが気がかりだが」

「あれはほんとに撃たれたんじゃないのよ」とクロエは言った。「あの仕掛けはわたしたちが……ううん、あの人が事前に自分で体に貼りつけたものなの。火薬と偽の血を仕込んで、撃たれたように見せかけるために」

「クロエ、言葉を返すようだが、救急処置室の医師としてボルチモアの病院で十年以上働いたわたしだ。銃で撃たれた傷はひと目見ればわかる」

「でも……」その瞬間、クロエは吐き気をもよおすような奇妙なあせりとともに、はっとその事実に気づいた。たしかバスチアンの傷は左のわき腹にあった。仕掛けは右のわき腹に装着したはずなのに。「なんてこと」クロエは叫び声をあげ、自分の体を押さえる両親の腕のなかで身もだえした。「父さんの言うとおりだわ！　早くあの人を見つけなきゃ――」

「捜したところで見つかりっこないわよ、クロエ。車で走り去ったことだし、だいぶ遠くに行っているでしょう。心配いらないわ。きっとまっすぐ病院に向かって……」

「病院なんか行くはずない。放っておいたらあの人は死んでしまうわ。ううん、死ぬつもりなのよ」クロエはそう口にするなり、それが真実であることを確信した。バスチアンは死ぬ気でいる。あの人はみずから死を追い求めているようなところがあった。わたしがそこに入りこむまでは。厄介な重荷を下ろしたいま、その邪魔をするものはなにもない。

「父さん、いますぐあの人を見つけださないと！」

「だめだ、我々はこれから飛行機に乗るんだ。そう約束した」

クロエにできることはなにもなかった。バスチアンの運転する車はいまごろ猛スピードで氷に覆われた道を走っているのだろう。いまさらそのあとを追うなんて不可能だし、たとえ追ったとしても見つかるはずがない。バスチアンは誰かに助けを求めるかもしれないし、求めないかもしれない。いずれにしても、それはわたしがどうにかできることではない。バスチアンはわたしの人生から姿を消したのだ。永遠に。

呼吸。バスチアンはそう言って、肝心な呼吸を忘れているわたしに注意をうながしてくれた。クロエは体を震わせながら深呼吸をし、バスチアンのコートをぐいと引きよせた。

そして両親に導かれるまま、〈ヒルトン〉の裏口を通って国際線の出発ラウンジへと向かい、驚くほどのスムーズな流れでジェット機に乗りこんだ。座席はファーストクラスだったが、そのような贅沢《ぜいたく》に気づく余裕はなかった。椅子の背にもたれたクロエは目を閉じ、執拗《しつよう》にコートを脱がせようとする客室乗務員の言葉を断固として拒否した。いまではもう涙も涸《か》れはて、なにかを感じることもなくなっていた。手には血がついていたが、それはバスチアンの血であり、偽物ではないこともわかっていた。もちろん、洗い落とすつもりはない。いまとなっては、それが唯一のバスチアンの名残だった。

ストックホルム症候群よ。クロエは再三にわたってそう自分に言いきかせた。わたしは実際に精神に異常を来しているのかもしれないし、こんなものはたんなる作り話なのかもしれない。一時的に正気を失っているだけということも考えられる。でも、そんなことはどうでもよかった。もうなにもかも終わったのだ。完璧なキスとともに。

それにしても、別れ際にあんなふうにキスをするなんて。黙ってそのまま歩き去ってくれたほうが、どれだけ楽だったか知れない。そうすればバスチアンのキスの甘さを知ることはなかったし、ふたりの関係はただの血の沸くような体のつながりだけだったと納得できたのに。

大西洋のなかほどで目を開けると、両親がそろってこちらを見つめていた。どちらも心配そうな表情で娘の様子を観察している。

「わたしはだいじょうぶ」クロエは穏やかな声で言った。もちろんそれはまっ赤な嘘《うそ》だったが、ふたりはこくりとうなずいた。それは、人生のほとんどの場面でだいじょうぶだと言いつづけてきた強がりな末娘の言葉だった。「ただ、ひとつだけ」

「なあに、クロエ」と母親が言った。娘の言葉を真に受けていないのは、不安そうな声の響きを聞けば明らかだった。

「わたしはこの先、ストックホルムにだけは行きたくない」クロエはそう言ってふたたび目を閉じ、世界のあらゆるものを遮断した。

21

四月――風は湿気を帯びて暖かく、新たな春の気配に満ちていた。きっといまごろパリは観光客でごった返していることだろう。八月に次いで、四月は最も人出の多い月になる。しかしバスチアンはパリから遠く離れたところにいて、しばらくは戻るつもりもなかった。忽然《こつぜん》と姿を消す術《すべ》は、ほかの誰よりもよく心得ている。世界でも最高の訓練を受けたバスチアンは、点滴の針を腕から引きぬき、秘密の施設にある病室から抜けだして、まだ衰弱した状態ながらも姿を消すことに成功したのだった。〝委員会〟ですら捜しだすことのできない秘密の場所に。

この状況でほかの誰よりも避けたいのは〝委員会〟だった。ほかの連中はたんに自分を殺したいだけであり、その状況になれば、冷静に死と向きあう覚悟はある。しかし〝委員会〟は断固として自分を手放すことを拒否し、命令に対していやとは言わせない態度をつらぬいている。このまま戻らなければ、トマソンは部下に命じてふたたび刺客を送りこんでくるだろう。過去の例を振りかえってみても、自分の仲間に命を奪われるのだけはごめんだった。そのような不名誉な運命を受け入れるのはプライドが許さない。

逃亡するまえに傷が癒《い》えるのを待っていた施設は、アルプス山脈のイタリア側に位置する小さな村にあった。銃弾は肝臓をかすめ、しばらくのあいだは生死の境をさまよっていた。発見されるまでにかなりの時間がかかったことも、傷を悪化させた要因だった。一時クロエと避難した空き家の裏手にＢＭＷを停《と》めたバスチアンは、そのまま意識を失ったのだ。その場所では同じくモーリーンも発見されたが、彼女に対して処置をほどこすにはあまりに時間がたちすぎていた。

〝委員会〟は高価な投資をみすみす死なせるわけにはいかず、結局バスチアンはふたたび死の淵《ふち》から引き戻された。そして絶対に自分を手放そうとしない連中に対し、バスチアンも抵抗するのをやめ、魔法のような処置を進んで受け入れたのだった。完全に意識を取り戻し、連中が与える薬なしでも痛みをコントロールできるようになるまで。それは痛みを止めるための薬であると同時に、命令に素直に従わせるための薬だったが、そんな薬などもう必要はなかった。

病室の外にはつねに見張りがいて、はっきりとした意識のあるときは、ときおりその姿も確認できた。もちろん、その見張りが自分を守るためにそこにいるのか、文字どおり監禁の見張り役となっているのかはわからなかった。〝委員会〟のメンバーはひとりとして顔を出さなかったが、バスチアンとしてもハリー・トマソンが現れ、最後通牒《つうちょう》を突きつけるのをただ待っているつもりはなかった。何歩か歩けるようになるまで回復したバスチアンは、看護師がいない隙《すき》を見計らって練習を重ね、点滴の針を引きぬいた。そして見張りの男を打ちのめし、服をはぎ取って、夜の闇《やみ》へと姿を消したのだった。

イタリアのアルプス地方をあとにして向かったのはヴェネチアだった。それは故郷同様に知りつくしている町だった。迷宮のように入り組んだヴェネチアに入ってしまえば、もう誰にも見つかることはない。その気になれば、永遠に見つからずにいることも可能なはずだった。

しかし、バスチアンはその町にはとどまらなかった。体力の回復はいつもより遅く、神経も危ういほど敏感になっていたが、町から町へと絶えず動きつづけた。人生の一幕を閉じ、いったんすべてに区切りをつけるのは、これまでの任務において何度も経験してきたことだった。母親と叔母とともに過ごした放浪の日々。ひとりの女からべつの女へと渡り歩き、利用しては捨てていた身勝手な時代。そして〝委員会〟に雇われ、その圧倒的な支配下に置かれた、終わりのない地獄のような毎日。その〝委員会〟は、目的は手段を正当化すると本気で信じていた。たとえそれがどんなに恐ろしいことであっても。

そしていま、バスチアンにとってふたたび放浪のときが始まっていた。しかし、今回はたったひとりで毎日を過ごした。町から町へ、いかなる痕跡《こんせき》も残さないようにけっして長居はせず、ヴェネチアにしても混沌《こんとん》と喧噪《けんそう》の仮面カーニバルが終わると、すぐに西に移動した。ポルトガルのアゾレス諸島は気候も温暖で、とてものんびりとした場所だった。そんな状況では、クロエのこともたった一度しか頭をよぎらず、流れるようなポルトガル語の響きを耳にしたときにふと、彼女はポルトガル語も話せるのだろうかと疑問に思っただけだった。

クロエは生きている。ノースカロライナの山々に守られて、元気に暮らしている。それだけで充分だった。彼女はもう俺《おれ》になにかを頼る必要もない——食べ物も、ぬくもりも、セックスも、命そのものにしても。それどころか、いまになって俺のことを思いだせば、恐怖がよみがえって身を震わせるのがおちだろう。もちろん、ほんの一瞬でも思いだすことがあったとしての話だが。

いまとなっては、思いださないでくれることを祈るばかりだった。ふたりでともに過ごした数日は、彼女にとってあまりに突然で、身も心も準備などできていなかったに違いない。暴力や死は、若い娘——とくにアメリカ人の若い娘が普通に目の当たりにするものではない。たとえ彼女自身がまだそれを過去のできごととして整理がつけられないでいるとしても、有能な医師である両親は、それこそセラピストを取っかえ引っかえしてでも、娘の傷が癒えるまで治療に専念させるに違いない。すべての思い出を忘れるまで。俺のことなどすっかり忘れ去るまで。

バスチアンは太陽の光を浴びながら横たわり、頭をからっぽにして、徐々に体力が回復するのにまかせた。つぎにどこへ向かうのかはまだわからない。ギリシャは問題外だし、極東も賢明な案とは言えなかった。当然のごとく、ヤクザはオートミの死を快く思っていない。連中の情報網は〝委員会〟のそれに匹敵するほどだった。ひとたび日本やその近辺の国に入国しようものなら、人でごった返している都会でもすぐに見つかって抹殺されるに違いない。いったいどういう心境の変化か、その理由は自分でもわからないが、バスチアンはもうみずから死を追い求めてなどいなかった。

かといって、アメリカに行くつもりもない。それは確実だった。ひとくちにアメリカと言ってもかなり広い。それでもその大国にいざ足を踏み入れれば、自分にとって唯一危険な存在を絶えず意識することになるのは間違いなかった。そう、それはひとりの女性の存在にほかならない。もちろん、なにか行動を起こすつもりは毛頭なかった。しかしアメリカにいるかぎり、なにをするにしてもそのことが気になって、ろくに集中することもできないだろう。カナダでさえ、近すぎる。

スイスはどうだろう。徹底した中立を保っているあの国なら無難かもしれない。あるいは北欧のスウェーデンとか……。

だめだ！　スウェーデンなどに行けば、ストックホルムという町の名を思い浮かべるたびに彼女の顔を思いだすことになるだろう。いったいなにを考えているのか、自分でもわからなかった。自分の生きる世界はいまやすっかり彼女に汚染されている。彼女のことを考えずにいられる場所など、この世界のどこを探しても見当たりそうになかった。ひょっとしたら死にたくないと思いはじめたのもそのためかもしれない。

あるいはこれは自分にとって、ある種の贖罪《しょくざい》なのかもしれない。

ここに来てから、アルコールの量は増えるばかりだった。しかし太陽の下に横たわってなにも考えまいとしているあいだ、いったいほかになにができるだろう。昼間から酒を飲み、たばこを吸い、酔いにまかせてかわいいウエイトレスと寝る以外に。なんともすばらしい人生じゃないか。燦々《さんさん》と輝くポルトガルの太陽の下、サングラスをかけて目を閉じ、バスチアンはそう自分に言いきかせた。このままずっとこんな暮らしを続けるのも、おつなものかもしれない。

突然、頭上にあった太陽が覆い隠され、バスチアンは日差しがふたたび自分に降り注ぐのを辛抱強く待った。しかし、いくら待ってもいっこうに光が戻る気配はない。しばらくして目を開けると、リクライニング式の長椅子のわきにジェンセンが立っているのが見えた。

ジェンセンは最後に目にしたときに比べてかなり印象が違って見えた。そのときジェンセンは、〈ホテル・ドゥニ〉の部屋でリチェッティのつきそい役をしていたのだった。茶色い髪は伸び、その色合いもだいぶ深みを増している。デザイナーブランドのデニムをはいたジェンセンもまたサングラスをかけていたが、きっとその奥にある瞳は生まれつきの青とは違った色をしているのだろう。

「俺を殺しに来たのか？」バスチアンは椅子から動こうともせず、けだるい声で言った。「こんなところで大っぴらにやらかして、おまえがつかまるのを見るのは俺としても忍びない。おまえとはいつも気が合ったことだしな。そうあせらず、部屋に戻るまで待ったらどうだ？　あるいは人気のない通りに入るのを見計らって殺すとか」

「メロドラマの見すぎじゃないのか」とジェンセンは言い、隣の椅子に座った。見たところ銃は持っていないようだが、見た目に騙《だま》されるほどバスチアンは愚かではなかった。丸腰で外に出るスパイなど、この世界にひとりもいない。その存在すら知らず、実際に見たこともない敵など山ほどいるのだ。「その気があればとっくにパリで殺していたさ。あんたを始末するよう、トマソンに命じられていたときにな」

バスチアンはうっすらと笑みを浮かべた。「やっぱりおまえだったか。で、どうして気が変わった？」

「トマソンはろくでもない男さ。それに、あの男だって永遠にボスの座にとどまるわけじゃない。便器の水を流すように始末するには、あんたは利用価値がありすぎる」

バスチアンはふたたび薄笑いを浮かべた。「悪いな、ジェンセン。俺はもう第一線を離れたんだよ。利用価値などない役立たずさ。さあ、とっとと水を流しちまってくれ」

ジェンセンは首を振った。「報酬がなければ殺しなどしない。どうして俺がここに来たのか、知りたくないのか？」

「始末しに来たのでなければ、さしずめ古巣に戻るよう説得しに来たんだろう。時間の無駄さ。トマソンには、くたばれと言っておいてくれ」

「俺がここにいることはトマソンも知らない。まあ、やつに知れたらかなり気分を害すだろうな」

バスチアンはサングラスを上げてかつての同僚を見つめた。「じゃあ、誰がおまえをここに？」

「〝委員会〟のメンバーであの会合に参加していたのは、俺とおまえだけじゃない」

「そんなことは言われなくてもわかってる。で、〝委員会〟に雇われてまぎれ込んでいたのは誰だったっていうんだ」

ジェンセンはふたたび首を振った。「それは機密情報だ。〝委員会〟のメンバーでないと言いはる者に、それを漏らすのは危険すぎる」

「オーケー」とバスチアンは言い、ふたたびサングラスをかけた。「俺は戻らない。そのように伝えてもらってかまわないさ。おまえはこの場で俺を殺すなり、黙って立ち去るなり好きにすればいい」

「なにもあんたを連れ戻すためにこんなところに来たわけじゃない。警告を与えに来たまでさ」

「警告なんて必要ないね、ジェンセン。いままでなんとかこうして生きのびてきたんだ。あとは気が変わるまで、こんな暮らしを続けるまでさ」

「バスチアン、あんたのことじゃない。あんたがつねに危険にさらされていることは、あんたも俺も充分に承知している。警告しに来たのは、あんたのお気に入りのアメリカ人のことだよ。連中が彼女の居場所を突きとめたらしい」


ノースカロライナの山々への春の訪れは早かったが、クロエはそんなことに気づく気分ではなかった。両親は心配そうに世話を焼き、兄や姉はつきそってそばを離れず、かわいい甥《おい》や姪《めい》もなにかと楽しませてくれる。けれども胸の内に刻まれた傷は、いまだむき出しになったまま、だらだらと血を流しつづけていた。そろそろ癒えたころだと思っても、ふとしたことがきっかけで思いだし、また震えが止まらなくなる。

雪のなかに倒れこむモーリーン。その手を離れたナイフは宙を飛び、まっ白な雪に血が染みこんでいる。シルヴィアは両目を見開き、まるで死に神を見つめるように天を仰いでいる。そして部屋に転がるいくつもの死体に、いくつもの叫び声。〈オテル・ドゥニ〉で嗅《か》いだ血のにおい。そんなものが脳裏によみがえるたびに、全身がぶるぶる震えた。しかもいまは、呼吸することもままならない自分に向かって呼吸しろと注意してくれる者は誰もいない。

あそこにいた者はみんな死んでしまった——そのことはクロエにもわかっていた。警察はバスチアンと自分がバルコニーから飛びおりた直後に到着して、かろうじてあの地獄を生きのびた者も、まもなく病院で息を引きとった。なんとも都合のいいことに、真実を伝える者はひとりとしていない。モニークは顔を撃たれて死んだとバスチアンは言った。病院に搬送された男爵も、数日後に死に屈し、ほかの者もすでにこの世の人ではなくなっていた。

クロエはバスチアンのことだけは考えまいとした。自分のなかでは、バスチアンはすでに死んだ人間だった。彼にはみずから死を追い求めていたようなところがあるし、実際に拳銃《けんじゅう》で撃たれもした。といっても、そう簡単に死ぬような男でないのもまた事実だった。ひょっとしたらまた新たな任務にあたっているということも充分に考えられる。ひょっとしたら……。

いずれにしろ、バスチアンについてはあえて考えないことにしていた。それは混乱に満ちた暗い過去の記憶であり、どんなにがんばってもその意味を理解することはできなかった。いまはただ両親が心配そうな目で見守るなか、なんとか心の平静を保ちながら、その日その日をやり過ごすことしかできなかった。

それでも四月のなかばになるころには、両親も少しは安心しはじめているようだった。おそらく自分から大学の講座に申しこんだことが、ふたりを喜ばせたのだろう。中国語の勉強は、余計なことを考えずになにかに集中するにはうってつけのチャレンジのように思えた。一週間後にはボランティアの仕事を始める予定だったし、この調子だと、秋までにはフルタイムの仕事を見つける準備もできているだろう。両親は絶対に反対するだろうけれど、そのときはまたひとり暮らしを始めるつもりだった。傷は確実に癒えはじめている。その傷がどんな種類のものであるかは考えることさえ拒否していた。ただ、完全に癒えるには時間がかかるということだけを承知していればいいことだった。

なによりここは安全だった。アンダーウッド家は小さな山の中腹に二百エーカーの土地を所有していて、その土地を贅沢《ぜいたく》に使って建てられた家は心地よく、世間の喧噪から隔絶した場所にあった。古いファームハウスは百年かけて増改築が繰りかえされた結果、現在のように不規則に棟が張りだした状態になったが、それがまた不思議と居心地のよさにつながっていた。母親は体裁を気にして家のなかをきちんとするような性格ではなかったし、掃除は週に一回ハウスキーパーがやってきてこなす程度だったので、整理整頓《せいとん》は一家のなかではすでに失われた大義となっていた。それに加えて、アンダーウッド家の面々はみな多趣味だった。その証拠に、部屋のいたるところに本、釣《つ》り竿《ざお》、ミシン、顕微鏡、望遠鏡などが置いてあり、それ以外の空きのスペースは七台あるコンピュータが占領していた。

それはゲストハウスにしても同じことだった。クロエは余計なことを考えないように、いまは自分の部屋となっているゲストハウスでつねになにかをするように心がけていた。

読書はもちろん――テレビは情報が多すぎて逆に集中が途切れるばかりだった――編み物にだって挑戦した。ゲームボーイのテトリスは頭をからっぽにして夢中になるにはもってこいで、人の多い場所に出向かなければならないときはつねにそれを持参し、バスルームに行くときも放さないほどだった。四角い小さなブロックがつぎつぎとしかるべき場所に落ちていくさまは禅のような安心感を与えてくれ、両手の感覚がなくなるまでプレイしつづけた。

クロエはけっして取り乱すことなく、努めて明るく、ほがらかにふるまっていた。両親も順調に回復に向かっているものと安心しはじめているようだった。完全に傷が癒えるにはもっと時間がかかるという思いはあるものの、クロエもあせりはしなかった。こうして両親の家に隠れていられるかぎり、回復にあてる時間は充分にある。

「あなたもいっしょに来るべきだと思うの」と母親が言い、書類の束を突きだしながら、朝食用のカウンターの上にオレンジジュースの入った背の高いグラスを置いた。「ずっとひとりでこもってるんじゃ体に毒よ」

「なにもこもってるわけじゃないわ」クロエは穏やかな声で答え、飲みたくもないオレンジジュースに口をつけた。飲みたくないと言ったところで、無理やり飲まされるのはもうわかっている。「わたしはただ……ちょっとした休暇を楽しんでるだけよ。もし邪魔ならいつだって――」

「ばかなこと言わないで！」普段は怒りとは無縁のおおらかな母親だったが、クロエは昔からそんな母をいらだたせてしまう癖があった。「あなたのいる場所はいつだってこの家にあるの。家族全員で暮らしたたって充分なスペースがあるくらいよ。いったいなんのためにゲストハウスを建てたと思ってるの？　それに、母屋のほうに泊まってほしいと思ってることは、あなたも知ってるでしょう。同じ屋根の下にいるとわかっていたほうが、どれだけ心が安まるか」

　クロエはなにも言わずにオレンジジュースをすすった。突然の沈黙は家族がいちばん不安を覚える行動のひとつだとわかっていても、どうすることもできなかった。無駄話を楽しむなんて余裕は、いまの自分にはない。たとえそれが母親を安心させるためであったとしても。

「医療にたずさわっていない者にしてみれば、この会議が退屈きわまりないことはわかってる。でも、あなたのきょうだいだって家族を連れてくるのよ。しかも海岸沿いのすてきなリゾート地で開催されるんだし、あなただってきっと……」

「まだ心の準備ができてないの」とクロエは言った。その声はか細く、母親は身を乗りだして耳を傾けなければならなかった。「いいから行って楽しんできて。わたしはひとりでもだいじょうぶ。母さんだって、わたしが戻ってきてからどこにも出かけてないじゃない。あんなに旅が好きだった母さんが。ほんとうにだいじょうぶよ。ここは安全だし、誰かにわずらわされることもない。わたしだって、二、三日ひとりの時間を満喫したいもの」

「ひとりの時間を満喫したいって、もう充分すぎるほどひとりで過ごしてるじゃない」母親はキッチンに入ってきた夫のほうに向きなおった。「ジェームズ、いっしょに来るようにこの子に言ってよ！」

父親は首を振った。「いいから放《ほう》っておきなさい、クレア。だいじょうぶだよ。絶えずわたしたちにつきまとわれて、この子もうんざりしてるのさ。二、三日でも、たったひとりで過ごす静かな時間が必要なんだよ。そうだろう、クロエ？」

クロエは父親の問いかけになんとか明るい声で答えた。「ほんとにそう。心配することなんてなにもないんだから」

母親はいらだちをあらわにして夫と娘を交互に見つめた。「まったく、あなたたちふたりにはかなわないわ。とにかくホームセキュリティーの装置は作動させておくのよ。わかった、クロエ？」

「そんなの使ったためしがないじゃない」クロエは言った。

「大金を払って設置したんだ。こういうときに使わない手はないさ」と娘の期待を裏切って父親が言った。「おまえもそれくらいの妥協はしなさい。妥当な取引だろう。ホームセキュリティーの装置をずっと作動させておくと約束すれば、わたしも絶対におまえの母親をこの家から連れだすと約束する」

　母親が自分も行かないと言いだすかもしれないなんて、考えも及ばなかった。週末をかけて母と娘が絆《きずな》を深めあうなんて、想像しただけでも背中がかゆくなる思いがする。もちろん母親を愛していないわけではないけれど、その手の感情を素直に表現するのが下手なのは家族のみんなが知っていることだった。「わかったわ。ちゃんと防犯装置はつけておく」とクロエは言った。「必要なら銃を買いに行って、ついでに何匹か番犬を飼いはじめてもかまわない」

「ばかなこと言わないの、クロエ」母親はすでにあきらめた様子だった。「それに、銃なら父さんの二二口径が屋根裏部屋にあるはずよ」

「それは心強いわ。モンゴル帝国の大軍がいつ押しよせてきても平気なように、場所をたしかめておくわね」

「またそんな冗談を」母親はつぶやくように言った。「心配のしすぎだとあなたたちが思っているのは承知してるけど……」

「おまえの気づかいには、我々も感謝しているさ」と父親が言った。「だが、もう行かないと。おまえは会議に出る必要があるし、わたしも孫たちの顔を見る必要がある」そう言って、スツールに腰を下ろしてオレンジジュースのグラスを持っている娘のほうをちらりと見た。「孫の話が出たところでなんだが、わたしとしてはもっと孫がいてもかまわないんだぞ。もちろん、いますぐにというわけにはいかないだろうが、おまえも心に留めておきなさい。ケヴィン・マキナニーがニューヨークから戻ってきたそうじゃないか。ブラック・マウンテンに弁護士事務所を設立したらしい。おまえは昔、あの男とデートをしていたんじゃなかったか？　じつに好感の持てる青年だ」

「ええ、とても感じのいい人よ」と答えたものの、クロエは顔も思いだすことができなかった。

「じゃあ戻ったらディナーにでも招待しようかしら」と母親が言った。「かまわないでしょ、クロエ？」

そんなことをされるくらいなら、とかげに足の指を噛《か》み切られるほうがましだった。

「ええ、かまわないわ」

どうやら母親はその返事を真に受けたらしい。やがて父親が荷物を持ってふたたびキッチンに現れた。

「たっぷり楽しんできてね」とクロエは明るい声で言った。「わたしはだいじょうぶだから」

母親はクロエを軽く抱きしめると、その体を離してもう一度まじまじと娘の顔を観察した。すっかり相手を安心させられるような表情は浮かべていないだろうが、それは仕方がない。

「ほんとに気をつけてよ」と母親は言った。

　両親は十分ほどしていなくなり、至福の静寂が大きな古い屋敷を満たした。クロエは約束どおりホームセキュリティーのスイッチを入れたが、両親が外出してしばらくすると、そんなことなどすっかり忘れ去っていた。風はやけにひんやりして、ほのかな春の香りは感じられなかった。天気予報のチャンネルで確認するべきなのはわかっていたけれど、とくに北部でよく発生する雪嵐《ゆきあらし》の映像を見るたびに震えが止まらなくなったし、最近ではその手の番組は完全に避けるようになっていた。空はどんよりと雲に覆われ、激しくなりつつある風には、氷のような冷たさが感じられる。きっと寒冷前線が通過しているのだろう。反射的にわき起こる不安をなだめようと、クロエはそう自分に言いきかせた。たぶん、旅行中の家族には影響はないはずだった。海岸部はこの嵐とは無縁だろうし、自分はどこにも出かけるつもりはない。クロエは両親がいないあいだに、ひとりの時間を満喫するつもりだった。ゆっくりと時間をかけてジャクージに浸《つ》かり、そのあとテレビで古いミュージカル映画でも観《み》よう。以前は好んでカンフー映画を観ていた時期もあったけれど、パリから戻って以来、わざとらしい作り物のバイオレンスなど見るのもいやになっていた。そんな映画を観るくらいなら、ジュディ・ガーランドやジーン・ケリーを眺めていたほうが気持ちが落ちつき、きっとこの世界のどこかに、一日の始まりを歌や踊りで祝福する幸せな場所があるに違いないと信じることもできた。もちろん自分でも、この数日はそんなふうに過ごす予定だった。たとえ外の天気がどんな荒れ模様になろうとも。

熱いお湯を張ったバスタブから出るころには、空はだいぶ暗くなっていた。クロエは厚いタオル地のバスローブに身を包み、キッチンへと向かった。ホームセキュリティーのパネルには緑色の光が点滅し、すべて異常なしと告げている。クロエは数カ月ぶりに空腹を覚え、食欲がわくのを感じた。たぶん、あれも食べなさい、これも食べなさいとうるさく言う心配性の母親がいないせいだろう。つねに過剰に食料がストックされている大型の冷蔵庫を開けると、アップルパイの残りがあった。クロエはそれを取りだし、ドアを閉めた。こちらを見つめるバスチアン・トゥッサンの冷ややかな黒い瞳と目が合ったのはそのときだった。

22

　クロエはパイを落とした。耐熱性の皿は裸足《はだし》の足のまわりで割れ、クロエは身動きもせず、茫然《ぼうぜん》とした表情でバスチアンを見上げていた。

「まるで幽霊でも見たような顔だな、クロエ」とバスチアンは言った。それはなじみ深い、うっとりするような声だった。「まさか俺《おれ》が死んだとでも思っていたのか」

　クロエはようやく思いを声に出して言った。「ひょっとして死んでいるかもしれないとは思ったわ」目の前にいるバスチアンは以前の印象と違って見えた。いくぶんやせて――激しい痛みを味わったせいか、ほかのなにかが原因か――顔のしわも増えたようで、長かった髪もさらに伸びていた。太陽の光を浴びて縞状《しまじょう》に色褪《いろあ》せた髪と、日焼けした肌が妙にマッチしている。それにしても、太陽の下にいるバスチアンの姿など想像もできないだけに、目の前にいる彼はとても妙な感じがした。バスチアンのイメージといえば、闇《やみ》と影だったというのに。

「そう簡単に死ぬような男じゃないさ」バスチアンは間近に立っていた。クロエがあとずさりしてその体から離れはじめると、驚くほどの力でぐいと腕をつかまれた。反射的に引き戻そうとしたが、難なく体ごとを抱えられ、割れたガラスの破片の外に連れだされた。裸足であることなど、自分でもすっかり忘れていた。

「着替えをしてきたらどうだ」とバスチアンは言った。「ここは待っているあいだに片づけてやろう」

「着替える必要なんてないわ。どこにも行くつもりはないもの。行くのはあなたよ。出てって、いますぐ。どうしてこんなふうに突然現れたのかはわからない。でも、あなたにはここにいてほしくないの。出ていって」

「ネックレス」

「え?」

「ダイヤモンドのネックレスを取りに来たんだ」バスチアンは穏やかな声で言った。「きみはあのネックレスをつけたままパリをあとにしただろう。忘れたか? それなりの価値があるものだし、返してもらおうと思って」

クロエはいまだに茫然としたまま相手を見つめていた。「どうしてもっと早く取りに来なかったの?」

「それは……いろいろ忙しかったんだよ」

「送りかえすように電話を入れればすむことじゃない」

「郵便なんて信用ならないさ。国際宅配業者でさえ当てにならない。突然現れてさぞ迷惑だろうが、自分で足を運ぶほか選択肢はなかった」

わたしはなにも感じていない。クロエは自分に向かって必死に言いきかせた。この感覚は、傷跡をつついて完全に治っているとわかるようなものよ。こうして心の内を読みとれない黒い目を見つめても、わたしはなにも感じていない。

「わかったわ」とクロエは言った。「いま取ってくる。そしたらすぐに出てってちょうだい。あなたに言うことなんて、なにもないわ」

「そんなことは期待しちゃいないさ」バスチアンはそう言ってカウンターに寄りかかった。「ネックレスさえ返してくれたらすぐに出ていくよ」

クロエはあらためてバスチアンを見つめた。どう考えても、母親のキッチンにいるべき男ではない。わたしから数メートル離れたところにいるべき男ではない。腰ひもをゆるく結んだバスローブの下はなにも着ていないとなればなおさらだった。といっても、バスチアンに対してはなにも感じなかった。憎しみも、熱い思いもそこにはなく、感情はすっかり麻痺《まひ》した状態にあった。パリで過ごした最後の数日、かろうじて自分を守ってくれた心の状態のままだった。とにかく一刻も早くこの家から追いださなければ。麻痺した心が本来の働きを取り戻すまえに。

「そこを動かないで」クロエはそう言ってバスチアンのわきを通りすぎた。相手の手が届かないように距離を置き、キッチンのわきにある階段へと向かった。バスチアンはこちらの体に触れるようなことはしなかったので、いくぶんばつの悪い思いがしたけれど、クロエとしてはそうするほかなかった。バスチアンに近づけば近づくほど、身も心も震えはじめている。

衣類のほとんどはゲストハウスに置いてあったが、二階にある乾燥機に洗濯したての服が何枚か入っているはずだった。選択肢はかなり限られているものの、着古したグレーのスエットパンツとゆったりしたグレーのTシャツに厚手のガウンをはおり、ウールの靴下をはいた。髪はあれからだいぶ伸びていて、下のほうでポニーテールができるくらいになっていたものの、あえて鏡で確認するようなことはしなかった。いまの自分がどう見えるかは鏡など見なくても承知している。それに、どう見えたってかまわないという思いもあった。

それにしても、ネックレスのことなどすっかり忘れていた。大西洋の上空で外したネックレスは、家に帰るなり父親が金庫にしまって鍵《かぎ》をかけた。もし覚えていたら、なんとか方法を見つけて送りかえしていたに違いない。

でも、いったいどうやって？　ほんとうの名前もわからない。誰の下で働いているのか、どこに住んでいるかもわからない。バスチアンと名乗る男のことなど、自分はなにひとつ知らなかった。そう、人殺しであるということ以外。

紺色にくすみが混じったような、気味の悪い宵闇だった。クロエは窓の外に目をやり、バスチアンの車を探した。ホームセキュリティーの装置が作動しているのに、どうやって忍びこんだのだろう。といっても、それは愚問だった。バスチアンほどの男なら、たとえ石の壁で囲まれていたって難なくなかに入ることができるだろう。市販のセキュリティーシステムなど、子どものおもちゃと同じに違いない。

クロエは雪がちらほら舞いはじめるのを驚いて眺めた。四月に雪が降るなんて考えられない。らっぱ水仙が花を咲かせ、美しい山々が春の気配に目覚めようとしているこの時期に。きっとあの男が嵐《あらし》を運んできたんだわ、とクロエは思った。あの男の心を包みこむ黒い氷のように。

キッチンに戻ると、バスチアンはすでに割れた皿を片づけおえ、コーヒーまで作っていた。一瞬むかっとしたが、差しだされたマグカップを拒むほどではなかった。ミルクたっぷりに砂糖はなし。わたしが好んで飲むとおりのコーヒー。どうしてバスチアンはそれを知っているのだろう。いっしょにいるあいだにゆっくりコーヒーを飲んだ覚えはないのだが。

「はい、これ」とクロエは言い、差しだされた手の上にダイヤモンドのネックレスを落とした。たとえ一瞬でも相手の肌に触れないように充分に気をつけて。

バスチアンはネックレスをポケットに入れた。またしても服の色は黒――バスチアンはいつも黒い服を着ていたが、それは今日も変わらなかった。今度は誰の血を隠そうとしているのだろう。

わたしったら、またばかなことを。コーヒーをすすったクロエは、思わずふうっとため息をついた。パリをあとにしてからというもの、こんなにおいしいコーヒーを飲んだのははじめてだった。

バスチアンは朝食用のカウンターの前に腰を下ろしていた。乱雑なキッチンのなか、やけにくつろいでいるように見える。バスチアンはここにいるべき人じゃないの。クロエはそう言いきかせ、ふたたびコーヒーをすすった。

「防犯装置がついているのに、いったいどうやって？」

「そんなこと、本気で訊《き》く必要があるかい？」

クロエは首を振った。「わたしを狙《ねら》って誰かがやってきたとしても、そんな装置はなんの役にも立たないということね」

「どうしてきみを狙ってやってくると？」

「さあ。そもそもどうしてわたしのことを殺そうとしたのか、いまでもわからないもの」

「クロエ、あそこにいた連中はみんな死んだんだ。もう誰もきみを傷つけようとはしない。この家のセキュリティー・システムはしっかりしてるさ。ただ、充分とは言えないけどな」バスチアンはクロエの体を上から下まで眺め、口元をかすかにほころばせた。「元気そうでなによりだよ」

「こんなことをしてなにになるの？　欲しいものはもう得たんでしょ。さっさと飛行機に乗ってフランスに戻ってよ。そうすればお互い、すべてを忘れられる」

「もちろん俺としてもそうしたいところさ」バスチアンは例によってずけずけと言った。

「だが、ちょっとした問題があってな」

「問題？」とにかく座らなくては、とクロエは思った。何時間も熱いお湯に浸《つ》かったあとで、春にしては冷たい風を浴び、おまけに突然バスチアンが現れた。あまりの刺激のせいか、意識が朦朧《もうろう》とするのを感じていた。一度でもまばたきをすれば、バスチアンは忽然《こつぜん》と姿を消してしまうかもしれない。

「まばたきなんて、したくない」とクロエは思いを声に出して言った。自分の声ながらも、それはまったくなじみのない他人の声のように聞こえた。バスチアンも奇妙な表情でこちらを見つめている。それは記憶にある表情より穏やかなものだった。運命というのは、どうしてこうもいたずらなの。そんな台詞《せりふ》を口にしかけたが、すでに言葉を発する能力を失っているようだった。

「まばたきなんてすることないさ、クロエ」とバスチアンはささやいた。「さあ、目を閉じて」

　そしてつぎの瞬間、クロエは迫りくる暗闇にすっぽり包まれた。

バスチアンは倒れそうになるクロエの体をさっと受けとめた。クロエに対して言ったことは、例によって嘘《うそ》だった。実際、クロエは元気そうではなかったし、だいぶやせて、充分な睡眠がとれていないせいか、目の下にはくまができていた。もちろん、それも驚くに値しない。しかし、再会する彼女はすっかり健康を取り戻し、復讐《ふくしゅう》に燃えてこちらの首をはねようとするくらい元気になっていたらとなかば期待していたのも事実だった。過去の傷を癒《いや》し、前に進む時間は充分にあったのだ。

ところが、クロエは癒《い》えない傷にいまだ苦しんでいる。

バスチアンは彼女の体を抱えあげ、居間へと運んだ。年季の入った大きなソファーの上には本や新聞が散らばっている。バスチアンは片腕でさっとそれらを払って床に落とし、クロエの体をソファーに横たえた。おそらく必要以上の量を与えてしまったのだろう。コーヒーに溶けこませた鎮静剤は彼女がパリにいたときの体重をもとに計算していたが、いまの彼女はそのときに比べて四、五キロはやせている。

いずれにしろ、少し長めに眠っていてくれたほうが、こちらとしても助かる。あるいは問題を片づけてこの場所をあとにするまで、ずっと眠りつづけてくれるかもしれない。そう、ふたたび命を狙《ねら》われそうになったことなど知る由もなく。〈オテル・ドゥニ〉での銃撃戦で思わぬ生き残りがいたことなど、クロエは知る必要がない。ましてやその生き残りが、どんな危険を冒してもクロエを抹殺しようとしていることなんて。

自分の顔を目にした瞬間に彼女が浮かべた驚愕《きょうがく》の表情は、バスチアンも見間違えようがなかった。無理もない。もう一生会わずにすむと思っていた男が突然現れたのだ。悪夢がふたたび現実になったようなものだろう。ネックレスを取りかえしに来たという言いわけを真に受けてくれたのは幸いだった。いまはただ、過去の多くの状況でそうだったように、その幸運がしばらくのあいだ長続きすることを祈るのみ。

ネックレスに関しては、ほんとうはクロエにやったままにしておこうと思っていた。もう何年ものあいだ持っていたそのネックレスは、みずから地獄への道を踏みだした最初の一歩だと言える。当時十二歳だったバスチアンは、背丈も充分に高く、自分たちのことを実際より十以上は年下に思いたい母親や叔母にとって、きまりの悪い厄介者でしかなかった。モンテカルロでギャンブルをして派手に負けた母親は、お気に入りのダイヤモンドのネックレスを売るはめになり、激怒して相手かまわず怒鳴りちらした。それはバスチアンも見たことのないような暴れようだった。そんな母親のためになにかしてやろうと決意したバスチアンは、同じネックレスこそ取りかえせないものの、代わりになるものをなんとか手に入れようと思ったのだった。

実際、それはきわめて簡単だった。人々は、たとえ長身で不良めいて見えても子どもには疑いの目を向けなかったし、バスチアン自身も猿のように敏捷《びんしょう》で、恐れなど知らない少年だった。そのネックレスを所有していた女性はかなりの年配に加えてかなりの肥満で、ひだのようになった首の肉のあいだにネックレスが埋もれてしまいそうなほどだった。このネックレスはそんな女より美しい自分の母親がしたほうがよっぽど似合っている、と子どもながらにバスチアンは思った。

ホテルの部屋に戻ると、母親はベッドの上に横たわっていた。バスチアンはその夜の母親の相手が立ち去るのを待って――それは絶対につぎの父親にはなってほしくないと思うような、ワインの輸入業を営む中年男だった――そっと寝室に入った。

残酷な昼の光をさえぎるようにカーテンはきっちり閉められ、部屋にはたばこと香水とウイスキーのにおいが充満していた。もちろん、セックスのにおいも。母親は酔いつぶれて眠っていて、濃淡をつけてメッシュを入れたブロンドの髪がか細い背中で波打っているのが見えた。「ママン？」とバスチアンは小声で言った。

母親は身動きもしなかった。ふたたび声をかけても、いびきのような荒い音を漏らすだけだった。手を伸ばして肩に触れ、その体を揺すると、ようやく寝返りを打って、寝惚《ねほ》けた目をぱちくりさせて息子を見上げた。

「この悪がき、いったいここでなにしてるの。友だちを招いているときは姿を隠していてと口を酸っぱくして言ったでしょう」

「ママンのために持ってきたものがあるんだ」九歳になるころには母親のことは怖がらな

くなっていたが、それでも怒気をふくんだしわがれ声でそう言われると、くるりと背を向けて逃げだしたい気分になった。

「なんだっていうのよ」母親はシーツで体を隠そうともせずに起きあがった。バスチアンも母親の裸には慣れっこで、慎み深さとは無縁の母親を醒《さ》めた目で見つめた。母親は確実に年をとっていた。「せっかくいい気持ちで寝てるとこを起こしたりして」

　バスチアンは罪に汚れた小さな手を差しだした。薄暗い部屋のなかでも、ダイヤモンドのネックレスはきらきらと輝きを放っていた。「プレゼントだよ。ママンのために取ってきたんだ」

　母親はベッドの上で体を起こしたまま、たばこに手を伸ばして火をつけた。「どれ、見せて」バスチアンがその手にネックレスを置くと、母親はしばらくそれを見つめてから軽い笑い声を漏らした。「いったいどこでこれを？」

「拾ったんだ……」

「いっ、いっ、いったいどこでこれを？」

　バスチアンは息をのんだ。「盗んだんだ」

　母親がどんな反応をするのかは見当もつかなかった。怒り。涙。いや、そのどちらでもない。代わりに母親はけらけらと笑った。「おまえはもう罪に染まった人生を歩みはじめたってわけね？　ひょっとしたらおまえの父親も盗人《ぬすっと》だったのかもしれないわね。アメリカ人のビジネスマンなんていうのは大嘘で」母親はネックレスをバスチアンの手に戻し、たばこをもみ消して、ふたたびベッドに横になった。

「欲しくないの？　ダイヤモンドのネックレスをなくして、あんなに悲しそうにしてたじゃないか」記憶を呼び起こしても、おそらくそれは思いやりを込めて母親に言った最後の言葉だったに違いない。

母親はさっと振りむき、細い切れ長の目で息子をにらんだ。両目のまわりには厚い化粧がほどこされている。「それはゲルトルード・スコンデイムのネックレスよ。いろいろと危ないコネを持っている女なの。そんなものをつけてたらすぐに誰のものかわかるし、なにをされるかわかったもんじゃない。それに、あのネックレスはジョージがもう買い戻してきてくれたのよ。きっとほかのアクセサリーも取りかえしてくれるわ。さあ、行って。少し寝かせてちょうだい」

バスチアンはダイヤモンドのネックレスを握りしめ、くるりと振りかえってドアのほうに向かいかけた。ふいに呼びとめられたのはそのときだった。

「ちょっと待って、せっかくだから置いていきなさい」と母親は言った。「このあたりに盗品の売買をしている連中がいるかどうかわからないけど、いずれにしろ、ばらばらにして石を一個一個売ったっていいんだし」

バスチアンは手にしたネックレスを見下ろした。それはとても美しく、とても古く、とてもエレガントなネックレスだった。母親の美しい首にきっと似合うに違いないと思って選んだネックレスだった。

怒り、愛、そして傷ついた思い。バスチアンは煮えたつ感情をすべて吐きだそうと、母親のほうに振りかえった。が、酒に酔った母親はすでに息子のことなどすっかり忘れ、ぐうぐういびきをかいていた。

バスチアンがそのネックレスをポケットに入れて部屋を出たあとは、母親はもう二度とそのことは口にしなかった。

無用になった贈り物のことを母親が覚えているかどうかはわからなかったが、そんなことはもうどうでもいいことだった。また機会を見て母親に差しだすつもりはなかったし、母親に比べれば少しは愛情の深い叔母のセシールにやる気もなかった。

かといって、もとの持ち主に返すつもりもない。バスチアンにとって、それはいまやある種のシンボル——自立と力の象徴となっていた。このネックレスを持っているかぎり、いざとなれば当座の金には困らない。それに、母親の気まぐれにおとなしく従う必要もなくなるはずだった。

それでもどういうわけか、バスチアンはこの年になるまでネックレスを持ちつづけていた。実際に売る機会は何度もあったし、売る必要に迫られたときもあったのだが、なぜかずっと手放さなかった。

泥棒を生業とする側から見ても、そのネックレスは格好の標的であるはずだった。そもそも、バスチアンにとってもそうだったのだ。しかし〝委員会〟という特異な組織は、犯罪者がうごめく影の世界とは限りなく近い場所に存在したので、どんなに値打ちのあるものだろうと、危険を冒してまで盗もうとする者はいなかった。最初にそれを盗んで以来、二十年という年月のあいだ、バスチアンはそのネックレスを誰にもつけたことがなかった。そう、みずからの手でクロエの首に飾るまで。

バスチアンは家にあるドアや窓を手早くチェックし、突破されやすい入り口を確認した。この家のホームセキュリティー・システムは芸術の域にある。つまりは、侵入を決意したスパイがそれを成功させるまで、約五分は時間を稼げることになる。すでに外部の守りは強化してあった。あとは手早く家のなかを確認して、できるかぎりのことをし、なんとか立てこもる術《すべ》を整えるだけだった。

バスチアンは腕時計に目をやった。ジェンセンがくれた詳しい情報がたしかである保証はない。しかしけっして裏切ることのない直感は、それが充分に信頼できるものであると告げていた。とはいえ、計画が変更になることは往々にしてある。交通の手段が遅延する場合もある。それは〈オテル・ドゥニ〉での失敗でも証明されていた。もしクロエの両親を乗せた飛行機が時間どおりに到着していたら、クロエも銃撃戦が始まるまえに危険を脱することができただろう。

こんなことをして、自分の死を招く可能性も充分にあった。が、それはきわめて安い代償にすぎない。生死の問題は、自分のなかでとうの昔に重大なものではなくなっている。

整理が行き届いているとはとても言えない部屋に戻ると、クロエはソファーに横たわって深い眠りについていた。バスチアンは椅子の上にあった鮮やかな色のキルトを手に取り、クロエの上にかけた。彼女の髪はだいぶ伸びていたが、依然としてプロのはさみは入っていないらしい。訓練されたバスチアンの目で見れば、それがふぞろいのまま伸びただけであるのは一目瞭然《りょうぜん》だった。バスチアンはクロエが自分で髪を切る姿を遠目に見ていたときのことを思いだし、あらためて彼女への思いを実感した。

クロエに対してどうにも収まりのつかない思いを抱いている事実は、すでに受け入れていた。だからこそ彼女の人生にふたたび現れるということは絶対にしたくなかったのだが、こうする以外に方法はなかった。

バスチアンは窓際に行き、薄暗い外を見つめた。クロエが母屋のわきにあるゲストハウスを使っていることは、事前の偵察で確認ずみだった。念のためゲストハウスの明かりやテレビはつけたままにし、ブラインドを閉めて、連中のためにちょっとした驚きの仕掛けも用意してある。それほど長い時間は稼げないだろうが、危機に瀕《ひん》した際の数分は充分に生死を左右するものだった。

連中はカナダに到着した。人数はリーダーをふくめて六人。それがここに来る直前にジエンセンから聞きだした情報だった。が、これからは完全に単独の行動になり、たったひとりで対処しなければならない。

この家にはいたるところにコンピュータがあったが、それに触るような愚かなまねはしなかった。必要なセキュリティーも確保せずにデータのやりとりなどすれば、世界のどこからでも場所が特定できてしまう。それよりも、携帯電話を使うほうが比較的安全だった。連中がここに到着するまで、少なくともあと八時間はかかるだろう。もちろん、いま自分が相手にしている連中は、予期せぬ天候不良に長いこと足止めを食らうようなタイプではなかった。

それだけあれば、クロエをここから連れだすこともできるかもしれない。ただ、そこが悩みどころだった。おそらくこの小さな要塞《ようさい》に立てこもったほうが安全に違いない。セキュリティー・システムに修正をほどこしたあとでは、その確率も高かった。いざ外に出れば、そうはいかない。この天候では車で走りつづけるのも危険だし、彼女の家族も遅かれ早かれ戻ってくるだろう。正直に言って、彼女の家族のことまで責任を負うつもりはなかった。しかしクロエのためにも、やはり家族の安全も守る必要がある。だとすれば、いまこの場で片をつけるほかに道はなかった。

いまいる部屋は危険だった。おそらくクロエは何時間も眠ったままでいるだろう。きわめて運がよければ、すべてが片づくまで眠りつづけ、ここでなにが起きたのか、知る由もないかもしれない。意識を取り戻すころには自分はもちろん、危険も遠ざかっている。

ただひとつ残念なのは、ネックレスを持っていかなければならないことだった。自分でも理由はわからないが、このネックレスは彼女が持っていることが大事だった。しかしここに残しておけば、クロエはいつまた現れるとも知れない男のことを思って、前に進めなくなる。そのような感傷的な行為は危険すぎた。

いちばん安全なのは、母屋の奥にある二階の寝室だろう。傾斜した屋根のなかほどにはいくつか窓があり、その気になれば地面に飛びおりることもできるし、家を取り囲む木立をよく見渡すこともできる。ほんのわずかな利点だったが、ないよりはましだった。バスチアンはソファーからクロエの体を抱えあげ、その軽さに驚きながら二階に運ぶと、キングサイズのベッドに横たえ、窓をほんの少しだけ開けた。クロエの顔色はかなり青白かった。フランスの女性ならけっして着ないような厚手のゆったりしたガウンに身を包んでいるというのに、体もだいぶ冷えている。バスチアンは毛布をはいでその下に彼女を滑りこませた。

バスチアンはベッドのわきに立ったまま、しばらくクロエを見下ろしていた。しかし衝動を抑えられずに、手を伸ばして額にかかる髪の毛を払った。クロエは相変わらず頑固そうな、かわいらしい顔をしていた。もちろん、自分の人生にかわいらしいという要素など入る余地はこれっぽっちもない。しかしバスチアンは思わず身を乗りだし、眠るクロエの唇にそっと唇を重ねた。

あとはこのまま警戒を怠らず、ただ待つのみ。

そう、モニークがクロエを殺しに来るまで。

23

深い眠りから目を覚ましたクロエは、混乱して、感覚という感覚が麻痺《まひ》しているかのようだった。部屋は暗く、鮮やかな月明かりだけがカーテンの開けられた窓から差しこんでいる。一瞬、自分がどこにいるのか見当もつかなかった。けれども、判断力は徐々に回復した。ここは母屋の奥にある客室。兄夫婦がよく使う部屋。暗闇《くらやみ》のなか、自分はその部屋のベッドに横たわっている。クロエはまたバスチアンの夢を見たような気がした。

窓際の椅子に誰かが座っていた。かろうじて輪郭が見えるほどだけれど、自分が夢を見ていたのでないことは明らかだった。

クロエは体を起こしも、動かしもしなかった。口に出した声は、思いのほか小さかった。

「いったいどうしてここに来たの？　ネックレスのためだなんて、嘘《うそ》なんでしょう」

もちろん、バスチアンはわたしが目を覚ましたことに気づいているに違いない。いっしょにいたときから、わたしのことはなんでもお見通しのようだった。ああ、神様、お願いです、とクロエは思った。この複雑にしてばかげた感情のもつれだけは、相手に知られませんように。バスチアンはすぐには答えず、しばらく黙ったままでいた。その静寂は、きみなしでは生きていけない、もう一度こうして会う必要があった、俺《おれ》はきみを愛している……と彼が思いをめぐらせているのではないかと期待するほどに長かった。

「きみを殺したくて仕方ない者がいる」その声は穏やかで、なんの感情もこもっていなかった。

それは思ったとおりの答えだった。ばかげた期待を抱いたのもほんの一瞬、心はもう傷つきもしない。こんなのかすり傷よ、とクロエは思った。「それくらい言われなくてもわかってるわ。状況はなにも変わっていないんだし。それで、あなたはまたわたしの命を救いに来たの？　自分の責任はとっくに果たしたんじゃなかったの？　あなたはわたしを無事フランスから脱出させた。あとはすべてわたし次第。状況によってはアメリカの警察やＣＩＡが動きだしてくれるだろうけど」

バスチアンは例によってなにも言わなかった。

クロエはベッドの上で体を起こし、いらだつ思いをぶちまけた。「どうしてわたしのことを殺そうとするの？　あなたが狙《ねら》われるのはわかる。でも、いったいわたしが誰になにをしたっていうの？　ただタイミング悪く、間違った場所に居合わせただけじゃない。世界を支配するためだかなんだか知らないけど、常軌を逸した計画を練っているあなた方にとって、わたしなんて脅威でもなんでもないはずじゃない」

「テレビの観《み》すぎだな」とバスチアンは言った。以前と比べて言葉にさほどアクセントはなく、外見もだいぶ違って見える。ひょっとしていまは名前も違うのかしら、とクロエは思った。

「いったい誰がわたしを殺そうとしてるの？　どうして殺そうとしてるのよ？　それに、あなたはもう関係ないはずでしょ？　どうしてわたしのことなんか気にするの？」お願い、とクロエは思った。なにか言って。わたしがこの先ずっと大切に胸の奥にしまっておける言葉を。ただの重荷だったのではないと安心できる言葉を。

けれどもクロエは相手がなにを言うか充分に承知していた。実際、その言葉は何度も耳にしている。そんなことは俺の知ったことではない。俺はたんに責任を感じているだけさ。そんな台詞《せりふ》は聞きたくもなかった。

バスチアンは立ちあがった。月明かりを背景に、その輪郭が浮かびあがっている。一瞬、外から誰かに狙い撃ちされるのではないかと思った。けれども部屋のなかはだいぶ暗い。それに、眠っているあいだに雪が降りはじめたらしかった。こちらから外は見えても、明かりが消えているかぎり、外からなかは見えない。バスチアンは窓際を離れ、クロエのほうに近づいてきた。そして驚いたことに、ベッドのわきにある床に腰を下ろした。

「モニークが生き残ったんだよ」バスチアンはつぶやくように言った。

「でも、あなたは死んだって言ったじゃない。顔を撃たれて死んだって」

「そう見えたんだ。だが、あの混乱のなかで見間違えたらしい。とにかく、モニークは生きている。そしてきみの命を狙ってここに来るつもりでいる」

「でも、あなたにしてみれば、たったひとりの女を相手にわたしを守るなんて簡単なことでしょ？　まえにもそうしてくれたんだし」雪の上にうつぶせに倒れ、血を流すモーリーンの死体は脳裏に焼きついている。クロエは思わず身震いをした。

「あの女はひとりじゃない」

バスチアンはベッドわきにあるテーブルにもたれ、両手を膝の上にのせて楽な姿勢をとった。「でも、どうして？」クロエは訊《き》いた。「たとえモニークが誰かを殺したいにしても、どうしてあなたを殺さないの？　わたしはただの目撃者じゃない。なんにも悪いことはしてない」

「たしかにそのとおり。モニークは俺を見つけ次第、命を奪うつもりでいる。ただ、向こうも俺のことはなかなか捜しだせずにいるんだよ。だから、代わりにきみを殺すことにした」

「わたしもよくよくついている女ね」とクロエはつぶやいた。「いつだって二番目の選択肢なんだもの」

「そいつは悪かったな。それとも、ヨーロッパにいる殺し屋の半分に追っかけられたいか？　手配するのは簡単だぞ」

「どうやって？」

「俺がきみとずっといっしょにいればそれですむ」

クロエはバスチアンのほうに向きなおった。それは唐突にしてぶっきらぼうな物言いだった。クロエはバスチアンが自分といっしょにいることに興味もなければ、一秒たりとも必要以上の時間を過ごす気がないことは承知していた。やむを得ない事情がなければ、二度と自分の前に姿を現しはしなかったに違いない。それはバスチアン自身、何度も口にしたことだった。

「でも、どうしてわたしを？　わたしはただ変態女と呼んだだけよ。そんなこと気にする必要がある？　彼女にしてみればわたしなんてどうでもいい存在なのに」

「たしかにそのとおり」

「じゃあ、どうして？」

「どうしてって、それはきみが俺にとってどうでもよくない存在だからさ」

月明かりのなか、バスチアンの顔は陰になって見えなかった。その声に抑揚はなく、てっきり聞き間違えたのかと思った。「どういうこと？」

「どういうこともなにもない。モニークは俺のことをよく知っている。俺を傷つけるいちばんの手は、きみを傷つけることだとわかってるのさ。単純な論理だよ。おそらくあと数時間でここに到着する」

「数時間？　だったらどうして逃げないの？」

「ひとつには、この大雪でハイウェイが閉鎖されている。そんなことでモニークはあきらめたりしないが、多少の遅れは出るだろう。いずれにしろ、いまの時点ではここがいちばん安全な場所なんだ。セキュリティー・システムは俺が手を加えて強化した。状況としてはこちらのほうが有利だ。連中は見知らぬ土地にやってくることになる。俺はすでにこの家全体を確認して回って、歓迎の仕掛けも二、三、準備しておいた。きみひとりをこっそり逃がすことも考えたが、俺といたほうが安全だ」

「その台詞は何度も聞いたわ」

「ほう、そうだったかな？」バスチアンはなかばもどかしそうに言った。「とにかく、モニークの件が片づけば、きみは二度と俺と顔を合わす必要がない。俺の命令におとなしく従ったご褒美だと思えばいいさ」

「モニークを殺すつもりなの？　必要に迫られた場合は」

「どんな場合でもあの女は始末する」とバスチアンは言った。「そのあとはすぐに姿を消すさ」

「どこに行くの？」

　バスチアンは肩をすくめた。「たぶん、俺のいるべきところに行くことになるんだろう。〝委員会〟に戻るのさ。結局、俺が知っているのはそれだけだし、そのように訓練もされた。大金のかかった教育と才能を無駄にするのも惜しいしな」その声はあくまでも明るかった。

「あなたの命を無駄にするほうが惜しいわ」とクロエは言った。「そんな特殊な技能よりも自分のほうが大事だと思わないの？」

バスチアンはクロエのほうに向きなおった。薄暗い月明かりがその顔に落ち、皮肉めいた笑顔を浮かびあがらせている。「いいや、思わないね。さあ、眠りに戻れ。少なくとも十二時間は意識を失っているような量を与えたつもりなんだが、例によってきみは頑固だな」

「わたしに薬をのませたの？」

「なにもこれがはじめてというわけじゃない。それに、俺を困らせるようならもっと手荒いこともできる。いいから静かにして、ゆっくり考えさせてくれ。ちゃんと見張りはしているし、きみは安全だ。連中は、警告なしに突然やってきたりしない」

「いったいいつ来るの？」

「この嵐《あらし》に邪魔されなければ、真夜中までには現れていただろう。だがこの様子だと、午前四時から五時のあいだというところだろうな。その時間なら外はまだ充分に暗くて、連中も闇にまぎれて動くことができる。おそらく計画しているのは単純な襲撃だ。即座に突入して任務を完了し、二十分以内には現場をあとにする。モニークはきわめて優秀な部下しか雇わない」

「それで、あなたはその人たちを阻止することができるの？」

「ああ。いいから眠りに戻れ」

「いま何時？」

「十一時を回ったところだ」

「あと五時間は現れないのね」

「運がよければ六時間、悪ければ四時間」

「だったらあなたも横になって少し休んだらどう？　ベッドは広いんだし、うっかりわたしの体に触れる心配もないでしょ」てっきり辛辣《しんらつ》な返答が戻ってくるものと思っていたけれど、バスチアンはなにも言わずに立ちあがり、大きなベッドの向こう側に回ると、その上に横になって靴を脱いだ。さすがに毛布の下には入らなかったが、もちろん手を伸ばせばすぐに届く距離にいた。

「アメリカに戻って以来、不眠に苦しんでいたのか？」闇に漂うそよ風のような声は、思いのほか近くで聞こえた。

「ええ。あなたは？」

「俺は眠るべきときはいつでも眠れる。いまからきっかり一時間眠って、すっかり休息をとったような気分で目覚めるさ。忘れるなよ。パリで起きたことなど、俺にとってはとくに目新しいことじゃない」

　わたしにしたところで、この人にとっては目新しい女でもなんでもないんだわ、とクロエは思った。この状況でそんなことを考えていること自体、愚かなのよ。もしかしたらわたしはあと数時間で死んでしまうかもしれない。けれども差し迫った死の可能性は、生きることの大切さをいっそう切実に実感させてくれた。そしてもちろん、愛することの大切さも。これまで耳にした心理学的な専門用語など、強烈な現実を前にすればなんの意味ももたらさなかった。

「わたしが抱いている思いは、ストックホルム症候群なんかじゃないの」クロエは声を押し殺して言った。広々としたキングサイズのベッドの上で、バスチアンに背を向けて。ふたりの隔たりを考えれば、そのあいだに海があったとしてもおかしくはない。

「わかってる」とバスチアンは言った。意外にもその口調はやさしかった。「言っただろう、ストックホルム症候群なんて作り話だって」

　クロエがバスチアンのほうに向きなおると、バスチアンは思ったよりずっと近くにいた。

「じゃあ、わたしはどうしていまだにこんな思いを抱いているの？」

　バスチアンはなにも言わなかった。それでも月明かりのなか、バスチアンの顔はまるで鉄の仮面を取り去ったように、はじめて無防備に見えた。

「あなたはあと数時間で死んでしまうの？」とクロエは訊いた。

「それも充分にあり得る」とバスチアンは言った。「だが、いますぐに死ぬわけじゃない」

バスチアンは手を伸ばし、驚くほどやさしく、クロエの顔に触れた。そして身をこわばらせたまま見つめかえすクロエの上に覆いかぶさり、ぐっと胸が熱くなるような口づけをした。

「いまのは、なに？」とクロエは言った。なんとか皮肉めいた口調を装ったが、見事に失敗に終わった。「わたしに対するご褒美？」

「いいや、自分自身に対する褒美さ」バスチアンは両手をクロエの顔にそっと添え、彼女を見下ろした。ふたりはそのまま、まるで魔法をかけられたかのように、じっと動かずにいた。クロエはふいに、すべてが消えてなくなっていくような気がした。血も、痛みも、生死のかかった危険すらも。この瞬間、この世界にはふたりしか存在しないようだった。黒々としたバスチアンの瞳も、今夜はバリアが取りはらわれ、見る者を冷ややかにはねつけはしない。クロエは感情を表に出さないその冷静な瞳の奥に、身震いがするほどの激しさや愛情の深さを感じた。そしておそらくそれは、クロエ自身に向けられた感情だった。

　クロエは目を閉じ、両腕を相手の首に回した。重く、ぬくもりのあるバスチアンの体が上にのって動いている。今夜のところは内なる怪物もなりを潜めているようだった。やがてバスチアンはその口で、歯で、舌で誘うように、ゆっくりと唇を求めてきた。こんなふうにひたむきにキスをされるのは生まれてはじめてだった。バスチアンはこの世界でこれ以上大事なことはないというように、わたしにキスをしている。まるでその行為にこそすべての目的があるように。身も心もバスチアンに明けわたしたクロエは、口を開いてキスを受け入れた。ひたむきな口づけはやがて激しく燃えあがる炎となった。クロエはバスチアンのシャツに手を伸ばし、もどかしそうにボタンをまさぐった。

バスチアンは力強いその手でクロエの腕を押さえた。「クロエ、落ちつくんだ。今回は急ぐ必要はない。恐怖や痛みとも無縁だ。楽しむ時間は充分にある。快楽――いまはただ、そのことだけを考えていればいい。さあ、目を閉じて。俺が与える快楽に、身をゆだねて」

バスチアンの低い声は、まるで催眠術のように急激に興奮を高まらせ、クロエは枕《まくら》に頭をあずけたまま相手を見上げた。

バスチアンはクロエの手をしっかりとつかんだ。それは押さえつけるというより、安心を与えるための行為だった。バスチアンはそのまま彼女の首筋に口づけをし、だぶだぶのTシャツの下に手を入れて、その肌に触れた。クロエの体はひんやりしたバスチアンの指に触れられて、さらにほてりを増している。クロエはバスチアンのキスに、その味に我を忘れ、いつのまにかTシャツやスエットパンツを脱がされていた。それでも、下着はまだ上下とも残されていた。それは善意あふれる両親がクリスマスにくれた、フレンチホックのブラジャーとレースのパンティーだった。さっきは乾燥機のなかにあったものを適当につけたつもりだったけれど、全身を這《は》うバスチアンの手が胸を覆った瞬間、無意識ながらもあえてそれを選んでいたことを自覚した。レースの生地越しに口で愛撫《あいぶ》されたクロエは、全身が震え、抑えがたい欲求が熱を持って体中を駆けめぐるのを感じた。ようやく解放された両腕は、バスチアンによって体のわきに伸ばされた。広々としたベッドの上、クロエは夢心地の、奇妙なけだるさのような感覚を覚えていた。いまはただこうしてここに横たわり、バスチアンに体を触れられ、口づけされるのに身をまかせることしかできなかった。きっと薬の作用が残ってるんだわ、とクロエはくらくらする頭で思った。バスチアンの唇はいま腰骨のあたり、パンティーを結ぶレースのひもの上にある。きっとバスチアンはその唇で、その目でわたしに催眠術をかけ、自分からも激しく求めるように仕向けたに違いない。

まるでふたりしてスノーボールのなかにいるような感じだった。透明な球体を振るとなかで雪が舞うおもちゃの置物。激しく振られたボールのなかはしんと静まりかえり、いまや雪のかけらだけがふたりのまわりに舞い落ちていた。もちろん、そのような奇妙な快楽に溺《おぼ》れまいと断固として闘おうと思えばできたのだけれど、いまはそうしたくなかった。バスチアンの言うように、わたしたちはふたりともあと数時間の命かもしれない。もしそうだとしたら、自分の欲求に正直になって好きなことをしたところで、あとでそのつけを払わされることもない。あとにはつけを払うような人生すら残されていないのだから。それに、ほんとうにもうじき死ぬのだとしたら、最後の時間はベッドの上で、名前すら知らないこの男とぴったり寄りそって過ごしたかった。

バスチアンは指先で弾《はじ》くようにしてブラジャーのホックを外すと――それは先ほど自分ではめるのにかなり苦労したホックだった――さっと取り去ってわきに放《ほう》り投げた。ゆっくりと全身を這うバスチアンの舌が乳首に触れた瞬間、乳首はたちまち硬くなり、それにともなって脚のあいだの一部も硬さを増した。そこまで乳首が敏感だとは思ってもみなかったけれど、バスチアンは愛撫の仕方をちゃんと心得ているようで、執拗《しつよう》に舌で舐《な》めたり唇で吸ったりされているうちに、クロエの体は激しく震えはじめていた。乳房に押しつけられるバスチアンの唇の感触だけで絶頂に達してしまうと思った瞬間、バスチアンの舌はさっと乳首の先をなで、平らなおなかの上を踊るように這いながら、そのまま下へと移った。パンティーのひもに手をかけたバスチアンは、すらりとした脚の上を滑らせるようにそれを取り去った。そして腰、腿、膝の内側に口づけをし、ふたたび上に向かって股間《こかん》に唇を押しつけた。クロエは思わずびくりと身を震わせ、両手を伸ばしてバスチアンの頭をつかみ、その場所を覆うように垂れるボリュームのある長い髪をかきむしった。

バスチアンは腿のうしろに手をやって、さらに脚を開かせた。股間に押しつけられる唇は、クロエがかつて感じたことのないようなものだった。それは明らかな侵入であり、ある種の刻印であり、その圧倒的な力を前にして、クロエはただ相手に身をまかせるほかなかった。バスチアンはその手や舌を体中に這わせ、ときに肌に歯を立て、想像もしていなかったようなやり方で口を使った。指先が自分のなかに挿入されるのを感じたクロエは、反射的にベッドの上で弓なりになり、早くも絶頂を迎えた。それはかつて経験したこともないような強烈なオルガスムスだった。

突然にしてあっという間の絶頂を味わったクロエが息を切らしながらベッドに沈みこむと、バスチアンは間髪入れずに一連の愛撫をふたたび始め、今度は一転してゆっくりとやさしく、それでも執拗にクロエを責めはじめた。ふたたび自分のなかに指が滑りこむのを感じたクロエは、思わず叫び声をあげた。今回のオルガスムスは長く続き、バスチアンはその時間までコントロールしているようだった。

クロエはふたたびベッドに倒れこんだ。あえぎ声を漏らし、体を震わせ、手を伸ばしてバスチアンの顔に触れた。「もうだめ」と声にならない声で言った。「これ以上、無理よ……」

「まだできるさ」バスチアンは腿のあいだに顔を埋《うず》めながらささやいた。クロエは舌で刺激されただけで何度も体を痙攣《けいれん》させ、魔法のような指使いに完全に我を忘れた。普段はセックスの際も慎み深く派手な声などあげない自分が、悲鳴に近い声を振りたてたような気がしたが、そんなことはもう関係なかった。絶頂に達する瞬間を予期したバスチアンは片手で口を覆い、行き場を失った叫び声はそのてのひらに吸いこまれた。

　実際、それが最後の解放だった。もうなにも自分のなかにとどめておく必要はない。あとは叫びたいだけ叫び、泣きたいだけ泣き、全身を相手にゆだねて、相手の行為を受け入れるのみだった。クロエはみずからすべてを明けわたし、想像を絶する圧倒的な渦に吸いこまれる覚悟をした。

　骨抜きになったからっぽのかたまりと化してふたたびベッドに倒れこむと、ようやくバスチアンは口から手を離し、すぐわきに横たわった。激しい息づかいはこちらと変わらない。圧倒的な絶頂感は徐々に薄れはじめていた。クロエは仰向けになったまま目を閉じ、バスチアンの息づかいに耳を傾けていた。かたわらに横たわるバスチアンの体はたしかにそこに感じられる。そして間違いなくそここそ、バスチアンのいるべき場所だった。クロエは心臓の鼓動がかすかに穏やかになるのを感じた。

「さあ、眠りに戻るんだ、クロエ」バスチアンはなだめるような穏やかな声で言った。

　奇妙なけだるさは一瞬にして消え去った。クロエはぱっと目を開け、バスチアンのほうに頭を向けた。バスチアンはやはり仰向けになり、すっかりくつろいだ様子でいる。薄暗がりのなか、まだ服を着たままでいるのが見える。

　いくつかの可能性が頭のなかを一瞬よぎった。ひょっとしたらバスチアンははじめからわたしなど求めていなかったのかもしれない。そもそもこの人はわたしやわたしの体など必要としていないのだし、一方的に約束したものを与えたにすぎない。けれどもクロエはすぐにそんな考えを追いはらった。もうじきふたりして死ぬ運命にあるのなら、一瞬たりとも時間を無駄にはできない。自分に対する自信のなさ、その不安からくる愚かな考えなど、無視するのがいちばんだった。

クロエは片肘を突いて体を起こし、バスチアンを見つめた。思いもよらずあちこちの筋肉が引きつるのを感じたが、そんな弱々しさもこの際、無視した。「なにしてるの?」

悔しいことに、バスチアンは目も開けない。「眠ってるのさ」

「嘘よ。眠ってなんかないじゃない」クロエはそう言って手を伸ばし、シャツの前にある黒い貝ボタンを外しはじめた。

すると片腕が上がり、前に伸ばした手を取られた。けれどもクロエはおとなしく従うつもりはなかった。「放して。まだ終わっていないわ」

「俺のほうは充分に満足したさ」

クロエは相手の腕を払い、その手をバスチアンの腹に這わせて股間に触れた。黒いズボンの生地を通しても、性器がすっかり硬くなり、脈打っているのが感じられる。「そんなの嘘よ」クロエはベルトに手をかけて外しはじめた。「わたしだってまだ満足はしてないわ」

「クロエ……」

「黙って」クロエは容赦のない口調でそう命令すると、膨らみきった股間を自由にし、身をかがめて彼のものを口にふくんだ。

バスチアンの性器は光沢を放ち、絹のように滑らかで、そして氷のように硬かった。クロエ自身それを口にふくみながらも、自分を満たすこの快楽がどこから来るのか見当もつかなかったが、その力強さに身が震える思いがすることだけはたしかだった。

一方のバスチアンも、すでに抵抗をあきらめているようだった。やみくもに手を伸ばしてシャツをはぎ取ろうとするのを見かねてか、自分でボタンを外して脱ぎ去り、両手でクロエの頭を押さえると、フランス語で淫靡《いんび》な言葉をささやきはじめた。クロエはそのあいだもゆっくりとバスチアンの性器を口で愛撫しつづけた。頭を動かしながら汗をかき、自分が引きだす反応の力強さに戸惑いを覚えつつも。するとバスチアンはだしぬけに体を起こし、広々とした古いベッドの頭板まで下がると、そこに背をもたせかけて残りの服を床に蹴《け》り落とした。いまやバスチアン自身もクロエと同じように生まれたままの姿になり、クロエ同様、身も心も準備が整った様子だった。

「クロエ、そんなに俺が欲しいならきみがリードしろ」

クロエは驚いて一瞬バスチアンの顔を見つめたが、両手を伸ばして相手の肩に添え、強く滑らかなその肌を感じながら、ベッドに座るバスチアンの上にまたがった。

はっと我に返ったクロエは、恥じらいを感じながらつぶやいた。「こんなこと、はじめて……」

「それはなによりだ」バスチアンは体勢を整えてクロエを導き、性器の先端が彼女の股間に触れるようにした。「さあ、あとはきみ次第だ」

腰を沈めてペニスを受け入れると、バスチアンはこの上ない快楽に満ちた表情を顔に浮かべた。反射的に息を吸いこむその表情はあまりにエロティックで、クロエはそのままさらに腰を沈め、すっぽりとバスチアンを包みこんだ。奥深くに迎え入れたバスチアン自身を締めつけ、みずからもふたたび絶頂に達しそうになりながら。

バスチアンは目を閉じたまま、長い指でクロエの腰を鷲《わし》づかみにしていた。クロエは合図めいたほんのわずかなプレッシャーに反応し、腰を上げてはゆっくり下ろす動作を繰りかえした。喉の奥から漏れるようなバスチアンのあえぎ声は、自分の体の内側で共鳴しているかのようだった。クロエはバスチアンの肩に額をあずけながら、みずから腰を動かし、ときに相手の動きを受け入れ、いっしょになって全身を上下させた。バスチアンは完全に硬くなった性器を奥深く滑りこませながら、クロエ自身、それがほんとうだったらと思うような嘘をたてつづけに口にしていた。それはフランス語で口にされる称賛と愛とセックスの言葉だった。暗闇のなかで渦巻く欲求の炎は抑制を失って一気に噴きあがり、つぎの瞬間、バスチアンはクロエのなかで絶頂に達した。なけなしの自制心を失ったクロエも、思いもよらずまたそれに続き、バスチアンの肌に唇を押しつけ、声を殺して泣きながら、一体となった衝撃に全身を震わせた。息も絶え絶えにバスチアンの体にもたれかかったのはそのあとのことだった。

それからの展開はまったく予想もしていなかった。クロエはバスチアンにぎゅっと抱きしめられたまま、今度は自分が下になるような格好でベッドの上に仰向けにされた。たったいま自分のなかで絶頂に達したはずのバスチアン自身はいまだに硬く、それどころか、いっそう硬さを増しているようにも感じられる。もうこれ以上無理よ。そう思いながらも、クロエはバスチアンの腰に両脚をからめ、さらに奥深くへと導いた。ふたりのあいだにはもう言葉など必要なかった。

実際、クロエはしゃべる必要もなかった。バスチアンはふたたび唇を重ね、腰を突き動かしている。クロエはあたかもその行為そのものによって罪を贖《あがな》うかのように、ただ相手に身をまかせていればよかった。そして雪の降る闇に囲まれながら、時間はその意味を失った。

いま、ふたりのあいだにあるのは愛だけだった。とても純粋とは言えない複雑な愛だったが、それが愛であることだけはなんの疑いもなかった。

24

クロエはバスチアンに体をあずけるようにしてベッドに横たわっていた。くたくたに疲れ、先ほど与えた薬入りのコーヒーを飲んだあとよりも、さらに深く眠っている。まるで骨の髄まで溶けてしまったかのようにリラックスしたその姿からするに、この場で銃声が轟《とどろ》いても目を覚まさないに違いないとバスチアンは思った。

もちろん、そんな考えを実際に試すような無謀なまねはできなかった。三十二歳という円熟した年齢になるまでつねに肝に銘じてきたのは、失敗というものはいついかなるときもあり得るし、そのような事態におちいらないために充分に注意しなければならないということだった。万一、誰かが撃ち損じた流れ弾が自分に当たろうものなら、クロエは確実に悲しい運命を背負うことになる。そんな運命は絶対に背負わせてはならなかった。クロエの体はもうけっして俺《おれ》を忘れることはできない。バスチアンはある種の運命と感謝の思いを感じながら、そう実感していた。それはバスチアン自身、あらゆる抑制を解き放って一心に奉仕したからでもあった。そしてその結果として、快楽を味わいつくしたクロエはぐったりとベッドに横たわり、バスチアンの肉体もまた、ときおり波のように押しよせる興奮の名残にいまだに震えている。

それでも、クロエはいずれ俺のことを乗り越えるだろう。彼女はまだ若く、きわめて現実的だし、生き残ることにかけては恵まれた運や力を持っている。たとえ俺が姿を消しても——その行き先が〝委員会〟という暗黒の世界であれ、文字どおり墓穴であれ——きっとやっていけるだろう。

まあ、これほどのセックスはこの先一生味わえないにしても。

もちろんバスチアンにとってそれは、このまま永遠に胸にしまっておきたい身勝手な希望のようなものだった。そう、自分はほかの男など比べものにならないくらいの快感を彼女に与えることができた、と。クロエはこの先、何人かの男とベッドをともにし、やがて結婚して子どもを持ち、自分以外の男の手ほどきでオルガスムスも味わうに違いない。それでも誰ひとりとして、自分がそうしたように彼女の体を快楽でうちふるわせることはできないはずだった。たとえそれがどんなに残酷な思いこみであっても、バスチアンはそこに無上の喜びを見いださずにいられなかった。

バスチアンは彼女の腕に片手を這《は》わせた。その肌は滑らかで、傷もすっかり癒《い》えている。ジル・ハキムの蛮行など、もはや遠い悪夢でしかなかった。万が一〝委員会〟に戻るようなことがあれば、民間人を相手にリキッド・プラチナを無駄にしたとトマソンは激怒するに違いない。トマソンなんて、くそ食らえ。それがクロエのためになるのなら、俺はなんだって与える。

それは彼女に約束しようとしている安全と自由にしても同様だった。たとえ自分が彼女の人生からいなくなることでしか、それを実現できないとしても。

その約束を阻もうとする最後の人物がモニークだった。どうやって生きのびたのかはわからない。しかし、〝委員会〟の下で働いているあいだに関係を持った者のなかでも、モニークは最も精神的に不安定な女だった。彼女のようなタイプはこの世界ではけっして長続きしない。個人的な感情を差しはさむのはルールに反しているし、任務以外で人を殺すことなどもってのほか、この仕事においては憎まず愛さずというのが鉄則だった。

しかし憎悪に魂を売ったモニークは、ほかの者は誰も抜けだせなかった地獄をかろうじて生きのびたようだった。そして自分の地位を築きなおす代わりに、クロエ・アンダーウッドの居所を突きとめ、命を奪うことに全力を尽くした。もちろん、俺を傷つけるにはそれがいちばんと知ってのことだろう。ひっそり身を潜めている俺をおびき出し、俺の命もまた奪うために。

モニークの件さえ片づければ、あとはもう心配いらない。少なくとも、クロエに関するかぎりは。といっても、それを確実なものにするために、みずからハリー・トマソンのもとに出向き、その首をかき切る必要はあるかもしれなかった。

クロエの鼓動のペースが変わり、かすかに全身が震えるのを敏感に感じとったバスチアンは、クロエが目を開けたことに気づいた。クロエは顔を向こうに向けているが、眠りから覚めたのは間違いない。実際、ほんの数回しかいっしょに寝ていないのに、彼女のことは不思議となんでもわかった。その体の隅々、脈拍、心臓の鼓動、そして呼吸にいたるまで知りつくし、自分も彼女に合わせることができた。軽く愛撫《あいぶ》するように腕をさすると、クロエは即座に反応した。クロエは明らかにまた求めている。そして驚いたことに、それはバスチアンにしても同じことだった。

「連中はもうじきやってくる」バスチアンはささやくように言った。「そろそろ服を着ないと」

クロエは頭だけを振りむかせて、バスチアンを見つめた。その頬には乾いた涙の跡が残っている。髪は乱れ、化粧もすっかり落とされている。クロエはいつになく若々しく、いましがたまでふたりで分かちあった時間が嘘《うそ》のように、純粋に見えた。それはクロエが心の奥底に純粋さを持ちあわせているまぎれもない証拠だった。バスチアンは自分の心の奥底にある空虚を意識せざるを得なかった。

「どうしても?」クロエの声は低く、いくぶんかすれたようになって、それがまたセクシーだった。それにしても、ついさっき行為を終えたばかりなのにまた彼女を求める気になるなんて。バスチアンは自分でも信じられなかった。数時間後には俺は死んでいるか、この場から姿を消している。皮肉な運命ながらも、それがせめてもの救いだった。いったん鉄のガードを下ろしてしまったあとでは、ふたたびそれを築きあげるのはだいぶ難しくなってきている。研ぎすまされた才能にふたりの命がかかっている状況では、それはきわめて危険なことだった。この期に及んでつけ入られる隙《すき》を作ることはできない。

「どうしてもだ」そう言って顔にかかる髪を払ってやると、クロエはその手を取り、自分のほうに引きよせて口づけをした。バスチアンの手首にはいまだに歯形が残っている。それは快感に身もだえし、大声をあげるクロエが、それを押し殺すために差しだされた手に歯を立てた跡だった。噛《か》まれたところからは血も出ている。ふたたびそれを目にしたバスチアンは、不思議な満足感を覚えた。「生き残ることに賭《か》けるなら、それなりの準備が必要だ」

「賭けるって、チャンスはどれくらいあるの？」

バスチアンは肩をすくめた。「この世界では、いつ起こりそうもないことが起きてもおかしくない」

「嘘をついたってかまわないのよ」

「嘘？」

クロエはバスチアンの体を押しやり、ベッドの上で体を起こした。月明かりに照らされた彼女はとても美しかった。もはや裸でいることになんのためらいも感じていない。その体にはバスチアンがつけた跡がいくつも残っていた。胸のわきにはキスマークが、腿には髭《ひげ》でこすった跡があった。もちろん、その傷は癒える。そして、ふたりが心に負った傷もやがて。

「どうせふたりして死ぬ運命にあるなら、この場で美しい嘘をついたってなんの害もないわ」とクロエは言った。「いずれにしろ、わたしは幸せな思いを抱いたまま死んでいくんだし」

「俺はきみを死なせるつもりはないし、死ぬ気もない。それに、嘘をついたところでなにになる？」

「だいじょうぶ。あなたのおかげでなんとか生き残ったとしても、絶対に忘れると約束するわ。あなたの口から聞きたいのよ。わたしに好意を抱いていると。ふたりとも死ぬ運命にあるのなら、真実なんて重要じゃないでしょ？」

「たしかに俺たちは死ぬかもしれない。でもだからこそ、真実が重要なんじゃないか」バスチアンはあえてクロエの体に触れようともせずに言った。「きみに好意を抱いている、なんて台詞《せりふ》を吐いたって、時間の無駄なだけさ。そもそもきみのことを大切に思っていなければ、わざわざ隠れ家を抜けだして、こうして海を渡ってきたりしない」

クロエはためらいがちに笑みを浮かべた。もしバスチアンのなかに心というものがまだあるのなら、たちまち粉々に砕けてしまいそうなほどの甘い微笑《ほほえ》みだった。「だったらもっと美しい嘘をついて。わたしを愛してると言って」

「嘘をつく必要なんてない」とバスチアンは言った。「クロエ、俺はきみを愛してる」

その言葉が落ちつくべき場所に落ちつくまで、しばらく時間がかかった。そしてもちろん、クロエは真に受けなかった。美しい栗《くり》色の瞳に宿る疑いの表情から、バスチアンはそれを読みとった。

「こんなこと、頼むべきじゃなかったわ」クロエは悲しそうにつぶやいた。「もう忘れて……」

バスチアンはぐいとクロエの体を引きよせると、両手で顔を押さえ、じっとその瞳をのぞきこんだ。そこにあるのは憂いを帯びた、痛々しいほど誠実で、正直なまなざしだった。

「クロエ、俺はきみを愛してる。ただ、それは俺が人に対してし得る最も危険な行為なんだ」

「あなたを殺したいと思っているのはわたしじゃないのよ」とクロエはささやいた。

「いまのところはな」バスチアンはかすかに笑みを浮かべながら答えた。「まあ、少なくともこれまでの俺たちの関係からは少し進歩したってわけだ」と言ってクロエに軽くキスをし、その体を押しやった。それ以上なにか言葉を発したり、質問したりする機会も与えずに。

ついに思いを口に出して言ったことを、バスチアンはいまさら悔やんでなどいなかった。

もしこのまま死ぬようなことになれば、気持ちを内に秘めたままでいたことを必ず後悔するだろう。クロエはその言葉を信じなかったが、バスチアンのほうもそのことにほっとしているのか、あるいはいらだっているのかは自分でもわからなかった。きっと彼女はそれがやさしさからくる嘘で、自分を哀れむあまり愛しているという言葉を口にしたと思っているに違いない。ふたりきりで何日か過ごし、こちらのすることを目の当たりにしても、クロエはいまだにその男のことをやさしい嘘のつける人間だと思っているらしかった。やさしさとは無縁の、欲しいものを得るための嘘しかつかないこの男のことを。

ふたりは暗闇《くらやみ》のなかで素早く着替えた。すでに空が白みはじめているのかどうかはわからない。日の出は六時過ぎだが、丘陵に囲まれたこのあたりもじきに明るくなるはずだった。雪はもうやんだのだろうか？　モニークは夜明けまえには確実に行動に出たいと思っているだろう。連中が近くにいることは間違いなかった。確証があるわけではないが、研ぎすまされた直感でわかった。

念のため、玄関の明かりはつけたままにしておいた。それは留守中、泥棒を警戒させるために常時つけておく明かりだった。その明かりが消え、つぎの瞬間、くぐもった爆発音が聞こえた。

「とうとう連中が到着したらしい」とバスチアンは言った。「だが、これでひとり減ったはずだ」

「どういうこと?」薄明かりさえ消えた暗闇のなか、クロエの顔は見えなかったが、その声は恐怖のあまりかすかに震えていた。それでも彼女は、必死にそれを隠そうとしているようだった。

「セキュリティー・システムに手を加えておいたのさ。連中がまず電源を切ろうとするのはあらかじめわかっていた。だが、その役目を担う者は生き残って引きつづき任務にあたることはできない。残るはモニークと、多くて四人」

どうしてそんなことを知っているのかはクロエもあえて訊《き》かなかった。いまはただ、言われることを受け入れるだけ——自分を抑えて従順な女に徹していれば、きわめて低いながらも生き残る可能性が出てくるかもしれない。

クロエは例によってゆったりとした服を着ていたが、バスチアンはやわらかなフリースのガウンの生地を通しても、その下にある豊かな体のラインをはっきり見ることができた。まったく、色気とは無縁の服を着ていてもセクシーに見えるとは。自分を殺そうとしている人間がいるときに、こんなにセクシーな女が目の前にいるとは。

再度くぐもった爆発音が聞こえ、目のくらむような閃光《せんこう》とともに、部屋に赤みがかった影が差した。やがて闇のなかにクロエの顔が浮かびあがったが、そこには驚きと不安の表情が色濃く表れていた。「いまのはなに?」

「ゲストハウスだよ。連中の情報収集力はお墨付きさ。きみがそこにいるはずだとあらかじめ知っていたモニークたちは、まずそこを狙《ねら》った。これでまたひとり減ったことを願うが、たしかなところはわからない」

「ゲストハウスが燃えてるの？」クロエはそう言って窓のほうに向かった。「大切なものがみんなあそこに……」

　バスチアンはクロエの腰に手を回し、影のなかへと引き戻した。モニークやその仲間たちは家のまわりに位置をとり、窓という窓を見張っているに違いない。連中はほんのわずかな気配も見逃さないはずだった。「物はいくらでも代わりがある」とバスチアンは言った。「俺は行かなければならない」

　クロエはわけがわからないままバスチアンの顔を見つめた。「行かなければならないって、わたしを置き去りにするの？」

「きみがいると足手まといなんだよ。狩りに出かけているあいだ、きみは隠れて待ってるんだ。きみのことを心配する必要がなければ、それだけ仕事もはかどる。うまくいったらちゃんと迎えに来るよ」

「もしうまくいかなかったら？」

「そのときはクロエ、それでさよなら《オ・ルヴォワール》ってことさ。俺はそのまま地獄に直行して、もう二度ときみと会うことはない」とやけに明るい声でバスチアンは言った。

「そんなのだめよ。絶対に行かせない」

そんな答えが返ってくるのは言うまえからわかっていたことだった。靴を除いてちゃんと服を着たクロエは、頑固そうな表情を浮かべてこちらをにらんでいる。彼女を救う道はたったひとつしかなかった。

薄暗がりに包まれた寝室のなか、事前に隠しておいた道具を取りだすのはきわめて容易だった。クロエのことは、おそらく彼女が自分のことを理解するよりもよく理解している。こうして反対されるのは、はじめから想定していたことだった。もちろん、自分のすべきことをするだけの非情な心を持ちあわせているのは言うまでもない。バスチアンは闇のなかでクロエに近づいた。クロエはもう尻ごみをして身を引くことはなかった。この場でキスを求めれば、ためらうことなく応じるだろう。いや、ふたたび服を脱いで、ベッドに横たわりもするだろう。人生がそんなふうに単純であればどんなにいいだろう、とバスチアンは思った。

「すまない、クロエ」バスチアンは片手で彼女の顔をつかむと、なにが起きているのか考えさせる暇も与えず、ダクトテープでその口をふさいだ。激しく振りまわされる手をふたつとも押さえ、ロープで縛りつけた。それでもクロエは抵抗をやめなかったが、体格や力強さではこちらのほうが数段上だった。バスチアンはその場で彼女を床にねじ伏せ、手際よく体にロープを巻きつけた。彼女の瞳が怒りの炎に燃えているのはひと目見るまでもなかった。このほうが俺に見切りをつけやすいかもしれない。これからしようとしていることを考えればなおさらだった。

　バスチアンはクロエの体を引っぱってまっすぐに立たせた。相変わらず抵抗をやめないクロエは縛られた手で殴りかかろうとし、バランスを失って倒れそうになったが、バスチアンはなんとかその体を受けとめた。この状況では一発殴って意識を失わせたほうが楽なのかもしれない。しかしふたたびそんなことをする気にはどうしてもなれなかった。たとえそれがやさしさによる行為だったとしても。

「そんなに逆らうな、クロエ」バスチアンは彼女の耳元でささやいた。「こうする以外ないんだ。連中を片づけたら自由にしてやる。たとえそれに失敗しても、そのうち誰かが見つけてくれるさ。もちろん、モニーク以外の誰かがという意味だが」

　クロエはおとなしく耳を傾ける気などないようだったが、それも予想されたことだった。バスチアンは彼女の体を抱えあげ、じゃがいもの袋のように肩に担ぐと、そのまま寝室をあとにした。夜明けまえの暗がりにあって、ふたりの姿はひとつの影のようにしか見えなかった。

　クロエはもはや抵抗をやめていたが、それもつかの間のことだった。どこに連れていかれるかわかると、ふたたび激しく暴れはじめた。バスチアンが向かった先は、二階分の階段を下りたところにある、まっ暗な地下室だった。おそらく閉所恐怖症の症状が出はじめているのだろう。クロエの体が突然、小刻みに震えはじめるのが感じられた。しかしバスチアンは心を鬼にして、それを無視した。なにかを成し遂げようとすれば、そこにはつねに代償がともなう。床下にある扉を開けると、クロエの身もだえはいっそう激しくなった。そこは、その日事前に調べておいた身の丈ほどの高さもない収納用のスペースだった。ついに押さえきれなくなったバスチアンは、クロエの体をつかむ手の力をゆるめた。するとクロエはそのままコンクリートの床に落ちて、くぐもった泣き声を漏らした。

当然、思いやりを見せて時間を無駄にしている余裕はない。バスチアンは大人ひとりが入れるくらいのスペースに彼女を押しこみ、冷や汗のにじむ額に触れ、無駄だと知りつつもなだめるように親指でこめかみをなでた。「これがこの状況で考えつく最善の方法なんだよ、クロエ。じっと目を閉じて、闇のことは考えるな。ここから出たときにどうやって俺に仕返しをするか、そのことだけに考えを集中させるんだ」

クロエは見るからに震えていた。その言葉がちゃんと耳に届いているのかどうかも疑問だった。彼女の状態を推しはかれるのはパニックに見開かれた両目だけ――それでもバスチアンにはどうすることもできなかった。

バスチアンは身をかがめ、クロエの口をふさぐ銀色のテープに自分の唇を重ねた。テープ越しにキスをするなんて奇妙だったが、気持ちは抑えきれなかった。実際、しばらくすると彼女の震えもやみ、クロエはこちらに身をあずけてキスに集中した。

「すまない」バスチアンはそう言って体を離し、頑丈な扉をもとに戻して、彼女をそこに閉じこめた。そう、光もなにもない棺《ひつぎ》のようなスペースに。彼女が最も恐れる暗闇に。必死の抵抗を試みて扉を蹴《け》る音が聞こえるかと思ったが、地下はまるで死そのもののように深く冷たい静寂に包まれていた。バスチアンは木の扉にそっと別れのキスをして、夜明けまえの冷気に満ちた外に戻った。もう一度、人を殺す覚悟を決めて。

クロエは息をすることも、なにかを考えることもできなかった。かといって下手に暴れて物音をたてれば、バスチアンを危険にさらしかねない。手足をロープで縛られテープで口をふさがれたクロエは、暗闇のなかでじっとうずくまっていた。大声で叫んでもどうにもならないことは、自分がいちばんよくわかっていた。

わずかに体を動かすと、パニックにおちいりながらも、なにかが床に落ちる音が聞こえた。それは金属のようなものが、冷たいコンクリートに当たる音だった。うしろ手に縛られていたら無理だったかもしれない。けれども幸い手は前にあったので、暗闇のなか手探りすることも可能だった。その行為に集中していれば、恐怖もまぎれる。まるで銃弾が落ちるような鈍い金属音だったが、まさかそんなはずはない。それはべつのなにかに違いなかった。

やがて指先は細いシリンダー状の金属に引っかかった。けれども、それがなんであるかは見当もつかない。喉の奥からなにかがこみあげ、一瞬ヒステリーの発作でも起こすのではないかと不安になった。バスチアンはこの状況においてもフランス人らしく口紅でも置いていったのだろうか？　だとしたら相当ばかげている。その物体の正体がわかったのはその直後だった。

まぶしい光が、狭苦しい空間を隅々まで照らしだした。ちっぽけな懐中電灯でもこの場所では充分すぎるほどの働きをしている。おかげで胸をかきむしりたくなるようなパニックも少しずつ薄れ、クロエは固い壁にもたれながら乱れる息を整えようとした。自分の手でダクトテープを引きはがせることに気づいた彼女は、痛みに顔をしかめることもなく、さっとテープを外した。遅かれ早かれそれに気づくことを、バスチアンはまえもってわかっていたのだろう。冷静さを取り戻したクロエは、下手に物音をたてればふたりとも命が危ないということを、あらためて自分に言いきかせた。

両手の手首をねじりまわしてみたものの、バスチアンが与えてくれた自由はそれが限界だった。ロープはしっかりと結ばれていて、足首に関しても同様だった。とはいえ、完全に閉じこめられた状態は変わらなくても、そこは暗闇ではなかった。わずかながらも光があれば、パニックにおちいることなく生き残ることができる。時間がたって万が一バスチアンが迎えに来なくても、両親はいずれ戻ってくるだろうし、大声で叫べば誰かが助けに来てくれる。

まったく信じがたいことだけれど、バスチアンはあらゆる状況を計算に入れて準備を整えたようだった。あとは心を落ちつかせて待っていればいい。バスチアンが迎えに来てくれるのを、ただじっと。

あの人は必ず迎えに来てくれる。どんな苦難に行く手を阻まれようとも。いまとなってはふたりで交わしたその約束を信じる以外なかった。そうしなければ、せっかくの懐中電灯の明かりもまた不安に変わって、大声で泣き叫びたくなる。

きっと四時を回ったあたりに違いない。どれくらいふたりでベッドにいたのかは見当もつかなかった。そのあいだの時間はすべての意味を失っていた。体の隅々、あらゆるところにキスをしてやると言ったバスチアンは、その言葉を見事に行為で証明した。その愛撫はきわめて繊細で、同時にひとり占めするような激しさを持ち、いまでも興奮に身震いするほどの情熱を秘めていた。

懐中電灯の光は充分に強かったが、電池が永遠に続くわけではない。この狭苦しい空間から外に光が漏れているのかどうかは調べようもなかったけれど、危険を冒すわけにはいかなかった。もし連中に見つかったら、わたしはバスチアンに対する格好の武器として利用されてしまう。それだけは絶対に避けなければならない。

細い懐中電灯を手のなかで滑らせ、片端にあるボタンを押すと、まるで毛布で覆われるように息苦しい暗闇に包まれた。クロエは思わず息を震わせながら深呼吸をし、けっして闇になど負けまいと目を閉じた。その場にうずくまり、押し黙って、ひとりバスチアンが戻るのを待った。

しばらく眠っていたのかもしれない。クロエははっと我に返ってそう思ったものの、まさかそんなはずはなかった。それでも、古びた階段のほうからまぎれもない足音が聞こえた瞬間、クロエはびくりと身を震わせ、抑えようもない希望がわき起こるのを感じた。

クロエはバスチアンの名前を呼んでみたが、押し殺したような息づかいしか聞こえてこないことに気づいて唇を噛んだ。そこにいるのはバスチアンではない。地下をうろうろしているのが誰であるにしろ、その人間は物音をたてないようにかなりの注意を払っている。一度聞こえた足音は、その後こちらに届いてこない。

バスチアンなら、たとえ一度でも足音などたてないだろう。

暗闇に目が慣れてきたのか、狭苦しい空間がいくぶん明るくなったのか、目の前にある手が闇に浮かんで見えた。その手はいまだにロープとダクトテープによって縛られている。けれどもいつ手放したのか、懐中電灯が見当たらなかった。物音をたてないように気をつけながらその場でほんの少し体を動かすと、なにかがおなかの上を転がってコンクリートの床の上に落ち、まるでシンバルでも打ちならしたかのような大きな音をたてた。

クロエは息をのみ、パニックにかられながら祈った。神様、お願いです。どうかいまの音が相手に聞こえていませんように。どうかそこにいるのがバスチアンであってくれますように。いいえ、あの頭のおかしい女でなければ、誰だってかまわない。どうしてわたしを殺そうとしているのか、その気が知れなかった。数カ月たったあとでも〈オテル・ドゥニ〉で嗅《か》いだ血のにおいが残っていなければ、そんな話などはなかから信じなかったに違いない。

　警告もなにもなかった。突然扉が引き開けられたかと思うと、誰かがそこに立っているのが見えた。地下室のドアから漏れる薄明かりを背景に、輪郭だけが浮かびあがっている。見覚えのある体型ではない。長身で、痛々しいほどほっそりして、頭もはげている。クロエは身動きもせずその影を見つめていた。ひょっとしたらバスチアンが呼んだ助《すけ》っ人《と》かもしれない。

「こんなところにいたの、お嬢ちゃん《マ・シェール》」やけにほっそりした影から聞こえてきたのはモニークの声だった。その声は不気味なほど明るかった。「まあ、いずれ見つかるだろうとは思っていたけどね。ほら、出てきていっしょに遊びましょうよ」モニークはロープで縛られた手首を鷲《わし》づかみにし、クロエの体を地下室の床に引きずりだして、足元に投げだした。

　クロエはわきにしゃがみこんだモニークの姿をはっきり見ることができた。モニークの頭ははげているわけではなかった。髪が剃《そ》られ、スキンヘッドになっているのだった。バスチアンの見間違いではなく、彼女はたしかに顔を撃たれていた。顎の左側に銃弾を受けたのか、その部分が明らかに欠損していて、ようやく傷が癒えはじめようとしている状態だった。完全に治るには四年以上かかるだろう。

「どう、美しいでしょ?」モニークは猫なで声で言った。

「わたしがやったわけじゃないわ」クロエは震える声で答えた。

「もちろん、あなたにやられたわけじゃない。だってあなたは拳銃《けんじゅう》もろくに撃てない役立たずなおばかさんですもの。いったい誰にやられたのかはわからない。それはギリシャ人の連中かもしれないし、バスチアンの仲間かもしれない。あるいはわたしの仲間だってことも考えられる。そんなことはどうだっていいのよ。わたしはただ、処理されないまま放《ほう》りだされている案件に、それなりの片をつけようとしているだけ。そしてあなたがその最後なの。ほかにはもう誰もいない」

凍るような恐怖が、吐き気とともにクロエの喉元を満たした。「どういう意味?」

「どういう意味か自分で考えてごらんなさいよ。バスチアンはもう死んだの」

25

「嘘《うそ》よ！」クロエは思わず声をあげた。モニークの声にふくまれる恐怖の響きに嫌悪の感情を抱きながら。

「嘘じゃないわ。ひょっとしてスーパーヒーローかなにかだとでも思っていたの？　あの男だって赤い血を流すのよ。ほかの人間と同じようにね。たしかにほかの男に比べて殺すのはひと苦労だったけれど、結局はあの男も人間なのよ。いいえ、人間だ、、、ったと言うべきかしら」

「あなたの言うことなんて信じないわ」

「そう言いながらも信じているじゃない。その声を聞けばよくわかるわ。勝ち目がないことは、あなただってはじめからわかっていたでしょう。ここであの男を見つけられるなんて思ってもみなかったわ。どうしてあの男はあなたを連れて逃げようとしなかったのかしら？　そんなに遠くには逃げられないにしても、追いつめられた鹿《しか》みたいに、こんなところで待っているよりはましだったでしょうに。でもまあ、いっそのこと死んだほうがましだと思ったのかもしれないわね。あなたみたいな甘えん坊の小娘に一生つきまとわれたんじゃ、たまったものじゃないもの」

クロエは心の底からなけなしの力を振りしぼって言った。「わたしのことを大切に思っていなければ、あの人だって助けになど来なかったわ」

モニークは肩をすくめた。外はだいぶ明るくなってきている。たぶん、六時を回ったころだろう。フランスから戻って以来眠りが浅く、しかも不規則なせいか、終わりのない夜のあいだ、時間によって空がどんな表情を見せるのか、すぐにわかるようになっている。

「わたしたちの共通の友人であるあの男は、ずっとまえから死を望んでいたのよ。わたしは救済への道を与えに来た、たんなる道具にすぎない」

救済への道を与えに来た？　モニークは〝すでに救済した〟とは言わなかった。バスチアンが実際に死んだのだとしたら、ちゃんと過去形を使うはずなのに。

といっても、モニークにとって英語は母国語ではない。そもそも正気を失った女が犯した文法的なニュアンスの違いに希望を託すのは無謀なのかもしれなかった。

「すでに目的を果たしたのなら、どうしてまだここにいるの？　バスチアンは死んだ。ほかに誰の命が欲しいっていうのよ」

「お嬢ちゃん《マ・シェール》！」モニークがあざ笑うように言った。「わたしの話を聞いてなかったの？バスチアンの命を奪うのは、たしかに楽しいことよ。でも、わたしはそのためにここに来たわけじゃないの。それに、あの男はたったひとりで逃げようとしていたのよ。慈悲深いわたしにあなたの始末をまかせてね。でも、敏捷《びんしょう》さの上ではわたしの部下のディミトリのほうが上だった。あの男のことなんて、いまここで殺さなくても遅かれ早かれヨーロッパで見つけていたわ。わたしがここに来た目的はほかでもない、あなたよ」

「どうして？」

モニークはふたたび肩をすくめた。「どうしてって、あなたの存在がうっとうしいからよ。バスチアンはわたしをふくめ、すべてを犠牲にしてあなたを守ろうとしている。ばかげた自尊心のためにね」

「自尊心？　あの人がわたしを救ったのは自尊心のためだと思ってるの？」

「もちろんじゃない。ほかにどんな理由があるっていうの？」

「愛よ。バスチアンはわたしを愛してる」

いきなりモニークに殴られたクロエは、コンクリートの床に倒れこんだ。そんなことには気づきもしなかったけれど、モニークは銃を手にしていたらしい。固い金属は顔面の口元あたりを直撃した。口のなかで血の味が広がるのを感じたが、もうそんなことはどうでもよかった。もしバスチアンが死んだのなら、生きていても仕方がない。けれども死が間近に迫った最後の数分のあいだは、モニークにできるかぎり不快な思いをさせてやるつもりだった。それだけの代償を払う覚悟はある。

「まさか妬《や》いてるの？」クロエはわざとらしいくらい甘ったるい声で言った。「気の毒だけど、彼はあなたよりわたしのほうが好みらしいの。きっと年のいった女に飽きたのね」

肋骨《ろっこつ》に蹴《け》りが入り、呼吸をすることもできなかった。わき腹には激痛が走っている。骨が折れたのかもしれない、とクロエは思った。でも、骨が折れようが折れまいが、そんなことは問題ではなかった。

「あるいは、あなたという女に飽きただけなのかもしれない」クロエはかろうじて絞りだすように言った。

モニークはわきにしゃがみこむと、クロエのＴシャツを鷲《わし》づかみにして体を起こさせた。わき腹の痛みはすさまじかったが、石のように無表情な顔を装い、怒りに燃えるモニークの目をにらみかえした。額に押しつけられた銃の冷たい感触など、ものともせずに。「顔の一部が吹き飛ばされるのがどういうことか、自分でたしかめてみたいっていうの？　こっちはプロよ。あなたが即死しないようにするにはどこを撃てばいいのか、ちゃんと心得ている。あなたはこの場でばたばたのたうちまわって、みじめったらしく祈るのよ。なにもかも早く終わってほしいと……」

「そんなこと、どうだっていい」とクロエは言った。必死で作っているうんざりした表情が説得力のあるものであることを願って。「もしバスチアンがほんとうにあなたに殺されてしまったのだとしたら、生きていたところでなにになるっていうの？」

「かんべんしてよ、あの男に惚《ほ》れるなんて！」モニークは反感をあらわにして大声をあげた。「なんて哀れな女なの！　たしかにあの男はベッドの上ではすばらしい。それは認めるわ。わたしの大好きなゲームを毛嫌いするようなところがあったけれど、これまで経験したなかでも最高の相手のひとりと言っても過言じゃない。でも、あの男はロマンティックなヒーローとはほど遠いのよ。死に際に命乞《ご》いまでする醜態をさらして。まあ、きっとあなたも同じことをするでしょうけど」

「それはどうかしら」三発目の一撃は目に見えなかった。閃光《せんこう》とともにすさまじい痛みが走り、すべてがまっ白になった。ひょっとしてモニークに撃たれたのだろうか。続いて闇《やみ》が訪れ、なにもかもがのみこまれた。

春の嵐《あらし》はようやくやみ、景色は一面の雪に覆われていた。ゲストハウスの爆破で数人仕留められることを期待していたが、溶けゆく雪のなかで見つかったのは黒焦げになった死体一体だけだった。なかにまだ死体があるのかもしれないが、過度の期待はできない。セキュリティー・システムを調べに行った際、ふたりめの男が感電死しているのは確認ずみだった。

三人めはガレージのうしろで首を折って殺したが、その際にうかつにもナイフで刺されてしまった。といっても、命取りになるような傷ではない。相手が振りかえってナイフを引きあげ、内臓を切り裂くまえに、素早く動いて息の根を止めた。その襲撃のスタイルは、死体を仰向けにして確認するまでもなくわかっていた。どうやらマレ地区でバーテンダーをしていたフェルナンドは、寂れたバーを切り盛りするのに飽き飽きして、外部の仕事も請け負うことにしたらしい。たしかに優秀なスパイだったが、バスチアンの相手ではなかった。

それでもフェルナンドは、バスチアンに刺し傷を与えることには成功した。しかも事前に充分な情報を与えられたらしく、ナイフが突きたてられたのは数カ月まえに銃で撃たれた傷のすぐ近くだった。当然、そこが弱点と思っての狙《ねら》いだろうが、傷跡はすでに新しい組織によって再生され、逆にほかのところよりも固くなっていたので、おかげでナイフの向きも逸《そ》れたようだった。

出血はひどく、すでにズボンの生地にも染みこんでいたが、バスチアンはかまわずフェルナンドのナイフをベルトのあいだに差しこんだ。しかし、武器は充分に持っているものの、あと何人倒す相手が残っているのかは見当もつかなかった。ジェンセンの情報によれば、モニークは五人の部下を従えてアメリカに入ったという。その後、途中でほかの部下と合流した可能性はあるだろうか。それとも、あとふたり倒せばそれで終わりなのだろうか。

いや、おそらくそれ以上はいるだろう。そう推測するだけの分別はあった。バスチアンは注意の目を光らせながら、ガレージの周辺を確認した。空はゆっくりと明るさを増している。虹《にじ》のように変化する桃色の光の筋が空全体に広がるのを見て、バスチアンはふと足を止めた。気温が上がるにつれて、雪も徐々に溶けはじめている。死と危険のただなかにあって、それはとても美しい光景だった。かすかながら鳥のさえずりも聞こえる。アメリカにはどんな朝の鳥がいるのだろう。そんな疑問が頭をよぎったが、即座に振りはらった。おそらく俺《おれ》はその答えを知ることはないだろう。それでも、そんな思いがある種の安心感を与えてくれたのも事実だった。色鮮やかな空の下、名前も知らない鳥のさえずりを聞きながら目を覚ますクロエの姿。そんな姿を思い浮かべるだけで、心が安らかになった。

バスチアンは母屋のほうに向かった。敷地内に部下をちりばめたとしても、モニーク本人は母屋のほうに直行するに違いない。モニークはそれほど直感の鋭い女だった。いまはただ、その直感によってモニークがクロエのいる場所へとまっすぐ導かれないことを祈るのみ。暗闇のなかで、あの場所を見つけるのは困難だろう。クロエが物音をたてずにじっとしていれば、そのまま見過ごす可能性は充分にある。

懐中電灯を残してきたのは愚かな考えだったかもしれないが、クロエがあれほど恐れる闇のなかに閉じこめるのはどうしても忍びなかった。やわな気づかいが結果として彼女に死をもたらすようなことにならなければいいが。

いくぶん距離を置いたところから連中がやってくる音が聞こえたのはそのときだった。

もはや物音をたてないよう注意することもなく、新雪を踏みならすようにして移動している。おそらくおびき出すためだろう。物陰に隠れて待っていると、やがてモニークが部下をふたり連れて母屋から姿を見せた。

クロエは意識を失っていたが、死んではいなかった。ひとりはぐったりしたクロエの体を肩に担いでいる。すでに死んでいるのであれば、連中はその場所に置き去りにしてくるはずだった。遠目にもクロエの青白い顔から血が出ているのが見え、その血は髪の毛へと伝ってなかば固まっていた。いますぐ駆けだしたいのは山々だったが、バスチアンはこれまでスパイとして学んだすべてのことを肝に銘じて、なんとかその場に身を潜めた。薄暗がりのなかで行動に出るのは危険がともなう。万が一失敗すれば、クロエは死んでしまう。いまは待たなければならなかった。

バスチアンは久しぶりにモニークの顔を見た。夜明けの光のなかではっきりとは見えないものの、骸骨《がいこつ》のようにほっそりしたその姿は間違いなく元恋人のものだった。顔に受けた銃弾は、彼女によほどのダメージを与えたのだろう。復讐《ふくしゅう》として誰かを殺したくなるのも無理はない。もちろん、クロエをその対象に選ぶのはゆがんだ論理だが、いまとなってはそれは疑いようもなかった。そもそもクロエという邪魔が入らなければ、シャトーでの会議は滞りなく終わっていたはずだし、血塗られたパリの夜もなかったはずだった。クロエに対する怒りを募らせるあまりガードをゆるめたモニークは、おかげでもう少しで死にそうになったのだった。

そして実際、モニークはそれが原因で死ぬことになる。バスチアンは心のなかでそう思った。絶対に一発で仕留めてみせると。それまでのあいだはそっとあとをつけて、しかるべき瞬間が来るまで見張るしかなかった。自分のせいで何度もクロエを危険にさらしている。これを最後に、そんな危険から解放してやりたかった。

春の朝は穏やかで空気も澄み、足元で雪も溶けはじめ、木々の若葉はそよ風にさらさらと音をたてていた。連中がどこにクロエを連れていこうとしているのかはすぐにわかった。さすがにモニークの情報収集力は徹底している。

閉鎖されて久しい廃坑に連れていこうとしているのだ。

考えられる可能性は単純だった。すでにクロエは死んでいて、連中は事前の偵察によって、死体を捨てても絶対に発見されない完璧《かんぺき》な場所を見つけ、その場所にクロエの死体を運ぼうとしている。母屋に火を放てば、なおさら死体の発見は難しくなるだろう。あるいはモニークはクロエが最も恐れるものを知っていて、拷問を与えるためにその場所に連れていこうとしているのかもしれない。

モニークという女を考えれば、可能性として高いのは後者のほうだった。モニークにしてみれば、クロエの死体を誰が発見しようと関係はない。それに、発見されるころにはこの場所から遠く離れているはずだった。クロエを銃で撃ち、その死体を廃坑に捨てるくらいで、モニークが満足するとは思えない。常軌を逸したモニークの怒りは、たんなる腹いせ以上のものを求めるだろう。それが殺すまえであっても、あとであっても。

手にした銃は滑らかでひんやりとした感触だった。体のなかを流れる血と同じく、手自体もひんやりと冷たい。昇る朝日は雪に光を注ぎはじめていたが、この冷淡な心にまでは届いていなかった。クロエのことは考えるな。バスチアンはそう自分に言いきかせた。標的に集中しろ。感情に惑わされるな。クロエを救うには、どっちに転んでもかまわないと思うほかない。冷徹な氷のような心で、感情抜きの、たんなる機械と化して。

しかしその氷は、すでにクロエのぬくもりによって溶かされていた。鎧《よろい》は消えてなくなり、バスチアンはスパイとしての生涯ではじめて、今回ばかりは失敗するのではないかと恐怖を覚えた。

バスチアンは音もたてずに木立のなかを進んだ。足元の落ち葉さえ、それに協力しているように見える。連中が向かう先がわかったあとでは、先回りして優位な位置を取るのは容易だった。廃坑は最初の丘を越えたところにあり、雑草の生いしげる板張りの入り口は鎖でふさがれ、鍵《かぎ》がかけられている。

しかし、いまは違った。クロエの両親がまだここにいるときに偵察に来た際には、廃坑の入り口は完全にふさがれていた。ところが、いまは近づく者をのみこもうとするようにあんぐりと口を開け、その奥にまっ暗な闇が伸びている。どうやらモニークも事前の調査は怠らなかったらしい。それはまさに、最もクロエに危険を及ぼすものだった。

　連中は物音をたてるのも気にせず、廃坑の入り口へと近づいた。ふたりの男は中央ヨーロッパの言語らしき言葉で会話をしている。おそらくセルビア語だろう。わずかに二言三言、理解できる程度だった。こんなときこそクロエが目を覚まして聞き耳を立て、自分のためにその言葉を翻訳してくれたら。実際、彼女はこの世界で話されているありとあらゆる言葉を理解しているようだった。

　朝日の下でも、そこにいる女がモニーク本人だと認めるのは困難だった。頭全体を剃《そ》っているが、それがファッションなのか、手術のせいなのかは判断がつかなかった。顔の片側は完全に損なわれている。弾丸を摘出する際に頬骨を除去し、再建手術もまだとあって、モニークはかつての自分の面影を追い求める恐ろしい幽霊のように見えた。危険なまでにやせこけ、狂気に取り憑《つ》かれて。

　セルビア人のひとりがモニークの体を固い地面に落とした。その瞬間にクロエが発した弱々しいうめき声は、この状況においてはさながら心を躍らせる音楽だった。クロエは生きている。意識を取り戻しつつある。あとはなんとかクロエとモニークとのあいだに割って入ることができれば。セルビア人のふたりは問題なかった。相手がふたりでも瞬時に始末することができるだろう。銃の腕には自信があるし、しかも相手はいま武器を手にしていない。ふたりめの男はひとりめが地面に倒れるまえに死んでいるだろう。

　クロエは仰向けになり、うめき声をあげながらなんとか体を起こそうとした。そんなクロエをモニークがレザーブーツで思いきり蹴っても、バスチアンはいっさい音をたてなかった。クロエが発した弱々しい泣き声だけで充分だった。

「あなたに選ばせてあげる」とモニークは言った。「この場で銃を突きつけて、その頭を吹き飛ばしてもべつにかまわないのよ。たぶん、それがいちばん思いやりのあるやり方なんだろうし。わたしが思いやりとは無縁の女であることは、あなたも承知しているでしょう。でもね、ここまで協力してくれたヴラドやディミトリに、なにかご褒美を与える必要があるのよ。ふたりともあなたにかなりの興味を示してるの。このまま殺してしまうまえに、ぜひとも一度お相手を願いたいと。ことレイプに関するかぎり、アメリカ人の女は神経質すぎるところがあるし、それがかえっておもしろいじゃない。わたしはそばにいて、じっとその様子を見物する。そしてあなたは、いつ撃たれるかわからないまま犯されるの。このふたりにだって、それがいつになるかは知らせない。そのほうがより興奮も増すってもんじゃない」

「なんて女」とクロエがつぶやく声が聞こえた。その口はすでに血だらけだった。きっと誰かに――おそらくモニークに――唇が裂けるほど殴られたのだろう。

「あるいは、改心したあなたのヒーローと合流するという選択もあるわ。あの男はまだ死んではいないかもしれないし、あなたにだってわずかながらも生き残るチャンスがある。まあ、みずから進んでそのチャンスに賭《か》ける気があるならの話だけど」

「わたしが一瞬でもあなたを信用すると思ってるの？」クロエはふたたび体を起こそうとしたが、モニークも今度は邪魔をしなかった。ただぞっとするような作り笑いを浮かべ、その様子を見下ろしている。

「あなたに信用されるなんて、夢にも思っていないわ。これは単純な三択よ。くるみの殻を三つ、それに豆を用意して、どの殻の下に豆があるか当てるゲームとおんなじ。でも、このゲームにかぎり、どの殻の下にも豆があるの。ひとつは情けに富んだあっという間の死。ひとつはレイプされながらのよりゆるやかな死。そしてもうひとつは、水中の墓場にいるバスチアンとのランデブー」

水中の墓場？　モニークはどういうマインド・ゲームをしているのだろう。なにかがおかしい。肝心の標的は俺であるはずなのに、どうしてクロエへの報復に夢中になっているのだろう。どうしてすでに俺は死んだなんていう嘘を……。

「ここにいるディミトリが、親切にもわたしたちの共通の友人を始末してくれたの。そうでしょ、ディミトリ？　となると、やっぱり最初にご褒美にあずかるのはディミトリということになるかしら。なにしろ自分の力で稼いだご褒美ですもの」

興味深い展開だ、とバスチアンは思った。ディミトリはモニークに嘘をついている。モニークは俺が死んだという言葉を完全に信用しているようだった。モニークという女がはったりをかけるようなタイプではないことは、俺がいちばんよく知っている。だとすると、ディミトリは俺を助けるためにそんな嘘を？　それとも、たんに自分の面目を保つための嘘だろうか？

どう見ても見覚えのある顔ではなかった。この世界にいるスパイの顔はたいてい知っている。問題は、自分の助《すけ》っ人《と》としてあの男を信用できるかどうかだった。それともふたりまとめてさっさと始末して、モニークと対決すべきなのだろうか。クロエにこれ以上のダメージが与えられるまえに。

「選ぶなら水中の墓場よ」とクロエはかすれた声で言った。「自分自身の手で殺したなんていう満足感をあなたに与えたくないもの」

「いずれにしても、これはわたしが成し遂げたこととして数えさせてもらうわ。あの男はこの坑道の底にいる。下にはたっぷり水がたまってるから、飢え死にするまえに溺《おぼ》れる確率が高いわね。あるいは途中で頭を打って、幸運にもそこで人生の幕を閉じるかもしれない。でも、あなたにしてみれば、どれひとつ取っても避けたいところでしょう。狭苦しくて暗いところは、あんまり得意じゃないのよね？　だったら広々とした空の下、仰向けになって、手足をいっぱいに広げて死ぬほうがまだいいんじゃない？」

冗談だろ。クロエがなにをしようとしているのか確信したバスチアンは、心のなかでつぶやいた。クロエはあの立て坑に飛びこむつもりに違いない。モニークから逃れるためならどんなことでもする気なのだろう。この俺が下にいると思って、あとを追おうとしているに違いない。たとえ命を落とすことになっても。

こうする以外ほかに道はないわ、とクロエは思った。バスチアンは死に、まるでごみのように古い立て坑の底に捨てられた。その入り口がどこに通じているのか、いまとなってはほとんど思いだせないけれど、かなりの傾斜があって危険きわまりないことだけは覚えていた。でも、そんなことはかまいはしない。実際にこの目でたしかめるまで、バスチアンが死んだとはどうしても信じられなかった。それにもし死ぬ運命にあるのだとしたら、そのときはバスチアンとその運命をともにしたい。悲劇のヒロインじゃあるまいし、たしかにそれは愚かな考えだった。もしバスチアンがまだ生きているとしたら、きっと笑われるだろう。きみを迎えに行く、どんな苦難に行く手を阻まれようとも。バスチアンは約束してくれた。ただ、いまはまだ夜が明けたばかりで、日の光もその明るさを増し、あたりで雪も溶けはじめていた。坑道のなかは、呼吸するのもままならない死のトンネルと化しているに違いなかった。

モニークが銃を手にする間もなく空き地を這《は》いはじめたクロエは、頭からその穴に飛びこもうとした。狂気にかられた骸骨のような女や貪欲《どんよく》な手下たちから逃れられるなら、どんな無茶なまねでもするつもりだった。けれどもその瞬間、静寂を打ち破るようにして銃声が轟《とどろ》き、それに続いて誰かの叫び声が聞こえた。

混乱のなか、かまわず壊れた柵《さく》の前までたどり着いたときだった。がっしりした手に肩をつかまれ、いきなり体を返された。背後にいるのはモニークの手下だった。ディミトリ――バスチアンを殺した男。

クロエは自分の内側でなにかが弾《はじ》けるのを感じた。大声をあげながらやみくもに飛びかかり、足蹴りを食らわせ、爪でひっかいたり歯を立てたりして、筋肉隆々の巨漢に猛攻撃を浴びせた。しかし相手は蠅《はえ》でも払うようにクロエの手を払い、太い両腕をぐるりと回すと、汗臭い体全体で動きを封じこめるようにクロエを押さえつけた。

一連のカオスが目の前の空き地で繰り広げられていることに気づいたのはそのときだった。絶叫する声が、ぞっとするほどなじみのある銃声が、周囲に響きわたっていた。手下の片割れは地面に倒れていた。額には銃で撃たれた穴があった。天を仰ぐ両目は、まぶしい青空を見るともなく見つめている。視界を外れたところで、人が激しく争っている音がした。

身をよじらせて振りかえると、バスチアンが地面に倒れ、その下から血が流れ出ているのが見えた。バスチアンの上にまたがっているのは、ぎすぎすした体のモニークだった。するとモニークは剃った頭をうしろに反らし、けらけらと笑い声をあげた。「あなたがまだ死んでいなくてうれしいかぎりよ。この名誉にあずかることをどれほど望んだことか」

モニークが手にしている銃は異様に大きく、バスチアンの頭を吹き飛ばすには充分だった。

クロエは自分を抑えられず、その場で絶叫した。

モニークはその声を耳にして、一瞬バスチアンから注意をそらした。些細《ささい》なミスだったが、充分だった。一連の銃声とともに突然弓なりになったモニークの体は、踊るように痙攣《けいれん》して、その勢いで手にした銃の引き金も引かれた。

銃は雪を撃ち、モニークは手足を広げるようにして倒れ、かすかに体を引きつらせた。そしてそのまま動かなくなり、やはりじっとしたまま動かないバスチアンの体の上で目を閉じた。

しかしつぎの瞬間だった。体を起こそうというのか、驚いたことにモニークがもぞもぞと動きはじめた。クロエはふたたび悲鳴をあげそうになったが、よく見ると、バスチアンが血だらけになった彼女の体を押しやろうとしているだけだった。

ディミトリに解放されたクロエは、恐怖にかられてその腕にしがみついた。この男はバスチアンを撃とうとしている。けれどもディミトリはたんにクロエの手を振りはらって言った。「これで一件落着ですね、マダム？」とほかの誰かに向かって。

木立のあいだから姿を見せた女性は優雅そのものだった。白髪交じりのブロンドの髪を美しくなびかせ、化粧も非の打ちどころがない。デザイナーブランドらしき黒い服を身にまとった彼女は、やはり黒服を来て武器を持った男たちを何人か従えている。黒――血がついてもけっして目立たない色。

クロエは固まった体をなんとか動かしてバスチアンのもとに行こうとしたが、マダム・ランバートのほうが早かった。彼女が優雅に手を差しのべると、バスチアンはクロエに目を向けることなく、痛みに顔をしかめながら立ちあがった。

「ディミトリはあなたの仲間ですか」と穏やかな声で言った。

「そのとおり」マダム・ランバートは答えた。「あなたはわたしたちに助けを求めるべきだったのよ。〝委員会〟はあなたを守ることができる。そうすれば、こんなふうに逃げまわらなくてもよかったものを。わたしたちはつねによき仲間として仕事をしてきたじゃない。ほんとうに同じ側にいるのかどうか、定かでないことが多々あっても。ジェンセンから話を聞いたわたしは、すぐにチームを作って、あなたのあとを追ったの。もう少しで手遅れになるところだった」マダム・ランバートは厳しい口調で言った。

バスチアンはそれに対して幽霊のような笑みを浮かべた。「〝委員会〟は手遅れになるようなまねは絶対にしませんよ、マダム・ランバート。それに、ハリー・トマソンならためらうことなくクロエをそのまま死なせていたでしょう。生かしていてもなんの役にも立たないと」その名前を口にしたものの、バスチアンは一度もクロエのほうに顔を向けなかった。夜明けの太陽の下、クロエはただその場に立っていることしかできなかった。あたりに立ちこめる血のにおいが、この美しい景色を台なしにしている。

「ハリー・トマソンは早々と座を退いたわ。ここのところ性急な決断が続いていたし、たんに助言を与える顧問の立場に徹するべきだということになったの」

「それで、代わりは誰に？」まるでオレンジの値段でも尋ねるような口調だった。けれどもこの人たちの世界では、オレンジは手榴弾《てりゅう》を意味するんじゃなかったかしら？　クロエは思わず笑いだしそうになったが、そんなことをすればヒステリーの発作でも起こしたのではないかと思われるかもしれない。それに、この状況で自分のほうに注意を引くようなまねは避けたかった。バスチアンが必死にこちらの存在を無視しようとしているとあってはなおさらだった。

マダム・ランバートはクールでエレガントな笑みを浮かべた。「誰だと思う？　バスチアン、わたしたちはあなたが必要なの。世界はあなたを必要としているのよ。あなたにほかの仕事は似合わない。この世界にふさわしい人間なの。たとえわたしたちの助けがなくても、モニークのことはひとりで片づけられたはずよ」

「それはどうかな」表情のないバスチアンの声に、クロエはその場で気絶しそうだった。もちろんそんなことはしたくないけれど、胸の内の痛みはすさまじく、あとどのくらい立っていられるのかもわからなかった。けれどもここで倒れたりすれば、バスチアンは振りむかざるを得ない。それだけは耐えられなかった。バスチアンのことはもう忘れなければならない。実際、それは明らかに相手の希望するところでもあった。このままじっと立ちつづけていれば、バスチアンは容易にわたしを無視することができる。それがバスチアンのためになるのなら、日が暮れるまで立ちつづけるつもりだった。

「〝委員会〟におけるあなたの意思は、完全に保証される。それは約束するわ、ジャン・マルク。それとも、ここにとどまる理由でもあるというの？」

バスチアンはそれでもこちらに目を向けなかった。バスチアンは出血している。ひどくではないが、血が出ていることはクロエにもわかった。たぶん、わたしのほうがひどい傷を負っている。それでもクロエはディミトリに腕を取られながら立ちつづけていた。そうする以外、ほかになにができるだろう。

「ない」とバスチアンは言った。

マダム・ランバートはうなずいた。「それなら早いところ、ここをあとにしましょう。後片づけはディミトリがしてくれる。あなたは傷の手当をしないと」

「彼女を殺すのか？」バスチアンはさほど興味もなさそうに質問した。

「まさか、そんなことをするはずないでしょう。言ったはずよ。トマソンの時代は終わったの。この娘がほかの誰かに話を漏らすとは思えない。そんなことをすれば、あなたの命に危険が及ぶだけだもの。女性に対するあなたの手慣れた扱いは承知しているのよ。あなたがにこりと笑いかければ、女は命を懸けてもあなたを守ろうとする」

「その完璧な例がモニークさ」とバスチアンはつぶやいた。

「ミス・アンダーウッドが問題を起こすようであれば、そのときに対処しましょう。それとも、いまのうちに片づけておく？　判断はあなたにまかせるわ」

バスチアンは振りかえってようやくクロエを見た。クロエはけっして弱みなど見せまいと、じっとその場に立ちつづけていた。バスチアンの顔を見つめ、その目をのぞきこんでも、そこにはなんの表情も読みとれなかった。ただ、つねにそこにあったうつろな感じだけはなくなっているように見えた。

やがてバスチアンは肩をすくめ、口を開いた。「彼女がなにか問題を起こすとは思えない。あなたの言うとおり、必要ならばあとでいつでも対処できる。それに、俺が女性に及ぼす強烈な影響を見くびらないほうが無難ですよ」

マダム・ランバートはそんな皮肉を無視してうなずいた。「それこそわたしの知っているジャン‐マルクよ。もう永遠にいなくなってしまったんじゃないかと心配していたの。あなたの中年の危機はこれで終わったということね？」

「ええ、完全に。自分がどういう人間で、どんな世界に属するかは、身に染みてわかりました」

マダム・ランバートはかつての美貌《びぼう》をしのばせるような満足げな笑みを浮かべた。たとえマダム・ランバートといえども、女性に対するバスチアンの強烈な影響に免疫があるわけではないらしい。たぶん、彼女もかつてバスチアンのとりこになった女性のひとりなのだろう。そしてそんな数々の女性が連なる線の端っこに、クロエ・アンダーウッドという愚かな小娘がいる。

「それはよかった」とマダム・ランバートは言い、バスチアンの腕に手を添えてその体を引きはじめた。「わたしたちが協力すれば、〝委員会〟はあるべき姿を必ず取り戻せる。あなたの決断は言葉に言い表せないほどの幸福をわたしに与えてくれたわ。これで我々のテロや圧制との戦いも好転する」

バスチアンは空き地の端で立ちどまり、すでに相手を自分のものにしたようなマダム・ランバートの手を振りほどいた。

「残念ですが」バスチアンは例のクールな声で言った。「俺の代わりはジェンセンがしてくれるでしょう。殺し屋の本能を失った俺は、もう役に立たない」

「わたしが観察していたかぎり、そうとは思えないわ」マダム・ランバートは眉毛をつりあげて反論した。「ジャン‐マルク、世界はあなたを必要としているの」

「世界なんて、くそ食らえだ」バスチアンは吐き捨てるように言った。

息苦しいまでの静寂が、血の染みこんだ狭い空き地を包んだ。クロエは身動きもせず、呼吸すら止めて、その場に立ちつくしていた。

「放してやれ、ディミトリ」バスチアンはそう言って、まぶしい日の光のなかクロエのほうに近づいた。いまでは雪もほとんど溶けている。それは太陽の光に満ちた、まったく新しい一日の始まりだった。

鷲づかみにされていた腕を放されるなり、クロエは膝の力が抜けるのを感じた。倒れそうになる体をバスチアンに受けとめられると、思わず泣き声のようなため息が漏れた。バスチアンは両腕でそっと体を抱きしめ、あざのできた顔を自分のほうに向かせた。そして光を取り戻したその瞳でクロエを見つめ、彼女を見下ろすようにして、ゆっくりと微笑《ほほえ》みかけた。それはクロエも一度だけ目にしたことのある、甘い微笑みだった。

「そんなに驚いた顔をするなよ、クロエ」とバスチアンは言い、指先であざのできた口元に触れ、自分の唇を重ねた。「言っただろ、嘘はつかないって」

「一時的な休暇扱いにするわけにはいかないのね、ジャン - マルク？」マダム・ランバートがすでにあきらめたような声で言った。

「これで完全に引退です」とバスチアンが言ってクロエの瞳を見つめると、ほかのすべてはその場で薄れ、消えてなくなった。「それから、俺の名前はセバスチャンだ」

訳者あとがき

ストックホルム症候群——犯人と人質が閉鎖空間で非日常的な体験を共有することにより、過度の同情、さらには好意などの特別な依存感情を抱くこと。その状況のなかで高いレベルで共感しあい、ついには人質が犯人に愛情すら持つようになること。

クロエ・アンダーウッドは二十三歳のアメリカ人、いまはパリにいて、しがない出版社で児童書の翻訳をしつつ地味な生活を送っている。いまひとつ物足りない退屈な日常のなか、映画で観《み》るようなセックスやバイオレンスに遠いあこがれを抱きながら。そんなクロエのもとに刺激的な仕事が舞いこんできたのは十二月のある日のことだった。週末、フランスの田舎にあるシャトーで開かれる食品業者の会合において通訳が必要だという。報酬の面でかなり気前がよいこともあって、クロエはその仕事を引き受けることにする。

ところが、そのシャトーに集まっている者たちはどうも普通のビジネスマンには見えなかった。とりわけバスチアン・トゥッサンというフランス人の男は謎《なぞ》に満ちている。やがてクロエはこの会合の出席者たちが国際的な密輸取引に手を染める武器商人である事実を突きとめ、知りすぎた女として命を狙《ねら》われることに。突然迫りくる危機のなかで、犯罪者の巣窟《そうくつ》から救いだしてくれたのは謎の男バスチアンだった。非情にして危険な香りを漂わせるこの男はいったい何者なのか。善人なのか、悪人なのか。死と隣りあわせの状況で何度も命を落としそうになりながら、そのたびにバスチアンに救われるクロエは、抗しがたい魅力を持つこの男に急速に惹《ひ》かれていく。

ロマンス作家として三十年近くも第一線で活躍しつづけているアン・スチュアートの新作です。本作品『黒の微笑』（原題：Black Ice）でも彼女の真骨頂を発揮して、現代的なタッチでスリリングなムードを作りだし、ホットなラブシーンを盛りこみながら、例によって謎めいた影のあるヒーローを生き生きと描いています。その手の男がお好みだというのは、自身のウェブサイトでＧａｃｋｔの写真まで紹介して絶賛しているところにも理由を探れるでしょう。日本びいきにしてＪロックが大好きなのも、ファンのあいだでは言わずと知れた情報。この小説にも武器商人のひとりとして日本人のヤクザやその部下が登場します。

これまで数々の賞を勝ちとってきたアン・スチュアートですが、ロマンス小説に関する情報や書評などが満載のウェブサイト、〝オール・アバウト・ロマンス〟（http://www.

likesbooks.com/〉においては、『黒の微笑』が二〇〇五年度年間読者投票のベスト・ロマンティック・サスペンスに選ばれ、しかも本作品のヒーロー役であるバスチアン・トゥッサンは、Most Tortured Hero――日本語で説明したら〝最もゆがんだ影のあるヒーロー〟というところでしょうか――の栄誉にも輝いています。

舞台は冬のパリに早春のノースカロライナの山々。それにストックホルム症候群、武器商人、対テロ秘密組織、スパイ、そして閉所恐怖症とくるのですから、ロマンティックなサスペンスを盛りあげる小道具はおなかがいっぱいになるくらい詰めこまれています。

謎の男バスチアンに対してクロエが抱く思いは、たんなるストックホルム症候群なのか。それともこの強烈な出会いは、やがて真実にして永遠の愛につながるのか。いずれにしろ、氷のように冷たいバスチアンの心を溶かすことができるのはクロエしかいない、ということはたしかなのでしょう。

最後になりましたが、ＭＩＲＡ文庫編集部の小林恵さんにはいつもながらたいへんお世話になりました。この場を借りてお礼を申しあげたいと思います。ありがとうございました。

二〇〇六年七月

村井　愛

訳者　村井　愛

1968年生まれ。米国の大学で文学を学び、帰国後、翻訳の世界に入る。現在は文芸、ミステリー、ノンフィクションなど幅広いジャンルの翻訳を手がけている。主な訳書に、アン・スチュアート『水辺の幻惑』エレイン・コフマン『令嬢マレーザの運命』（以上、MIRA文庫）がある。

黒の微笑

2006年10月15日発行　第1刷

著　　者／アン・スチュアート

訳　　者／村井　愛（むらい　あい）

発 行 人／ベリンダ・ホブス

発 行 所／株式会社ハーレクイン

東京都千代田区内神田1-14-6

電話／03-3292-8091（営業）

03-3292-8457（読者サービス係）

印刷・製本／凸版印刷株式会社

装 幀 者／林　修一郎

ISBN4-596-91195-9

秘めやかな報復
アン・スチュアート
細郷妙子 訳

ある夜の事件を境に、惹かれ合いながらも決別した優等生ジェニーと不良少年ディロン。12年振りの再会には抑えがたい情熱、そして危険な影が付きまとう。

水辺の幻惑
アン・スチュアート
村井 愛 訳

過去の悪夢と危険な恋をたたえて、湖は静かに眠る。リンダ・ハワードが絶賛するロマンス・フィクションの旗手、アン・スチュアートが放つ会心作。

清らかな背徳
アン・スチュアート
小林町子 訳

13世紀初頭、17歳になったエリザベスは修道女になることを決意した。しかし聖堂までの同行者は、殺人者と噂されるイングランド王の御落胤で…。

さよならジェーン
エリカ・スピンドラー
平江まゆみ 訳

刑事の姉が恋した相手と結婚した私——16年前の事故の悪夢がよみがえるとき、幸せが崩れ始めた。めくるめく展開と巧みな罠、徹夜必至の一冊!!

あなただけ知らない
エリカ・スピンドラー
平江まゆみ 訳

人生をやり直すために、刑事を辞めたステイシー。しかし隣人が〝不思議の国のアリス〟を彷彿させるゲームについて語った直後に殺害されて…。

戦 慄
エリカ・スピンドラー
平江まゆみ 訳

殺された少年、失った小指…。幼い日の惨劇の記憶が、あるファンレターをきっかけに、再び現実の恐怖となって甦る。心を侵す闇、衝撃の結末！

グッバイ・エンジェル
シャロン・サラ
新井ひろみ　訳

妻が幼い娘を連れて家を出てから15年、夫はようやく得た手掛かりを元刑事に託す。しかし彼は知る由もなかった、娘が過ごした悪夢の日々を。

ダーク・シークレット
シャロン・サラ
平江まゆみ　訳

父の横領疑惑で町を追われた少女と、劣悪な家庭環境で育った少年。時を同じくして故郷に戻った二人の前で、20年前の完全犯罪が綻びはじめる。

哀しみの絆
ダイナ・マコール
皆川孝子　訳

発見された白骨死体には、シーリー家の血族を思わせる特徴があった。25年前の誘拐事件――解放されたのは、本当に大富豪の娘オリヴィアだったのか？

ミモザの園
ダイナ・マコール
皆川孝子　訳

祖母が遺した〝ミモザの園〟に越してきたローレル。予知能力をもつ彼女を待っていたのは事件と、夢の中で愛を交わした名も知らぬ幻の恋人だった。

過ちは一度だけ
マリーン・ラブレース
皆川孝子　訳

ある女優に付き添ってサンタフェ映画祭に行くことになった元捜査官クレオ。映画祭の幹部がかつて追っていた事件に関係していたと知った彼女は…。

汚れた指
アレックス・カーヴァ
新井ひろみ　訳

女性連続殺人事件、そして神父連続殺人事件――交錯する狂気と正義の狭間で『悪魔の眼』が再び開く。FBI特別捜査官マギー・オデール・シリーズ第5弾。